rororo

thriller-Magazin 9

Rowohlt

Schwarze Beute

Herausgegeben von
Larry Beinhart

Rowohlt

rororo thriller
american crime scene
Herausgegeben von Bernd Jost

Originalausgabe
Veröffentlicht im Rowohlt Taschenbuch Verlag GmbH,
Reinbek bei Hamburg, Juni 1994

Umschlaggestaltung Walter Hellmann
Umschlagillustration Henning Wagenbreth
Lektorat Peter M. Hetzel
Redaktion Jürgen Bürger
Satz Sabon (Linotronic 500)
Gesamtherstellung Clausen & Bosse, Leck
Printed in Germany
1490-ISBN 3 499 43137 8

Contents

Mein Dank gilt allen Freunden, die mit ihrem Wissen, ihrer Geduld und Hilfsbereitschaft bei der Arbeit an diesem Buch geholfen haben – vor allem Larry Beinhart, Doris Becker und Peter M. Hetzel. Ganz besonderer Dank gebührt *dem Teeser*. Ein sanftes Schnurren –

Jürgen Bürger, Köln im Januar 1994

Wenn der Mensch mit der Katze gekreuzt
werden könnte, würde der Mensch
verbessert, die Katze aber verschlechtert.
Mark Twain

LARRY BEINHART

Preface

Wie Sie wahrscheinlich wissen, findet sich in jeder Besprechung meiner Bücher unweigerlich eine Anspielung auf meinen Namen. In den letzten Tagen hat es hier in den Catskills stark geschneit. Der Schnee war schwer, das Skifahren recht schwierig. Ich war gerade mit einer Gruppe Skischüler unterwegs, als ich hörte, wie jemand laut «*Beinhart!!*» brüllte. Da es nicht sehr viele Beinharts gibt, nahm ich also an, ich sei gemeint, und drehte mich um. Kein Mensch schaute auch nur annähernd in unsere Richtung. Dann wurde mir klar, daß es einer von zwei Typen gewesen sein mußte, die angehalten hatten und sich nun unterhielten. Es waren Deutsche, und einer von ihnen hatte einfach nur gebrüllt: «*Das ist beinhart!*»

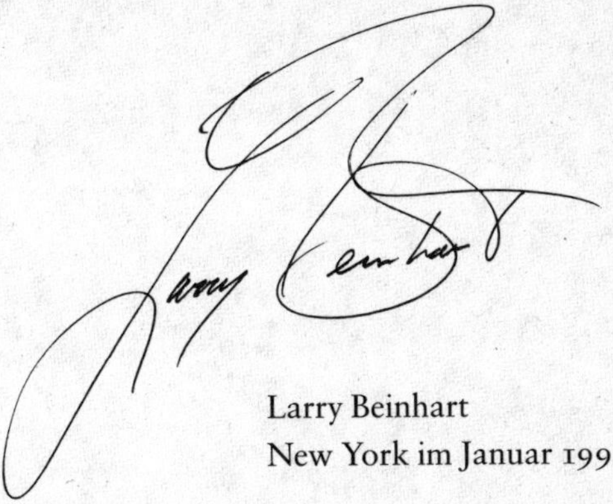

Larry Beinhart
New York im Januar 1994

WILLIAM KIT HATHAWAY

Confessional for Police

Als ich diese Beine sah, durchnäßte Jeans,
starr im kalten Regen eines Morgens,
dachte ich, niemand fällt so tief in Ohnmacht.

Und ich müßte es wissen.

Als ich diese Beine aus der Nähe sah:
Schuhe von Dr. Scholl hundescheißebraun,
rubinrote Socken, aus dem Halbdunkel der Katakombe
des Volkswagens ragend,
da wußte ich, daß es Mord war.

Das Hirn dieses schwarzen Mannes (weißer
als ich es in Erinnerung hatte!) sprenkelte das Vinyl,
und ein Batzen lag da wie Tapioka
in Kirschsirup.

Ein Mann? Verdammt, er war nicht mal achtzehn.

Der Cop fuhr mit seinem Streifenwagen vor (noch mehr
rotes und weißes Licht für die Aufnahmen).
Er war kein Philosoph. Aber lassen Sie sich
von mir sagen: ich auch nicht.
Als die Armbanduhr der Leiche Alarm schlug,
machten wir beide den gleichen Satz
in die Luft.
Und lachten; wir lachten das gleiche
Lachen. Heh-heh-heh – so ungefähr.

Der Park hinter meinem Garten,
wo wir beide standen im düsteren Regen
und Matsch, nur wir zwei, gut sichtbar für jeden
Heckenschützen, ist meilenweit entfernt.

Hör zu, das stimmt nicht, verzeih mir.
Ich bin in letzter Zeit ein bißchen konfus.

Tauber Zehen Blues: Zeitlupen
Stomp, die Schultern wie ein Bussard
hochgezogen. Wir wußten beide
unausgesprochen, ungesehen, auch in seinem Schuh
werden sie grau und runzeln.

Sollte ich dieses Klischee der Gewalttätigkeit
fortführen (*parce que je suis fou*,
wie Nijinsky einst Diaghilev antwortete),
dann nur für die Polizei
die auch Kaffee trinkt die ganze Nacht
und ihre Trauer auf der Hüfte trägt und nicht für dich.
Sag mir, Freund, *entre nous*, ist Saint Genet *passé*?

Meine Aussage: Eines schwülen Abends im August,
vor siebzehn Jahren, da habe ich in Whitney Point,
New York, einem betrunkenen Trucker
eine Bierflasche aufs Auge geschlagen. *Caveat emptor*.
Ich würd's wieder tun.

Ein schwelender Scheit hat sich gerade in einem
Funkenregen von meinem Herzen gelöst.

Aaah, es ist eine Vollmond-Eskapade,
mit vergifteten Hirnlappen zu denken.
«Lieben oder sterben», wer ist überhaupt
auf dieses Gesetz gestoßen?
Konsequent habe ich den dritten
Weg gelebt, würde nun, bescheiden,
willkommen heißen

die Abwechslung.

LARRY BEINHART

The Joy of Genre

Armes, verleumdetes Genre. In der *New York Times* in eine gesonderte kleine Kolumne verbannt, in der kurze, präzise und – vorzugsweise – flache Kritiken abgegeben werden. Häufiger in schmaleren, kürzeren Ausgaben herausgebracht als «richtige» Romane. Die Cover eher auf das Genre als solches verweisend, als daß sie etwas über den Inhalt aussagen.

Nichtsdestoweniger ist Genre das Spiel, für das ich mich entschieden habe. Und es gefällt mir. Zuerst hab ich's gemacht, weil ich ziemlich überzeugt war, das Produkt auf jeden Fall verkaufen zu können, wie schlecht auch immer ich sein mochte. Wie bei Pornographie – oder eigentlich auch bei Nachrichten – sind Krimikonsumenten schier unersättlich. Wer könnte sich vorstellen, daß es noch mehr Pornomagazine geben kann? Oder noch mehr Nachrichtenprogramme? Aber ständig werden neue produziert. Genau wie es Menschen gibt – und ich war auch schon einer von ihnen –, die mindestens einen Kriminalroman pro Tag verschlingen.

Wenn man das Material herstellen kann – fast ohne Rücksicht auf Qualität –, dann kann man es auch verkaufen. Das ist der große Spaß daran, und genau das ist auch der Fallstrick.

Was ist Genre? Die einfachste, effektivste und bequemste Definition lautet, es ist genau das, was einen in die Krimiecke bringt statt in die Regale mit der allgemeinen Belletristik. Für Schriftsteller, Verleger und Buchhändler besitzt es eine finanzielle Dimension. Außerdem hat es eine politische Implikation. In diesem Zusammenhang ist *politisch* als Oberbegriff zu verstehen, der Sex, Geschlechterrollen, Rasse und rassenbedingte Einstellungen umfaßt.

Aber für die Profis der Branche und für die Fans: Genre ist ein Spielfeld. Die Regeln des Spieles gehen mehr in die Richtung eines

Sittenkodex (oder von Mythen oder Volksüberlieferungen), als daß es eine Frage von exakten Gesetzen wäre. Nirgendwo sind sie schriftlich fixiert. Wenn jemand es falsch macht, sagen wir nicht, er oder sie hat gegen Paragraph 33 247 des Literaturgesetzbuches von New York verstoßen, wir spüren einfach, daß es falsch ist. Die Regeln sind auch nicht für jeden gleich. Wie bei allen Fragen des guten Geschmacks und der Etikette kommen manche Menschen ungeschoren mit Mord durch und andere eben nicht.

Die großen Geschenke des Genres

Das grundlegende Thema der Kriminalliteratur ist das *whodunit* – Wer war's? Natürlich gibt es unzählige Variationen, Modifizierungen und Ausschmückungen, aber das ist der wesentliche Kern.

Es liegt in der menschlichen Natur, daß man die Sache geklärt wissen will, wenn erst einmal eine Frage aufgeworfen wurde. Mit anderen Worten, wenn man auf Seite 1 jemanden tötet und sagt, die große Frage laute: *whodunit?*, dann wird eine beträchtliche Zahl von Leuten bei einem bleiben, um die Antwort zu erfahren.

Wenn wir ein Buch mit einem Zug vergleichen, ist das «Rätsel» die Lokomotive. Ein Nicht-Genre-Schriftsteller muß eine Lokomotive erfinden – muß eine Frage erschaffen, die seine Leser beantwortet haben wollen – und anschließend eine potentielle Leserschaft überzeugen, daß es ein Zug ist, der sie auf eine Reise der Art mitnimmt, wie sie sie mögen, und daß sie es von daher mal versuchen sollten. Der Genre-Schriftsteller bekommt dies gratis: Die Leserschaft weiß bereits, daß es ein Zug ist, daß es eine Lokomotive gibt, die die Sache in Bewegung setzt, und daß es mehr oder weniger eine Reise der Art wird, die sie mögen.

Wenn sie erst einmal eingestiegen sind: Bietest du ihnen eine interessante Fahrt? Wie war die Landschaft und wie die Reisegefährten? Die Antwort auf die erste Frage (Bist du durchgedonnert? Hast du immer schön Kohlen nachgeworfen? Ist dir der Dampf ausgegangen, oder bist du vom Gleis abgekommen?) trennt meiner Meinung nach den Erfolgreichen vom Erfolglosen. Die Antwort auf die zweite Frage – wie lebendig waren die Aussichten, haben deine Fahrgäste/Leser neue Freunde gefunden oder lediglich aus einiger Entfernung ein paar flache und klischeehafte Typen gesehen, war der Dialog plastisch und doch realitätsnah – scheidet den wirklich Guten vom nur Mechanischen.

Ein weiteres Geschenk ist, daß man an jeden beliebigen Ort seiner Wahl reisen kann. Deine Leser steigen ein, einfach weil es ein Zug ist. Sie begleiten dich in ein regnerisches Ostberlin, in Ställe, um dort auszumisten, in Nachrichtenredaktionen, vorstädtische Zahnarztpraxen, Kinderbordelle, Anwaltskanzleien, nach Chicago, in Navajo-Reservate, in Gerichtssäle, Leichenschauhäuser, in die tiefste Provinz, hinter die Bühne oder zum Skifahren. Das alles ist Teil des Grundes, warum es mir persönlich so einen Spaß macht. Ich bin leidenschaftlicher Skifahrer, also habe ich einen Wintersportort zum Schauplatz eines Romans gemacht – *Priester waschen weißer*. Vor einigen Jahren war ich überzeugt, daß das größte Rätsel weit und breit Mr. Reagans Teflon-Präsidentschaft war. Insbesondere das politische Überleben seines Arbeitsministers Ray Donovan, der allem Anschein nach einige sehr schillernde Verbindungen zum organisierten Verbrechen hatte. Ich wollte diese Sache untersuchen, das Thema auskundschaften. Einfach nur als Hobby und aus Neugier. Doch als Gegenstand eines Buches, *Zahltag für Cassella*, konnte ich damit Geld verdienen und gleichzeitig meinen intellektuellen Spekulationen frönen. Es ist völlig klar, daß Josephine Tey in *Daughter of Time* (dt. Alibi für einen König) von den Trugbildern der Geschichte begeistert war. Ich gehe mal davon aus, daß es Tony Hillerman Spaß macht, die Überlieferungen der Navajos um ihrer selbst willen zu studieren. Darüber zu schreiben ist eine Möglichkeit, andere teilhaben zu lassen und damit gleichzeitig seinen Lebensunterhalt bestreiten zu können. Genau wie ich vermute, daß Robert Parker gern kocht und sich neu einkleidet.

Nebenbei gesagt, eine Menge Leser wünschen sich eine informative, mit Fakten gefüllte Tour. Wir fühlen uns dann einfach besser, wenn wir schon unsere Zeit mit der Lektüre von «Fluchtliteratur» verplempern.

Herbert Mitgang, ein berufsmäßiger Literaturkritiker (und zwar jeder Literatur, nicht nur von Kriminalromanen), hat es so ausgedrückt:

> Während sie den Leser auf eine Reise mitnehmen, bevor sie das Rätsel lösen, haben die besten Schriftsteller des Genres etwas über eine Stadt, einen Beruf, eine gerechte Sache, ein moralisches Klima zu sagen. Natürlich muß sich die Detektivgeschichte an die

Regeln von Verfolgung und Auflösung halten, aber sie verletzt das Grundrezept dennoch nicht, wenn es, lauernd zwischen den Zeilen, ein Sittenroman ist, hauptsächlich schlechter Sitten.

Dies ist einer Kritik zweier Bücher entnommen, Walter Mosleys *White Butterfly* (dt. *Teufel in Blau*) und des ersten Romans von Gillian Farrell, *Alibi For An Actress* (dt. *Für immer und ewig*).

Ich habe diese Kritik besonders aufmerksam gelesen, da ich mit Ms. Farrell verheiratet bin.

Ein weiteres großes Geschenk des Genres besteht darin, daß man auf ein Publikum zählen kann, das mit dem Spiel vertraut ist. Sie alle sind Sportfans, Ballettbegeisterte oder Jazzfreaks. Sie kennen die «Sprache», die Bewegungen, die Stile, die Künstler, die einem vorausgegangen sind – sie haben Bezugspunkte und Vergleichsmöglichkeiten, sie haben Erwartungen und Erinnerungen. Sie warten auf den nächsten Hammett, den neuen LeCarré, und sie sind bereit dir zu sagen: «Du bist es nicht, Babe.» Und auch, warum du es nicht geschafft hast. Oder warum doch. Obwohl es wie ein *Monolog* aussieht, das Schreiben ist ein *Dialog* zwischen Autor und Leser, und diese Substanz an Wissen oder Erfahrung über und mit dem Genre, die der Schriftsteller mit dem Leser teilt, erleichtert es, mit ihm zu kommunizieren.

Einerseits bedeutet dies, wenn du weißt, worauf es ankommt, dann kannst du es auch liefern, wirst dafür bezahlt und gehst nach Hause. Nennen wir dies *Formel.* Dieses Wort ist vollkommen abwertend gemeint. Das ist der große Fallstrick des Genres – daß es nämlich extrem leicht ist, etwas zu produzieren, das nicht mehr ist als eine Formel. Wieder ist hier der Vergleich mit Sex und Nachrichten durchaus passend. Es gab einmal eine Zeit, als die Gesetze, was Obszönität betraf, liberalisiert wurden. Damals dachte ich, daß sich ein echtes Vokabular der erotischen Dichtung entwickeln würde. Die Art und Weise, wie die Menschen Sex haben, sagt ganz offensichtlich eine Menge über ihren Charakter, ihre Weltsicht, ihre Motivationen, ihre Beziehungen und auch über die Art von Leben aus, das sie führen. Außerdem ist es ein Bereich, der immer noch in Mythen gehüllt und mit diffusen Lügen kaschiert wird. Literatur und Film sind ganz eindeutig Orte, um zu erkunden, was Sex über Charakter zu sagen hat und umgekehrt. Und doch wissen wir normalerweise mehr darüber, was fiktive Charaktere anziehen und welche Frisur sie tragen, als was sie im Bett anstellen. Zum Teil passierte dann aber folgendes: Leute, die interessiert genug an Sex sind, um regelmäßig entsprechende Darstellungen zu konsumieren (in einer kapitalistischen Gesellschaft ist dies die Definition eines Publikums), sind recht zufrieden mit einem Bild oder der Beschreibung eines Körperteils, seiner Funktion oder einer Vermutung darüber. «Mehr» zu tun verkaufte aber nicht mehr, daher blieb Porno Porno, statt sich zu einem Erotikon weiterzuentwickeln. Bei den Nachrichten verhält es sich nicht anders. Menschen schauen, hören, lesen «Headline News». Tiefe, Verständnis, Analyse vergrößern nicht den Marktanteil. Schlagzeilenartige Kurznachrichten greifen wuchernd um sich genau wie Tittenmagazine; die ausführlichen Versionen sind für Sonntagmorgen vorbehalten, wie alles andere langatmige Zeugs.

Auch in Büchern ist Formel und praktisch nichts als Formel vielleicht tatsächlich alles, was zählt. Einige der am meisten verkauften Krimiautoren machen exakt das: Formel – und nichts sonst. Als Leser finde ich diese Bücher bestenfalls unbefriedigend, häufig ärgerlich und schlimmstenfalls unlesbar. Als Schriftsteller will ich so nicht schreiben, weil – es einfach keinen Spaß macht. Damit will ich nicht sagen, daß es ein Kinderspiel sei oder automatisch käme, formelhaft genug zu schreiben, um damit reich zu werden.

Übrigens, das Gegenteil des ersten großen Geschenks des Genres – eine gewisse Anzahl Leute lesen es, nur weil es ein Kriminalroman ist – besteht darin, daß viele Leute ein Buch *nicht* lesen werden, weil es als Kriminalroman etikettiert wurde. Dies ist, für sie, die unmißverständliche Bekanntmachung, daß es *nur* ein Kriminalroman ist. Diese Leser-die-uns-ablehnen haben zwei Stereotype in ihren Köpfen: die Tradition des Rätsels, oder der *cozies*, des kuscheligen Romans, am besten repräsentiert von Agatha Christie (ich persönlich glaube, daß Sherlock Holmes auch in diese Kategorie fällt), und *hard boiled* Stories à la Mike Hammer, in denen ein Haufen böser Typen aufgemischt werden und ein Haufen Weiber unglaublich große Titten haben. In der literarischen Stereotypisierung genau wie in der ethnischen Stereotypisierung wird das Objekt der Wahrnehmung reduziert auf nichts als das Klischee. Natürlich, da Bücher erheblich oberflächlicher und seichter sein können als Menschen, sind viele Bücher genauso beschränkt, wie sie von der «Ich lese nie Krimis»-Truppe gehalten werden.

Das Genre ist ein Spielfeld. Ich will spielen. Ich will *mit* dem Publikum spielen, ihre Erwartungen benutzen und ihnen einen neuen Effet verpassen. Wenn sie in meinen Zug einsteigen, um meine Reise mitzumachen, dann gibt es gewisse Dinge, die ich tun *muß*, und solche Dinge, die ich tun *will*. Ich *muß* dafür sorgen, daß die Lokomotive losfährt (komisch, in meinen Romanen klebe ich nie an irgendwelchen Metaphern, wieso ausgerechnet hier?), muß die Sache mit einer guten Frage und einer guten Antwort versehen, muß darauf achten, die Lok nicht durch eine hoffnungslose Dummheit zum Entgleisen zu bringen. Was ich erreichen will, ist, daß jede einzelne Szene für sich genommen, wert ist dabeizusein, daß es nicht einfach nur ein mechanischer Plot ist, der Bewegung ersetzt. Die Aussicht sollte frisch sein – oder doch wenigstens so erscheinen. Die Leute sollten etwas Neues kennenlernen. Wer zum Teufel will schon echte Zeit mit echten Menschen verbringen, die nur über Sport, das Wetter oder Filme reden? Spaß kommt ins Spiel, wenn echte Menschen diese Maske des Nichts fallen lassen – wenn auch nur für einen Moment – und einen Blick auf ihre Krankheit, ihre Verletzung, Wünsche, Träume, Lust, ihren Glauben an Außerirdische gewähren, wenn sie ihre Kleider ausziehen und sich die Beine rasieren. Es ist unheimlich, wenn sie uns damit direkt konfrontieren – daher bitten wir den Schriftsteller, zwischen ihnen und uns zu stehen.

Eine grundlegende Technik, und einer meiner persönlichen Lieblinge, für das Spiel auf dem Feld des Genres ist die *Inversion* oder *Umkehrung*. Die Technik der Inversion habe ich durch die Lektüre von George Bernard Shaw gelernt. Heutzutage tendiert die Bühne dazu, Kunst Kunst zu sein, aber Shaw schrieb, als das Bühnenstück in erster Linie eine volkstümliche Unterhaltungsform war wie heute das Fernsehen. Es war voller Genre: Farcen, Melodramen, Tragödien, Schauspiel und Pantomimen, so wie es im heutigen Fernsehen Situationskomödien, Dokudramen und Actionshows gibt. Man muß sich eine Fernsehsendung nur zwei oder drei Minuten ansehen und weiß schon ziemlich genau, wer jeder Charakter ist, welche Einstellungen er hat, wie die Figuren untereinander in Beziehung stehen. Außerdem wissen wir, nach welchen Bedingungen die Geschichte erzählt wird, und im Grunde kennen wir auch schon die Auflösung. Wie meine Mutter, wenn sie fernsieht, können die meisten von uns sogar vorhersagen, ein oder zwei Augenblicke, bevor es tatsächlich geschieht, was die Charaktere gleich tun werden. In Shaws Zeit war das Theater in vielem sehr ähnlich.

Er konnte frisch und absolut originell sein, indem er Charaktere und Situationen aus einem vorgegebenen Repertoire nahm und die Erwartungen des Publikums einfach umkehrte.

Repertoiresituation: Naive von vornehmer Geburt. Soldat flieht vor der Schlacht, klettert durch Fenster der Naiven. Wird sie ihn verstecken und schützen? Natürlich. Und er wird sich mindestens als Sohn des Herzogs von Kadaver oder des Prinzen und Erben des Königs von Ruthenia herausstellen. In *Arms and the Man* (dt. *Helden*) ist er der Sohn eines Schweizer Gastwirts, der nur des Geldes wegen Soldat wird, ist durch und durch bourgeois und hat Schokolade in seinem Patronengürtel, denn er ist ein Soldat, der sich mehr fürs Überleben interessiert, was Essen bedeutet, als für den Ruhm.

Repertoirecharakter: die Prostituierte. Es gibt drei Arten von Huren – die Mitleiderregende, die Herzensgute und die Vergnügte (bei denen der Tausch Fleischeslust gegen Cash nie erwähnt wird, und sie werden als etwas anderes präsentiert: als Wirtin oder Tanzpartnerin). In *Mrs. Warren's Profession* (dt. *Frau Warrens Gewerbe*) ist sie eine solide Geschäftsfrau, die sich aufgrund solider Prinzipien und ohne Scham für ihre Tätigkeit entschieden hat. Sehr ähnlich der realen Ms. Bittle Barrows. Als Hinweis darauf, wie mächtig Klischees (und konventionelle Moral) sind: Wenn eine Mrs. Warren auf der Bühne oder heute im Film auftaucht, dann fängt sie als jemand an, der behauptet, eine vernünftige Entscheidung getroffen zu haben; aber unweigerlich führt die Tatsache, Hure zu sein, im Verlauf des Dramas zu Tod und Erniedrigung, oder es wird enthüllt, daß hinter der Fassade Elend und Erniedrigung, verborgen liegen.

Repertoirecharakter: die keusche und hilflose Naive. In *Man und Superman* (dt. *Mensch und Übermensch*) wird sie als absolut skrupellos in ihrem Drang entlarvt, sich den besten – und wohlhabendsten – Ehemann zu greifen.

Repertoireschurke: In Shaws Zeit war der Munitionshersteller ein nicht weniger zuverlässiger Bastard wie der Immobilienmakler der achtziger und der Giftmüllverklapper der neunziger Jahre. In *Major Barbara* (dt. *Major Barbara*) wird der Waffenhersteller zu einer Figur, der man nacheifern kann, und am Ende entscheidet sich der Held, die Kunst fahrenzulassen und sich mit ihm zusammenzutun.

Joseph Hellers *Catch-22* ist *der* große komische Inversionsroman schlechthin. Der Zweite Weltkrieg ist ein Genre für sich. Er hat in fünf Jahren mehr Klischees hervorgebracht als alle Kriminalromane zusammengenommen. Nahezu jeder von Hellers Charakteren, jeder Gag, jedes Detail und der Plot selbst sind – Inversion.

Und jetzt verrate ich Ihnen, wie man die Inversion in einen konventionell konstruierten Detektivroman einbaut. Der alte, mürrische-aber-liebenswerte Handlanger taucht auf. Sobald er erscheint, weiß man, daß er entweder entführt, zusammengeschlagen, mit einer Lötlampe bedroht oder sterben wird. Das ist sein Job – zu beweisen, daß die Schurken niederträchtig sind, und dem Kampf des Helden Dringlichkeit zu geben. Wenn der Held den Schurken massakriert, dann ist es, unter anderem, das Schicksal des mürrischen-aber-liebenswerten Handlangers, das es moralisch akzeptabel macht.

In meinem ersten Buch – *Kein Trip für Cassella* – hatte ich auch einen dieser Typen. Der Plot verlangte es sogar, daß ich ihn aus der Handlung entfernen mußte. Es wäre ein leichtes gewesen, das von einem der bösen Jungs erledigen zu lassen – he, das waren immerhin große Drogendealer! Außerdem war es etwa in der Mitte des Buches, an der Stelle der Formel, an der die Handlungen des Helden den Menschen in seiner unmittelbaren Nähe Schaden zufügen. Obwohl er reinen Herzens ist und seine Handlungen rechtschaffen und gut, ist dies der typische Augenblick, an dem der Held an sich selbst zweifelt, an dem er Angst und Schuld erlebt und sich fragt, ob sein ritterliches Streben nur noch mehr Schmerz für die Unschuldigen nach sich zieht, und an dem er meint, von seinem Tun ablassen zu müssen.

Ich spürte deutlich, wie die Klischees aus den Ecken auf meinen Schreibtisch zugekrochen kamen, wie Küchenschaben, wenn das Licht schummrig wird. Eine säuerliche und widerliche Blase des Ekels stieg in meinem Hals auf, und ich mußte etwas unternehmen, bevor ich noch auf meinen Schreibtisch kotzte.

Statt dessen verpaßte ich dem Mürrisch-aber-liebenswürdigen einen Herzinfarkt.

Das mag vielleicht wie eine Kleinigkeit erscheinen, aber es ist die Häufung solcher winziger Änderungen, die den entscheidenden Unterschied ausmachen. Es entsprach dem Charakter und paßte zur Handlung, und es war nicht diktiert durch den Plot. Mit «durch den Plot diktiert» meine ich, es war nichts, das der böse dem guten Burschen antut, um die Dinger zurück nach Minneapolis zu kriegen.

Im Effekt gab ich der Geschichte Tiefe und Plausibilität, denn in einem nicht durch den Plot diktierten Ereignis liegt indirekt der Beweis, daß die Charaktere in einer größeren, realeren Welt leben, in der Unglücke passieren, in der Dinge, die überhaupt nichts mit dem kleinen Plot zu tun haben, in den sie verfangen sind, Auswirkungen auf sie haben – wie zum Beispiel Herzprobleme.

Anschließend hatte ich, statt der langweiligen Szene, die ich so viele Male gelesen hatte, plötzlich das Potential, eine invertierte Variante durchzuspielen, eine komische Szene, in der die Frau des Mürrisch-aber-liebenswürdigen, eine kleine, dicke Xanthippe, mit obskuren und plastischen sizilianischen Verwünschungen auf dem Krankenhausflur über den Helden herfällt.

Man könnte nun leicht glauben, Inversion sei lediglich eine Technik für Komik. Das ist es nicht. *Der Spion, der aus der Kälte kam* war eine Art Inversionsroman, in dem sich Realismus und Märchen gegenüberstanden. Ohne die Brillanz des Buches schmälern zu wollen, die Kraft des Romans war damals deshalb so gewaltig, weil es in einem Genre geschrieben war, das vollständig von James Bond und seinen Nachahmern beherrscht wurde, schillernden, erfolgreichen, gewalttätigen Agenten, die jede Menge Frauen hatten. le Carrés Roman war das erste Stück Realismus im Märchenland, eine Tür in Disneyland, die zur South Bronx führte, ein unerwarteter *film noir* nach einem Jahrzehnt der Cartoons.

Ein weiteres Beispiel aus *Kein Trip für Cassella* ist der Schluß. Die Formel schreit förmlich nach einer finalen, großen Konfrontationsszene. Darin klagt der Held den Schurken all seiner Missetaten an, der Schurke gesteht und klärt alle noch fehlenden Details auf. Dies ist wichtig, wir müssen die Antwort erfahren, denn dafür haben wir ja das ganze verdammte Buch überhaupt nur gelesen. Außerdem müssen wir wissen, daß der Schurke es wirklich getan hat, denn wir sind drauf und dran, ihn ohne einen ordentlichen Prozeß oder eine Verhandlung vor einer Jury hinzurichten. Unser Held steht im Begriff, exakt die gleiche Art Tat zu begehen, für die wir einen Gestapo-Schläger oder einen Mafia-Killer oder einen Mörder des Medellín-Kartells zum Tode verurteilen würden. Er braucht mehr als Dispens, seine weiteren Handlungen müssen zwangsläufig sein. Normalerweise erreicht man dies mit einem typischen Western-Showdown: Der Held steht mindestens einer Übermacht von fünf zu eins gegenüber; die Kanonen der Schurken sind erheblich größer als die unseres Helden, und, um die ganze Sache schön abzurunden: nachdem der Held ihnen die Chance gegeben hat, «sich friedlich zu ergeben», ziehen die Schwarzhüte als erste. Jetzt kann der Held so viele Leute umlegen, wie der Schriftsteller bereit ist, ihm zu liefern, manchmal geht ihre Zahl leicht in die Hunderte. Gewalttätigkeit darf entfesselt werden.

Ebenfalls wissen wir zufälligerweise, wir alle, daß in der wirklichen Welt die guten Jungs nicht die Chance bekommen, ungestraft Gewalt zu entfesseln. Wenn ein Cop jemanden erschießt, selbst wenn es ganz eindeutig in Notwehr geschieht, muß er sich immer noch der Kritik seiner Tat unterziehen, er muß darüber nachdenken und sich suspendieren lassen. In der wirklichen Welt wurden Helden, sobald wir ihnen uneingeschränkte Gewalttätigkeit erlauben, schlimmer noch als die Schurken – sie werden zu Babykillern; ich erinnere nur an die chilenischen Militärs und die «Verschwundenen», an Lt. Calley in My Lai, an die serbischen Milizen in Bosnien-Herzegowina, die kleine Kinder erschießen, während ich dies schreibe.

Ich habe also beschlossen, meinem Helden das schmückende Drum und Dran des klassischen Showdowns vorzuenthalten. Ich wollte, daß er moralisch und emotional voll für seine eigene Gewalttätigkeit verantwortlich ist. In der letzten Szene ist der Schurke allein (erhält keine Rückendeckung durch irgendwelche Kumpane), ist unbewaffnet und, zumindest körperlich, erheblich verwundbarer als der Held. Ich nahm dem Helden sogar die Konfrontationsszene, obwohl er sich so sicher über das *whodunit* ist, wie es in der realen Welt nur möglich sein kann. Auch wenn er sicher genug ist zu handeln, besitzt er doch keine hundertprozentige Gewißheit, die er – und der Leser – normalerweise besitzen, weil sie [literarische] *Zeugen* des Verbrechens waren oder weil sie im Genuß des moralischen Luxus eines Schlußszenen-Geständnisses à la *Murder She Wrote* sind. Folgerichtig erscheint der Schluß erheblich gewalttätiger als viele andere Szenen, in denen Dutzende, ja sogar Hunderte in barocken und grotesken Auflösungen sterben.

Obwohl Genre uns das «Geschenk» einer ganzen Reihe von Annahmen der Leserschaft macht (Werte, Erwartungen), liegt es dennoch am Schriftsteller, das Bedeutungsvolle herauszustellen und den Dingen einen eigenen Wert zu verleihen. Nur wenn der Autor dies versäumt hat, braucht er oder sie am Ende eine Orgie der

Gewalt, um die Illusion zu erwecken, daß der Schluß eine gewisse Dynamik besitzt.

Der Held von *Kein Trip für Cassella* wollte fremdgehen. Ich wollte, daß dies Dynamik besaß. Für viele Leute ist Untreue *per se* mächtig und beunruhigend. Aber das hier spielte Ende der siebziger. Monogamie war für genügend Leute passé, so daß ich nicht glaubte, die gewünschte Reaktion würde automatisch erfolgen oder der Vorsatz würde dem Leser etwas ausmachen. Die eine Frau oder die andere oder wieder eine andere – wie die Lady des Colonels und Rosie O'Grady, waren sie im Grunde doch alle gleich – wen interessierte es schon? Es war mein Job klarzustellen, *warum* eine stabile monogame Beziehung für diese Figur wichtig war – ich durfte die Ansichten der Leserschaft nicht als selbstverständlich voraussetzen. Zu diesem Zweck erfand ich ein Kind, das zu der Frau gehörte. Ich glaubte, und glaube es immer noch, daß die Verletzung des Vertrauens eines romantischen/sexuellen Partners eine ziemliche Routinesache ist, aber das Vertrauen eines Kindes zu verletzen, das auf einen angewiesen ist, das in einem Rollenmodell und Beschützer sieht, und die Beziehung zu diesem Kind zu beenden – das besitzt Gewicht.

Natürlich, ein solches Problem anzusprechen und eine echte Lösung dafür zu finden bringt eine ganze Menge Nutzen. In diesem speziellen Fall lieferte es mir einen weiteren Charakter, das Kind, verlieh dem Helden Farbe und Tiefe und der Geschichte eine weitere Dimension der realen Welt.

Auffrischungen

Der Held der amerikanischen Literatur und des Detektivromans ist der gleiche, dem auch das Land gehört – der erwachsene, weiße (protestantische und ganz gewiß heterosexuelle) Mann. Sie können einen alten Roman von Ross McDonald nehmen und ihn mit einem schwulen Helden (Hansen) umschreiben, und Sie erhalten ein vollkommen neues Produkt. Sie können einen alten Roman von Ross McDonald nehmen und aus dem Helden eine Heldin machen (Grafton), und sie erhalten ein völlig neues Produkt. Sie könnten es mit einem Schwarzen, einem Chicano, einem jüdischen Hippie machen – die gleiche Story, die gleichen Machenschaften, die gleiche

Abfolge von Figuren und Schauplätzen, der gleiche Typus von Auflösung, und sie hätten dennoch ein neues Produkt.

Dies kann ein Gimmick sein. Oder eine echte Auffrischung. Soweit das Produkt und die Profite betroffen sind, mag der Gimmick völlig ausreichen. Geht es aber darum, ob es mir gefällt – was häufig der Fall ist –, dann wünsche ich mir die echte Auffrischung. Sollte es jetzt den Anschein haben, als würde ich die Arbeit anderer herabsetzen und andeuten, daß sie nichts anderes tun, als nur zu imitieren, lassen Sie mich gestehen: In meinem ersten Roman hatte ich mir – ganz explizit – vorgenommen, meine alten Lieblingsbücher auf den neuesten Stand zu bringen. Ich habe mir buchstäblich die Frage gestellt: «Wie würde Sam Spade sein, wenn er in den Siebzigern statt in den Zwanzigern lebte? Im Zeitalter der Ambiguität?»

An dieser Stelle kehren wir ganz an den Anfang des Essays zurück – zum Konzept der Reise. Während du mich unterhältst – bring mir etwas darüber bei, was es bedeutet: schwarz zu sein (Himes), homosexuell (Hansen), eine Frau (Farrell), ein Cop (Wambaugh), ein Südafrikaner unter der Apartheid (McClure), ein Engländer nach dem Niedergang des Empire (le Carré), ein Russe unter dem sich auflösenden Kommunismus (Smith), ein kleiner Ganove in Boston (Higgins). Zeig mir, was es bedeutet, in deiner Welt zu leben – die Geräusche und Gerüche, die Fauna und Flora, die Ängste und die Schmerzen, die Lügen und Beziehungen, das Geld und die Politik.

Eine der spannendsten Arbeiten über das Schreiben – vielleicht die einzige spannende überhaupt –, ist Tom Wolfes Vorwort zu einer von ihm herausgegebenen Anthologie mit dem Titel *The New Journalism* (Harper & Row, 1972).

Die Kernaussage – oder eine der Kernaussagen – lautete, daß der Roman früher eine Aufgabe zu erfüllen hatte: Er mußte uns zeigen, wie andere Menschen lebten. Die Erfüllung dieser Aufgabe verlieh dem Roman Ausdruckskraft und macht den Romancier zu einem wichtigen Menschen. Er oder sie war der Reiseführer, der Forscher, der Reporter, der Lehrer unbekannter Dinge im In- und Ausland. Wolfe war der Meinung, daß dieser Job aufgegeben worden war: «Der ernsthafteste, ambitionierteste und vermutlich auch talentierteste Romancier hatte den fruchtbarsten Boden des Romans verlassen: nämlich die Gesellschaft, das soziale Tableau, die Sitten und die Moral, die ganze Sache des ‹so wie wir heute leben›, um es mit Trollope auszudrücken....

Das war für die Journalisten wunderbar – glauben Sie mir.» Weil ihnen damit dieses Gebiet überlassen wurde.

Man könnte es auch anders formulieren: Der Journalismus hat die Literatur bei der Erfüllung dieser Aufgabe abgelöst – wie die Fotografie die Darstellung der Wirklichkeit von der Malerei übernommen hat –, und die Literatur hat sich dann auf Minimalismus und Intellektualismus zurückgezogen – genau wie sich die Malerei auf abstrakten Expressionismus und Genres zurückgezogen hat, die sich mit der Form um der Form willen beschäftigen. Von nun an würden die Großen Amerikanischen Romane die Werke des Großen Amerikanischen Neuen Journalismus sein. Oder wenigstens doch – da er sich nicht in die Position begeben wollte zu verkünden: «Der Roman ist tot!» – etwas, das Journalismus, z. B. ernsthaften Sozialrealismus, und den Roman neu miteinander verband.

Wolfe machte sich daran, seine eigene Prophezeiung zu erfüllen, indem er unglaublich gute Sachbücher schrieb, die auf den ureigensten Domänen des Romanciers – Metapher, Wortschöpfungen, Dialog, Stilisierung, Schöpfung von Charakteren, Drama und Handlung – mit den meisten belletristischen Werken konkurrierten oder sie gar übertrafen. Er tat dies in Umfängen, die alles von der Kurzgeschichte bis zum Dickensschen Roman abdeckten. Danach setzte er sich hin und schrieb einen Roman, der all das realisierte, worauf der Roman nach seinen eigenen Aussagen verzichtet hatte.

Der springende Punkt ist hier, daß man dem Kriminalroman, wie jedem anderen Roman auch, Ausdruckskraft und Stärke verleiht, indem man über *Dinge* schreibt.

Welche Dinge?

Genrematerial, in Büchern wie im Fernsehen, neigt dazu, sehr engstirnig und beschränkt zu sein.

Meistens werden Sex, Politik, Rasse und Religion ausgeklammert. Meistens wird eine nicht hinterfragende, blinde Weltsicht vorgeführt, und das, was GBS die «konventionelle Moral» nannte.

Sex – jeder Sex, den Helden haben, ist konventionell, erfolgreich und relativ diffus. Unkonventioneller und erfolgloser Sex ist ein Zeichen von Niederträchtigkeit und wird erbarmungslos bestraft. Es gibt fiktive, homosexuelle Detektivhelden, aber es gibt nicht einen, dem es Spaß macht, sich gelegentlich auspeitschen zu lassen, oder der einen Kumpel hat, den er *Crisco Kid*, Fettbacke, nennt – allerdings kommt Toni Fennelly in ihren Romanen schon sehr nahe heran –, auch wenn es im wirklichen Leben vielleicht einen solchen Menschen gibt, der edel, mutig und heldenhaft ist. Dürfen wir einen Helden haben, der sich von gerade mal Pubertierenden angezogen fühlt? Eine Heldin, die tatsächlich irgendeine Form der Mißhandlung benötigt, um zum Orgasmus zu kommen?

Politik – Politik als Thema ist schwierig, da das System sich die größte Mühe gibt, uns den Eindruck zu vermitteln, ihr Tun (sowohl das der Politiker, als auch das der Institutionen) sei nicht kontrovers. Sobald der öffentliche Dialog schärfer wird, gehen Politiker und Regierung ans Werk, alles diffus und komplex und distanziert zu machen. Und mit Erfolg. Zumindest bei denjenigen, die ihren Job nicht verlieren. Es ist das Überleben der Schwammigsten.

Selbst wenn es in der Politik nicht selten um Leben und Tod geht, ist ihre Rhetorik doch so bewußt verwirrend angelegt, daß sich ein Schriftsteller schon sehr anstrengen muß, will er dem Leser ein Gefühl geben, daß jedes Ereignis in der Politik unmittelbare Auswirkungen auf das Leben jedes Einzelnen hat, und er selbst höchstpersönlich davon betroffen ist. Was vielleicht um so mehr Grund ist, genau dies zu tun.

Geld – Das klassische Paradigma des amerikanischen Detektivs ist eigentlich Philip Marlowe: $25 am Tag plus Spesen. Und allem Anschein nach interessiert sich Marlowe einen Furz für Geld. Selbst für haufenweise Schotter wird er niemals einen Auftrag annehmen, den er nicht will. Er übernimmt Jobs – oder setzt doch zumindest bereits übernommene fort – völlig ungeachtet der Zahlungsfähigkeit eines Klienten. Er schickt auch nie eine Rechnung. Er geht nie Honorare kassieren. Bei ihm gibt es niemals Streit über die Höhe einer Rechnung. Er wird auch nie um sein Geld betrogen.

Nebenbei bemerkt – diese Einstellung, diese *Gestalt* (im Sinne der Gestaltpsychologie) mag ihre Wurzeln in einer historischen Realität haben. Ich habe Marlowes Zeit nicht persönlich erlebt, aber ich erinnere mich sehr wohl an die frühen sechziger Jahre, in denen ein junger, alleinstehender (zugegebenermaßen unkonventioneller) Bursche in San Francisco von einem Tag Arbeit im Hafen eine Woche lang leben konnte. Wenn ich mich recht entsinne, waren es $50.

Oder zurück in New York: Mit $80 pro Tag als Bühnenarbeiter beim Film genügten zwei Tage Arbeit in der Woche, um meine monatlichen Unkosten zu decken – für Miete, Telefon, Strom, Zigaretten. Das Geld reichte viel, viel länger.

Heute erhält ein echter, auf Teilzeitbasis arbeitender New Yorker P.I. ohne allgemeine Geschäftsunkosten und mit einer zusätzlichen Einkommensquelle (meistens ist dies eine Pension des Police Departments) ein Minimum von $15 die Stunde plus Spesen. Bei einer 40-Stunden-Woche kommt das auf $600. Wenn wir von 30% Abzügen für die Steuer ausgehen, bleiben noch $420. Damit kann man keine Miete in Manhattan bezahlen. Wahrscheinlich nicht mal in der Bronx. Fangen Sie mit diesen Zahlen an, und jetzt steht der Detektiv mit beiden Beinen in der Wirklichkeit.

Ein einfacher Fall, bei dem Observierungen eine Rolle spielen, erfordert mindestens ein Zweierteam – $30 pro bezahlte Stunde. Diese zwei jedoch arbeiten in der Regel für eine Detektei, die mindestens das Doppelte für sie in Rechnung stellt ($60 pro Stunde), nicht direkt dem Klienten, sondern den Anwälten des Klienten. Die wiederum gehen mit dem Preis noch etwas höher – sagen wir ein Minimum von 12% für Bearbeitung und Buchführung – auf $67,20 die Stunde. Nehmen wir ferner an, die zu observierende Person wird zehn Stunden täglich überwacht, und das fünf Tage lang, das macht dann schon $3 360 pro Woche nur für eine einzige Überwachungsschicht, ohne Spesen. Wer von Ihnen hat dreitausenddreihundert Bucks zuviel? Jede Woche, fünf Wochen lang?

Diese Zahlen stehen für eine Reihe bedeutsamer Feststellungen. Dazu gehört auch – Privatdetektive sind eigentlich, genau wie Anwälte, Werkzeuge der Reichen. Außerdem muß ein P.I., der ein normales Mittelschichtsleben führen will, jeden einzelnen Dollar scharf im Auge halten. Der Teilzeitjobber, der Bohemien, der Pensionär (was nicht notwendigerweise alt bedeutet) mögen die Ausnahme sein und sind es vermutlich recht häufig auch, aber der Schriftsteller, der sie der Leserschaft präsentiert, sollte sich mit diesen Fragen beschäftigen. Die Kombination von beidem – Menschen, die Geld haben, engagieren; Detektive, die Geld brauchen, können nicht wählerisch sein – bedeutet, daß echte Detektive meistens für verwerfliche Menschen und Ziele arbeiten. Wackenhut zum Beispiel arbeitet für Ölkonzerne, die die unberührte Wildnis Alaskas zu Land und zu Wasser verpesten, und nicht für kampfbereite Umweltschützer oder Eskimos, deren Lebensräume zerstört wurden. In Strafsachen arbeiten P.I.s ausschließlich für den Angeklagten, und die Höhe des Arbeitseinsatzes hängt direkt von der Höhe des Geldes ab, das der Angeklagte besitzt, und der einzige Sinn und Zweck ihrer Arbeit besteht darin – wenn wir die Tatsache akzeptieren, daß nur eine verschwindend geringe Minderheit der Inhaftierten unschuldig ist –, Menschen freizubekommen, die verabscheuungswürdige Verbrechen begangen haben. Meine Frau, die einmal einer dieser Teilzeit-P.I.s war, hat für Robert Chambers gearbeitet, den Mörder, nicht für Jennifer Levin, das Opfer.

Außerdem gibt es Probleme, was die Zahlungsmoral der Kundschaft betrifft, wie jeder weiß, der einmal einen kleinen Dienstleistungsbetrieb besessen hat.

Rasse & Rassismus – Die Kriminalität in Amerika – definiert nach den Angeklagten im Strafrechtssystem – ist schwarz. Dauernd hören wir in den Nachrichten, daß die meisten Gefängnisinsassen schwarz sind. Es wird in Artikeln oft der Eindruck erweckt, als kämen in Washington D.C. praktisch alle männlichen Schwarzen mit dem Strafrechtssystem in Berührung, als warte jeder nicht inhaftierte männliche Schwarze entweder gerade auf seinen Prozeß oder sei auf Bewährung in Freiheit. Sicherlich zeigen die Verbrechensstatistiken des FBI, daß fast 50 % aller wegen Gewaltverbrechen verurteilten Menschen schwarz sind, obwohl die Schwarzen nur 12–14 % der Gesamtbevölkerung stellen.

Und doch werden Sie selbst bei einem flüchtigen Blick auf die True crime-Regale Ihrer nächsten Buchhandlung feststellen, daß es in 99 % der Bücher um Weiße geht.

Ein wenig schwerer fällt eine Aussage über den Standort der Schwarzen in der Belletristik, wenn man sich nur die Cover der Bücher anschaut, aber es ist in etwa das gleiche. Wie viele Romane haben Sie in letzter Zeit gelesen, in denen schwarze Figuren auftauchen, bei denen es um Verbrechen durch Schwarze und das Leben von Schwarzen geht? Schwarze tauchen in Kriminalromanen in zwei Rollen auf – wenn die Polizei, um einen weißen Typen zum Sprechen zu bringen, damit droht, sie werden ihn ins Gefängnis schicken, wo er dann von großen, kräftigen schwarzen Männern vergewaltigt wird, und als Handlanger, der dank seiner Bestätigung durch den Helden, des einzigen weißen Mannes, den er mag, sich mit dem Großen Bwana-Gütesiegel der Billigung schmücken darf.

Zum Teil ist dies natürlich ein Spiegel gewisser sozialer Realitäten. Wir leben in einer Gesellschaft der Rassentrennung. Die meisten Schriftsteller kennen zu wenig schwarze Menschen gut genug, um präzise über sie schreiben zu können. Gleichzeitig sind Stereotype und Rollenzuweisungen ein heißes Eisen. Schriftsteller haben mehr Angst, schlecht über Minderheiten zu schreiben, als schlecht über New Yorker, Leute aus dem Mittleren Westen oder Kanadier.

Ich glaube, daß Rassismus in unserer Gesellschaft (oder eigentlich in allen Gesellschaften) weit verbreitet ist. Normalerweise ist er versteckt, aber in den Köpfen der meisten Menschen spulen Bänder ab, auf denen über «Nigger», «Juden», «Schlitzaugen», «Bauerntrottel» usw. hergezogen wird. Und doch lese ich selten, wenn überhaupt, einen Kriminalroman, der diese intensiven und tiefen Emotionen berührt, Emotionen, die im wirklichen Leben bestimmen, wie Menschen Entscheidungen treffen und wie sie sich verhalten.

Die große Ausnahme ist hier der Polizeiroman. Ich denke, dafür gibt es zwei Gründe. Der erste lautet, daß der bevorzugte Schauplatz eines solchen Buches die *Big City* mit ihrer gewalttätigen Unterschicht ist. Der andere ist, daß viele Schriftsteller in diesem Subgenre entweder ehemalige Cops sind oder aber wirklich gut recherchiert haben. Nahezu jeder Cop, den ich je kennengelernt habe, ist ein offener, wenn auch normalerweise gleichgültiger Rassist. Eine große Zahl von ihnen ist sich bewußt, daß Rassismus theoretisch falsch ist, aber selbst die besten und liberalsten bringen Schwarzen gegenüber zutiefst negative Gefühle zum Ausdruck, die sie mit ihren persönlichen Erfahrungen begründen. Diese Realitäten spiegeln sich in dem Subgenre.

Wirklichkeit verleiht Aufregung und Lebendigkeit. Auch deswegen hat meiner Meinung nach Richard Price's *Söhne der Nacht* so enthusiastische Reaktionen und Peter Blauners *King* den wohlverdienten Edgar erhalten. Es ist der Grund, warum Joseph Wambaugh der beste und finanziell erfolgreichste Kriminalromanautor gewesen ist.

Religion – Wie viele religiöse oder anti-religiöse Figuren sind Ihnen in Kriminalromanen schon begegnet? Ich meine wirklich religiös; Menschen, die leidenschaftliche und verworrene und wahnsinnige und erleuchtete Ansichten über Glauben und Spiritualität hegen? Der Kriminalroman ist – wie das Fernsehen zur besten Sendezeit – erbarmungslos säkular. Obwohl es eine Fülle von Priester-, Nonnen- und Rabbi-Detektiven gibt – die meisten von ihnen sind doch Säkularisten im geistlichen Gewand.

Wer hat das beschränkte Blickfeld?

Sind es die Schriftsteller, die Verleger, oder ist es die Leserschaft?

Ich weiß nicht, welche Erfahrungen andere mit Lektoren gemacht haben. Meine eigene Beziehung zu Verlagslektoren ist bestenfalls rudimentär gewesen, um es milde zu sagen. Soll heißen, sie machen wenig Vorschläge, ich mache wenig Änderungen. Bei meinem vorletzten Buch allerdings hatte ich mit meinem Lektor eine Meinungsverschiedenheit darüber, wie detailliert über Sex geschrieben werden darf. Wo liegt da das Problem?

Gegen folgende Passage aus *Priester waschen weißer* erhob mein Lektor Einwände: *Die Wahrheit ist, daß ich Marie schwanger liebe. Sexuell. Das ist eine echte Überraschung. All diese Rundheit. Ich nehme sie gern von hinten und spüre dabei die Fülle ihres Pos, diese watschelnde Breite an meinen Schenkeln. Meine Hand unter ihren geschwollenen Titten. Liebe es, die Form ihres mit dem Baby gefüllten Bauches zu fühlen. Sie ist dynamisch und gesund und fraulich. Es gibt keine Angst vor Krebs verursachenden Pillen, über die man nachdenken muß, nicht die Gummis des AIDS-Zeitalters, kein katholisches Zählen der Tage, kein gerade noch rechtzeitiges Herausziehen. Es gibt eine freie und gedankenlose Ejakulation, durch und durch primitiv, in eine absolut technologiefreie Vagina.*

Mein Lektor wollte dies ausdrücklich umgeschrieben haben, damit es weniger detailliert und «mehr romantisch» war. Ich warf einen Blick in ein anderes Buch, das er lektoriert hatte, um herauszufinden, was er mochte, und stieß dabei auf folgende Passage aus der Liebesszene: *Ihre Nippel waren so hart und glatt wie Kieselsteine an einem Strand.* (Dies war nicht der entscheidende Hinweis, der dem Helden verriet, daß er mit einer Außerirdischen schlief, es sollte vielmehr Anhaltspunkt für die erotische Erregung sein).

Bei meinem jüngsten Roman, *American Hero*, stieß ich auf zähen Widerstand, weil das Buch als «politische Satire» verstanden wurde. Was zäher Widerstand ist? Es wurde als das zweite Buch eines über zwei Bücher laufenden Vertrages abgelehnt.

Unter dem Strich steht jedoch, daß beide Probleme gelöst werden konnten. Der Sex mit einer Schwangeren blieb drin, und mein Verleger akzeptierte schließlich das zweite Buch ohne eine Änderung an Inhalt oder Stil. Sie gaben mir meinen Vorschuß, ich hatte Geld für meine Kinder.

Keiner der Lektoren glaubte von sich, einen politischen oder ideologischen Standpunkt zu haben. Ihre Einwände erhoben sie unter Rücksichtnahme auf die *Vermarktung* der Bücher, indem sie versuchten, so gut es ging einzuschätzen, was das Publikum kaufen will.

Meine Erwiderung darauf lautet, wenn die Öffentlichkeit tatsächlich so sensibel politischen, rassischen oder sexuellen Gedanken gegenüber ist, daß sie sich massenweise weigern, ein Buch zu lesen – dann spielt das irgendwie keine Rolle. Die meisten Bücher haben es ohnehin nicht mit Massen zu tun. Die tatsächlichen Kosten des Verlegens und die Höhe der verkauften Auflage, um die getätigten Investitionen wieder hereinzuholen, sind extrem niedrig, besonders im Vergleich zu Film oder Fernsehen. Schriftsteller sprechen zumeist nur einen sehr kleinen Ausschnitt der Öffentlichkeit an; Verleger produzieren in der Regel für sehr, sehr schmale Marktsegmente. Ein Buch kann schon auf die Bestsellerliste der New York Times kommen, wenn es gerade mal eine Auflage von 30000 Exemplaren im Hardcover erreicht. Das ist wahrlich keine Masse, weder für das Fernsehen noch für die Musikbranche oder den Film.

Der durchschnittliche Lektor mag es vielleicht nicht zugeben, aber es hat durchaus seinen Vorteil, Ideen – radikale Ideen, andere Ideen – in einen Genreroman aufzunehmen. Es könnte den Leuten gefallen, und sie kaufen es, und dann kaufen sie weitere Bücher dieses Autors. Wie sie es bei Chester Himes, Joseph Wambaugh und Tom Wolfe tun.

Verschiedene Leute – mein Verleger, mein Lektor, mein Agent, mein Ex-Verleger, all die Leute, auf die es ankommt! – haben mich dazu beglückwünscht, daß ich mit *American Hero* nicht länger ein Genre-Romancier bin. Zuerst habe ich dies bescheiden heruntergespielt, habe behauptet, immer noch derselbe großmütige Bursche zu sein, der ich immer gewesen bin. Doch während sich dies wiederholte, stieg mir die Sache allmählich zu Kopf. Ich fing an, die Angelegenheit näher zu betrachten, und versuchte zu verstehen, auf welche Weise ich zu einer anderen und überlegenen Spezies geworden war. Je länger ich mir die Sache anschaute, desto klarer wurde es. Schließlich erkannte ich, daß ich ein echter Romancier war. Am nächsten Tag, oder doch wenigstens bald genug, um diese Erkenntnis weiterzugeben, hatte ich ein weiteres Gespräch mit meiner Agentin, in dessen Verlauf sie meinte, Grafton und Parker oder Francis – ich habe vergessen, wer genau – seien «keine Genre-Schriftsteller.» Da sie aber, jeder einzelne von ihnen, praktisch so etwas wie Paradigmen, Musterbeispiele des reinsten Genres sind, war ich völlig platt. Ich sagte: «Was meinen Sie damit, die sind keine Genre-Schriftsteller?»

«Natürlich sind sie keine Genre-Schriftsteller», erwiderte meine Agentin. «Sie stehen auf der Bestsellerliste.»

▼

Als ich das Privileg annahm, diese Sammlung zusammenzustellen, sagte man mir, ich hätte bei der Auswahl freie Hand, solange es nur etwas mit Verbrechen zu tun habe, kurz, amerikanisch und bislang in Deutschland unveröffentlicht sei. Ich ging davon aus, daß es zum größten Teil Kurzgeschichten sein würden.

Also las ich viele Kurzgeschichten, was ich normalerweise nur äußerst selten mache. Ich war ehrlich überrascht, daß sie zum größten Teil schlecht waren. Da es sich hauptsächlich um Anthologien mit Titeln wie *«The Best Of...»*, *«More Best Of...»*, *«The Finest Best Of...»* und *«The Supreme Best Of...»* handelte, sagt diese Reaktion offensichtlich erheblich mehr über meinen persönlichen Geschmack aus als über die Qualität der Stories.

Für literarisch gebildete Menschen sind Kurzgeschichten auf das Wesentliche reduzierte Erzählungen. Bei Krimis denkt man im allgemeinen, daß die Knochen das Wesentliche sind, und die Geschichten ähneln Häuten, die straff über ein Skelett gespannt sind. Ein makabres Bild, aber passend. Doch genau wie bei einem solchen Gebilde nur wenig Raum für die verschiedenen Freuden des Sex bleibt, gibt es hier nur wenig Spielraum für das Schöne im Genre. Die rein technischen Aspekte beherrschen die Geschichten, die Substanz ist bestenfalls kaschiert, und im schlechtesten Fall tritt sie nicht zutage.

Schließlich kam mir der Gedanke, daß Kurz- nicht automatisch Kurz-Geschichte heißen muß, genau wie kurz, auf Menschen bezogen, nicht notwendigerweise Zwerg oder Liliputaner bedeutet.

Das Ergebnis ist, daß von den zwanzig hier versammelten Beiträgen nur bei zweien von Kurzgeschichten gesprochen werden kann. Fünf sind Auszüge aus Romanen, vier aus Sachbüchern, drei sind Zeitungskolumnen, drei sind eine Mischung aus Kolumne und Fiktion, und dreimal handelt es sich schließlich um Reportage.

Nachdem das alles nun gesagt ist, wobei ich womöglich wie ein Miesepeter oder, schlimmer noch, wie ein Kritiker klinge, möchte ich mit einem Beitrag beginnen, der von allen noch am ehesten an eine Kurzgeschichte herankommt. Justin Scott ist sicherlich der literarischste Schriftsteller der ganzen Truppe. Aber er ist auf natürliche Weise zum Schreiben gekommen. Ist praktisch in dieses Metier hineingeboren worden. Ich weiß das, weil Justin beinahe mein Schwager geworden wäre. Mit siebzehn oder achtzehn war ich in seine Schwester Allison verliebt. Als sie mich aus dem College mit zu ihren Eltern nach Hause nahm, damit ich ihre Familie kennenlernen konnte, wurde ich A. Leslie Scott vorgestellt, einem gebeugten alten Mann, der mit stählernem Griff mein Handgelenk umklammerte. Unter anderem war er mal Revolverheld. Er behauptete, früher mit Pancho Villa geritten zu sein, und ich glaubte es ihm. Jetzt verdiente er sich seine Brötchen mit dem Schreiben von Western. Und Allison verließ mich vernünftigerweise, als ich mich in einen der schwierigeren Abschnitte meines Lebens stürzte, in die Jahre zwischen 18 und 40. Sie wurde ebenfalls Schriftstellerin.

JUSTIN SCOTT

Katherine's Faces

Als ich Katherine Farnall das erste Mal sah, lag auf ihrem Gesicht das, was ich später ihr offizielles Lächeln nennen würde. Mein Agent und ich boten ihrem Ehemann gerade ein Buch an, einem Verleger, der berühmt für seine Berühmtheit war, der nur Berühmtes herausbrachte und auch gelegentlich einen unbekannten Schreiber wie mich berühmt machte. Jeff hatte meinen letzten Roman veröffentlicht, einen wildentschlossenen Versuch, aus den Seemannsgeschichten zu kommerzieller Belletristik durchzubrechen, der als Hardcover gekentert und als Paperback spurlos untergegangen war.

Es war nicht gerade das glücklichste Treffen. Jeff saß an seinem Schreibtisch, die kleinen Habichtsaugen unsichtbar hinter seiner getönten Brille. Hinter dem Schreibtisch waren Fotos von ihm mit berühmten Leuten und ein gläserner Gewehrschrank, der ein Arsenal enthielt, das in einem *GQ*- oder *Esquire*-Artikel zur «Waffensammlung eines Gentlemans» aufgestiegen war. Ich ließ mich auf einen Stuhl aus Chrom und Leder nieder. Roland machte es sich auf einer Couch an der Wand bequem. Seit zehn Jahren ist er mein Literaturagent, und jetzt schwieg er wie ein Bär im Winter.

Für zwei Dinge war Jeff nicht berühmt – ausdauerndes Zuhören und Loyalität. Folglich unterbreitete ich ihm eher verzweifelt meine neue Idee von einem TV-Mogul à la Ted Turner, der ein Einhand-Segelrennen rund um die Welt sponsert. In diesem Augenblick kam seine Frau herein.

Jeff Farnall hatte viele Eigenschaften, die es einem leichtmachten, ihn zu hassen: Er war ein selbstsicherer, arroganter Scheißer, nur aus purem Zufall ein ungemein talentierter Verleger, der es durch eigener Hände Arbeit zu Reichtum gebracht hatte und selbst erfolgreich Edelkrimis schrieb, die er auf Streifzügen durch Manhattan mit seinem Freund, dem Polizeipräsidenten recherchierte. Aber es war schwer, einen Mann nicht zu mögen, der so ehrlich begeistert war, wenn er seine eigene Ehefrau sah.

Er fing an, wie ein glückliches Kleinkind in seinem Büro herumzutanzen, sprang auf, um sie auf die Wange zu küssen, hüpfte zurück, um ihr Outfit zu bewundern, entschuldigte sich dafür, nicht gewußt zu haben, daß sie Zeit zum Lunch hatte, und stellte sie stolz Roland und mir vor. Ich wäre auch stolz gewesen. Sie war eine makellos schöne Frau irgendwo in den Dreißigern, mit hübschen blonden Haaren, der Andeutung einer phantastischen Figur unter viel teurer Seide und Leinen, auffallend blauen Augen, die eine 747 zur Landung zwingen konnten, und diesem offiziellen Lächeln – teils unschuldig, teils selbstbewußt, und hundert Prozent angemessen.

Sie entschuldigte sich mit leichtem Virginia-Akzent, daß sie unser Treffen unterbrochen hatte, und erklärte irgend etwas in der Art, daß sie in der Stadt hängengeblieben wäre und Jeffs Telefon benutzen müsse, um ihre Eltern anzurufen, die gerade ins Ausland abreisen wollten. Sie war so frisch und rein, daß mir allein schon der Gedanke zuwider war, sie könnte ein öffentliches Münztelefon anfassen. Jeff begleitete sie zu einer Couch in einem kleinen Erker am anderen Ende seines Büros, richtete die Jalousien so, wie es ihr angenehm war, und kehrte schließlich zu Roland und mir zurück. Mit einem Blick auf seine Armbanduhr fragte er: «Wo waren wir stehengeblieben?»

«Dennison sprach über seinen neuen Roman, *Die See*», erwiderte Roland, «über eine im Fernsehen ausgestrahlte Einhand-Segelregatta rund um die Welt.»

Dennison. Das bin ich. Dennison Marker, wie der Füller. Ich fuhr mit meiner *See*-Story fort und ging ganz darin auf. Dabei fühlte ich mich ausgesprochen gut; die Möglichkeiten faszinierten mich, und ich konnte meine eigene Begeisterung aus meiner Schilderung heraushören. Von dem wenigen, was ich in diesem frühen Stadium von meinem Buch wußte, gefiel mir die Rivalität zwischen dem Sohn des Ted Turner-Typs und dessen Geliebter am besten. Die beiden, so spürte ich, würden sich ineinander verlieben, auch wenn sie sich verzweifelt bekämpften, um das Rennen zu gewinnen.

«Also, Dennison.» Jeff unterbrach mich. Er zückte seinen goldenen Füller, setzte die Spitze auf einen kleinen Schreibblock und beugte sich mit dem Ausdruck größter Überzeugung vor. «Wie wär's, wenn arabische Terroristen die Segler an der Spitze kidnappen?»

Arabische Terroristen mitten im Ozean. Offenbar waren Jeffs kommerzielle Instinkte mit ihm durchgegangen. Ein Helikopter, der in diesem Moment durch das Fenster im siebenundvierzigsten Stock gekracht wäre, hätte mich kaum mehr aus der Fassung bringen können. Außer Gefecht gesetzt, drehte ich mich zu Roland um.

Rolands Magen knurrte wie ein Vulkan kurz vor dem Ausbruch. Er stellte die Füße auf den Boden, schob seine massige Gestalt von der Couch und stand entschlossen auf. «Ich meine, wir hatten ein produktives erstes Gespräch. Es wird Zeit, daß wir Dennison nach Hause gehen und nachdenken lassen.»

Jeff gefiel das nicht. Ein scharfes, boshaftes Funkeln drang durch die dunklen Gläser. Eine Sekunde lang glaubte ich, wir würden einen seiner berühmten Wutanfälle erleben, aber Rolands glanzvolle Klientenliste verlangte Respekt. Außerdem hatte Jeff die beiden langen Jahre nicht vergessen, die Roland nicht mehr mit ihm gearbeitet hatte, weil er einen Aschenbecher nach ihm geworfen hatte. Allerdings war er kein guter Verlierer, er mußte immer das letzte Wort behalten. «Und ich werde hier darüber nachdenken, ob eine See-Story in unser Verlagsprogramm paßt.»

Ich zahlte Roland fünfzehn Prozent dafür, daß er solche Situationen für mich erledigte, deshalb blickte ich weg, geradewegs in die saphirblauen Augen von Mrs. Farnall, die für eine Zehntelsekunde die kleine Frage zwischen uns hin- und herschickte: Was tun Sie hier?

Die Zehntelsekunde verstrich. Man verabschiedete sich. Roland und ich waren draußen. Im Lift meinte ich, es wäre doch nicht so schlecht gelaufen. Rolands Antwort war unverbindlich. Wir hatten uns schon so oft in der Wolle gelegen, daß ich sein Verhalten kannte. Er haßte jegliche Manöverkritik. Mehr würde ich über dieses Treffen nicht aus ihm herausbekommen. In ein paar Tagen, wenn er Zeit fand, würde er sich eine neue Strategie ausdenken, um einen Vertrag für mich auszuhandeln, entweder mit Farnall oder, wenn das danebenging, irgendeinem anderen Verlag, den er davon überzeugen konnte, auf mich zu setzen.

Seine Gewohnheiten zu kennen bedeutete nicht, sie zu mögen, und ich hatte wirklich das Bedürfnis nach irgendeiner Art von Zuspruch. Also zeigte ich auf seinen Magen und nannte ihn einen Verräter.

Roland hatte vor einem Jahr einen Herzinfarkt überlebt, und als ihm die Ärzte sagten, er müßte entweder abspecken oder sterben, hatte sich uns die Frage gestellt, ob Roland fett war aus Genußsucht oder weil er unbewußte Todeswünsche hatte. Seine Antwort darauf waren fünfzig Pfund Gewichtsverlust in einem Jahr, aber jetzt sah es aus, als hätte er wieder zugelegt.

«Kevlar», sagte er, als sich der Lift zur Lobby öffnete.

«Was?»

Er war ein Mann, der selten lächelte, und tat es auch jetzt nicht. «Ich trage eine kugelsichere Weste aus Kevlar.»

«Du machst Witze.» Wir sind nicht auf Körperkontakt, schütteln uns kaum die Hand, deshalb lag es mir fern, ihn in den Wanst zu knuffen und mich selbst zu überzeugen.

«Ich scherze nicht. Jeff Farnall ist ein Psychopath in einem Raum voller Waffen. Nicht im Traum würde ich sein Büro ohne kugelsichere Weste betreten.» Um seinen Standpunkt zu unterstreichen, nickte Roland in Richtung des bulligen ehemaligen Cops, der die Lifte bewachte. Vor Jahren hatte irgendein armer, enttäuschter Romanautor Jeffs Glasschreibtisch mit einem irischen Wanderstock zertrümmert. Jeff, der zu diesem Zeitpunkt nicht mal in seinem Büro gewesen war, hatte die Geschichte als Vorwand dafür benutzt, Polizeiwachen aufzustellen und die Erlaubnis für Handfeuerwaffen einzuholen, was in Manhattan schwieriger ist, als reich zu werden.

«Wieso läßt du mich dann ohne hineingehen?» erkundigte ich mich.

Roland machte meinen kleinen Scherz mit seiner Standardverabschiedung zunichte: «Ich rufe dich an», was soviel bedeutete wie noch dieses Jahr – und ging hinaus, um sich ein Taxi zu seinem Stadthaus am Gramercy Park herbeizuwinken, während ich mich auf die Suche nach der U-Bahn machte. In der Schlange vor dem Münzschalter entschied ich, daß ich zu deprimiert war, um mit der Bahn zu fahren. Ich ging wieder nach oben auf die Straße, um mit einem Taxi in luxuriöserem Elend nach Hause zu fahren.

Die Bereitschaft, ein Taxi zu bezahlen, ist natürlich keine Garantie dafür, auch eins zu bekommen, und ich mußte einige an Innenstadtprofis abtreten, die aggressiver waren als ich. Dann fuhr ein Taxi heran. Das Fenster wurde heruntergedreht. «Ich fahre nach Central Park West», sagte Mrs. Farnall. «Wenn Ihnen das irgendwie hilft.»

Ich stieg ein, und die Zauberformel von Manhattan bewahrheitete sich: Wenn man es einmal zufällig nicht eilig hat, dann gibt es keinen Stau. Wir glitten dahin, als hätte uns eine Motorradeskorte den Weg freigemacht, plauderten in komprimierter Form über die QE II, auf der ihre Eltern eine Kreuzfahrt unternahmen und auf der ich einmal aushilfsweise Lesungen halten durfte. Bald waren wir vor der Farnallschen Haustür in einem der eleganten Central Park West-Stadthäuser angelangt, wo man die Apartments besser in Morgen als in Quadratmetern mißt.

Ich behielt das Taxi. Etwas so Außergewöhnliches wie jener Blick im Büro ihres Ehemannes hatte sich nicht wiederholt. Aber sie hatte augenblicklich begriffen, daß ich, aus welchen Gründen auch immer, wirklich das Taxi selbst bezahlen wollte. Und ich bin mir sicher, wie es heute in der Geschäftswelt nun einmal zugeht, wären wir uns nie wieder begegnet.

Aber dann besuchte Rolands Frau ihre Mutter in Florida und ließ ihn übers Wochenende allein – mit einer Einladung zum Sonntags-Brunch nach Greenwich, den sein Star-Klient (der mit den meisten Bestsellern) veranstaltete. Roland wäre am liebsten zu Hause geblieben und hätte gelesen, aber es war eine Verpflichtung, der er sich nicht entziehen konnte. Deshalb lud er mich als Begleitung ein und meinte, wir könnten dann im Auto über mein Projekt «Die See» sprechen. Last-minute-Einladungen wie diese gehören zum Dasein eines einigermaßen erfolgreichen Jung-Autors, bei dem man sicher sein kann, daß er den richtigen Löffel in die Suppe taucht. Da ich mit meiner Segelregatta-Story weit genug zu sein glaubte, um darüber reden zu können, sagte ich dankbar zu, und Roland kam in den Genuß einer Autofahrt, auf der er meinen Entwurf zerpflückte.

Unser Gastgeber, der reichste, fleißigste Autor in Amerika, begrüßte uns in seinem Ballsaal mit einem Scotch in der Hand und seiner vierten Frau am Arm. Eigentlich war er ein durchaus achtbarer Ehemann, der mit seiner gnadenlosen Romanschreiberei einfach nur die Frauen verschliß. Ehefrau zwei bis vier hatten als seine Sekretärinnen angefangen. Die letzte, eine attraktive Frau, die aussah, als würde sie noch ein paar Bücher durchhalten, schnappte sich Roland, und Dave nahm mich in Beschlag. Ja, er besaß wirklich einen Ballsaal mit Glastüren an drei Wänden zum Garten hinaus und einer Geheimtreppe in sein hochherrschaftliches Schlafgemach. Ich sagte zu Dave, daß ich nicht zum ersten Mal in Häusern dieser Größe gewesen sei, mich allerdings an kein einziges in Privatbesitz erinnern könne. Er lachte gnädig und brachte mich zur Bar, wo er einigen champagnertrinkenden Männern und Frauen erzählte, ich sei der beste Autor auf seiner Party.

Katherine Farnall streckte mir die Hand entgegen. «Wir sind uns schon in Jeffreys Büro begegnet.» Sie sah phantastisch aus in einer schlichten Bluse und einer dieser weiten Hosen, wie sie in diesem Jahr Mode waren. Die Haare hatte sie hinten hochgebunden. Ihr Hals bildete eine perfekte, schöne Linie, auf die Rodin stolz gewesen wäre. Und Jeffrey war weit weg in Hollywood, wo er eine Rede vor der National Rifle Association hielt.

Katherine und die vierte Frau unseres Gastgebers waren alte Freundinnen, die, anstatt aufs College zu gehen, durch Europa getrampt waren – ein Thema, so gut wie jedes andere auch, für eine Konversation, die durch einen langen verzauberten Nachmittag plätscherte. Ich hatte vorher nicht bemerkt, daß ihr Gesicht beinahe herzförmig war. Ihre Mimik war recht lebendig: aufmerksam, wenn sie sprach, nachdenklich, wenn sie zuhörte, und herzlich für ihre Freunde. Wenn die Jungs versuchten, eindeutige Blicke mit ihr zu wechseln, wies sie sie mit ihrem offiziellen Lächeln in die Schranken. Wir liefen uns immer wieder über den Weg, und als sich die Gesellschaft endlich zum Essen niederließ, entdeckten wir unsere Tischkarten nebeneinander auf der gedeckten Tafel vor einem Fenster mit Ausblick auf einen Teich voll dicker goldener Karpfen.

«Ich habe eins Ihrer Bücher gelesen», sagte Katherine unvermittelt, und ich wollte schon fragen: «Vor oder nach unserem Zusammentreffen», aber ihr offizielles Lächeln signalisierte: «Tun Sie's nicht.»

«Welches?»

«*Der Seeräuber*. Ich wette, Sie haben immer davon geträumt, auf einem Schiff zu leben.»

Ich sah sie an, leicht überrascht und irgendwie verlegen. Die meisten Leser hielten mich für einen alten Seebären, der nur gelegentlich an Land lebte. Katherine jedoch hatte durch die Äußerlichkeiten hindurch die Phantasiewelt geblickt, die den Roman leben ließ. «Sie haben mich durchschaut.»

«Mir hat das Buch gefallen.»

Ich bot an, ihr ein anderes zu schicken, aber sie meinte, Jeff würde schon ein Exemplar für sie auftreiben.

Ich glaube an das Schicksal. Bei meinem den Wind und Wellen ausgesetzten Leben, das über einem dünnen Sicherheitsnetz dahintrieb, war ich auch der Vorstellung nicht abgeneigt, daß hinter der nächsten Ecke eine plötzliche Veränderung lauern könnte. Das Schicksal hatte mich auf Daves Party verschlagen, und eine Weile später brachte es mir unter dem Briefkopf des National Arts Club die Einladung zu einem Lunch mit Teilnehmern der Literaturkurse der städtischen New Yorker Schulen. Ich habe meine Vorbehalte gegenüber Kursen über kreatives Schreiben, es schien mir jedoch nur fair, diesen Kids einen Bruchteil dessen anzubieten, was an Privatschulen selbstverständlich ist. Außerdem war es meiner Aufmerksamkeit keineswegs entgangen, daß Katherine Farnall zum Verwaltungsrat dieses Projektes gehörte.

Ich ging zu diesem Lunch. Der National Arts Club liegt am Gramercy Park, gleich neben dem Players Club und schräg gegenüber dem eingezäunten Garten, der zu Rolands pseudogriechischer Villa gehörte. In der Hoffnung auf einen Scheck aus den ausländischen Rechten, der bei der Moldavischen Bank noch nicht eingetroffen war, ging ich zuerst dorthin, dann kehrte ich auf eine schnelle Bloody Mary und etwas Käse im Players ein, da die Küche nebenan berüchtigt war.

Im National Arts tummelten sich die Schulkinder, Siebt- bis Neuntkläßler, die offenbar nie zuvor so viel buntes Glas außerhalb einer Kirche gesehen hatten. Ich entdeckte drei Knirpse, die durch das vordere Fenster einen Park bestaunten, in dem es keine Betrunkenen und Crack-Süchtigen gab. Sie erzählten mir, sie wollten einmal Science-fiction-Autoren werden, deshalb schickte ich sie zu meinem Freund Chip, den ich beim Hereinkommen gesehen hatte. Später, als ich zusammen mit einem fehlgeleiteten Kid, das über Schiffe schreiben wollte, in der Warteschlange am Büfett stand, spürte ich den Hauch eines Flüsterns an meinem Ohr – «Der Aufschnitt ist noch das Ungefährlichste» –, und Katherine Farnall eilte mit einer Schar kleiner Mädchen vorüber.

Gegen drei Uhr waren die jungen Menschen wieder in gelbe Busse verladen; ich stand mit einigen Leuten, darunter Katherine, auf dem Bürgersteig und diskutierte die Möglichkeiten, in die City zu gelangen. «Teilen wir uns ein Taxi?» fragte ich sie.

Sie blickte auf ihre Armbanduhr, so wie es alle New Yorker tun, wenn sie überrascht feststellen, daß sie eine Stunde Zeit haben.

«Oder», schlug ich vor und bezog mit Bedacht diejenigen ein, die ihr am nächsten standen. «Wenn jemand Lust auf eine Partie Billard hat, könnten wir in den Players gehen und da was trinken.»

Katherine wartete, bis Chip sagte: «Klingt nicht schlecht.»

«Dürfen in Ihren Club auch Frauen?» fragte sie. Als ich ihr versicherte, daß dem so sei, sagte sie: «Ja, dann laßt uns das machen.»

Vier von uns gingen hinein und hinunter zum Grill, nachdem wir für Chip eine Fliege ausgeliehen hatten. Ich nahm die Getränkebestellung entgegen. Katherine erkundigte sich, wie es kam, daß ich hier Mitglied war. Ich erklärte, daß dem Players sowohl Autoren als auch Schauspieler angehörten, schließlich war einer seiner Gründer Mark Twain. Sie spielte ganz ordentlich Billard, und in der zweiten Runde trank sie ihr Bier aus der Flasche.

Danach war ich verloren, hin und weg, Hals über Kopf verliebt in die Frau meines Verlegers. Innerhalb von zwei Monaten war ich ihr im Büro ihres hingebungsvollen Ehemannes begegnet, hatte im Taxi mit ihr geplaudert, ihre Gesellschaft auf einer Party genossen, ihren lockeren Umgang mit Kindern bewundert und gab mich jetzt nonchalant, als sie sich über einen Billardtisch reckte, meinen Ball aus Versehen einlochte, lachte und eine Flasche *Bass* an die Lippen hob mit einem Grinsen, das man auch mit viel Phantasie nicht mehr ihr offizielles Lächeln nennen konnte.

Zur Rush-hour saßen wir im Taxi, Chip zwischen uns, und schwiegen die meiste Zeit. Ich fragte mich, warum sie Jeff Farnall geheiratet hatte, der trotz allem Glanz im Grunde ein bierernster Mensch war, dazu getrieben, es sich selbst immer und immer und immer wieder zu beweisen. Mit ihm machte es bestimmt nicht viel Spaß, und allein die Vorstellung von ihm mit einer Frau im Bett konnte Sprit einfrieren lassen.

Als Chip am Lincoln Center ausgestiegen war, fragte mich Katherine, an was ich gerade arbeitete. Ich berichtete ihr, daß ich mich mit dem Entwurf für ein neues Buch abmühte, und als sie mehr wissen wollte, beschrieb ich ihr die Beziehung, die ich zwischen dem TV-Boß, seinem Sohn und seiner Geliebten herausarbeiten wollte.

«Ich habe Ihr letztes Buch gelesen», sagte sie. «Das, was Jeff verlegt hat. Ihr Stil wirkte etwas beflissen.»

Ich muß ein langes Gesicht gemacht haben, denn sie lachte. «Hören Sie nicht auf mich, ich bin nur ein Mädchen vom Land.»

Vor ihrem Haus, ihre Hand lag schon zum Aussteigen auf dem Türgriff, drehte sie sich zu mir um, und ich wußte, daß dies der entscheidende Moment war. «Darf ich Sie anrufen?» fragte ich.

Wie es sich gehört, schüttelte sie mir zum Abschied die Hand. Dann, so leise, daß selbst der Taxifahrer es nicht hören konnte, entgegnete sie: «Gern. So gegen Mittag.»

Die folgenden achtzehn Stunden schlichen dahin wie Jahrhunderte. Als es endlich soweit war, wählte ich mit klopfendem Herzen die Nummer, darauf gefaßt, ich hätte mich verhört und sie würde sagen: «Sie können Jeff im Büro erreichen.»

Ihre Stimme drang wie Honig durch die Leitung. «Wollen wir uns nicht irgendwo treffen, wo wir ungestört reden können?»

New York besteht aus lauter Dörfern, in denen die Leute leben, die man kennt, und einer der Vorzüge dieser Stadt besteht darin, daß man ständig Bekannten über den Weg läuft. Wenn man genau das nicht will, wimmelt es in Restaurants, Bars und Straßen von allen Leuten, denen man jemals begegnet ist und die sich dann nach Herzenslust das Maul zerreißen können. Wir zerbrachen uns den Kopf und einigten uns schließlich auf eine Bank mit Blick auf den Yachthafen an der Seventy-ninth Street.

Katherine erschien in Turnschuhen, Jogginganzug und einem Stirnband für die Haare. Ich wartete schon mit dem leeren Notizblock in der Hand. Joggerin und aufs Wasser starrender Schriftsteller begegneten sich – rein zufällig. Ich war bei ihrem Anblick hingerissen. Durch ihre Augen schien die Sonne zu strahlen.

«Ich möchte nicht in flagranti erwischt werden», erklärte sie offen. «Mein Mann liebt mich über alles, und er ist sehr... von mir abhängig. Ich will ihn nicht verletzen. Nie. Also, keine Fehler.»

«Versprochen. Sie müssen mich nur hin und wieder erinnern. Ich habe so was noch nie gemacht.» Sie natürlich auch nicht. Wir waren nicht einmal in die Nähe eines Bettes gekommen, und doch schwebte die Möglichkeit über uns wie Möwen, die sich vom Wind tragen lassen.

Ihr Blick fiel auf meinen Arm, und plötzlich berührte sie mich, wie ein leichter Stromstoß, der mir unter die Haut ging. «Würdest du mich bitte küssen?» bat sie.

Ich hielt jedoch mein Versprechen. «Nicht hier.»

Wir telefonierten täglich, trafen uns noch einige Male am Fluß und ließen die Dinge sich langsam entwickeln. Dann auf einmal änderte das Wetter alles, und wir hatten so viel Intimität, wie wir uns wünschten. Manhattan ist immer noch eine Stadt auf einer Insel, und manchmal verirrt sich die See überraschend in die Flußarme. Eine Südostbrise brachte den Regen, der schon den ganzen Tag über gedroht hatte. Lauwarmes Wasser ergoß sich auf uns, durchnäßte uns in Sekundenschnelle, und man konnte kaum einen Meter weit sehen. In einem kleinen Pavillon versuchten wir unseren ersten Kuß, die erste von vielen gegenseitigen Überraschungen. Wir küßten uns, als hätten wir das ganze Leben nur für diesen Nachmittag geprobt.

Hand in Hand rannten wir aus dem Park und platschten in mein Haus, man hätte uns allenfalls für die einzigen Überlebenden eines gesunkenen Kreuzfahrtdampfers halten können. Die nassen Sachen noch am Körper, gingen wir unter die heiße Dusche und zogen uns allmählich aus. Später, als sie mich fragte, woran ich gerade dachte, sagte ich ihr, ich hätte das Gefühl, endlich zu Hause angekommen zu sein, was sie natürlich längst wußte.

Wir brauchten einen sicheren Ort. Mein Mietvertrag lief ohnehin ab, und Roland hatte schon den Umzug in ein weniger teures Viertel vorgeschlagen. Also verließ ich mein West End Avenue-Haus mit seiner geschäftigen Lobby und den adleräugigen Türstehern und mietete ein Studio in einem dieser roten Backsteinhäuser auf der nördlichen Seite der Seventy-fifth Street zwischen Central Park West und Columbus Avenue, fünf kurze Blocks von Katherines Wohnung entfernt. Sie konnte aus jeder Richtung zu mir kommen. Und obwohl die neugierigen italienischen Vermieterinnen, die so aussahen, als würden ihnen die meisten Häuser im Block gehören, uns aus ihren vergitterten Fenstern beobachteten, war es unwahrscheinlich, daß eine von ihnen jemals auf einer Verlagsparty auftauchen würde. Also fühlten wir uns ziemlich sicher. Auf einer Seite meines Zimmers standen meine Schreibmaschine und ein großer Haufen Bücher und auf der anderen ein Doppelbett, wo wir uns im Sonnenlicht liebten, das durch die Mullgardinen schien, die Katherine aus ihrem Wäscheschrank mitgebracht hatte – an so vielen Nachmittagen in der Woche, wie sie sich aus dem rigiden Terminplan davonstehlen konnte, der das geschäftige gesellschaftliche und berufliche Leben ihres Ehemannes produktiv am Laufen halten sollte. Die Wochenenden waren die Hölle, dann fuhren sie aufs Land zu ihrer Dutchess County Gentleman's Farm, wo Jeff preisgekrönte Duroc-Jersey-Schweine züchtete.

Ich versuchte, diese langen Tage zum Arbeiten zu nutzen, und hin und wieder gelang mir das auch; nach wie vor arbeitete ich daran, in die Rund-um-die-Welt-Regatta-Idee irgend etwas Spannendes hineinzubringen; es wollte nicht klappen, weil es im wesentlichen eine Konfliktgeschichte zwischen einzelnen Charakteren war, in der Bösewichte, die die Welt zerstören und die Demokratie für immer vernichten wollen, nichts zu suchen hatten. Auf meiner Pinnwand steckte Jeffs letzter Brief zu diesem Thema – «Segelregatten langweilen mich!!! Viele Grüße, Jeff.»

Verschreckt fing ich mit ein paar Kurzgeschichten an. Roland ging an die Decke. Neben Jeffs Brief steckte ich Rolands Fax: «Nur Autoren mit genügend Privatvermögen schreiben Kurzgeschichten.»

Das erste Mal zeigte mir Katherine eins ihrer anderen Gesichter, als wir ein uraltes Stück Haschisch rauchten, das plastikverpackt ganz hinten in diversen Gefriertruhen ein Jahrzehnt überdauert hatte und gerade noch so viel Saft besaß, zwei Leuten, die das letztemal vor zehn Jahren einen Joint geraucht hatten, ein leichtes Prickeln zu verpassen. Wir nahmen unser Prickeln mit ins Bett, und später, als ich ihr Gesicht in den Händen hielt und staunend in ihre Augen hinabschaute, sah ich die Veränderung. Ihr Gesicht wurde ein bißchen runder und voller – ein eher schwedisches Gesicht, das mich an Liv Ullmanns Ausdruck freundlicher Klugheit erinnerte.

Ihr zweites «neues» Gesicht, das sich an einem dämmrigen Nachmittag über ihre Züge legte, während wir eine Tasse Tee tranken, ließ Katherine ein wenig wie Jane Fonda aussehen. Ich vermutete, die Ähnlichkeit kam von einer Art koketter Selbstsicherheit, die durch eine Spur Verletzlichkeit noch unterstrichen wurde.

Katherines drittes Gesicht erinnerte mich an nichts anderes als eine außergewöhnlich unschuldige und doppelt erotische Katherine. Diese seltene Erscheinung trat ganz plötzlich auf und hielt nicht lange vor. Ich nannte dieses Gesicht ihre sexy Freundin. Ich sagte dann immer: «Deine Freundin ist hier.» Sie zog mich damit auf, daß ich mit einer anderen Frau schlafen wollte, aber sie wußte, daß meine Wahrnehmung stimmte. Alle drei Frauen waren so wirklich wie Katherine, und doch waren sie Katherines Quintessenz. Sie waren einfach eine Bereicherung ihrer Person, kein Anzeichen irgendeiner Persönlichkeitsveränderung. Katherine blieb immer sie selbst, so tief und eng wie immer mit mir verbunden. In manchen Wochen erschienen die Gesichter nicht. Einmal, als Jeff allein nach L.A. flog, um seinen neuesten Roman *Cop Shot!* zu publizieren, blieben wir zusammen, und eins nach dem anderen tauchten Katherines Gesichter in der Nacht auf.

Ich liebte sie alle – und auch den kleinen Kitzel, den sie dadurch für mich bekam – ein «Stück Fremdheit», wie man in ihrer Heimat Virginia sagte. Es war, als würde man mit einigen freundlichen Geistern leben.

Sie brachten mich allerdings auf die Idee für eine Story über einen Jungen, der besessen war von Phantasien, was die anderen Gesichter seiner Geliebten tun würden, wenn sie nicht bei ihm waren. Die Story war weit von allem entfernt, was ich bisher geschrieben hatte – meilenweit von den See-Storys und noch weiter von den Verrenkungen, die Roland mir für Jeff aufgetragen hatte.

Zunehmend nahm die Story in meinem Kopf Gestalt an. Ich fing an, Notizen auf Schmierpapier zu kritzeln, dann tippte ich diese auf der Schreibmaschine, dann versuchte ich mich an einem Entwurf – einer Aneinanderreihung von Ereignissen, einfach nur eine Auflistung. Dann ließ Jeff meine schöne Katherine für zehn Tage zu einer schottischen Waldhuhn-Jagd verschwinden, und bevor ich in allzu tiefster Depression versank, zwang ich mich an die Schreibmaschine und skizzierte die Rohfassung der Story. Eifersucht war das Thema, und es war das beste Manuskript, das ich je geschrieben hatte. Ich ließ es nicht lange herumliegen und gab es direkt meiner Sekretärin. Diese zeigte es ihrem Mann. Dieser bat mich um Erlaubnis, es einem Freund beim *New Yorker* zu zeigen, und das Wunder begann.

Ein freundlicher Verleger, den ich kaum verstand, spendierte mir ein Mittagessen und redete über Bücher, die ich niemals lesen würde. Beiläufig erwähnte er, daß der *New Yorker* «Katherines Gesichter» kaufen wollte. Ich erklärte ihm, daß wir den Titel ändern müßten, und wir einigten uns auf «Die anderen Frauen». Roland, mein treuer Freund und Helfer, dachte bei dem Anruf vom *New Yorker* zuerst, man wolle ihm ein Abonnement verkaufen. Er konnte ein anständiges Honorar aushandeln, und als Katherine zu mir zurückkehrte, war die Sache gelaufen.

Ich fühlte mich ausgesprochen gut, allerdings bestand die tatsächliche Bewährungsprobe für mich darin, ob ihr die Story gefallen würde oder nicht. Ich las sie ihr vor. Am glücklichsten in meinem Leben bin ich wohl gewesen, als wir zum ersten Mal miteinander schliefen, am zweitglücklichsten, als ihr die Story gefiel. Richtig gut gefiel. An diesem Nachmittag fragte ich sie sehr ernsthaft, ob sie Jeff verlassen würde.

Während unserer Affäre bestand zwischen uns immer die Übereinkunft, Jeff nicht zu verletzen, aber zwischen uns war zu viel abgelaufen, und diese letzte Trennung von zehn Tagen – die ihr ebenso schwer gefallen war wie mir – war bis jetzt das Härteste. Und doch fühlte sie sich gefühlsmäßig hin und her gerissen, sie hatte Angst, Jeff Farnall könnte ohne sie nicht funktionieren. Ich wußte jetzt, daß sie für ihn nicht wie eine Ehefrau empfand, daß ihre Liebe mehr die einer Mutter ihrem verirrten Sohn gegenüber entsprach.

Als meine Story erschienen war, riefen mich eine Menge Leute an, von denen ich lange nichts gehört hatte. Sogar der Film zeigte Interesse. Und Jeff Farnall bestellte mich in sein Büro, spätabends, als er noch arbeitete und seine Sekretärin schon nach Hause gegangen war.

Ich hatte Jeff seit jenem Termin, bei dem ich Katherine begegnet war, nicht mehr gesehen und auch seit seinem «Segelregatten langweilen mich!!!» nichts von ihm gehört. Vor unserer Zusammenkunft las ich meine diversen Notizen und die vielen Entwürfe für die Rund-um-die-Welt-Regatta-Story. Zugegeben, in etlichen Versionen hatte ich tatsächlich versucht, seine Terroristen-Kidnapping-Idee einzubauen, es wurde aber immer nur komisch, und Roland versicherte mir, daß der Markt für komische Seeromane noch kleiner wäre als der für normale. Roland ermutigte mich immer noch, «Die See» zu schreiben, weil er glaubte, die Idee mit dem Fernseh-Mogul würde es bringen. Er weigerte sich jedoch, zu diesem Termin mitzukommen, was mir nur recht war. Er konnte eine Story verkaufen, aber keine schreiben, und beim augenblicklichen Stand der Dinge konnte nur ich Jeff Farnall davon überzeugen, daß eine Segelregatta spannend sein würde.

Sollte die Schlüsselrolle beim Fernsehen liegen, dann würde ich vorschlagen, daß das Imperium des TV-Moguls kurz vor dem Bankrott stand, und hoffen, Jeff würde darauf anspringen und ein paar eigene brillante Ideen beisteuern, die der geschäftlichen Seite Dramatik verleihen und ihn selbst gleichzeitig persönlich ansprechen und begeistern würden.

Die Ausgabe des *New Yorker* mit meiner Geschichte lag auf seinem Schreibtisch, auf dem Titelblatt ein auf den ersten Blick erkennbarer Cartoon von Gahan Wilson mit einem schlafenden Hund, einer ängstlichen Katze und einem zähnebleckenden prähistorischen Untier.

Jeff kam direkt zur Sache.

«Habe Ihre Story gelesen.»

«Und?» fragte ich nach langem Schweigen.

«In New York gibt es nur eine Frau mit diesen zwei Gesichtern, Sie Dreckschwein.»

Beinahe hätte ich ihn korrigiert, drei, aber er tat es für mich. «Das dritte müssen Sie entdeckt haben.»

Es überraschte mich nicht, daß ihm dieses Gesicht entgangen war. «Ich weiß nicht, wovon Sie reden, Jeff.»

Jeff führte mir die Hackordnung im Verlagsgeschäft vor Augen. «Ich gebe doch nicht meine Frau wegen eines verdammten Schreibers auf.»

«Ihre Frau?» wiederholte ich. «Moment mal. Wovon reden Sie?» Was hätte ich sonst sagen können? Was hätten Sie gesagt?

Jeff griff nach hinten in sein Waffenarsenal und entschied sich für einen riesigen Revolver. Er hielt ihn in beiden Händen, stützte die Ellbogen auf den Schreibtisch und zielte auf meine Brust.

«Jeff!»

Jeff Farnall feuerte einmal. Die Kugel schleuderte mich vom Stuhl und halb über den Teppich. Ich landete auf dem Rücken und konnte mich nicht bewegen. Irgendwie wollte ich versuchen aufzustehen, aber meine Arme und Beine gehorchten mir nicht. Blitzschnell war Jeff über mir und zog eine zweite Waffe aus der Tasche, einen kleinen Revolver, den er mir in die schwache rechte Hand drückte. Er krümmte meinen Zeigefinger um den Abzug, richtete den Revolver auf seinen Gewehrschrank und drückte. Dieser Schuß, der ein sauberes Loch ins Glas schlug, war viel leiser als der erste, vielleicht hatte mein Gehör auch nachgelassen. Jeff ließ meine Hand fallen, ging ruhig zu seinem Schreibtisch und hackte rasch eine Nummer ins Telefon.

«Jeff Farnall. Den PC, bitte. Sagen Sie ihm, es ist ziemlich wichtig... Ed. Nein, bin ich nicht. Ed, ein verrückter Schreiber hat gerade versucht, mich zu töten. Einen Schuß auf mich abgegeben, nicht getroffen. Ich habe mein Ding rausgeholt und ihn umgelegt... Yeah, ich bin in Ordnung, aber ich habe eine Leiche im Büro, für die sich das Morddezernat bestimmt interessiert. Ich dachte nur, ich rufe zuerst dich an. Soll ich 911 wählen oder – machst du das? Danke, Ed. Danke... Yeah, ich bin okay. In Ordnung. Bis dann.»

Er hängte ein, legte die Kanone auf den Schreibtisch, schob sich an mir vorbei ans Fenster, wo er stehenblieb und grimmig auf Manhattan hinauslächelte.

Endlich gelang es mir, die Hand zu heben, und diese Leistung gab mir Mut, es auch mit der Stimme zu versuchen.

«Jeff?»

Ungläubig fuhr er herum, starrte auf den Lauf der Waffe, die er mir gegeben hatte, und schnappte nach Luft.

«Eine Frage, Jeff. Haben Sie ihr weh getan?»

«Aber –»

«Mein Agent riet mir, eine kugelsichere Weste zu tragen. Haben Sie ihr weh getan?»

Er begriff schnell. Er erfaßte die neue Situation und schien den Abstand zu seinem Revolver auf dem Schreibtisch gegen meine Verfassung auf dem Boden abzuwägen.

«Haben Sie sie verletzt?»

Er schielte gierig nach seinem Revolver, bis ich wieder sprach. «Auch wenn ich mich mit dem Ding nicht auskenne, bevor Sie ihn haben, könnte ich drei Kugeln in Sie hineinjagen.»

Zögernd fand er sich damit ab. «Haben Sie ihr weh getan?» fragte ich noch einmal.

«Natürlich nicht», flüsterte er. «Wie könnte ich ihr weh tun?» Und dann fing er an zu weinen.

Meine Gefühle da unten am Boden waren gemischt. Jeffs riesige Kugel hatte zwar nicht die Weste aus Kevlar durchschlagen, mich aber glatt vom Stuhl gehauen. Vom Hals bis zur Hüfte tat mir alles weh, und bei jedem Atemzug durchfuhr mich ein stechender Schmerz – wahrscheinlich eine gebrochene Rippe oder zumindest der größte, schwärzeste Bluterguß in der Geschichte der Blutergüsse.

Andererseits, ich lebte. Und wer hätte einen blauen Fleck liebevoller pflegen können als meine Katherine? Denn es war meine Katherine, mit Herz und Seele mein, während das arme Schwein, das gerade versucht hatte, mich zu töten, sie verlieren würde – wenn nicht heute, dann morgen. Aber ich hatte versprochen, ihn nie mit Absicht zu verletzen.

Siebenundvierzig Stockwerke tiefer auf der Straße heulten Sirenen, Jeff begriff abrupt, in welchen Schwierigkeiten er steckte, und trocknete sich rasch die Wangen. Dann heftete er die kleinen Habichtsaugen wieder auf den Revolver.

Ich brachte mich auf die Beine und taumelte halb vornübergebeugt zu seinem Schreibtisch, wo ich die Kanone an mich nahm und beide Waffen zurück in den Schrank legte. Ich drehte den Schlüssel, zog ihn aus dem Schloß und warf ihn in einen kleinen Schlitz an der Klimaanlage.

«Bevor der Commissioner hier ist, gibt es eine Menge Dinge, die Sie und ich klären sollten: Zuallererst, Sie sind, glaube ich, was Ihre Frau betrifft, ein bißchen durcheinander. Die Frau, über die ich geschrieben habe, ist ein Mädchen aus dem College.»

«Wirklich? Hieß sie auch Katherine?»

«Ich habe den Namen natürlich geändert, Sie Blödmann. Sie ist mittlerweile verheiratet, aber wenn sie nach New York kommt, treffen wir uns manchmal.»

«Wirklich?» Er kaufte es mir ab. Er bedachte mich sogar mit einem kleinen verständnisvollen Macho-Grinsen, von Mann zu Mann. Kein Problem, solange es die Frau eines anderen ist.

«Sie werden einiges erklären müssen», sagte ich. «Zwei Kanonen sind abgefeuert worden, und Ihr Freund, der Commissioner hat den Jungs vom Morddezernat erzählt, ich sei tot, was ich aber nicht bin.»

Ich setzte mich an seinen Schreibtisch und griff nach dem goldenen Füller. «So, Jeff, natürlich freue ich mich schon auf Ihr finanzielles Engagement bei meinem Buch, und ich bin ganz sicher, Ihr persönlicher Einsatz wird ihm einen Platz in Ihrem Verlagsprogramm sichern. Aber vielleicht erzählen Sie *Ihre* Geschichte zuerst einmal mir, bevor Sie versuchen, sie den Cops zu verkaufen.»

Justin Scott hat insgesamt vierzehn Romane geschrieben, darunter *The Shipkiller*, *Normandie Triangle*, *A Pride of Royals*, *Rampage*, *The Widow of Desire*, *The Nine Dragons* und *Many Happy Returns*, für den er von den *Mystery Writers of America* für den *Edgar* nominiert wurde. Da viele seiner Bücher auf See spielen, nannte man ihn auch schon «den Dick Francis des Segelns».

Bevor er sich ausschließlich dem Schreiben widmete, arbeitete Scott in den unterschiedlichsten Jobs: Er war Kapitän und Trucker, baute Strandhäuser auf Fire Island, arbeitete als Barkeeper in einer Kneipe in Hell's Kitchen, gab ein Fachmagazin für Elektrotechnik heraus und unternahm für seine Romane ausgedehnte Reisen durch Rußland, China und Schottland.

Scott wurde in Manhattan geboren und wuchs auf in einer

Schriftstellerfamilie auf Long Island. Sein Vater A. Leslie Scott schrieb an die 250 Western und unzählige Gedichte. Heute lebt Scott mit seiner Frau Gloria Hoye, einer Landschaftsgestalterin, in Connecticut und New York City. Ihre Tochter Laura Patrick ist Schauspielerin.

▼

Für mich stecken in *Katherine's Faces* zwei Geschichten. Die eine mit der kleinen Überraschung am Ende ist absolut typisch für das Krimi-Genre, gleichgültig ob es nun *hardboiled stories* oder *cozies* sind. Die andere, darin verborgene Geschichte beschreibt einen Schriftsteller, der ein Verhältnis hat. Für mich war die Liebesgeschichte so lebendig und echt, daß es mich nicht wundern würde, wenn sich meine Frau von mir scheiden ließe, hätte ich sie geschrieben.

▼

Ich mag es also, wenn über «Dinge» geschrieben wird.

In *On Writing* sagt George V. Higgins: «Generell schlage ich Nonfiction (…) als Vorbild für den Romancier vor, und dies im wesentlichen deshalb, weil ich glaube, daß es etwas sehr Wichtiges klarstellt: *Ohne Datenmaterial kann man unmöglich gut schreiben.* (…)

Meiner Meinung nach ist die beste schriftstellerische Schule der Welt jene, die Ableger in jeder größeren Stadt auf diesem Globus besitzt; sie heißt *Associated Press.* (…) Eine solide Reportage ist genau deshalb interessant, weil sich der Reporter die Mühe gemacht hat, zunächst Informationen über sein oder ihr Thema zu sammeln und sie dann sorgfältig so zu organisieren, daß der Leser nach Lektüre des Textes etwas weiß, das er oder sie zuvor nicht gewußt hat.»

Während ich meine Auswahl traf, schälte sich ein Thema heraus. Es ist der Brückenschlag zwischen Journalismus und Belletristik – in beide Richtungen.

Die zwei Beiträge von John DeSantis verdeutlichen dies in aller Klarheit.

DeSantis ist Reporter. *For The Color of His Skin* handelt von Yusuf Hawkins, einem jungen Schwarzen, der ermordet wurde, nur weil er durch einen weißen Stadtteil ging. Es war Bensonhurst in Brooklyn, der gleiche italo-amerikanische Stadtteil und die gleiche Kultur, die auch Spike Lee in *Jungle Fever* ausgelotet hat.

Ich habe dieses Buch für die *Woodstock Times* besprochen, unser Wochenblatt, das sogar noch kleiner ist, als sie vielleicht ahnen. Der Einfachheit halber zitiere ich mich selbst: *DeSantis ist der Mann von UPI. Ein Joe Friday der Reporter: «Nur die Fakten, Ma'am. Wir wollen nur die Fakten.» Sein Buch ist eine Mahnung daran, was genau gut ist am altmodischen, geradlinigen, «objektiven» Journalismus. DeSantis liefert die ganze Geschichte – oder doch wenigstens jedes Detail, das sich überprüfen läßt – und nichts als die Geschichte. Keine rhetorischen Schnörkel. Keine emotionalen Spekulationen. Keine stilistischen Innovationen.*

Genau so sollte es auch sein. Bei einer solchen Story ist es bereits eine echte Leistung, sie einfach zu erzählen.

JOHN DESANTIS
A House Devided

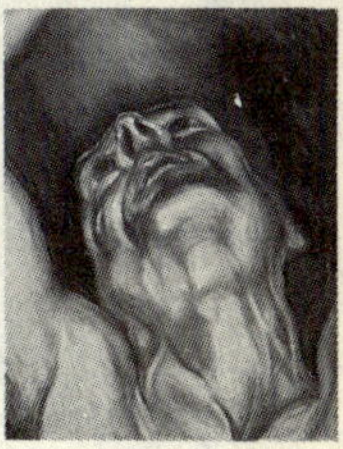

Das New Yorker Borough Brooklyn übertrifft – was Einwohnerzahl und Fläche betrifft – die meisten Städte der Vereinigten Staaten. Das am westlichen Ende von Long Island gelegene und durch den East River vom Glitter und Schmutz der Lower East Side Manhattans getrennte Brooklyn wat von 1834 bis 1898 eine selbständige Stadt, bis es schließlich in Groß-New York eingemeindet wurde.

Der stetige Verkehrsstrom über den geduldigen Rücken der Manhattan Bridge, eine von drei den Fluß zwischen Manhattan und Brooklyn überspannenden, filigranen Stahlkonstruktionen, ergießt sich aus Richtung Manhattan auf eine breite Straße namens Flatbush Avenue, ein asphaltiertes und mit Schlaglöchern übersätes Rückenmark, das am Fuß der Brücke beginnt und am Atlantik endet. Auf seinem Weg verzweigt es sich in scheinbar unzählige Ganglien und Neuronen von Seitenstraßen, Avenues und Gassen, an denen eine der ethnisch, kulturell und wirtschaftlich mannigfaltigsten Bevölkerungen der Welt lebt.

Der multikulturelle Charakter des Boroughs geht zurück bis auf seine frühesten Anfänge. Der Florentiner Giovanni da Verrazano war im Jahre 1524 der erste Europäer, der die Uferlinie Brooklyns erblickte, als die Ureinwohner Amerikas noch die einzigen Bewohner waren. Verrazano verließ allerdings nie sein Schiff, und die einheimischen Menschen blieben ungestört, bis Henry Hudson und seine Matrosen im Jahre 1609 eintrafen und den Weg für die dann folgende englische Besiedlung eines Gebietes ebneten, das heute als Gravesend bekannt ist. Auch die Holländer siedelten sich an, und 1698 rühmte sich Breuckelen (nach einer Stadt in Holland) bereits einer Einwohnerzahl von zweitausendundsiebzehn Menschen. Diese Zahl berücksichtigt allerdings nicht die Ureinwohner, die immer noch dort lebten, umfaßte jedoch die Holländer, Engländer und ihre afrikanischen Sklaven.

In der Hoffnung, den erbärmlichen Lebensverhältnissen und der Armut der Mietskasernen auf der Lower East Side Manhattans zu entgehen, siedelten sich in den folgenden Jahrhunderten Einwanderergruppen aus vielen Nationen mehr oder weniger vorübergehend in verschiedenen Teilen von Brooklyn an. Einige Nationalitäten, wie die Italiener und die Juden von East New York, blieben nur etwa eine Generation, bevor sie zu besseren Gegenden weiterzogen. Andere, wie die Polen von Greenpoint und die Russen von Brighton Beach, setzten sich fest und blieben.

Die beste Kielbasa westlich von Warschau findet man auch heute noch auf der Greenpoint Avenue, und in den italienischen Hochburgen von Bensonhurst und Bay Ridge werden immer noch Mozzarella und andere italienische Köstlichkeiten hergestellt.

Nur wenige Blocks von ihrem Anfang an der Manhattan Bridge entfernt, wird die Flatbush Avenue von der Fulton Street gekreuzt, einem alten Indianertrail, der später nach dem Erfinder des Dampfschiffes benannt wurde. Die Fulton ist heute eine stark befahrene Durchgangsstraße, die einige der härtesten Viertel des Boroughs quert. Eines davon ist Bedford-Stuyvesant. Die aus dem zweiten Weltkrieg zu den Reihenhausblocks des Viertels zurückkehrenden und eine neue Umgebung suchenden Veteranen zogen mit ihren Familien in andere Stadtteile. Freiwerdende Wohnungen der Weißen wurden von neu ankommenden Schwarzen bezogen, die sich ebenfalls ein Stück vom Kuchen des Nachkriegswohlstands und niedriger Mieten abschneiden wollten.

Ein Mangel an Arbeitsplätzen, worunter schwarze Amerikaner so oft zu leiden haben, gepaart mit der damit verbundenen Armut und einer Unterversorgung an grundlegenden staatlichen Dienstleistungen verwandelte Bedford-Stuyvesant und vergleichbare Viertel schnell in Slums, die sich durch hohe Kriminalitätsraten auszeichneten.

Während der sechziger Jahre wurden viele der Slumgebäude dieser Gegend abgerissen und durch mehrgeschossige Sozialsiedlungen ersetzt. Die Siedlungen stellten eine vorübergehende kosmetische Verbesserung dar, aber die eigentlichen Ursachen der Probleme des Viertels wurden nicht mit den alten Häusern beseitigt, so daß Kriminalität und Armut blieben.

Schußwechsel zwischen rivalisierenden Drogendealern oder manchmal auch zwischen Dealern und der Polizei sind nichts Ungewöhnliches in einer Nacht in Bedford-Stuyvesant, wenn es auf den Straßen von Outlaws und Schlägertypen wimmelt. Bedford-Stuyvesant war Dodge City in Brooklyn, und Symptome ähnlich der Kampfmüdigkeit von Soldaten werden heute von Psychologen bei kleinen Schulkindern beobachtet, denen schon sehr früh beigebracht wird, sich zu ducken und von den Fenstern fernzuhalten, sobald Schießereien beginnen.

Die Gewalt und das Verbrechen von Bedford-Stuyvesant und anderen armen, schwarzen Stadtteilen sind nur ein Teil des wirklichen Charakters und der Persönlichkeit dieser Blocks. Zwischen den Geschäften, die am Sonntagmorgen hinter Gittern aus Blech und Stahl geschlossen bleiben, dringen die Laute von Musik und Gebeten aus Dutzenden von Kirchen heraus, in denen Männer Anzüge und Frauen Hüte tragen, die zu ihren farbenfrohen Kostümen passen.

Der Mythos, daß Menschen in solchen Gemeinden selbst nur wenig tun, um eine positive Veränderung herbeizuführen, wird – nicht weit entfernt von einem wahren Einkaufsparadies an Crackhäusern – von einem kleinen Wohnwagen an der Ecke Greene Avenue und Marcus Garvey Boulevard erschüttert. Vierundzwanzig Stunden täglich ist dieser Wagen mit Angehörigen des *Bedford-Stuyvesant Volunteer Ambulance Corps* besetzt.

Und hinter den Fenstern von Siedlungen wie den Brevoort Houses fechten Mütter, Väter und Großeltern jeden Tag einen stillen Kampf aus, ihre Söhne und Töchter in der Schule und fort von der harten Straße zu halten.

Bensonhurst, am südlichen Ende von Brooklyn, steht in scharfem Kontrast zu dem nur acht Meilen entfernten Bedford-Stuyvesant.

Italienische Einwanderer und ihre Söhne und Töchter haben sich Bensonhurst einverleibt, als es im wesentlichen nur aus Ackerland bestand. Auch wenn sich die Franklin D. Roosevelt High School am unteren Ende des Viertels einer Schülerschaft rühmt, die sich aus achtundfünfzig verschiedenen Nationalitäten zusammensetzt, haben die Italoamerikaner den baumgesäumten Straßen doch unübersehbar ihren Stempel aufgedrückt. In den Avenues mit Geschäften im Erdgeschoß und Wohnungen darüber finden sich einige der besten Cappuccino-Häuser und italienischen Restaurants der ganzen Ostküste.

Straßenkriminalität der Art, wie man ihr in Bedford-Stuyvesant begegnet, ist selten in Bensonhurst. Der Brevoort-Sozialsiedlung am nächsten kommen hier vielleicht noch die Marlborough Houses, die allerdings eher im angrenzenden Coney Island als direkt in Bensonhurst liegen. Statt enger, überfüllter Mietskasernen und verfallender Brownstones mit vernagelten Fenstern besteht die Architektur von Bensonhurst zum weitaus größten Teil aus Zweifamilienhäusern, die nach dem zweiten Weltkrieg erbaut wurden. Vor den Häusern befinden sich adrett gemähte Rasen, und viele sind mit Heiligenfiguren und Statuen der Jungfrau Maria geschmückt.

Während Bensonhurst einerseits durchaus seinen Teil an Collegeabsolventen und jungen Männern und Frauen vorzuweisen hat, die eine qualifizierte Berufsausbildung erlangen wollen, gibt es jedoch genau wie in Bed-Stuy ebenfalls düstere Probleme, die unter der sozial weniger angepaßten Jugend lauern, wie zum Beispiel hohe Quoten von Schulabbrechern und Drogenmißbrauch.

Die auf den Straßen von Bensonhurst herumlungernden Jungs hegen, genau wie ihre Arbeiter-Väter, tiefsitzende Vorurteile, besonders was Schwarze betrifft. «Die nehmen uns alle guten Jobs weg, die nehmen sich unsere Frauen, die kassieren doch nur die Wohlfahrt», lautet die weitverbreitete Einschätzung.

1989 war New York City eine von vielen Sorgen geplagte Stadt. Die doppelte Geißel von Crack und AIDS strapazierte sowohl die Ressourcen von Polizei als auch Gesundheitsversorgung über alle Maßen. Die Kluft zwischen den Betuchten und den Habenichtsen war breiter und tiefer, wie seit fast einem Jahrhundert nicht mehr. Während weitgehend unerforschter Ärger und Wut über schwierige soziale Verhältnisse in den schwarzen Vierteln kochten und brodelten, wuchs in den weißen Enklaven der Stadt gutdokumentierter und oft tolerierter Abscheu und Angst vor Schwarzen, als die Mordstatistiken in Wohngebieten von Minoritäten anstiegen. Die daraus resultierende Feindseligkeit zwischen den Rassen war in diesem Sommer bis zu einem Fieber angewachsen, bis zu einem Punkt, an dem Leben gefährdet waren und sogar verloren wurden.

Es ist unmöglich, die eigentlichen Gründe für Spannungen zwischen den Rassen in New York und dem ganzen Land adäquat zu verstehen, wenn man nicht zumindest etwas Kenntnis von der Kausalbeziehung zwischen der Institution der Sklaverei und den späteren sozioökonomischen Problemen hat, die Afroamerikaner betreffen.

Viele weiße Amerikaner, besonders im Norden, wollen nichts davon wissen, daß das Thema Sklaverei irgendeine Bedeutung für aktuelle soziale Probleme haben könnte. Aber diese Einstellung wird von einigen Schwarzen als beleidigend und unsensibel betrachtet.

«Wir sind niemals in dieses Land gebracht worden, um Gleichheit zu genießen oder am Wohlstand des Landes teilzuhaben», sagt Nona Smith von der *National Association for the Advancement of Colored People*, die an der Spitze des Kampfes gegen frühe Rassentrennungsgesetze in den Südstaaten gestanden hat.

«Wir haben schreckliche Fehler gemacht, und wir müssen eine Möglichkeit finden, diese Fehler auszugleichen oder zu korrigieren oder einzugestehen.... Wenn man berücksichtigt, was wir durchgemacht haben, dann verlangt das einem Volk schon eine ganze Menge ab, und wir sind immer noch die Ärmsten. All diese Jahre! Kein Mensch denkt darüber nach. Von den Steuern, die wir gezahlt haben, haben andere profitiert.»

Aber viele Weiße in den Industriestädten des Nordens sind der Meinung, daß es nicht an ihnen ist, «Wiedergutmachungen» anzubieten, wenn auch nur in der Form des simplen Eingeständnisses, um das Nona Smith bittet.

«Ich war nicht dabei, als meine Eltern von Italien rübergekommen sind, aber wenn man sie reden hört, dann litten sie auf den Schiffen unter Enge und wurden zusammengepfercht... Sie hatten Hunger, sie waren schmutzig, und als sie hier ankamen, wurden sie nicht mit Samthandschuhen angepackt», sagt eine Brooklyner Frau. «Ich habe in meinem ganzen Leben noch nie jemandem weh getan, und ich würde auch in meinem ganzen Leben nie jemandem etwas antun. Was weiß ich von Verantwortung für etwas, das ich nicht getan habe? Ich kann das alles nicht mehr hören. Das Argument mit der Sklaverei ist doch eine lahme Krücke... Ich war damals ja noch nicht mal auf der Welt. Wie kann man für etwas schuldig sein, wenn man nicht mal dabei war? Und wann gab es hier je Schilder, auf denen ‹Nur für Weiße› stand... Weiße Trinkwasserbrunnen, weiße Toiletten, hier bei uns in New York?»

Es herrscht die allzu verbreitete Meinung, daß Sklaverei und später die Rassentrennung ausschließlich Institutionen und Praktiken der Südstaaten darstellten. Einige Leute weisen, quasi als Rechtfertigung, auf die vielen Unionssoldaten hin, die während des Bürgerkriegs ihr Leben auf dem Schlachtfeld gelassen haben, «um die Schwarzen zu befreien».

Aber in Städten wie New York gab es Zorn und Verbitterung über die wirtschaftlichen Belastungen und den Verlust an Menschenleben, die der Krieg mit sich brachte, «nur um die Nigger zu befreien». Während der Aufstände gegen die Einberufung zum Wehrdienst in der Zeit des Bürgerkrieges wurden Schwarze in New York wegen der Wut auf die Kriegsanstrengungen verfolgt, geschlagen und manchmal sogar getötet.

Obwohl Abraham Lincoln die *Emancipation Proclamation* unterzeichnete, durch die die Sklaven der Südstaaten freigelassen wurden, legalisierte der Oberste Gerichtshof der Vereinigten Staaten mit der berüchtigten Dred Scott-Entscheidung nur ein Vierteljahrhundert später die Rassentrennung. Die Doktrin des «Getrennt, aber gleich» wurde Gesetz.

Die sogenannten *Jim Crow Laws*, die die Einrichtung rassengetrennter Friedhöfe, Kantinen und Schulen ermöglichten, blieben bis zu dem wegweisenden Fall *Brown vs. Board of Education of Topeka* von 1954 in Kraft, der schließlich zur Aufhebung der Rassentrennung in den Schulen der Südstaaten führte und den Weg für die Bürgerrechtsbewegung ebnete.

Schilder lassen sich leicht von Toilettentüren entfernen, ganz anders sieht es mit tiefverwurzelten Einstellungen und Vorurteilen aus. Oder mit den sozialen und ökonomischen Bedingungen, die eine Blaupause für rassische Diskriminierung darstellen. De jure wurde die Rassentrennung – die durch Gesetz sanktionierte rassische Trennung – während der sechziger Jahre in den Südstaaten aufgehoben. De facto setzte sich die Rassentrennung – die Trennung der Rassen in der Folge sozialer und ökonomischer Faktoren – in Städten wie New York fest, als weiße Eltern, alarmiert durch den sich verschlechternden Zustand des öffentlichen Schulsystems, begannen, ihre Kinder in privaten oder kirchlichen Bildungseinrichtungen anzumelden.

Wohlmeinende Pädagogen, die etwas gegen dieses Problem zu unternehmen versuchten, glaubten eine Lösung gefunden zu haben, die darin bestand, Kinder mit Bussen in andere Stadtviertel zu transportieren, um so ein rassisches Gleichgewicht zu erreichen und, so hoffte man, damit auch ein gewisses Maß an Gleichheit. Aber Eltern und ihre Kinder, die auf dem Höhepunkt des *Bus-Streites* öffentliche Schulen in New York besuchten, haben Gefühlen Ausdruck verliehen, die darauf hindeuten, daß ihre Wahrnehmungen derjenigen, die anders als sie selbst sind, unbestreitbar durch das Bus-Experiment verzerrt wurden.

Margaret Richman ist eine Großmutter aus Queens, deren älteste Tochter im dritten Schuljahr war, als die Familie von Plänen erfuhr, die Kinder «zwangsweise mit dem Bus» woandershin zu schicken.

«Das Problem ist, daß ich diese Wohnung genommen habe, weil sie nah an dieser Schule lag. Warum sollte meine Drittkläßlerin woandershin transportiert werden? Die Rassenintegration hat mich nicht an erster Stelle interessiert. Ich wollte nicht, daß mein Kind mit einem Bus fuhr, weil es einfach keinen vernünftigen Grund dafür gab... Ich hatte Angst vor einem Unfall oder anderen Dingen. Sie war noch viel zu jung, um unbeaufsichtigt zu bleiben.»

Richman und andere Eltern, die sich an dem Protest beteiligten, bestehen darauf, daß sie nicht durch negative Gefühle Schwarzen gegenüber motiviert wurden, und sie weisen darauf hin, daß eine ganze Reihe schwarzer Eltern, die sich gegen die Bustransporte gewehrt haben, ebenfalls zu den Treffen kamen und sich auch an Demonstrationen vor den Schulen beteiligten. «Wir hatten im Grunde eigentlich keinen Streit mit den schwarzen Eltern», sagte sie.

Rosemary Gunning, ehemaliges Mitglied des New York State Parlaments, erinnert sich an die Verbitterung, die durch die Vorschläge zum Bustransport erzeugt wurde, und räumt ein, daß einige Eltern schlicht und einfach gegen Schwarze waren. «Es waren einige Rassisten darunter», sagt sie. «Aber die meisten Eltern hatten einfach nur Angst, daß ihre Kinder in einige dieser Stadtteile mußten.»

Schließlich wurden schwarze Kinder mit Bussen in vorwiegend weiße Schulen gefahren, aber Klassenunterschiede und eine Vielzahl anderer Konflikte bewirkten, daß Klassenkameraden nicht immer gerade zuvorkommend miteinander umgingen. Einige erwachsene Weiße, die damals Kinder waren, erinnern sich heute, von Banden schwarzer Kinder «gefilzt» worden zu sein, denen man ebenfalls nachsagte, an der Straßenkriminalität in weißen Vierteln beteiligt gewesen zu sein. Einige Schwarze andererseits erinnern sich, von Banden weißer Kinder überfallen worden zu sein, die sie nicht in «ihrem» Stadtteil haben wollten.

Mrs. Gunning erinnert sich, in einer Rede vor dem *New York City Board of Education*, bei der sie ihren Widerstand gegen das Bus-Programm zum Ausdruck brachte, eine Feststellung getroffen zu haben, die eine Prophezeiung werden sollte, wie sie heute traurig erkennt: «Diese Vorschläge werden eine Generation rassenbewußter Kinder schaffen.»

Es gibt viele verschiedene Arten von New Yorker Stadtplänen. Manche zeigen U-Bahn- und Buslinien; andere unterteilen die Stadt in Straßenraster, damit Touristen weltberühmte Wahrzeichen leichter finden können; wieder andere zeigen die Stadt als Flickenteppich der Polizeireviere. Und dann gibt es noch die unsichtbaren Stadtpläne in den Köpfen der Menschen, die in ihren Straßen leben und die die Stadt in *turfs* unterteilen – *turf* ist Gangsprache für ein von einer Bande kontrolliertes Gebiet. *Turf*-Kriege gegen im Viertel unerwünschte Menschen sind an manchen Orten Legende. Häufig hat der bestimmende Faktor, ob ein Besucher erwünscht ist oder nicht, mit Rasse oder Nationalität zu tun. Viertel, die als weiße Enklaven gelten, werden oft mit Gewalt als solche beibehalten. Die Schwarzen antworten mit gleicher Münze. Diese territorialen Ansprüche werden immer wieder auf die Probe gestellt, mit Messern, Fäusten, Baseballschlägern und manchmal auch mit Schußwaffen.

Die von der Öffentlichkeit in amerikanischen Stadtzentren Ende der achtziger Jahre am meisten gefürchtete Kriminalität war nicht die für beide Seiten verlustreiche Gewalt von Straßenbanden, die immer wieder periodisch ausbrach. Es war die unerwartete Gewalt, denen unschuldige Menschen auf den Straßen der Stadt zum Opfer fielen, wie Vergewaltigung oder Raub, die Angst und Besorgnis erweckte. Durch Nachrichtenmedien, das Kino und Fernsehshows wurden sich Amerikaner dieser Art Kriminalität bewußter. Die Medien berichteten häufiger über Verbrechen, während die Polizei ihre Fähigkeiten zur Datenanalyse verbesserte und *Law and order*-Politiker von einer «Verbrechenswelle» sprachen, die das Land heimsuchte.

Die vermeintlich erkannte *Verbrechenswelle* existierte in Wirklichkeit jedoch nie. Vom *United States Department of Justice* im Frühjahr 1991 veröffentlichte Vergleichszahlen belegen, daß die Zahl der Opfer von Gewaltverbrechen von 1973 bis 1987 drastisch zurückgegangen ist. Die Zahlen für Körperverletzung haben einen landesweiten Tiefststand von 22,3 Opfern pro 1000 Personen im Alter von zwölf Jahren und mehr erreicht und sich 1989 auf 23,0 pro 1 000 eingependelt. (Diese Zahl basiert auf dem *National Crime Survey*, das sich nicht allein auf das verläßt, was der Polizei gemeldet wird.) Mord, das am meisten angezeigte Verbrechen, variiert in der Häufigkeit über verschiedene Zeiträume. Von 1933 bis 1958 fiel die Quote beträchtlich (laut *Uniform Crime Reports*), obwohl sie um 1980 wieder anstieg. 1988 jedoch lag die landesweite Mordrate um 16 Prozent niedriger als noch acht Jahre zuvor. In New York City stieg die Zahl der Morde in den achtziger Jahren an, doch dieser Zuwachs wurde weitgehend zurückgeführt auf vermehrte Gewalt unter direkt am Drogenhandel beteiligten Personen.

Die Beurteilung solcher Verbrechensstatistiken und ihrer Methoden überläßt man besser den Fachleuten, aber eine unstreitige Tatsache fällt bei diesen Daten doch auf. Während die weiße Bevölkerung Angst vor dem Verbrechen hat und ganz besonders vor von Schwarzen begangenen Verbrechen, finden sich doch unter der schwarzen Bevölkerung in nahezu jeder Kategorie schwerer Verbrechen mehr Opfer als bei den Weißen, auch wenn die Schwarzen einen geringeren Anteil an der Gesamtbevölkerung ausmachen. Mehr Raubüberfälle, Körperverletzungen und Morde werden gegen Schwarze begangen, auch wenn die Zahlen für einfache Körperverletzung bei Weißen höher sind. 1989 waren fünfzig von hundert Mordopfern schwarz.

Rassisch motivierte Kriminalität war nichts Neues in den achtziger Jahren, doch seitdem die Angst vor Kriminalität im allgemeinen und daraufhin Angst vor Schwarzen in amerikanischen Städten den höchsten Stand aller Zeiten erreicht hat, wurden solche Verbrechen mit einer erschreckenden Häufigkeit begangen. Gewalt gegen Schwarze, weil sie sich in einem rein weißen Stadtteil befanden und «nichts Gutes im Schilde führen» mußten, wurde als durch den Faktor Angst gerechtfertigt angesehen.

Das «hart gegen das Verbrechen durchgreifen»-Klima, das das ganze Land ergriff, wurde von einigen Weißen so übersetzt, daß es «hart gegen Schwarze durchgreifen» bedeutete, und die Häufigkeit von Gewalt gegen Schwarze stieg während des gesamten Jahrzehnts kontinuierlich an. Während Gewalt zwischen verschiedenen Rassen nicht die Norm für traditionelle kriminelle Aktivitäten war (in mehr als 80 Prozent aller Fälle werden Schwarze das Opfer von Schwarzen), gilt dies nicht für die sogenannten *bias crimes*: 177 sogenannte *bias*-Zwischenfälle wurden 1980 in New York City gemeldet. Seitdem steigt die Zahl stetig an: 1989 waren es 541 Fälle. Landesweite Zahlen über *bias related crime* wurden bis 1991 von der Bundesregierung nicht ermittelt, auch wenn während der achtziger Jahre immer mehr Städte und Gemeinden anfingen, ihre eigenen Aufzeichnungen über solche Informationen zu führen.

Es herrscht einige Verwirrung, was die verschiedene Rassen betreffende Natur von *bias crimes* betrifft. Nur weil ein Verbrechen von Schwarzen gegen Weiße begangen wird, oder umgekehrt, ist es nicht notwendigerweise durch rassische Abneigung oder Vorurteile motiviert. Andere Hinweise, wie zum Beispiel Worte, die der Straftäter gesagt hat, eine Reihe ähnlicher Verbrechen in der jüngsten Vergangenheit oder das Fehlen eines anderen Motivs wie unmittelbarer wirtschaftlicher Vorteil werden alle mitberücksichtigt, um zu ermitteln, ob eine Straftat wirklich ein *bias*-Zwischenfall ist.

Viele *bias crimes* verlaufen ohne Gewalt, und die Zahlen umfassen alles von Hakenkreuzschmierereien auf Synagogen bis zum Verbrennen von Kreuzen auf Rasenflächen. Aber Gewalt, gelegentlich sogar Mord, ist durchaus nichts Unbekanntes.

New York war die erste amerikanische Stadt, die erkannt hat, daß Straftaten, die wegen Rasse, Religion oder Nationalität des

Opfers begangen werden, besonderer Aufmerksamkeit bedürfen. 1980 wurde ein Gremium einberufen, das erörtern sollte, wie ernste Probleme zwischen chassidischen Juden und Schwarzen im Brooklyner Stadtteil Crown Heights angegangen werden könnten. Eine Empfehlung war die Gründung einer *Bias Incident Investigation Unit*.

Die Detectives der *Bias Unit* (deren Zuständigkeit 1986 insofern erweitert wurde, daß man auch Verbrechen aufgrund sexueller Orientierung dazurechnete) unterstützen und lenken die Ermittlungsabteilungen der jeweiligen Reviere, wenn die Möglichkeit besteht, daß eine Straftat mit Vorurteilen in Zusammenhang steht. Besondere Maßnahmen werden ergriffen, um sicherzustellen, daß die Rechtsfindung nicht lasch gehandhabt wird, nur weil das Opfer einer gesellschaftlichen Minderheit angehört oder sonstwie sozial stigmatisiert ist.

Der erste hochkarätige Mordfall der *Bias Unit* ereignete sich 1982, als ein schwarzer Angestellter der New York City Transit Authority namens Willie Turks in dem überwiegend weißen Brooklyner Stadtteil Gravesend erschlagen wurde. Die Täter, fünfzehn oder zwanzig Weiße, pöbelten ihn an, nachdem er die stark befahrene Avenue X überquert hatte, um sich in einem Imbiß einen Snack zu kaufen.

«Macht den Nigger fertig», lautete der Schlachtruf, als Turks von der Gang mit Tritten traktiert und mit Knüppeln auf ihn eingeschlagen wurde.

Die Polizei konnte keinen anderen erkennbaren Anlaß für den Zwischenfall ermitteln, außer daß Turks ein Mensch der falschen Hautfarbe am falschen Ort und zur falschen Zeit war.

Im Dezember desselben Jahres schoß ein schlanker, bebrillter Elektronikexperte namens Bernhard Goetz auf vier junge schwarze Männer, nachdem sie in einer New Yorker U-Bahn Geld von ihm verlangt hatten. Goetz und seine Unterstützer, darunter auch einige prominente Schwarze, behaupteten, daß die «Selbstjustiz» nicht rassisch motiviert gewesen sei. Das Police Department stellte ferner fest, daß die Schüsse «in keinem Zusammenhang mit Vorurteilen» standen, auch wenn viele schwarze Aktivisten dies anders sahen.

Goetz räumte ein, gegenüber der Polizei gesagt zu haben, er habe einen Schuß in den Rücken eines der Opfer abgefeuert, das bereits auf dem U-Bahnsteig lag, nachdem er gesagt hatte: «So übel siehst du gar nicht aus, hier hast du noch einen.» Nachdem der Verteidiger Barry Slotnick angemerkt hatte, daß Goetz bereits früher Opfer eines Verbrechens geworden war, bat er eine gemischtrassige Jury zu glauben, daß der Einsatz tödlicher Gewalt gerechtfertigt war.

Solche Handlungen werden üblicherweise eher danach beurteilt, was ein «vernünftiger Mensch» unter gleichen Umständen tun würde, als danach, was eine Person ausgehend von seiner oder ihrer eigenen, früheren Erfahrung, ihren Ängsten oder Vorurteilen tun würde. In Goetz' Fall war der Standard des «vernünftigen Menschen» erledigt, sollten die Geschworenen zu der Ansicht gelangen, daß Goetz wegen seiner Angst – basierend auf in der Vergangenheit erlebten Situationen –, erneut Opfer zu werden, zu Recht eine Handlung begangen hat, die nicht dem entsprach, was das Gesetz üblicherweise als «vernünftig» erachtet.

Goetz wurde von der Anklage des versuchten Mordes freigesprochen, aber wegen illegalen Waffenbesitzes zu sechs Monaten Gefängnis verurteilt. Einigen Aktivisten zufolge kam der Freispruch einer Eröffnung der Jagdzeit auf junge schwarze Männer gleich, die auf der Straße für das Verbrechen erschossen werden konnten, schwarz zu sein und auf Weiße angsteinflößend zu wirken.

Rassisch motivierte Übergriffe setzten sich 1986 fort und umfaßten das Erschlagen eines Schwarzen im Brooklyner Stadtteil Coney Island, nachdem er mit seinem Fahrrad gegen ein Auto gefahren war, in dem sich sechs Weiße befanden. Sie wurden verurteilt und erhielten Haftstrafen von bis zu fünfundzwanzig Jahren.

Viele der Arbeiterviertel, in denen sich solche Zwischenfälle ereigneten, waren Orte, an denen Gewalt häufig benutzt wurde, um Meinungsverschiedenheiten zu klären, auch zwischen Menschen der gleichen Rasse oder der gleichen ethnischen Herkunft. Aber ein anderer Maßstab schien angelegt zu werden, wenn die Rasse ein Faktor war, und dieser Maßstab war sehr oft tödlich. In New York und anderen Städten kristallisierte sich ein Muster von individuellen Gewalttaten heraus, die einzig und allein auf der Rasse gründeten, was zu tiefgreifenden Trennungslinien zwischen Schwarzen und Weißen führte. Wie tief die Emotionen wirklich gingen, wurde zunächst weder erkannt noch berücksichtigt, abgesehen von der

Bildung weiterer *bias units* in Städten, die sich plötzlich als Schauplatz immer häufigerer rassischer Übergriffe wiederfanden. Die meisten rassisch bedingten Morde, die sich in den achtziger Jahren ereigneten, hatten nur minimale öffentliche Reaktionen seitens der afroamerikanischen Gemeinde zur Folge. Die wenigen Reaktionen erhielten zwar einige Aufmerksamkeit in den Medien, doch sie stellten keinerlei Bedrohung der öffentlichen Ruhe und Ordnung dar. Das heißt, bis Howard Beach.

▼

Die folgende Kurzgeschichte basiert auf einem Ereignis, das für die Presse nicht genügend Sensationswert besaß. Vielleicht ist sie – in Teilen – erfunden und von daher, gemessen an den Maßstäben des objektiven Journalismus, nicht ganz «wahr». John erzählt es in der Form einer Kurzgeschichte. In diesem Fall entspricht die Form dem Inhalt. Sie ist einfach, schnörkellos, besitzt keine raffinierten Tricks, ist absolut vorhersehbar, bietet keinerlei Überraschungen – und ist rührend.

A Gift For Miguel

Es war so eine Straße wie die, auf denen in alten Hollywood-Filmen das Lösegeld abgeliefert wird, wo die hohlen, blinden Augen verlassener, leerer Mietskasernen ausdruckslos auf Bürgersteige starren, die rissig sind wie Eierschalen. Der trübe, orangefarbene Schein von Natriumdampflampen ließ alles nur noch unheimlicher wirken. Carla zog die Wolljacke enger um ihren Hals und wünschte sich einen Schal, denn wenn man seine Jacke so zusammenzieht, denkt jeder, man hätte Angst vor irgend etwas, und wenn sie denken, man hätte Angst, dann wird man automatisch zu einem Ziel. Links von ihr stand ein verlassenes Auto mit eingeschlagener Windschutzscheibe und zerbrochenen Seitenscheiben, aufgebockt, die Reifen verschwunden. Eine Bewegung, kaum merklich, nur gerade eben aus den Augenwinkeln wahrnehmbar. Carla lachte, während sie gleichzeitig tief Luft holte, als ihr klar wurde, daß es nur eine Katze war, die bei dem Geräusch ihrer Schritte blitzschnell unter einem Radkasten verschwand. Dann war alles wieder ruhig, und sie setzte ihren Weg fort, während ihre Augen immer noch suchten, ihr Puls raste und sie mißtrauisch jeden Schatten als potentielle Bedrohung aussah. Eines Tages würde sie Brooklyn vielleicht verlassen, weit weit fortgehen an einen Ort, an dem man sich keine Sorgen machen mußte, wer in Hauseingängen lauerte oder hinter der nächsten Ecke, hinter die man nicht sehen konnte, bis es zu spät war.

Sie konnte den Fluß riechen, gerade mal hundert Meter entfernt, wo die Frachtschiffe vertäut lagen, die sie an jeden Ort der Welt brachten, wenn sie nur den Mut hätte, sich auf ihnen zu verstekken.

Carla näherte sich der nächsten Kreuzung und versuchte, nicht nach links zu blicken, in die Richtung des Crackhauses, in dem sie in den Stunden vor Tagesanbruch immer gelandet war, auf den Knien wie ein verdurstender Vogel mit angelegten Flügeln, der von einer Pipette trank. Wo sie um einen weiteren Hit gebettelt hatte, und wenn sie fertig war, würde er ihr einen *rock* geben, wer auch immer er war, und dann noch einen für die Straße, die sie zurück zu Nicky auf den Schulhof führte. Dort würden sie ihn gemeinsam rauchen, die gelbe Flamme ein dünnes Leuchtspurgeschoß in der Brooklyner Nacht, sobald einer von ihnen einen Zug nahm, und dann war wieder alles für eine Weile in Ordnung, bis die Wirkung nachließ. Dann schlug ihre Sucht wie eine Peitsche auf ihre sanften Schultern, zwang sie für mehr Stoff zurück, und dann war sie wieder auf Knien, während die Männer lachten und sich über sie lustig machten. Es war eine bittere, nächtliche Ernte.

Aber das alles war vor dem Entzug gewesen, drei Monate und eine ganze Welt von Brooklyn entfernt, und jetzt war die Straße einfach nur der Weg zu der Wohnung, wo sie vor langer Zeit gelebt hatte, bevor Mama sie auf die Straße setzte, weil kein anständiger Mensch es mehr ertragen konnte, sie in seiner Nähe zu haben, und dann war da ja auch noch Miguel, um den sie sich kümmern mußte. Doch jetzt konnte sie wie ein Mensch mit ihrem Bruder und ihrer Mutter zu Abend essen, gehörte wieder zur Familie, und alles würde sogar noch besser werden, wenn sie erst ihr Baby zurückbekam, was das nächste Projekt war, an dem sie arbeiten mußte, außer sich einen Job zu besorgen.

Noch ein Block, und dort die Straße hinunter waren die Penner; die Asche des Feuers, das sie sich in der verrosteten Metalltonne gemacht hatten, schwebte wie Schneeflocken auf den Asphalt, und das brennende Holz roch nach scharfen Chemikalien. Mamas Tür, die hellgrün gestrichene Tür, ragte vor ihr auf. Nur noch ein paar Schritte, und sie war in Sicherheit.

«He, wo willst du hin, Schlampe?»

Bei dem Geräusch der Stimme blieb sie wie angewurzelt stehen, es war Nickys Stimme, und ein Frösteln durchspülte sie, wie in dem Augenblick, wenn kein *rock* mehr da war.

«Was willst'n von mir?» spuckte sie aus.

«Ruhig, Baby. Ganz ruhig. Will nur quatschen. Wo warst'n eigentlich, häh? Hab dich echt vermißt, Baby, hab dich total vermißt.»

«Ich bin clean, Mann», sagte sie. «Komm grad aus dem Entzug.»

«Was denn? Baby will kein *rock* mehr?»

«Von dir will ich gar nichts mehr. Ich werd dir nichts mehr besorgen, und ich werd auch nie mehr einen Luden wie dich brauchen.»

«Ich bin doch immer gut zu dir gewesen, Baby. Hab dir gute Freier besorgt, hab immer auf dich aufgepaßt. Hab dich immer beschützt. Warum tust du mir so was an?»

«Gar nichts tu ich dir an», erwiderte sie. «Tu dir selbst einen Gefallen und werd clean.»

«Ich *liebe* dich, Baby.» Das Wort «Liebe» kam ihm lang und sanft über die Lippen, wie die Note eines Liedes. «So kannst du doch nicht mit mir reden.»

«Du liebst nur *rock*, mehr liebst du nicht, und wenn du mich wirklich liebst, würdst du mich nicht mit anderen teilen», konterte sie und drehte sich um. Er versperrte ihr den Weg.

«Komm schon, Baby. War doch geil zwischen uns», sagte er. «Du hast uns *rock* besorgt, ich hab mich um dich gekümmert. Ich will mich um dich kümmern, Baby, hab schon auf dich gewartet, kein Mensch hatte 'n Schimmer, wo du warst, und ich geh kaputt vor Sorgen. Gestern erst hat mir einer erzählt, er hätte dich gesehn, also, hier bin ich, wollte dich sehen, das ist alles. Komm, ich hab was Gutes für dich.»

Die grüne Tür etwas weiter vorn ging auf, und da war Miguel, stand auf der Schwelle, suchte die Straße ab, wußte, daß sie spät dran war. Gut, dachte sie, daß sie ihn vom Bahnhof aus angerufen hatte.

Miguel kam auf sie zu, aber Nicky konnte ihn von da, wo er stand, nicht sehen. Durch die Gegenwart ihres Bruders plötzlich stärker geworden, fand Carla Mut.

«Ich komm nicht zurück zu dir», sagte sie so entschieden, daß sie selbst überrascht war. «Ich schmeiß mein Leben nicht mehr weg.»

«Du gehörst zu mir, Schlampe, und kein Mensch sagt, er verläßt mich!»

«Versuch's doch, Wichser», sagte sie. Nicky drehte sich zu Miguel um, der Sekunden später bei ihm war.

«Was willst du hier, Mann?» wollte Miguel wissen. Seine Arme hingen locker herab; der verängstigte Ausdruck in Carlas Augen sagte ihm, daß irgend etwas nicht in Ordnung war. Miguel war groß und kräftig, größer und kräftiger als Nicky, und selbst die kleinen Pisser von der Straße hatten Angst vor ihm, denn er war einer der besten Streetfighter des Viertels. Die Arbeit auf den Docks machten die Muskeln an seinen Armen und Schultern groß, hart und stark.

«Wir quatschen hier nur so, Mann», sagte Nicky.

«Verpiß dich, und komm nicht mal mehr in die Nähe meiner Schwester, Mann, kapiert?» Er packte die Revers von Nickys Lederjacke. «Ich mein's ernst, Mann. Komm nicht noch mal in ihre Nähe.»

«Ja, Mann, okay, Mann», stammelte Nicky und wich zurück.

Miguel legte einen Arm um Carlas Schultern, und so gingen sie dann zu der grünen Tür der Mietskaserne. Er sagte, daß es Hühnchen zu den Bohnen gab. Das Abendessen würde gut.

«*Gracias*», flüsterte sie leise, während sie gingen. «*Gracias*, mein *hermano*.»

Der Muttertag wäre hart für sie gewesen, hätte sie nicht gewußt, daß innerhalb der kommenden Woche eine endgültige Entscheidung wegen des Babys fallen würde, das kurz vor seinem ersten Geburtstag stand. Carla hatte den Sozialarbeiter gefragt, ob sie ihm als Geschenk Kleider schicken dürfe, aber er hatte nein gesagt, nicht bevor die Sache endgültig geklärt sei. Sie dachte, er hat einfach nur keine Lust auf den Papierkram. Und so machte die Aussicht darauf, daß sie schon bald wieder mit dem kleinen Angel zusammen war, den Muttertag mehr als erträglich, und Carla würde nie das Leuchten auf dem Gesicht ihrer eigenen Mama vergessen, als sie und Miguel mit Blumen und Süßigkeiten die Treppe hinter der grünen Tür heraufkamen. Die Streitereien und das Gezänk und die häßlichen Worte, die sie sich einmal an den Kopf geworfen hatten, waren vergeben und vergessen, und so würde es auch immer bleiben, solange sie einen klaren Kopf behielt und clean blieb, was sie immer einen Tag nach dem anderen angehen mußte, aber es lief ganz gut.

Sie sah Nicky verschiedene Male, wenn auch nicht, weil sie es so gewollt hätte. Es schien schlimmer mit ihm zu werden, die Krankheit der Droge raubte immer mehr und mehr von seinem Verstand und seinem Körper, das war nicht zu übersehen. Vielleicht für niemanden außer Carla wahrnehmbar war, was das Zeug mit seiner Seele anstellte, was auch immer davon noch übrig sein mochte.

Miguel hatte Nicky noch einmal gesagt, daß er ihn umbringen würde, falls er ihn in Carlas Nähe erwischte, so einfach war das. Doch Nicky wurde nur noch dreister, wenn er ihr zufällig auf der Straße begegnete. Er hatte ihr sogar vorgeworfen, ein Verhältnis mit Miguel zu haben, und der Gedanke, daß er sich so etwas vorstellen konnte, machte sie so wütend, daß sie ihn am liebsten geschlagen oder einen der großen Metallmülleimer, die wie Blumentöpfe entlang der Straße standen, aufgehoben und ihm voll auf den Kopf geknallt hätte.

Nach dem Abendbrot am Muttertag fiel Miguel auf, daß sie nervös wirkte.

«Soll ich dich zum Zug bringen, Schwesterchen?» fragte er. Sie schüttelte den Kopf. Miguel glaubte ziemlich genau zu wissen, was mit ihr nicht in Ordnung war. Er hatte gesehen, wie Nicky sie erst vor einer Woche auf der Straße angepöbelt hatte, doch das war am hellichten Tag gewesen, und sie war sicher. Er hatte einfach nur aus einiger Entfernung zugeschaut. Er wußte genug von dem Leben auf diesen ach so brutalen Straßen, daß Nicky nicht für Carlas frühere Abhängigkeit verantwortlich gemacht werden konnte, aber er wußte auch, daß Nicky sie sofort wieder in das alte Leben zurückschleifen würde, wenn er die Chance dazu bekam, was genau das gleiche bedeutete, als würde er ihr ein Messer in die Brust stoßen.

Die kühle Frühlingsluft fühlte sich gut an, als Carla zum Bahnhof ging. Nicky stand an der Ecke. Er war erregt, als er sie ansprach.

«Ich sag's dir nicht noch mal. Ich hab's satt, länger zu warten.»

«Verschwinde», sagte sie. Doch er kam näher.

«Ich mach dich fertig», höhnte er. «Ich verzier dir die Visage, daß dein beschissener Bruder dich nie mehr anpacken wird. Und dann gehörst du mir...»

«Verschwinde», wiederholte sie. «Ich hab dir doch gesagt, daß ich dich nicht mehr sehen will. Ich werd's Miguel sagen.»

«Scheiß auf Miguel», fauchte er.

Sie versuchte, ihn nicht weiter zu beachten, und ging weiter auf den Zug zu.

«Du gehst nirgendwo hin», befahl er.

«Verpiß dich.»

«Du bleibst hier.»

«Verpiß dich, Nicky.»

«Ich mach keinen Scheiß, Schlampe.»

Sie versuchte, an ihm vorbeizugehen, und dann hatte er sich auch schon auf sie gestürzt, hatte eine Hand auf ihre Kehle gelegt, und mit der anderen umklammerte er ihre Taille wie einen Schraubstock.

«Komm schon, Mommy, gib's mir, gib's mir, hier und jetzt sofort, Baby, komm.»

Sie versuchte, sich von ihm loszureißen, doch er war einfach stärker. Sein heißer Atem schlug ihr auf den Hals, und sie begann zu schreien, als er sie in die Gasse zwischen zwei leerstehenden Häusern zerrte, aber so weit von der Wohnung entfernt, da war sie ganz sicher, würde kein Mensch sie hören. Durch ihre dünne Bluse spürte sie im Rücken eine rauhe Ziegelwand, dort, wohin er sie zurückdrängte, ihre Handgelenke verdrehte. Sein Atem stank wie die Plastiktüten auf der Straße, der Geruch von Tod und Verwesung. Als er mit der Rechten ihre Bluse aus dem Bund der Jeans zerrte, krachte ihr Knie gegen etwas Weiches, und er verzog das Gesicht, klappte zusammen und stürzte zu Boden wie eine zusammengeknüllte Papierlaterne, doch dann war er auch schon wieder wie ein Stehaufmännchen auf den Beinen.

«Jetzt mach ich dich echt fertig», tobte er. Aber plötzlich war Miguel da, mit Feuer in den Augen und etwas Glänzendem in der Hand. Gelähmt vor Entsetzen schaute sie zu, wie die beiden Männer auf dem Asphalt miteinander kämpften, auf die Straße hinaus rollten, und dann war da ein Schrei und Flüche auf spanisch und englisch, und sie zuckte zusammen, als das Messer in Nicky verschwand, wieder auftauchte, rosa und rot und verschmiert mit seinem Blut. Eine purpurrote Pfütze breitete sich auf dem schmutzigen Weiß seines Hemdes aus. Zuerst waren da noch würgende, glukkernde Laute, und dann nur noch Stille. Sie riß Miguel das Messer aus der Hand, bevor er groß protestieren konnte, und wischte die Klinge an ihrer Bluse ab. Dann wischte sie seine Fingerabdrücke vom Heft. Ein blauweißer Streifenwagen hielt mit quietschenden Reifen. Blaulicht zuckte über die Straße.

Seit der Kindheit war ihnen beigebracht worden, immer zusammenzuhalten, sich gegenseitig zu beschützen. Und genau das hatte Miguel an diesem Frühlingsabend für sie getan. Miguel, erst achtzehn Jahre alt und mit Plänen, die Docks zu verlassen und zur Army zu gehen, damit er vielleicht einen Collegeabschluß machen konnte; sein Leben so anders als das ihre. Und da war ihr Leben, lag vor ihr wie eine Straßenkarte auf dem grünweißen Computerausdruck. Eine Festnahme wegen Körperverletzung, vier wegen Diebstahls, zwei wegen Drogenbesitzes und eine wegen Prostitution. Jedesmal war sie mit einer Ermahnung oder einer niedrigen Kaution wieder freigekommen. Die Anklage wegen Körperverletzung ging auf einen Streit mit Nicky zurück, und diese Festnahme war es, die sie in den Entzug gebracht hatte.

«Du wirst Probleme kriegen», sagte die Anwältin. «Wenn du verurteilt wirst, wird der Richter einen Blick auf das hier werfen, und er wird dich für eine ganze Weile aus dem Verkehr ziehen.»

«Was ist mit meinem Bruder?» fragte Carla.

«Ich vertrete ihn nicht», sagte die Anwältin. Sie war eine gepflegte Amerikanerin aus gutem Hause, diese Anwältin namens Goldstein, mit langen blonden Haaren, hübschen Kleidern und immer nett und freundlich zu Carla.

«Aber was ist mit ihm?» fragte Carla wieder.

«Gegen dich haben sie mehr in der Hand», sagte Mrs. Goldstein. «Du hattest das Messer in der Hand, als die Polizei kam. Es gibt praktisch nichts, wodurch er mit dem Verbrechen in Verbindung gebracht werden kann. Sein Anwalt hat ihm geraten, nichts zu sagen.»

«Und ich? Was raten Sie mir?» fragte Carla.

«Du mußt eine Aussage machen», sagte Goldstein. «Sag einfach die Wahrheit. Obwohl ich mir ein wenig Sorgen mache, da sie dir durchaus Fragen über deine Vorstrafen stellen könnten. Aber wenn du die Wahrheit sagst, werden dich die Geschworenen vielleicht nicht verurteilen. Du hast ihn nicht umgebracht, es war dein Bruder.»

«Und wenn ich das sage, was passiert dann mit ihm?»

«Schwer zu sagen. Es könnte schlecht laufen.» Goldstein sah auf ihre Uhr. «Es ist Showtime. Du siehst nett aus.»

Carla strich ein paar Falten aus ihrem marineblauen Rock und spürte die Rüschen der hübschen, hellen Bluse, als sie aufstand. Mama hatte die Kleider gestern nach Rikers gebracht. Ein Vollzugsbeamter führte sie aus der Arrestzelle in den Gerichtssaal, ein riesiger Raum mit hohen Wänden, und von der Decke hingen große eiserne Kronleuchter mit mehr winzigen Glühbirnen, als es Sterne am Himmel gab, und die Wände besaßen eine Holzvertäfelung so dunkel wie Schokolade. Miguel saß bereits in einem dunklen Anzug am Tisch der Angeklagten, war glattrasiert, hatte das schwarze Haar frisch geschnitten und gekämmt. Er hatte bis zum Prozeßbeginn gegen eine niedrige Kaution auf freiem Fuß bleiben dürfen. Sein Rekrutierungsoffizier von der Army hatte für ihn gebürgt.

Bruder und Schwester breiteten die Arme aus und umarmten sich.

«Erhebt Euch», verkündete der Gerichtsdiener, und der Richter betrat den Raum, trug eine Brille mit silbernem Gestell und eine schwarze Robe. Sein graues Haar war voll und dicht, und er warf Carla häufig Blicke zu. Sie fand, er sah gemein aus.

Der stellvertretende Bezirksstaatsanwalt war ein kleiner, junger Mann mit traurigen Augen, der viel zu ehrlich aussah, um lügen zu können.

«Die Angeklagten haben ein Mordkomplott gegen Nicholas Pena geschmiedet. Sie haben ihm in der Dunkelheit aufgelauert und aus dem Hinterhalt überfallen, haben dreimal auf ihn eingestochen und ihn dann sterbend in einer Blutlache liegenlassen.»

«Er lügt», flüsterte Carla Mrs. Goldstein zu, die daraufhin einen Zeigefinger an ihre Lippen legte.

Miguels Anwalt war ein großer, schlanker Mann mit einem Gesicht wie einer der Frösche, die im Regenwald auf den Bäumen herumkriechen. Er hatte nur noch sehr wenig Haare auf dem Kopf. Als er sich erhob und das Wort ergriff, schien es, als wähle er seine Worte sehr sorgfältig.

«Nicholas Pena war ein Dieb, ein Drogensüchtiger, ein Schläger und Zuhälter, der einer jungen Frau, die versuchte, ihr Leben wieder in Ordnung zu bringen, mit körperlicher Gewalt drohte, was schließlich zu der Auseinandersetzung führte, wegen der wir heute vor Ihnen stehen. Mein Mandant Miguel Rivera hatte keinerlei Absicht, in den Tod von wem auch immer verwickelt zu werden. Wenn dieses Verfahren zu seinem Abschluß kommt, sollten Sie das einzig mögliche Urteil fällen, das da lautet: Nicht schuldig.»

Dann war Mrs. Goldstein an der Reihe.

«Vor Ihnen sitzt eine bemerkenswerte junge Frau, die Ihnen eine Geschichte der Angst und Belästigung erzählen wird, der Nachstellungen und versuchten Vergewaltigung, einer jungen Frau, die kein Verbrechen begangen hat. Sie wird selbst in den Zeugenstand treten, um Ihnen zu berichten, was am Abend des elften Mai geschehen ist. Sie wird die Wahrheit sagen. Und auch wenn die Anklage versuchen wird, sie durch ihre Vergangenheit zu diskreditieren, müssen Sie über das hinaus sehen, was an Fakten auf dem Papier steht, und erkennen, daß sie darum gekämpft hat, wieder ein produktives Mitglied der Gesellschaft zu werden.»

Ein Detective, der am Abend ihrer Festnahme auf spanisch mit Carla und Miguel geredet hatte, der damals so freundlich gewesen war, er machte jetzt seine Aussage über das, was sie ihm gesagt hatten. Ein uniformierter Polizeibeamter sagte, daß Carla das Messer in der Hand gehalten habe, als er dazukam. Dann war da noch ein Mann, der Doktor genannt wurde und der über Nicky und die Art seines Todes redete. Viel verstand Carla nicht von dem, was er sagte. Nachdem jeder Zeuge die Fragen der Staatsanwaltschaft beantwortet hatte, stellten Mrs. Goldstein und Miguels Anwalt ihnen ebenfalls Fragen. Gegen Mittag sagte der Staatsanwalt, daß die Verhandlung für eine Pause unterbrochen werde.

«Du wirst nach dem Mittagessen in den Zeugenstand treten», sagte Mrs. Goldstein. Als Carla ein Sandwich in die Arrestzelle gebracht wurde, wollte sie nicht essen.

«Die Verteidigung ruft Carla Rivera in den Zeugenstand», sagte Mrs. Goldstein. Müde erhob sich Carla und ging zum Zeugenstand, legte eine Hand auf die Bibel und schwor, die Wahrheit zu sagen. Es waren nur wenige Zuschauer im Gerichtssaal, größtenteils alte Weiße, die gelangweilt aussahen und für die ihr Prozeß nur eine geringfügig reizvollere Unterhaltung bot als eine Seifenoper. In der letzten Reihe saß Mama. Sie trug ein buntes, bedrucktes Kleid, und sie sah sehr traurig aus.

Mrs. Goldstein fragte Carla nach ihrem Leben, nach ihrem Entzug und nach den Dingen, die sie früher mit Nicky gemacht hatte.

«Dann haben Sie sich also für ihn prostituiert, um ihm Drogen zu beschaffen, um ihm sein Crack-Kokain zu besorgen?» fragte sie.

«Was meinen Sie damit?» wollte Carla wissen.

«Sie haben sich verkauft», sagte Mrs. Goldstein.

«Ich habe gar nichts verkauft», erwiderte Carla. «Ich hab's verschenkt, und die haben mir ein bißchen *rock* gegeben.»

Von den Geschworenen kam leises Lachen, und Carla verstand einfach nicht, was es da zu gackern gab. Wieder schmeckte sie den bitteren, salzigen Geschmack des Spermas, das sie in den Crackhäusern massenhaft geschluckt hatte, und sie glaubte, sich übergeben zu müssen.

Mrs. Goldstein führte sie durch die Fragen darüber, was an diesem Abend geschehen war, was mit Nicky geschehen war, bis zu dem Punkt, an dem Miguel ihr zu Hilfe gekommen war.

«Und was haben Sie dann getan, als er an ihrer Bluse zerrte?»

«Ich hab ihm mein Knie in die Eier gerammt.»

Unterleib. Mrs. Goldstein hatte ihr gesagt, sie sollte dieses Wort benutzen, doch sie hatte es vergessen. Einige Geschworene lächelten, setzten aber sofort wieder eine ernste Miene auf, als sie sie anfunkelte.

«Und dann, Carla, ist Ihnen jemand zu Hilfe gekommen?»

Carla sah zum Tisch der Verteidigung hinüber, sah Miguel an und seine Mandelaugen, und plötzlich war er kein junger Mann mehr, sondern der kleine Junge, der sie geärgert hatte, indem er immer an ihren langen Zöpfen zog und dann weglief. Miguel, der ihr Leben gerettet hatte, indem er sein eigenes riskierte, und jetzt riskierte er, für lange, sehr lange Zeit in einer Gefängniszelle leben zu müssen.

Sie starrte geradeaus und sagte nichts.

«Carla», sagte Mrs. Goldstein. «Carla, was passierte dann? Ist Ihnen dann jemand zu Hilfe gekommen?»

«Ich kann mich nicht mehr erinnern», sagte sie.

Mrs. Goldstein wurde ungeduldig.

«Carla, als die Polizei eintraf, waren Sie mit Ihrem Bruder in dieser Gasse...»

«Ich kann mich an gar nichts mehr erinnern, Lady», sagte Carla, während ihr Tränen in die Augen stiegen. «Ich hab keinen Schimmer, was passiert ist, nachdem ich ihm in die Eier getreten hab … als er zu Boden ging. An nichts mehr kann ich mich erinnern, okay?»

Der Besuchsraum roch nach Desinfektionsmittel, und der Geruch stach Carla in der Nase, genau wie die Tränen in ihren Augen gebrannt hatten, als sie in der Nacht weinte. Es war viele Monate her, seit sie Miguel das letzte Mal gesehen hatte, und jetzt stand er in seiner grünen Uniform und mit kurzgeschorenen Haaren vor ihr. Auf seinem Gesicht lag ein Lächeln.

«Ich hätte etwas gesagt», sagte er. «Aber der Anwalt meinte, ich könnte nicht in den Zeugenstand treten.»

«Ich weiß», sagte sie. «Du siehst gut aus.»

«Danke», sagte er. «Mama ist ziemlich krank, sagen sie, deshalb konnte sie dich nicht besuchen. Ich bin jetzt zwei Wochen zu Hause, anschließend muß ich nach Fort Benning zurück. Weißt du, was mit dem Baby ist?»

«Ich hab sie zur Adoption freigegeben», sagte sie. «Das sind nette Leute, die Pflegeeltern. Die Sozialarbeiter sagen, vielleicht bin ich noch vier Jahre hier drin.»

Sie unterhielten sich noch weiter, über ihre gemeinsame Kindheit, über die Army. Carla wünschte sich, sie könnte ihn umarmen, aber die Glastrennscheibe ließ es nicht zu.

«*Gracias, hermana*», sagte er und warf ihr eine Kußhand zu.

Es war, dachte sie, ein fairer Tausch. Er hatte ihr das Leben geschenkt, indem er sie vor Nicky rettete. Sie hatte ihm das Leben geschenkt, indem sie ihn vor dem Gefängnis bewahrte. Wichtig war nur, wie Mama es ihr nach dem Prozeß erklärt hatte, wichtig war, daß sie wußte, kein Verbrechen begangen zu haben, und Gott wußte es auch.

Miguel machte eine perfekte Kehrtwendung, ging so aufrecht und war jetzt, plötzlich, so sehr Mann, daß sie wußte, die richtige Entscheidung getroffen zu haben. Auf dem Rückweg in den Zellenblock brachte sie sogar ein Lächeln zustande, als die stählernen Türen hinter ihr ins Schloß fielen.

John DeSantis war noch keine zwanzig, da verdiente er sich bereits mit seinen Berichten über Mordfälle als Korrespondent für *United Press International* die ersten Sporen. Nachdem er für *UPI* und *Washington Post* über den Mord an Yusuf Hawkins berichtet hatte, schilderte er die vollständige Geschichte dieses Falles in dem Buch *For The Color Of His Skin: The Murder of Yusuf Hawkins & The Trial of Bensonhurst* (Pharos Books, New York, 1991). Zur Zeit arbeitet er an einem neuen Buch über Todesfälle von Untersuchungshäftlingen. Er hat bereits in den Catskill Bergen, einige Autostunden nördlich von New York City, und New Orleans, Louisiana, gelebt, wo er für die *Washington Post* und die *Chicago Tribune* über den Hurrikan Andrew berichtete. Heute wohnt er in New York City.

▼

Eine ganze Reihe der sogenannten *New Journalists* arbeiteten in den letzten Tagen der *New York Herald Tribune* zusammen, besonders im Sonntagsmagazin, aus dem sich später das *New York Magazine* entwickelte – einer von ihnen, Tom Wolfe, nennt Gail Sheehy, Tom Gallagher und Robert Christagu. Außerdem meine ich mich noch an Peter Maas und Pete Hamill erinnern zu können – und dann war da noch Jimmy Breslin.

Jimmy Breslin fing als Sportreporter an, wurde dann Kolumnist. Die meisten Tageszeitungskolumnisten beschränken sich, wie Wolfe in *The New Journalism* feststellt, schon sehr bald darauf zu berichten, was ihre Frau beim letzten Abendessen gesagt habe, was mit ihrem Hund passiert sei und wieviel der Tierarzt berechnet habe, daß jeder über das Wetter klagt und kein Mensch irgend etwas dagegen unternimmt. Breslin war der erste Kolumnist, der seinen Arsch in Bewegung setzte, auf die Straße gegangen ist und sich echte Stories geholt hat: Eben wie ein Reporter. Treib dich im Gericht herum! Besuch die Sozialsiedlungen! Interview die Opfer!

Sprich mit dem Cop auf Streife! Mit den Kids, die auf Rikers inhaftiert sind!

Breslin hat dafür den Pulitzerpreis gewonnen. Außerdem schrieb er fünf Romane: *The Gang That Couldn't Shoot Straight, World without End – Amen, Forsaking All Others, Table Money* sowie *He Got Hungry and Forgot His Manners* (dt. *Er wurde hungrig, da vergaß er sich*). Als Norman Mailer Bürgermeister von New York werden wollte, war Jimmy der Kandidat für das Amt des Vorsitzenden im Stadtrat. Beide haben verloren, und ehrlich gesagt, lese ich Breslin lieber.

Heute schreibt er für eine Zeitung mit dem Namen *Newsday*. Er zieht immer noch los und holt sich die Stories. Immer noch ist er einer der besten Schreiber Amerikas. Manchmal sind seine Kolumnen keine Volltreffer, aber meistens pure Magie. In einer Zeitung so etwas lesen zu können ist schon ein wahrer Genuß.

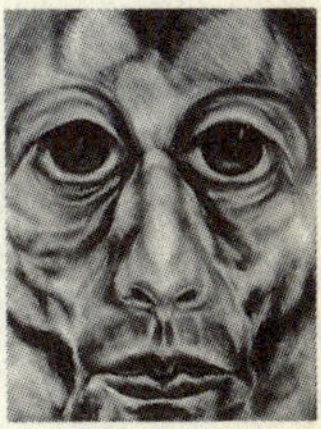

JIMMY BRESLIN

A Hillary Lunch Misses the Target

Beverly Russell wird nicht am heutigen Wahlkampf-Mittagessen mit Hillary Clinton in Manhattan teilnehmen. Beverly, eine demokratische Arbeiterin aus den Cypress Houses in East New York, besaß allerdings eine Einladung, und jeder in East New York glaubte, daß sie dort oben, direkt neben Hillary Clinton, sitzen und beim Salat mit ihr alles mögliche diskutieren würde.

Aber Beverly, 44, muß zur Totenwache für Eric Booker, 17, einen engen Freund der Familie, zur Totenwache in das Lawrence Woodard Funeral Home an der Ecke Troy Avenue und Fulton Street. Eric Booker starb durch Schüsse, die von einer Gruppe Teenager an der Ecke Euclid und Sutter Avenues abgefeuert wurden.

«Ich kann mich nicht zu diesen reichen Mittelschichtsfrauen setzen. Keine dieser Frauen hat etwas für uns getan. Ich kann nicht zu Eric gehen, wenn ich gerade von *ihnen* komme», erklärte sie gestern.

Eric wurde an obengenannter Kreuzung vor einem chinesischen Restaurant erschossen und brach in dessen Eingang zusammen.

Er starb nur wenige Schritte entfernt von der Stelle, wo Kimson, Beverly Russells sechzehnjähriger Sohn, am 10. November 1990 erschossen worden war.

Ronelle Russell, Beverly Russells Tochter, war im Jahr davor angeschossen worden. Sie war damals 19. Sie hielt sich im Innenhof der Cypress Houses auf und geriet in ein Kreuzfeuer. Geschosse rissen ihr eine Niere ganz heraus und zerfetzten die andere. Sie überlebte und zog nach Atlanta.

Gestern fuhr die rundliche Beverly Russell, gekleidet in einen gelben Sweater, nach Downtown Brooklyn, um die 100 Dollar teure Eintrittskarte für das Mittagessen mit Hillary Clinton zurückzugeben, die sie von zwei Anwälten der Demokratischen Partei erhalten hatte. Vorher ging Beverly zum Supreme Court, vor dem ihr Sohn Naquan, 16, wegen einer Mordanklage erscheinen mußte.

Dorthin wurde Beverly Russell von einer jungen Frau namens Shaniqua begleitet. Sie ist 16, bildhübsch und die Freundin ihres Sohnes Naquan.

Shaniqua besucht im vorletzten Jahr die Canarsie High School und möchte Krankenschwester werden. Letztes Jahr wurde ihr zweimal in die Beine geschossen, als sie den Hof in der Mitte der Cypress Houses überquerte.

«In meinem rechten Bein steckt immer noch eine Kugel direkt neben der Kniescheibe», sagte sie. «Keine Ahnung, wo die andere geblieben ist. In meinem Körper ist sie jedenfalls nicht mehr.»

Auf dem Korridor wartete eine weitere Gruppe aus den Cypress Houses. Man unterhielt sich über einen Nachmittag im Juni vor zwei Jahren, als David Dinkins den großen, grasbewachsenen Innenhof besuchte, um dort eine Rede zu halten. Schüsse fielen. «Es waren die hinteren gegen die vorderen Häuser. Dinkins stand einfach im Weg», sagte einer von ihnen auf dem Gang. Weiter berichteten sie, daß die vier Personen, die schossen, als Dinkins dort war, später Morde begangen hatten und erwischt worden waren. Gestern sagte ein junger Mann: «Bucktooth Chris ist schon verurteilt. Er hat achtzehn Jahre bis lebenslänglich gekriegt.»

Dinkins war mitten hineingeraten, und er ging fort, als wäre es nur eine Bagatelle gewesen, wie eine kaputte Straßenlaterne. Trotz eines Bürgermeisters, der Augenzeuge geworden war, ist es dort heute genauso gefährlich wie immer, vielleicht sogar noch gefährlicher.

Im Gerichtssaal, bevor Naquan Russell hereingeführt wurde, sagte der stellvertretende Bezirksstaatsanwalt seinem Verteidiger J. Dennis Cohen, man würde Naquan zwanzig Jahre bis lebenslänglich anbieten.

Als Naquan dann hereingeführt wurde, in grünem Pullover und Jeans, stand seine Freundin Shaniqua an der Absperrung. Sie rief ihm zu: «Sie reden von zwanzig Jahren.»

Der Schock stand Naquan deutlich ins Gesicht geschrieben. Er antwortete etwas, was jedoch in dem lauten Gerichtssaal unterging. Dann mußte er sich setzen.

«Ich habe mich schon vor so viele Waffen gestellt, um meinem Sohn das Leben zu retten», sagte Beverly Russell. «Woher kommen all diese Waffen eigentlich?»

Es ist darum besonders bedauerlich, daß Beverly heute mittag nicht an diesem Essen teilnehmen wird, denn sie ist nicht ängstlich. Hätte sie mit Hillary Clinton gesprochen, dann wäre ihr vielleicht am Ende aufgegangen, daß das eigentliche Problem für Frauen in New York darin besteht, in den Supermarkt gehen zu können, ohne daß auf sie geschossen wird oder ihre Kinder getötet werden.

Es gibt keinen Teil der Stadt, der nicht in Angst vor Waffen lebt. Und nicht nur vor diesen vollautomatischen Waffen, die verboten werden müssen, wie die Clintons nie müde werden zu sagen. Jeder kann gegen diese Art Waffen eintreten. Hillary Clinton sollte daran erinnert werden, daß sich Vincent Foster, ein Freund ihrer Familie, mit einer kleinkalibrigen Waffe getötet hat. Und erst gestern blies sich Shannon Wright, 22, Footballspieler der University of Arkansas, mit einer .22er das Hirn weg. Freitag abend wurden drei Menschen in Little Rock erschossen. Und nur zu diesem einen Zweck werden Handfeuerwaffen überhaupt hergestellt: um Menschen zu töten.

Hier in New York bedroht die Pistole jedes einzelne Leben in der Stadt, und in einem Viertel wie East New York laufen junge Leute mit Pistolen herum, als wären es Haustürschlüssel.

In New York werden keine Handfeuerwaffen hergestellt. Aber

die *Arkansas Industrial Development Commission* nennt allein in diesem Bundesstaat fünf Hersteller von Handfeuerwaffen. Natürlich landen diese Kanonen letzten Endes hier bei uns. Prüfen Sie das ruhig an irgendeinem unserer fast 2000 Mordfälle nach und fragen Sie die Schußwaffenexperten der Polizei.

Nachdem Beverly Russell gestern das Gericht verließ, ging sie zu einer Anwaltskanzlei an der Court Street und gab die Eintrittskarte für das Mittagessen mit Hillary Clinton zurück. Dann nahmen sie und Shaniqua einen Mietwagen zur Ecke Euclid und Sutter in East New York, wo ihr Sohn und der Freund der Familie starben. Beverly ging zu ihrer Wohnung in den Cypress Houses.

Shaniqua nahm den weiten Weg nach Hause zu den Pink Houses, die auf der anderen Seite des Linden Boulevards liegen, damit sie nicht an einem der bewaffneten Drogendealer vorbeimußte, die in der Nähe der Cypress Houses herumlungern.

Als sie nach Hause kam, deutete sie auf den Spielplatz in der Mitte der Pink Houses. An einem milden Abend im August saß sie mit ihrer besten Freundin, Toya Gillard, 17, um sieben Uhr auf einer Bank, während Toyas zweijähriger Sohn Donovan mit seinem zehnjährigen Cousin auf dem Klettergerüst hinter dem Zaun des Spielplatzes herumturnte.

Dann näherte sich ihnen der dreizehn Jahre alte Anthony Knowles, der aus der «Cave Man's Side» der Pink Houses kam und hinter den Drogendealern herzockelte. Plötzlich tauchten drei weitere auf, und es kam zu einer Schießerei. Toya und Shaniqua saßen wie gelähmt da. Dann erinnerte sich Toya an Klein Donovan, verließ die Bank und rannte los. Toya erreichte den Zaun des Spielplatzes, als sie von einer Kugel in den Kopf getroffen wurde. Tot brach sie über dem Zaun zusammen.

«Eine Lady hatte den Jungen bereits ins Haus geholt», sagte Shaniqua. Als der kleine Junge wieder herauskam und seine Mutter über dem Zaun hängen sah, lief er sofort zu ihr. Jemand mußte ihn mit Gewalt von ihr losreißen.

Shaniqua betreut heute nachmittags Toyas zweijährigen Sohn. Er wird von Toyas Mutter aufgezogen, die 32 ist. Die junge Großmutter möchte nicht, daß Shaniqua mit dem Baby auf den Spielplatz geht, weil er dort nur auf die Stelle zeigt, an der er seine Mutter das letzte Mal gesehen hat, und zu weinen anfängt.

«Einmal bin ich mit ihm dort gewesen», sagte Shaniqua. «Er ist sofort zum Zaun gelaufen, hat drauf gezeigt und gesagt: ‹Mann war's. Mann, Mann.› Also gehen wir mit ihm nicht mehr zum Klettergerüst. Wir bleiben vor dem Haus.»

No Body to Show for Dogs' Work

Der kleinere Polizeihund hatte seine Zähne in die Nase des größeren Polizeihundes versenkt, was den größeren zum Aufheulen brachte. Blut floß reichlich. Hier waren sie also, zwei dumme Tiere, die gefüttert werden, um die Öffentlichkeit zu schützen, und sie wälzten sich am Boden, jaulten und knurrten. Sie arbeiteten auf Kosten Ihrer Steuergelder, und eigentlich sollten sie Leichen finden, die Joel Rifkin, dieser Serienkiller, vergraben hatte, doch statt dessen waren sie in einen stinknormalen Kampf unter Hunden verwikkelt.

So etwas sollte eigentlich gar nicht passieren, denn man hält die beiden Polizeihunde, übrigens deutsche Schäferhunde, für schrecklich mutig und intelligent. Aber diese Hunde sind faule, verhätschelte, verantwortungslose, zu jedem Verrat bereite Blödmänner.

Der kleinere Hund gehörte zur New York State Police. Er hatte seine Fänge in die Nase des größeren Hundes vergraben, der von der Connecticut State Police kam.

Zufälligerweise konnten sich die beiden Hunde nicht ausstehen. Ein dritter Hund, der an einen Baum gebunden war, drehte vollends durch. Er wollte die beiden kämpfenden Hunde töten.

Der kleinere Hund wurde von einem weiblichen New York State Trooper an der Leine gehalten. Bei mehreren plötzlichen Ausfällen entriß er die Leine beinahe den Händen der Frau. Der große Hund gehörte zu einem Connecticut State Trooper, der auf dem Boden lag und seinen Hund im Schwitzkasten hielt. Das muß ich ihm lassen, er steckte im dichtesten Getümmel aus Zähnen und Blut und schrillem Gekreische.

Die Beamtin der New York State Police versuchte, ihren Hund zurückzureißen, doch sie hatte einfach keine Ahnung, wie sie das anstellen sollte. Was man in so einer Situation mit einem Hund macht, ist ganz einfach folgendes: Man dreht sich um, legt die Leine über die Schulter, und dann geht man los und zieht kräftig, als wollte man einen Baumstumpf aus der Erde holen. Der Hund wird einem förmlich hinterhergeflogen kommen.

Da sie aber davon nichts wußte, stand sie am Ende einfach nur hilflos da, während der Kampf weiterging.

Es waren Leichenhunde, eine Bezeichnung, die, wie ich Ihnen sogleich beweisen werde, ein glatter Hohn ist. Sie waren in den Alley Pond Park in Queens gebracht worden, weil Joel Rifkin einen Zettel in seinem Zimmer auf Long Island hinterlassen hatte, auf dem er den Alley Pond Park erwähnte. Die New York State Police, die in diesem Fall die Ermittlungen führt, vermutete, daß Rifkin an mehreren Stellen im Park Leichen verscharrt hatte. Die New York State Police ist verzweifelt auf die große Publicity dieser Ermittlung angewiesen, damit die Leute endlich aufhören, weiter darüber zu reden, wie sie in verschiedenen Fällen im Norden des Staates Beweismaterial gefälscht, gelogen, betrogen und gestohlen hat.

Da die Strafverfolgungsbehörden Fälle mit Serienkillern lieben, hatten sich etwa 10 Polizisten von überall hier eingefunden, von Detectives in Anzügen bis zu Beamten der State Police in Graublau.

Die Leute aus Connecticut waren da, weil sie angeblich die besten Hunde haben sollen, wenn es darum geht, den Boden abzuschnüffeln und Leichen zu finden. Wenn schon keine vollständige Leiche, so doch wenigstens ein Schlüsselbein.

Natürlich können sie so etwas nicht. Die riechen gerade mal ihren eigenen Freßnapf. Diese berühmten Leichenhunde sind keine zwölf Dollar wert, wenn es darum geht, eine Leiche zu finden.

Letzten Endes sind sie auch nur Teil der Illusion, Recht und Ordnung Geltung verschaffen zu können. Die Hunde sehen stark und wachsam aus, so als könnten sie nahezu jede Aufgabe zur Verteidigung der Demokratie erfüllen. Man trifft sie jederzeit in Begleitung eines kräftig und stark wirkenden Polizeibeamten. Hund und Beamter machen sich auf die Suche nach Beweismaterial, um einen Fall gegen einen Mörder unter Dach und Fach zu bringen. Was zeigt dieser Officer für eine Einsatzfreude! Was schimmert das Fell des Hundes schön in der Sonne!

Sie finden nichts. Der Hund sollte sich besser auf irgendeinem Hinterhof rumtreiben, und der Polizeibeamte sollte das tun, wofür er bezahlt wird, nämlich die Bürger beschützen.

Und hier kämpften nun diese Hunde in einem Musterbeispiel ihrer Nichtsnutzigkeit.

Ferner anwesend bei diesem Kampf war ein Angestellter des New York City Parks Department, der bei Bedarf mit einem Bagger bereitstand.

Ich wurde zufälligerweise Zeuge dieses bemerkenswerten Beispiels der Arbeit unserer Ordnungshüter, weil ich vor den Toren des Creedmoor Mental Health Center gestanden hatte, nur einige hundert Meter entfernt, um zu sehen, ob sie diesen Larry Hogue laufenließen. Er ist der geistesgestörte Mann, der die ganze West 96th Street in Angst und Schrecken versetzt, wenn er frei ist. Als das State Hospital Hogue nicht entließ, ging ich in das Diner an der Hillside Avenue direkt gegenüber des Krankenhauses. Anschließend schlenderte ich die Straße hinunter. Dann hörte ich aus einiger Entfernung das Gejaule der Hunde und ging den Hügel hinauf, wo ich all diese Polizisten einer Stadt, in der abscheuliche Verbrechen geschehen, dabei antraf, wie sie ihre kostbare Zeit damit vergeudeten, einen Kampf zwischen zwei Hunden zu beenden.

Sie hätten überhaupt nicht dort sein dürfen, weil die Hunde absolut nutzlos sind. Nach dem Bombenattentat auf das World Trade Center hatte man genug Leichenhunde für eine Rassehundeausstellung dorthin geschafft. Allerdings nahmen diese Hunde die Witterung einer alten Fleischlieferung für ein Restaurant im World Trade Center auf. Der Geruch von Roastbeef machte sie wahnsinnig, der aus den Tiefen der Trümmer zu ihnen heraufzog. Jeder glaubte, sie hätten eine Leiche gewittert. Was lächerlich war, denn so etwas können sie nicht.

Einen Tag kletterten die Hunde überall in den Trümmern herum. «Eins kann ich Ihnen mit Sicherheit sagen», meinte einer der beamteten Hundeführer. «Hier ist nirgendwo eine Leiche. Wenn es eine gäbe, dann würde mein Bursche sie finden.» Er tätschelte den Kopf des Hundes.

Als der Hund fort war, warf ein Bauarbeiter einen Blick in die Dunkelheit und rief: «Ich sehe einen Arm.»

Und genau so fanden sie die Leiche.

In Queens hat man auf einem Grundstück in College Point mit

neun Hunden nach der Leiche einer jungen Frau namens Antonella Mattina gesucht, die als vermißt galt. Die Hunde fanden nichts. Einige Wochen später spielten ein paar Kinder auf dem gleichen Grundstück, und sie fanden eine Leiche, nicht die von Mattina, aber dennoch eine absolut gut erhaltene Leiche, die dem ganzen Trupp Hunde entgangen war.

Dann war da dieser Bursche namens Crazy Andy, der seine Mutter und seinen Vater ermordet hatte, und sie fanden den Vater, nicht aber die Leiche der Mutter. Hunde suchten den ganzen Keller ab und fanden nichts. Zwei Wochen später beschwerten sich Verwandte über einen Gestank, der aus dem Keller kam. Es war die Leiche von Crazy Andys Mutter, die in der Pumpe der Zisterne des Kellers steckte.

Irgendwo werden diese Hunde ja gefüttert, und sie sind die Knochen nicht wert, auf denen sie herumkauen.

Am besten veranschaulicht dies der Kampf zwischen den beiden Hunden im Alley Pond Park. Sie befanden sich an einer Stelle unmittelbar neben dem Parkplatz und nur ein kurzes Stück entfernt von einer Zufahrt zum Grand Central Parkway.

Der Kampf dauerte vielleicht eine ganze Minute. Länger für den Connecticut-Hund, denn er war derjenige, in dessen Nase die Zähne vergraben waren.

Als der Kampf zu Ende war, war alles voller Blut, und natürlich hatten sie keine Leiche gefunden, denn, wie ich Ihnen ja bewiesen habe, diese Hunde haben keine Ahnung, wie sie so etwas machen müssen. Also brachten die Hundeführer ihre Hunde nach Hause, und alle anderen Polizeibeamten gingen ebenfalls. Jetzt war da nur noch ein einsamer Arbeiter der Parkverwaltung auf seinem Bagger, und das war das Ende eines weiteren Kapitels in den Annalen des Verbrechens.

Kill the Old Man and Take His Car

Roter Lexus, alter Mann hinter dem Steuer», sagte ein Siebzehnjähriger aus der Bronx.

Das war gestern im *Adolescent Reception Center* auf Rikers Island. Diese Einrichtung ist für junge Männer von 16, 17 und 18 Jahren, für diejenigen, die die Zukunft dieser Stadt in Frage stellen. Der junge Mann im blauen Hemd hatte gerade den Mord an Michael Jordans Vater auf das reduziert, was seiner Meinung nach passiert war.

In diesem einen Raum befanden sich 40 von ihnen und weitere 100 in einem Klassenzimmer eine Etage tiefer. Wenn sie sprachen, standen sie auf und stellten sich mit Alter und Stadtteil vor, doch da dieses Thema von großem Interesse für sie war, brüllten viele auch einfach ihre Gedanken heraus.

Als sie über den Mord an James Jordan sprachen, der von zwei Gleichaltrigen begangen worden war, verrieten sie mindestens genausoviel über sich selbst und woher sie kamen, und dies ist das Andere Amerika, New York City.

«Wie viele sind wegen einem *body* hier?» fragte ein Sozialarbeiter. Ein *body* steht für einen Mord.

Sechs Hände wurden gehoben. Einige andere setzten zögernd an, taten es dann aber doch nicht.

«Hat irgendwer was zu Mr. Jordan zu sagen?» fragte der Sozialarbeiter.

«Alter Mann sitzt im Auto. Holen wir ihn uns», rief jemand.

Bronx Siebzehn sagte: «Du siehst einen Lexus.»

«Einen 93er Lexus!» wurde er von jemandem korrigiert.

«Einen 93er Lexus», fuhr Bronx Siebzehn fort. «Du weißt genau, kaufen kannst du dir die Karre nie. Also machst du, was du tun mußt, um vielleicht mal zwei, drei Stunden damit zu fahren.»

«Warum würdet ihr den Mann dafür töten?»

«Angst!» sagte Bronx Siebzehn.

«Sie haben Angst», rief jemand. «Er wird schreien. Oder wenn du wieder verschwindest, ruft der doch sofort die Cops. Wenn du den Kerl abknallst, ruft kein Mensch irgendwen.»

Bronx Siebzehn sagte: «Es ist aus Angst passiert. Sie haben das

Autotelefon gesehen. Die haben gedacht, er wär ein Dealer. Hatten Schiß, daß er vielleicht eine Kanone hat. Sind zu ihm hin und: Paaaf!»

Einer von denen, die an der Wand lehnten, sagte: «Brooklyn Achtzehn.»

«Ja», sagte Howard Robertson, der stellvertretende Gefängnisdirektor.

«Reiner Instinkt», sagte der Junge. «Du denkst nicht. Du machst es einfach, statt zu quatschen. Du quatschst nicht. Du denkst nicht. Du stehst unter diesem ganzen Streß, und du reagierst einfach. Aus einem kleinen Zwischenfall wird dann auf einmal Mord.»

Von der anderen Seite des Raumes rief jemand: «Einfach so aus Spaß. Krall dir einfach die Karre.»

Ein junger Bursche in langen, gelben Shorts und schwarzen Nike-Turnschuhe stand auf. «Manhattan Sechzehn.»

«Schieß los», sagte der Sozialarbeiter.

«Ein 93er roter Lexus. Mit Autotelefon. Oh, Mann, sieh dir die Karre an! Alter Mann hinter dem Steuer. *Boom!* Krall dir die Karre, telefonier ein bißchen. Ruf dein Mädchen an.»

«Klappverdeck. Wind in den Haaren. Die Mädel glotzen dich an», rief einer.

«Jeder will doch ein Mädchen. Die Leute beeindrucken», sagte ein anderer.

«Es kommt doch nur auf eins an: Du mußt gut aussehen», rief wieder ein anderer.

«Du fährst eine neue Karre, du willst nicht aussteigen», sagte Manhattan Sechzehn. «Du willst nicht zum Tanken anhalten. Du steigst erst dann aus der Karre, wenn die Cops kommen.»

«Die Mädchen beeindrucken.»

«Ich beeindrucke die Mädchen. Hab jetzt Verhandlung. Fünfundzwanzig bis lebenslänglich», sagte Manhattan Sechzehn.

Ein kleiner, stämmiger und sehr junger Mann saß mit verschränkten Armen da und sagte: «Das ist doch alles Scheiße. Ihr solltet euch nicht gegenseitig runtermachen. Ihr solltet euch hier aufbauen.»

In der ersten Reihe stand Bronx Sechzehn auf und sagte: «Mord ist eine bessere Antwort, als es sein sollte. Mord ist die einzige Chance, das Gleichgewicht wiederherzustellen. Nimm ein Leben für ein verlorenes Leben. Manchmal muß man töten, um sein eigenes Leben zu retten. Ich bin wegen einem *body* hier. Der Vater von irgendwem, und ich lebe. In meinem Fall ging's um Drogen. Er hat zu anderen Leuten davon gequatscht, mich plattzumachen. Ich kann doch nicht immer und überall aufpassen, was hinter meinem Rücken passiert. Also mußte ich mich eben um die Sache kümmern.»

Unten befand sich eine größere Gruppe von vielleicht 100 Jugendlichen, und der Beamte, der die Diskussion leitete, Abdul Rahmin, 33, hatte keine Schwierigkeiten, ihre Aufmerksamkeit zu fesseln.

«Der Mann hat Kinder großgezogen. Er hat den besten Basketballspieler der NBA großgezogen, einen ausgezeichneten Mann. Mußte das passieren? Warum mußte es passieren? Was lernen wir daraus?»

«Es ist eben einfach passiert», sagte jemand.

«Die Leuten unten in North Carolina haben gesagt, diese Kids hätten auch vorher schon in Schwierigkeiten gesteckt. Diese Kids gehörten zur üblen Sorte, haben sie gesagt.»

«Das sagen sie doch immer», rief jemand.

Abdul Rahmin sagte: «Wie viele von euch waren schon im Knast?»

Viele Hände wurden gehoben.

«Wie viele von euch waren schon mehr als einmal im Knast?»

Mehrere Hände wurden gehoben.

Einer von ihnen, er saß auf einem Tisch, stellte sich als Brooklyn Siebzehn vor.

«Die jungen Leute in Brooklyn rauben und stehlen. Wenn du aus der Bronx kommst, verkaufst du Drogen. So läuft das hier in der Stadt. Wenn du aus Brooklyn kommst und keinen Überfall gemacht hast, sagen sie trotzdem: ‹*Du* hast es auch schon gemacht, du klaust und stiehlst.› Wenn du älter wirst, sagst du irgendwem, du kommst aus Brooklyn, und dann heißt es gleich: ‹Der taugt nichts. Wo der schon herkommt!›»

Abdul Rahmin fragte: «Wenn die beiden Typen, die wegen des Mordes an Michael Jordans Vater angeklagt sind, herkommen würden, hätten sie dann Probleme, hier zu leben?»

Eine Hand schoß hoch. Noch ein Brooklyn Sechzehn.

«Die haben Michael Jordans Pop umgelegt. Da würde jeder dran teilhaben wollen. Die wären hier doch sofort so was wie Thema

Nummer eins. Sie wissen schon: ‹Auf dem Weg bin ich den Gang runtergekommen, und da hab ich einen von den Typen gesehen, die Jordans Pop umgenietet haben. Mach ihn fertig, Mann!›»

Ein Brooklyn Siebzehn sagte: «Ich würd sie leben lassen. Die gehen doch in PC.» Er meinte *protective custody*, Schutzhaft. «Ich kann das nicht beurteilen, er war doch nur ein Pops. Wenn sie herkommen, und du fragst: ‹Weswegen seid ihr hier?› Die sagen dann: ‹Weil wir den Pops von Michael Jordan umgelegt haben.› Ich sage dann: ‹Habt ihr das wirklich gemacht?› Wenn die sich bedeckt halten, passiert doch gar nichts.»

«Was ist mit der Todesstrafe?»

«Dann werden eben wieder zwei Typen gegrillt. Sie haben dafür bezahlt. Sie haben's drauf angelegt.»

Jimmy Breslin wurde in Queens, New York, geboren. Dort und in den Lokalredaktionen New Yorker Tageszeitungen erhielt er seine Ausbildung. Er hat für einige der schlechtesten und der besten Zeitungen gearbeitet. Er hat gleichzeitig für *New York Herald Tribune* und die *New York Daily News* geschrieben und arbeitet heute für *Newsday*. Kurze Zeit moderierte er eine eigene Fernsehsendung, *Jimmy Breslin's People*. 1969 kandidierte er für den Stadtrat von New York City. Ausgezeichnet wurde er mit dem *Sigma Delta Chi Award* für überregionale Berichterstattung, dem *Meyer Berger Award* für Lokalberichterstattung, dem *New York Reporters Association Award*, dem *Pulitzer Prize* sowie mit dem *George K. Polk Award*. Er ist Autor von *Can't Anybody Here Play this Game* (1963), *The Gang That Couldn't Shoot Straight* (1969), *World without End, Amen* (1973), *How the Good Guys Finally Won* (1975), *Fourty-Four Caliber* (1978), *Forsaking All Others* (1982), *He Got Hungry and Forgot His Manners* (1988; dt. *Er wurde hungrig, da vergaß er sich…*), *Queen of the Leaky-Roof Circuit* [Drama] (1988).

▼

Dakota Lane macht im Grunde nichts anderes als Breslin, doch sie lebt und arbeitet in einer sehr kleinen Stadt, derselben Stadt, in der auch ich lebe, in Woodstock. Schriebe sie einfach nur auf, was sie sieht und hört, was sie denkt und weiß, benutzte sie Namen oder auch nur irgendwelche wiedererkennbaren Merkmale, dann gäbe es niemanden mehr, mit dem sie noch sprechen, mit dem sie zusammensein könnte. Niemanden, mit dem sie befreundet sein oder ein Verhältnis haben könnte. Ihr Trick – ob sie es nun selbst so sieht oder nicht – besteht in der Fiktionalisierung. Sie ändert Namen, Nasen, Titel, Berufe, Adressen und Automarken so weit, daß wir anderen damit leben können, von Otto De Lea – o ja, sie versteckt sich auch hinter einem Pseudonym – beschrieben zu werden. Meistens können wir so tun, als seien es nicht wir, die in ihrer wöchentlichen Kolumne aufs Korn genommen werden.

Dakota ist eine alleinerziehende Mutter mit zwei kleinen Mädchen, die keinerlei Unterstützung erhält. Dennoch schafft sie es immer wieder zu schreiben. Und das Ergebnis ist von gleichbleibend hoher Qualität.

Was Verbrechen betrifft, war 1993 für Woodstock das beste Jahr seit langem – wir hatten einen echten Mord, der Nachttresor unserer Bank wurde gestohlen, eine Vergewaltigung wurde angezeigt, und der Supermarkt erhielt drei Bombendrohungen. Dennoch passieren bei uns meistens keine harten, blutigen, ekelerregend scheußlichen Verbrechen. Allerdings geschehen hier eine Menge Dinge, die auf eine diffuse Art kriminell sind. Oder die kriminell wären, würde es jemand bemerken. Potrauchen, Ladendiebstahl oder den Staat auf relativ harmlosem Niveau zu betrügen. Inklusive unzähliger Betrügereien, Träume, Phantastereien, Angst und Verrat. Solche Dinge thematisiert Dakota Lane in ihren Geschichten, und es ist ein Genuß, Otto De Lea in der *Woodstock Times* zu lesen, genau wie Breslin im *Newsday*.

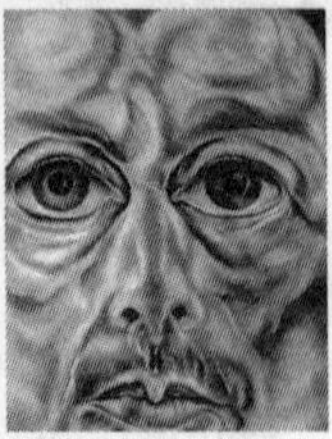

DAKOTA LANE

Billie Got Her Gun

Es war eine .38er Stupsnase. Lag gut in der Hand. Sie kam in Tennessee in seinen Besitz, im Herbst 79, in diesem unnatürlich heißen Herbst, der so heiß war, daß sogar die schwarze Kanone schwitzte. Sein Freund erstand den Revolver in einem Waffengeschäft – alles, was er brauchte, war ein Führerschein für Tennessee und Cash.

In diesem heißen Herbst ballerte Earl ein paar hundert Schuß im Hinterhof seines Freundes – fünf paßten in die Kanone – und trampte dann den ganzen langen Weg zurück nach Woodstock.

Er machte Geschäfte der Art, bei denen eine Kanone nützlich sein könnte, falls mal jemand versuchte, irgendeinen Scheiß abzuziehen.

Earl und Billie waren high. Sie lagen auf dem großen Bett in dem Motel, das sie ihr Zuhause nannten, und steuerten auf einen handfesten Streit zu.

Dabei hatte der Abend gar nicht schlecht angefangen. In der Hudson Valley Mall hatten sie sich *Purple Rain* angesehen und danach auf dem Heimweg kurz gehalten, um Dope zu kaufen.

Im Auto fing der Ärger an. Billie wollte über den Selbstmord ihrer Mutter reden. Earl ließ sie reden.

«Kannst du dir vorstellen, wie das ist, wenn man als Kind die eigene Mom findet, die sich umgebracht hat?» wollte Billie wissen.

«Nee», grunzte Earl. Zum einen war Earl gereizt, weil er noch nicht drauf war und nach dem Kick fieberte. Zum zweiten wußte Earl nicht, was er zu Billies Schmerz sagen sollte. Und drittens mochte Earl Billies provozierenden Tonfall nicht. Den bekam sie jedesmal, wenn sie über ihre Mutter sprach. Immer erwartete sie, daß er irgendwas sagte oder tat, und Earl fühlte sich, als wäre er irgendwie verantwortlich.

«Ist das alles, was dir dazu einfällt?» fragte Billie.

«Hör auf damit», sagte Earl. «In Ordnung? Laß uns einfach nach Hause fahren. Laß uns nach Hause fahren, dann können wir von mir aus reden, okay?»

Billie schwieg.

Und jetzt lagen sie auf dem Bett, die Atmosphäre zwischen ihnen gespannt in postkoitaler Empfindlichkeit. «Ich will überhaupt nicht reden», meinte Billie.

«Wir können uns unterhalten», sagte Earl. «Wenn du reden willst, schieß los.»

«Da draußen ist was.» Billie setzte sich abrupt auf und blickte zur Tür.

Earl hatte keine Lust aufzustehen und sagte, er hätte nichts gehört.

«Geh schon, Schätzchen», drängte Billie. «Sieh nach, bitte. Mir zuliebe.»

Nachdem er nichts Verdächtiges auf dem Parkplatz hatte feststellen können, kehrte Earl zurück und sah Billie in einem seidenen Morgenmantel auf dem Bett sitzen und Earls Revolver an die rechte Schläfe halten.

Earl bewegte sich sehr schnell. «Gib ihn mir!»

Billie lächelte. Sie spannte den Hahn. «Genauso hat es meine Mutter gemacht. Wie würdest du reagieren, wenn deine Mutter so was tun würde? Wie wäre das für dich?»

«Billie», sagte er ruhig. «Billie, Schätzchen, gib mir die Kanone.»

Er nahm sie ihr ab. Am nächsten Tag fuhr er auf die andere Seite des Flusses und gab sie seinem Freund T. zur Aufbewahrung. Er erklärte ihm die Situation. Unter keinen Umständen, befahl er T., dürfe er die Waffe Billie geben, egal, welche Story sie T. erzählen, egal, was sie ihm dafür versprechen würde.

Drei Jahre später wurde Earl geschnappt und mußte für ein Jahr in den Knast. Er rief T. an und wiederholte die Anweisungen, die er ihm Jahre zuvor gegeben hatte. «Unter keinen Umständen.»

Nach einem kurzen nächtlichen Anruf erschien Billie in T.s Haus mit einem Brief und einem Typ. «Hier ist ein Brief von Earl», erklärte sie T. «Er weiß, wie knapp ich bei Kasse bin, ich habe nicht mal mehr was im Kühlschrank, und George braucht das Ding. George und Earl sind alte Freunde, sie kennen sich schon ewig.»

T. las den Brief und war zufrieden. Wenn er noch einen Beweis brauchte, daß der Brief tatsächlich von Earl stammte, dann war es der 50-Dollar-Schein, den ihm Billie gab – «fürs Aufbewahren».

Tränen der Dankbarkeit stiegen Billie in die Augen, und sie drückte einen dicken Kuß auf T.s Wange.

«Du Arschloch hast ihr die Kanone gegeben!» sagte Earl zu T. am Telefon im Knast, und es war ihm egal, ob er das Wort «Kanone» gebrauchte oder nicht.

Der Revolver, das fand Earl später heraus, wurde bei einem Ding in der Nähe der kanadischen Grenze benutzt, weniger als zwei Monate, nachdem er verkauft worden war. Wie er hörte, wurde eine Person angeschossen. Danach, sagte man ihm, hatte man die Waffe von einem Pier in Manhattan in den Hudson geworfen. Oder vielleicht in Kingston. Vielleicht war sie auch in andere Hände geraten und immer noch irgendwo.

Earl denkt manchmal noch an die Waffe, fragt sich, was wirklich aus ihr geworden ist, und hofft, daß sie, wenn sie nicht im Fluß liegt, nicht in die falschen Hände geraten ist.

Nightlife I

In diesen kleinen Supermarkt ging Carolyn am liebsten. Hier war das Licht nicht zu hell, und man sah nicht so viele von *denen. Die* kauften am liebsten in grellen und protzigen Läden, wo sie in ihren aufgemotzten Klamotten rumstolzierten, zusammen mit ihrer verrotzten, plärrenden Brut, und die Knete vom Sozialamt für schrille pinkfarbene Lippenstifte rausschmissen, außerdem noch für Berge von Süßigkeiten, damit die Bälger fett wurden und das Maul hielten.

Es war ein harter Tag für Carolyn gewesen. Sie hatte der neuen Mitarbeiterin erklärt, wo's langging, diesem schmalen und schmuddeligen Ding, das von Kopf bis Fuß auf Woodstock machte, von der runden, türkisfarbenen Brille bis zu dem langen Schlabberrock. Erstaunlich, daß man sie so überhaupt reingelassen hatte, gleich an ihrem ersten Arbeitstag. Mr. Fortuni hatte wirklich keinen Stil; damals war das anders, als Mr. Howe noch das Sagen hatte.

Jener Mr. Howe hatte gern über Gott und alle Welt geplaudert, er hatte Carolyn immer zugezwinkert, weil er genau wußte, daß sie sich mit Klassenunterschieden auskannte, und als er pensioniert werden sollte, wollte er nicht gehen. Außer einem Stück trockenen Marmorkuchen an einem Nachmittag hatte man nichts für ihn übrig gehabt, und Carolyn war es gewesen, die daran gedacht hatte, eine Karte zu kaufen und sie zum Unterschreiben herumzureichen. Eine dieser Witzkarten, aber Mr. Howe hatten die Tränen in den Augen gestanden. Er hatte die Karte in die Innentasche seines Jacketts gesteckt, er trug nämlich immer ein Jackett und hatte auch immer eine Aktentasche. Anders als Mr. Fortuni, der im Pullover zur Arbeit erschien und wollte, daß alle ihn Jack nannten. Aber sie tat das nicht, sie, Carolyn, zumindest wußte, was sich gehörte.

Die neue Mitarbeiterin – wie hieß sie noch mal, irgendein schrecklicher Name wie Sorrel oder Russel – nein, Lerise, was war das überhaupt für ein Name –, diese Lerise war eine Besserwisserin von der ersten Minute an. Wie kam sie dazu, der Frau vorzuschlagen, sich wegen einer Unterstützung an *Goodwill* zu wenden, so lange, bis ihr Überbrückungsgeld genehmigt würde. Wie sie gelächelt und zuckersüß getan hatte, diese Lerise, und ach so besorgt um diese Frau, während sie, Carolyn, genau wußte, daß sie bald darauf wieder in der Scheiße stecken, bald wieder von ihrem hohen Roß fallen würde. Diese Frau, die davon träumte, nicht mehr auf Wohlfahrt angewiesen zu sein, und dann zwei Monate später bettelnd wieder angekrochen kommen würde. Diesem schäbigen Weib mit seinen lausigen Bälgern hätte es überhaupt nichts geschadet, ein paar Nächte im Obdachlosenasyl zu schlafen, aber nein, diese dämliche Lerise konnte das Maul nicht halten.

Als sie ihren Einkaufswagen in die Kosmetikabteilung schob, roch Carolyn einen ganz bestimmten süßlichen Duft nach Vanille, der sie veranlaßte, sich suchend umzublicken. Es war genau der widerliche Gestank von Lerise, den sie schon den ganzen Tag hatte riechen müssen.

Zuerst duftete es beinahe angenehm, irgendwie nach gebackenen Plätzchen, und dann wurde es so süß, daß man hätte kotzen können. Süß und irgendwie gefährlich. Aber außer der Verkäuferin war niemand zu sehen, und die grinste hinter der Theke ins Telefon und erzählte irgend jemandem, sie könnte heute abend nicht kommen. Und daneben war eine riesige Pyramide aus kleinen blauen Flaschen vor dem Foto einer strahlend schönen Indianerin. Das Parfum nannte sich *Omen*. Carolyn schnüffelte nur einmal, und es hätte sie beinahe umgehauen.

Der Höhepunkt von Carolyns Tag war ganz klar die Sache mit Lerise nach dem Lunch gewesen. Sie hatte ihr eröffnet, daß sie einen Bericht über sie schreiben müsse, weil sie neu wäre und daß sie in diesen Bericht schreiben würde, daß sie die Frau nicht ins Obdachlosenasyl geschickt hatte.

«Ich halte es für wichtig, den Leuten Dinge vorzuschlagen, auf die sie sonst nicht gekommen wären», hatte Lerise ohne eine Spur von schlechtem Gewissen auf ihrem Woodstock-Gesicht gesagt. «Es gehört zu meinem Job.»

«Wir legen hier aber keinen Wert drauf», informierte sie Carolyn. «Wenn Sie nicht aufpassen, fliegen Sie selber raus, und dann müssen *Sie* um Hilfe betteln.»

Normalerweise sagte Carolyn so was nicht. Natürlich gab es auch keinen Bericht, und Mr. Fortuni würde wegen so etwas niemals eine Mitarbeiterin rauswerfen. Solche Worte fielen ihr auch überhaupt nicht leicht, aber sie auszusprechen hatte gutgetan; sie hatte sich gut gefühlt, als endlich ein Anflug von Verstörung in diesen Woodstock-Augen aufgetaucht war, und doch war es immer noch nicht leicht gewesen, nicht so leicht wie andere Dinge, so wie das hier, wie das stinkende blaue Fläschchen mit dem billigen Parfum in ihrer großen Kunstlederhandtasche verschwinden zu lassen, während die Verkäuferin immer noch quatschte, ja, das war ganz leicht.

Nightlife II

Sie hatte es sich zum Grundsatz gemacht, nie im selben Haus zweimal zuzuschlagen, aber nach sieben Jahren war eine kleine Wiederholung unvermeidlich. Während sie ihren rostigen weißen 1979er Mustang über die lange Privatauffahrt steuerte, erteilte Linda ihrem ältesten Sohn Anweisungen.

«Also, Tommy, drinnen fängste sofort an. Wenn wir da sind, sagste, du mußt mal.»

«Mama, da ist ein Pool!» Chris war erst vier und gerade im richtigen Alter für das, was sie vorhatte, aber sie konnte das Risiko nicht eingehen. «Vielleicht können wir schwimmen!»

«Yeah, schon gut», sagte sie. «Tommy, hörste mir zu?» Tommy saß da und starrte vor sich hin, die dünnen Lippen wie eine alte Frau schmollend zusammengepreßt. Am liebsten hätte sie ihm eine gelangt. In diesen zu kurzen Shorts, dem zu kurzen T-Shirt und seinem neuen, zu kurzen Haarschnitt sah er so aufgeschossen und dünn aus. Er hatte Lindas farblose Haare und ihre hellen Schlitzaugen. Sie beide konnten überall hingehen, und niemand würde sich an sie erinnern. Sie waren praktisch unsichtbar.

«Mama!» schrie Chris, als vor ihnen ein großes Haus aus Holz und Glas auftauchte. Im gepflegten Park ringsum lustwandelten Leute, hielten hin und wieder inne, um von den Köstlichkeiten auf den Tischen zu naschen oder es sich auf einer Decke bequem zu machen. «Die haben klasse Sachen!»

Linda fuhr auf den gepflasterten Parkplatz und manövrierte den Wagen zwischen ein rotes Cabrio und einen 1993er Kombi. Sie brachte ihr Gesicht ganz nahe an Tommys heran, und der Junge wich vor ihr zurück.

«Alles klar?»

Er sah sie nicht mal an. «Ich will nicht.»

«Hah, und ob du das machst, Freundchen, kein Palaver!»

«Ich mach's, Mama», sagte Chris. Er war dunkel und beinahe hübsch und hatte ein Funkeln in den grünen Augen. Nichts da, das konnte sie nicht riskieren.

«*Du* wartest im Auto», befahl sie ihm.

«Kann ich mich nicht ein bißchen umsehen? Die haben Kinder, Mama! Vielleicht verkaufen sie uns eine *Super-soaker*! Oder *Larry Bird* Turnschuhe! Bitte, Mama?»

Für einen Augenblick dachte Linda tatsächlich über seine Bitte nach. Einfach nur mit ihrer Familie zwischen diesen Menschen sein, all diese kurzlebigen wunderschönen Dinge berühren, den Duft frisch gereinigter, fleckenlos schöner Kleidung einatmen und fremdartige Dinge wie Heißluft-Pop-Corn-Maschinen und Trimmräder ansehen, die es in ihrem Leben nicht gab. Es würde keine zwei Sekunden dauern, und sie würde einen hysterischen Anfall bekommen. Nein, sie brauchte etwas anderes. Mehr.

«Wir brauchen den Mist nicht!» fuhr sie Chris an. «Hör mit dem Gejammer auf und warte im Auto!»

«Ich will nicht», wiederholte Tommy. Aber er würde es tun. Seine Hand lag schon auf dem Griff an der Wagentür.

«Paß auf», sagte sie zu ihm. «Wir kennen das Haus. Erinnerst du dich?»

Tommy schüttelte den Kopf.

«Ich aber. Du kommst durch die Küche ins Badezimmer. Ich sage einfach, du hast Angst, allein zu gehen, sie haben einen Hund, einen alten schwarzen Hund, und ich sage, du fürchtest dich vor Hunden oder sonstwas –»

«... Aber, Ma...»

«Wir tun's. Basta.»

Sie kamen problemlos hinein. Die Dame des Hauses, graziös in den Bewegungen, im kühlen Baumwollkleid mit modischem Sonnenhut, lächelte nur voller Verständnis und zeigte ihnen den Weg, als wäre es selbstverständlich, Fremde ins Haus zu lassen. Es war ein Kinderspiel.

Linda klopfte das Herz bis zum Hals, und der Mund wurde ihr vor Aufregung trocken. Alles in diesem kühlen, reichen Haus – angefangen bei den Gemälden an den Wänden bis zu den blitzblanken Glasschiebtüren – schien sich förmlich danach zu sehnen, ihr in die Finger zu kommen.

Die Küche war makellos weiß, mit großen Oberlichtern, polierten weißen Arbeitsflächen und kornblumenblauen Jalousien an den Fenstern, die Lindas Aktivitäten vor Blicken von draußen abschirmen würden. Linda versetzte Tommy einen kleinen Stoß in Richtung Badezimmer. Am liebsten hätte sie da drin etwas kaputtgemacht, aber das wäre zu auffällig gewesen, da hätte sie ja gleich ihre Visitenkarte dalassen können. Sie wollte nicht, daß man die Unordnung mit ihr und dem Kind in Verbindung brachte, und sie taten es auch nie. Sie wollte nichts anderes, als dieses perfekte Leben ein wenig aus dem Lot zu bringen, und zwar so, daß es schwer war dahinterzukommen, was eigentlich nicht stimmte.

Sie arbeitete wie immer rasch und effizient, stellte die unschuldigen Magnetbuchstaben am Kühlschrank zu zweideutigen Wörtern um; riß drei kleine Pflanzen aus ihren Töpfen und entfernte das Lesezeichen aus dem Roman, den irgend jemand auf der Küchentheke hatte liegenlassen. Sie hob gerade eine kleine handbemalte italienische Schale an den Rand des Spülbeckens, um ihr einen haarfeinen Riß zu verpassen, als ein Geräusch sie zusammenfahren ließ.

Es war aber nur der alte schwarze Hund, der sie mit sei augen ansah und bedächtig und ermunternd mit dem Schwanz delte.

Dakota Lane lebt in Woodstock, New York, und schreibt darüber, was geschieht, wenn ganz normale Menschen ihren Alltag verlassen. Unter anderem hat sie bereits für *Entertainment Weekly*, *Cosmopolitan* und das *New York Times Syndicate* gearbeitet.

ULSTER COUNTY DISTRICT ATTORNEY'S OFFICE/ LARRY BEINHART

The LaVeglia Case

Der folgende Beitrag war nur möglich dank der freundlichen Unterstützung von District Attorney Michael Kavanagh und First Assistant DA Don Williams.

Am Thanksgiving Day 1991 – eine von den Pilgervätern eingeführte amerikanische Adaption des Erntedankfests – wurde der örtlichen Feuerwehr einer kleinen Stadt im Ulster County ein Brand gemeldet.

Das Feuer war in einem zweistöckigen Haus an einer Landstraße ausgebrochen. Als die Feuerwehr in das Haus eindrang, stellte man fest, daß es nur im Obergeschoß brannte.

Im Erdgeschoß fanden sie zwei Leichen.

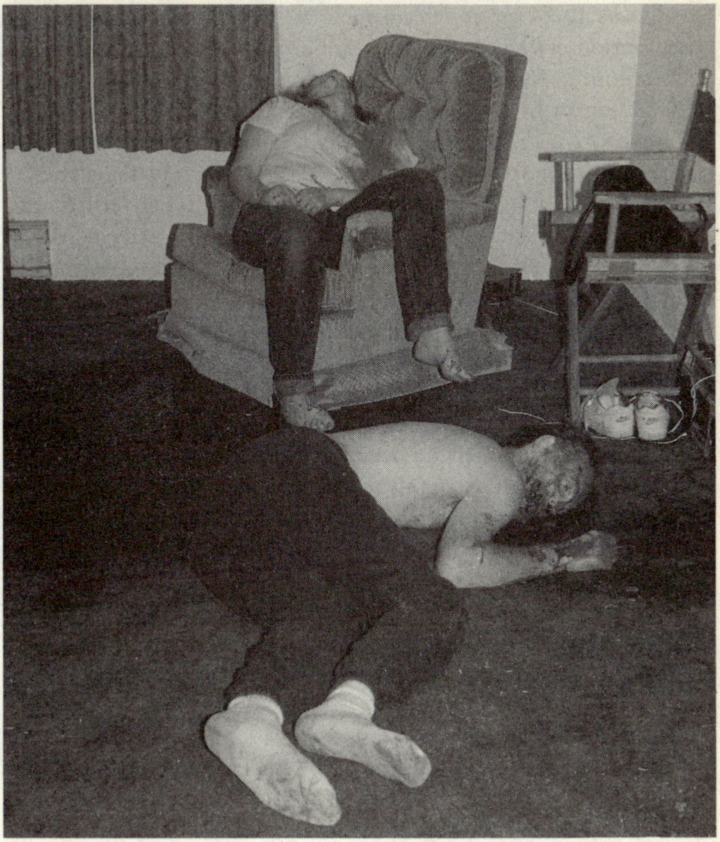

Diese Fotos, wie auch die folgenden, sind den Ermittlungsakten des Ulster County District Attorney entnommen. Obwohl sie von Beamten der State Police gemacht wurden, diente keines der Fotos im späteren Prozeß als Beweismittel. Bei einigen Fotos waren die Gründe hierfür leicht nachvollziehbar: entweder waren sie überflüssig oder für die Anklage unerheblich. Einige aber wurden zurückgehalten, weil sie mit großer Wahrscheinlichkeit die Geschworenen emotional beeinflussen müßten. Grundsätzlich liegt es im Ermessen des Richters, die Zulassung besonders anstößiger oder brutaler Fotos als Beweismittel abzulehnen. Vereinfacht lautet die Argumentation etwa so: Eine Jury soll ermitteln, ob der Angeklagte ein bestimmtes Verbrechen begangen hat. Meistens müssen die Geschworenen nicht erst überzeugt werden, daß ein Verbrechen ein Verbrechen ist, der Gesellschaft schadet und Strafe verdient. Blutrünstige Fotos besonders grausamer Verbrechen haben nichts, aber auch gar nichts mit der Feststellung – einer nüchternen, ernsthaften und allein an Tatsachen orientierten Entscheidung – zu tun, ob die angeklagte Person tatsächlich das ihr vorgeworfene Verbrechen begangen hat. Sie würden lediglich die Jury davon überzeugen, daß das Verbrechen verabscheuungswürdig ist, und zwar so verabscheuungswürdig, daß *irgend jemand* bestraft werden *muß*. Da der Angeklagte die einzige für sie greifbare Person darstellt, würde ein solcher Sachbeweis fast automatisch Präjudiz zur Folge haben, die Geschworenen dahingehend beeinflussen, allein des Bestrafens wegen einen Schuldspruch zu fällen, statt zu einem ausgewogenen Urteil zu gelangen, das einzig und allein auf der Qualität des Beweismaterials basiert.

Bei den beiden Leichen handelte es sich um Thomas und Lorraine Thompson, die Mieter der Erdgeschoßwohnung. Beide waren drogenabhängig und nahmen zur Tatzeit an einem Methadon-Programm teil. Zum Zeitpunkt ihres Todes standen beide unter Alkohol- und Drogeneinwirkung.

Beide waren mit einer automatischen Pistole erschossen worden, die blutbefleckt sichergestellt werden konnte.

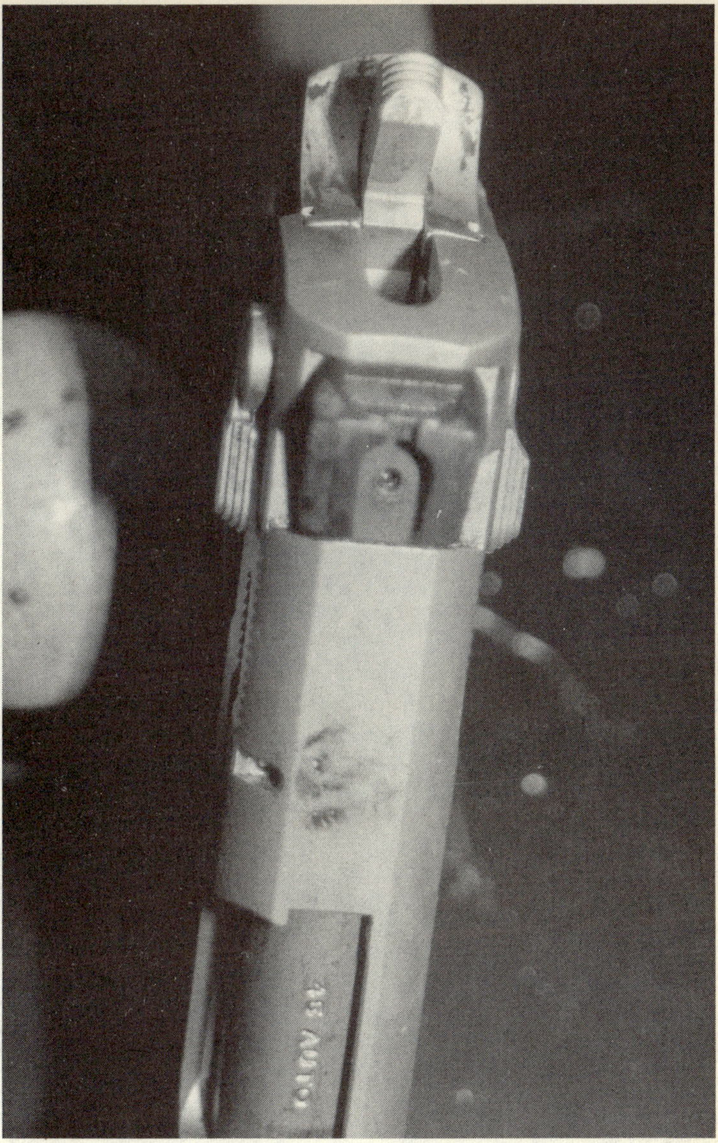
38 AUTO

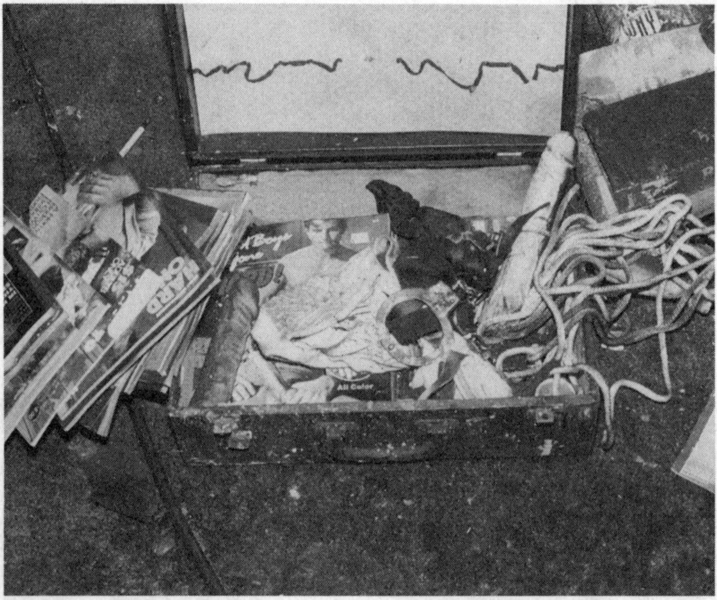

Im Obergeschoß lebte der Hausbesitzer – Joseph Realmuto, ein Friseur. Angeblich war er Drogendealer. Er war homosexuell. Pornographie und «Spielzeug für Erwachsene» wurden in seiner Wohnung sichergestellt.

Mrs. Thompson wurde auf dem Sessel sitzend vorgefunden, in dem sie auch gestorben ist. Sie war mit einem einzigen Schuß in den Hinterkopf getötet worden. Diese Art des Mordes wird häufig mit einer «Hinrichtung» verglichen und gilt als typisches Merkmal für das organisierte Verbrechen.

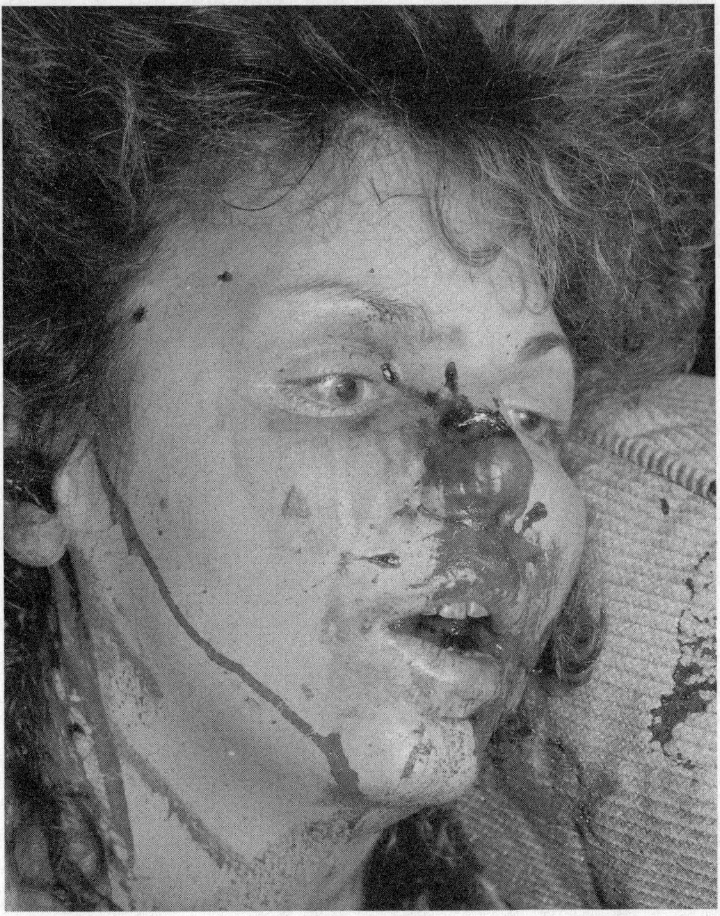

Das ist das häßliche Gesicht des Verbrechens.

Wir haben lange überlegt, ob diese Aufnahmen in einem Krimimagazin zu abstoßend und zu brutal sind. Schließlich wurde mir immer klarer: Es ist eine Sache, bequem und sicher im heimischen Sessel zu sitzen oder während des Urlaubs am Strand zu liegen und etwas über Verbrechen zu lesen oder sich stilisierte Inszenierungen der Gewalt im Kino, beziehungsweise ihre weniger aufwendigen Pendants im Fernsehen, anzusehen. Eine völlig andere Sache ist es jedoch, direkt mit der Realität konfrontiert zu werden, das wirkliche Antlitz der Gewalt zu sehen und damit umgehen zu müssen, wie es Cops und Feuerwehrmänner und Journalisten tun. Was nicht heißen soll, daß sie dadurch aufnahmefähiger werden, größere Anteilnahme entwickeln oder zu einem tieferen Verständnis und Mitgefühl gelangen. Vielleicht werden sie schlicht und einfach nur härter, abgestumpfter. Oder sie werden zu Voyeuren und Aasgeiern, zu Schmarotzern, die – auf die eine oder andere Weise – von dem leben, was hier dokumentiert wird.

Thomas Thompson lag vor seiner Wohnungstür. Die Blutspur deutete darauf hin, daß er offenbar erschossen worden war, als er auf dem Bett lag.

Auf ihn war mehrfach geschossen worden, und auf seinem Arm zeigten sich Spuren von Verletzungen, die er sich bei seiner Verteidigung zugezogen haben mußte.

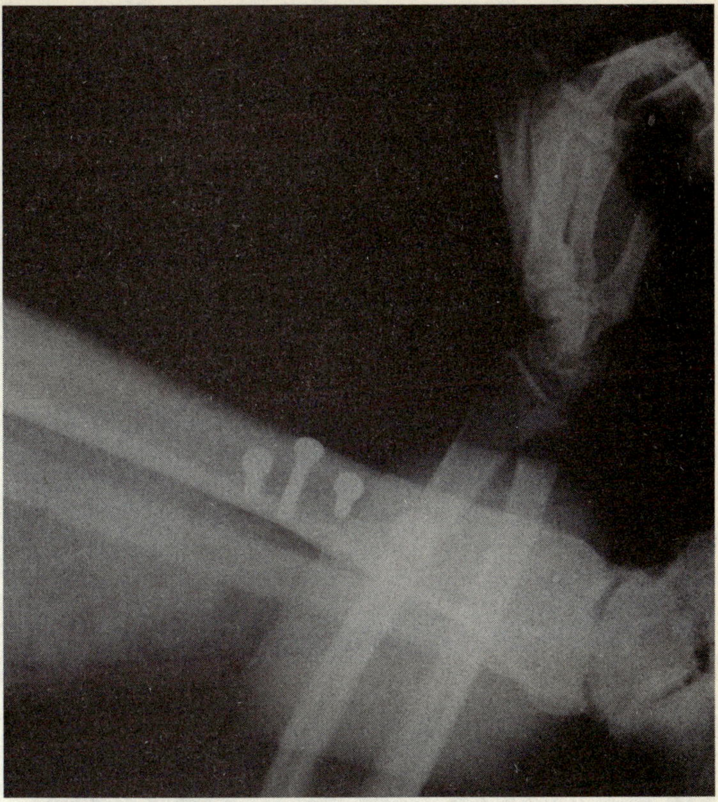

Die Polizei begann daraufhin die Suche nach Joseph Realmuto und seinem Wagen, einem Lincoln. Zu diesem Zeitpunkt galt Realmuto als der Haupttatverdächtige.

Der Wagen wurde vor Realmuto gefunden. Man entdeckte ihn neben dem Wohnwagen von Michael LaVeglia. LaVeglia hatte bis kurz zuvor als Strafvollzugsbeamter gearbeitet. Im Norden des Bundesstaates New York befinden sich überdurchschnittlich viele Staatsgefängnisse, und in ländlichen Regionen sind sie häufig als Arbeitsplätze begehrt. LaVeglia war Bodybuilder und arbeitete inzwischen in einem Fitneßcenter.

Die Polizei verhörte LaVeglia mehrere Male. Schon sehr früh gab er zu, Realmuto zu kennen und in seiner Wohnung gewesen zu sein, wenn auch nicht an dem fraglichen Tag. Er erzählte den Detectives, daß Realmuto mit Drogen handelte, daß die Thompsons zu seinen Kunden gehörten und daß er gehört habe, wie Realmuto sie bedroht hatte, weil sie ihm Geld schuldeten.

Die Detectives kehrten zurück und vernahmen LaVeglia erneut. Diesmal gab er zu, Joseph getötet zu haben. Er war in die Wohnung gegangen, weil Realmuto ihn erpreßt hatte. Bei einer früheren Gelegenheit habe Realmuto LaVeglia heimlich Drogen eingeflößt, ihn anschließend vergewaltigt und alles auf Video gefilmt. Ein solches Band wurde nie gefunden.

Nachdem LaVeglia Realmuto getötet hatte, legte er das Feuer, um den Mord zu vertuschen, nahm die Leiche mit nach Hause, zerstückelte und beseitigte sie. Er sagte, er könne den Detectives den genauen Platz zeigen. Ein State Trooper behauptete, daß LaVeglia auf dem Weg zum Müllcontainer gesagt habe, er wisse überhaupt nicht, was die Cops sich so aufregten, «ihr Jungs solltet mir eigentlich einen Orden verleihen. Ich hab doch nur zwei Junkies und eine Schwuchtel beseitigt.»

Die Leiche wurde an dem von Realmuto bezeichneten Ort gefunden.

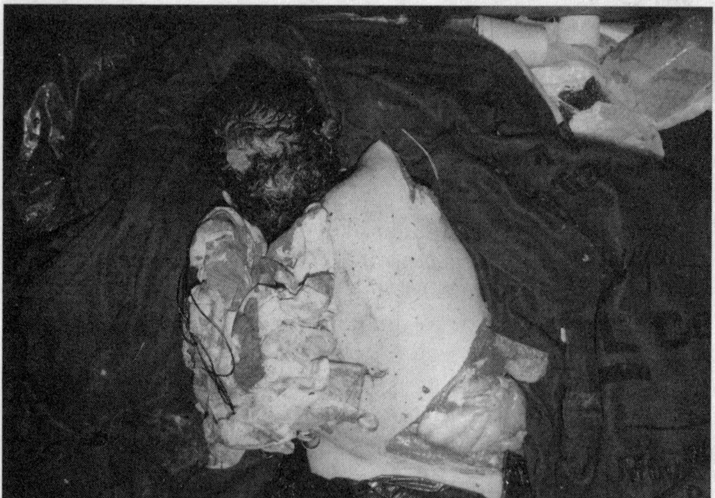

Realmutos Arme wurden in einem zweiten Müllcontainer entdeckt.

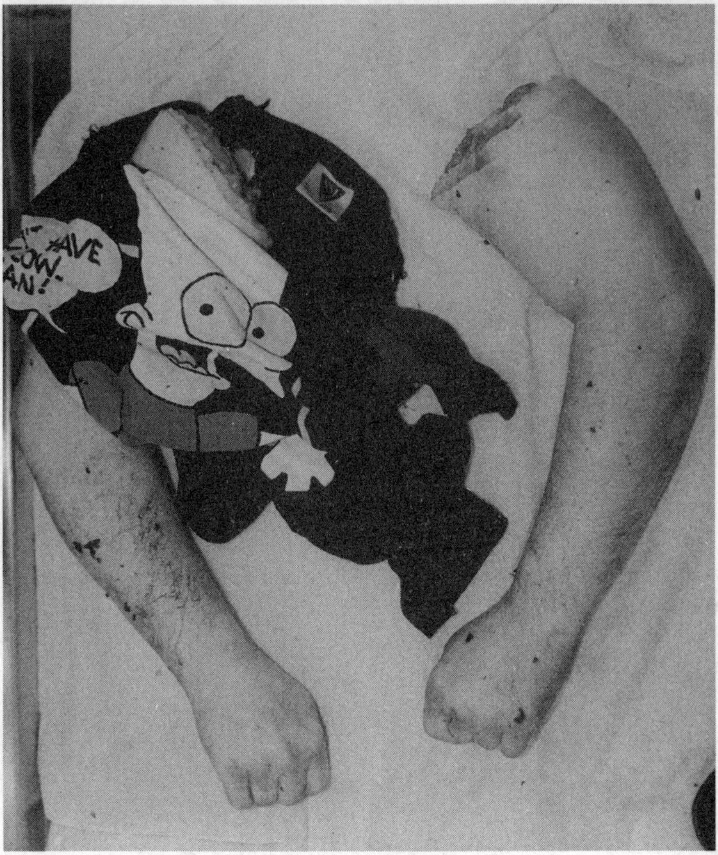

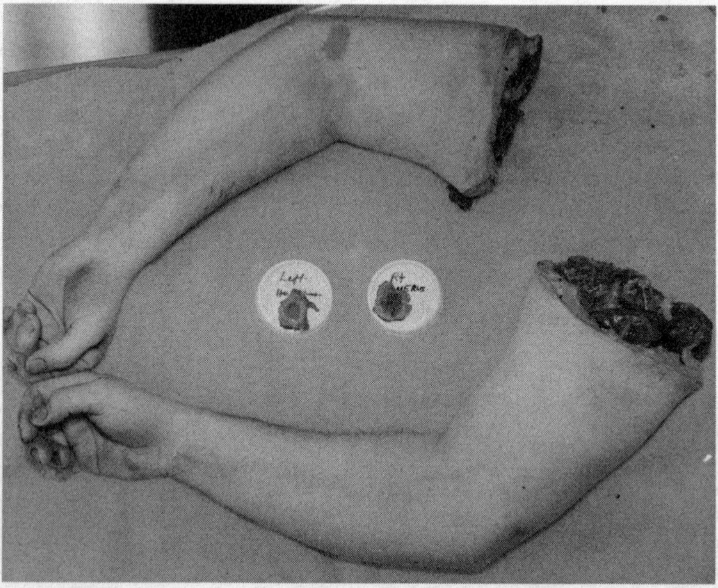

Die Art der Schnittverletzungen stimmte mit LaVeglias Säge überein.

LaVeglia wurde festgenommen und des dreifachen Mordes angeklagt. Bei dem folgenden Prozeß trat er zu seiner Verteidigung selbst in den Zeugenstand. Hier nun – in aller Kürze – seine Darstellung der Ereignisse: Er war in Realmutos Wohnung. Realmuto ging nach unten. LaVeglia blieb im ersten Stock. Dort hörte er Schüsse. Daraufhin bekam er Angst und griff zur Selbstverteidigung nach einem Hammer. Realmuto kehrte mit einer Pistole in der Hand zurück. LaVeglia vermutete, daß er der nächste sein würde. In Notwehr und aus Angst um sein Leben schlug er Realmuto mit dem Hammer auf den Kopf. Die Obduktion ergab, daß Realmuto insgesamt siebenundzwanzigmal mit dem Hammer auf den Kopf geschlagen worden war.

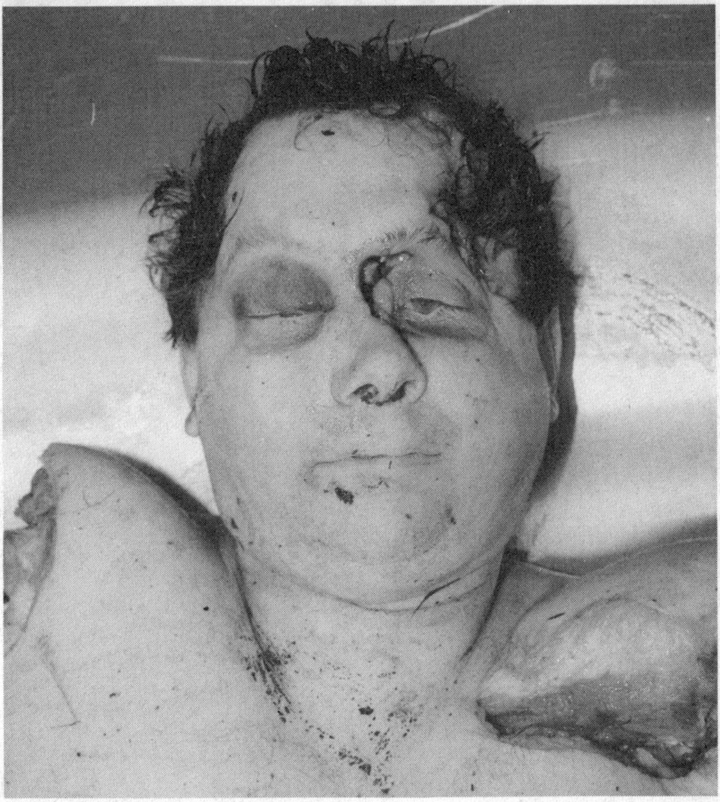

LaVeglia sagte aus, daß er sich nicht mehr erinnere, Realmuto öfter als vier- oder fünfmal geschlagen zu haben, gerade genug, um ihn zu entwaffnen. Als er dann die Leiche sah, geriet er in Panik. Er entfernte den Körper aus dem Haus und legte Feuer, um seine Tat zu vertuschen. Die Leiche nahm er mit nach Hause, wo er sie zerteilte, dann schlief er ein. Anschließend fuhr er zum Haus seiner Eltern, wo er sich duschte und etwas aß. Danach beseitigte er die Körperteile.

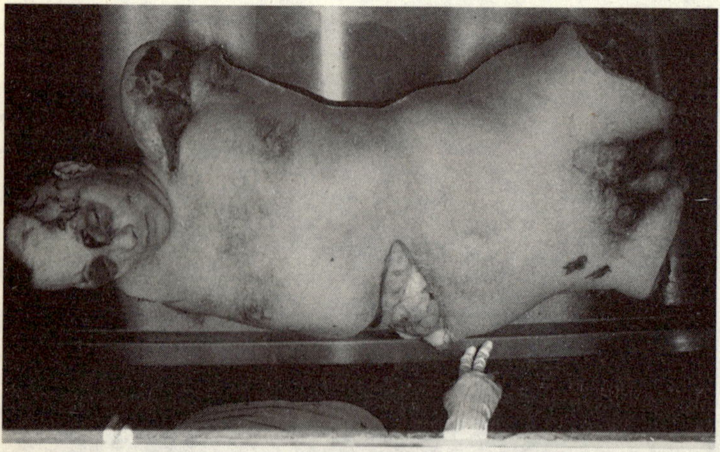

LaVeglias einziges Geständnis, auch die Thompsons ermordet zu haben, fand im Streifenwagen der Polizei statt. Der Trooper, der im Zeugenstand diese Aussage machte, hatte sie jedoch weder in seinen offiziellen Bericht aufgenommen noch zum damaligen Zeitpunkt irgendwelche anderen Notizen darüber angefertigt. Die Geschworenen gelangten zu der Überzeugung, daß die Anklage ihren Fall nicht hinreichend und zweifelsfrei beweisen konnte, was bedeutet, daß Realmuto möglicherweise die Thompsons ermordet und LaVeglia zunächst in Notwehr gehandelt haben und anschließend in Panik geraten sein könnte.

Es ist schon toll, eine Geschichte zu lesen, in der der Autor dem Leser verrät, was wirklich passiert ist. Man weiß, was man glauben kann und was nicht.

LaVeglia wurde der Brandstiftung für schuldig befunden, die er ja auch gestanden hatte. Dafür erhielt er fünf bis fünfzehn Jahre Freiheitsstrafe in einem Staatsgefängnis.

▼

Ursprünglich wollte ich bei dieser Anthologie völlig eklektisch vorgehen. Aber es schälte sich ja ein Thema heraus. Es wurde von zwei meiner Lieblingsautoren angeregt, George Higgins und Tom Wolfe. Von den zwölf hier vorgestellten Autoren sind acht Journalisten, einer ist ein ehemaliger Cop, eine ist Schauspielerin und Privatdetektivin, und damit bleiben nur noch Justin und ich. Die meisten Leute wechseln vom Journalismus zur Belletristik. Ich versuche mich zur Zeit im Journalismus, was – wie so oft in meinem Leben – wieder mal gegen den Strom zu schwimmen bedeutet.

Was Krimiautoren dazu bewegt, Kriminalromane zu schreiben, ist – meistens – der Kriminalroman selbst, Imitationen von Hammett oder Christie oder Imitationen von Variationen dieser beiden Grundtypen. Was sie schreiben, interessiert mich nicht so sehr. Selbstverständlich stellt diese grobe Verallgemeinerung meine persönliche Meinung dar. Mich interessieren Autoren, die etwas Neues in das Genre einführen. Damit das Krimi-Genre mehr Realismus und Substanz erhält, muß der Substanz wiederum Tiefe, Perspektive und Bedeutung zuteil werden.

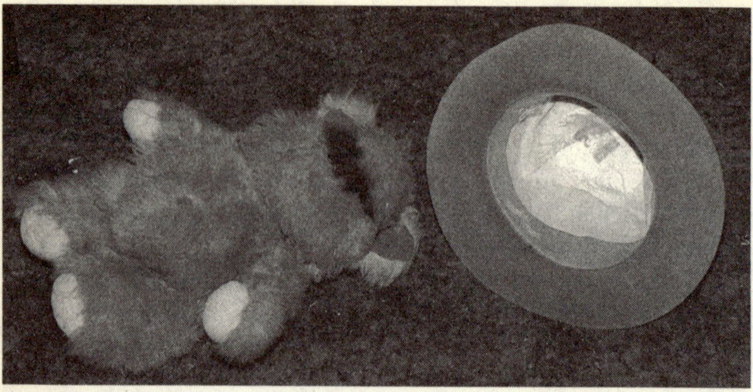

Klassische Reportagen, besonders Reportagen über Verbrechen, Tod um Tod um Tod, jeder weitere noch grausamer als der vorhergehende, sind ohne die richtige Perspektive schlichtweg betäubend. Es ist schon ein Breslin nötig, um etwas Menschlichkeit und etwas Sinn auf die Seiten einer Tageszeitung zu bringen. Es verlangt schon einen Daley, der in Bucheslänge über Cops schreibt, um Blickwinkel und Verständnis zu bieten, damit die Welt wenigstens etwas besser versteht, was es bedeutet, Polizist zu sein.

▼

Mark Baker läßt die Menschen für sich selbst sprechen. Mit *Sex Lives – A Sexual Self Portrait of America* legt Mark nach den vier älteren Interviewsammlungen *Nam, Cops, Women* und *What Men Really Think* jetzt eine fünfte *Oral history* vor, deren Titel ausgesprochen wortspielerisch mit dieser speziellen literarischen Form verfährt.

Auf den ersten Blick scheint es sehr einfach, *Oral histories* zu schreiben. Es ist ganz offensichtlich nicht so, auch wenn ich nicht weiß, warum. Ein Beweis dafür ist, daß es nur eine Handvoll Leute gibt, die dieses spezielles Genre beherrschen.

Gewisse sexuelle Praktiken und manche Spielarten des Sex sind illegal, je nachdem an welchen Koordinaten in Raum und Zeit sie stattfinden. Demzufolge sind sie auch strafbar, und das ist ein Glück, bedeutet es doch, daß ich Auszüge aus Marks Buch in diese Sammlung aufnehmen kann.

MARK BAKER

Freaks Like Us

Wenn Bekannte erfahren, daß ich Ende der siebziger Jahre in New York für Sexmagazine gearbeitet habe, werde ich häufig gebeten zu erzählen, was das Perverseste gewesen sei, das ich in den Jahren der abflauenden Blüte der sexuellen Revolution erlebt hätte. Mir fallen dann immer drei Szenen ein, die ich persönlich miterlebt habe. Bei allen dreien handelt es sich um Varianten des Sadomasochismus, der damals hoch im Kurs stand.

Es muß an die zwanzig SM-Clubs in New York gegeben haben. Zwei Kollegen und ich waren eingeladen worden, über die Eröffnung eines neuen Clubs zu schreiben – *Mistress Pain's Dungeon Deluxe*, eine Art Luxuskerker. Der Club lag am anderen Ende der Stadt inmitten eines Industriegebietes. Er sah eher aus wie eine mit Brettern vernagelte Ladenfront und nicht wie ein Nachtclub. Das Sadistischste an der ganzen Angelegenheit waren noch die Nischen und Tische, die irgendein Schreinergeselle aus Sperrholz zusammengehauen und in stumpfem Schwarz gestrichen hatte. Es war unmöglich, bequem zu sitzen. Schreiend rote Büschel und Fetzen aus Kunstfell klebten in unregelmäßigen Abständen an Sitzbänken und Wänden.

Ein schüchterner Mann mittleren Alters mit einer Brille in schlichtem grauen Plastikgestell, wie sie kleine Angestellte überall auf der Welt zu bevorzugen scheinen, bot uns einen Drink an und gab dann kleinlaut zu, daß er tatsächlich nur ein paar Flaschen Bier auf Lager habe. Die Scheinwerfer waren auf eine kleine Bühne gerichtet, die mich an die Kulisse von *The Honeymooners* erinnerte – einer Fernsehserie der fünfziger Jahre.

Mistress Pain persönlich, ein perfektes Double der fetten Hexe aus den Bugs Bunny Halloween Cartoons, das fröhliche Gegacker inbegriffen, trug eine kurze, wenngleich tiefgründige Abhandlung vor über die lange Geschichte der Neunschwänzigen Katze sowie das zu deren Herstellung geeignete Material und ihren richtigen Gebrauch.

Als nächstes kam die Sex-Show. Die Scheinwerfer beleuchteten ein junges blondes Waisenkind in einer Mischung aus Unterwäsche und der Uniform eines High School-Tambourmajors. Sie erinnerte besonders durch Haarschnitt und Lächeln an eine flachbrüstige Julie Andrews in *Meine Lieder – meine Träume*. Sie tanzte wie ein Hippie-Mädchen auf einem Open-air-Konzert, die Augen halb geschlossen und die Füße kaum vom Boden hebend. Plötzlich tauchte neben ihr auf der Bühne ein blasser, dickbäuchiger Knabe auf, der nichts trug außer Boxer-Shorts und Halbschuhen. Er kam mir seltsam bekannt vor. Es war der Barkeeper ohne Brille und ohne den Großteil seiner Kleidung. In einer unbeholfenen Pantomime bedrohte er das arme Waisenkind, wurde jedoch am Ende auf einen Stuhl gefesselt und spielerisch mit der Peitsche geschlagen. Offenbar hatte das arme Waisenkind überhaupt nichts aus Mistress Pains Lektionen gelernt. Zu allem Überfluß hatte die zur musikalischen Untermalung laufende Schallplatte einen Sprung und spielte immer wieder dieselben vier Töne.

Die zweite Szene fand in einem entschieden stilvolleren SM-Club statt – mit todschickem Kerkerdekor und einer gutbestückten Bar. Außerdem war die Elite der SM-Subkultur anwesend. Hier ging es um eine Fessel-Nummer, die von einem Ehemann-Ehefrau-Team irgendwo aus New Jersey vorgeführt wurde. Er war Besitzer einer Karosseriewerkstatt und restaurierte Oldtimer. Sie trug ein Korselett à la Lustige Witwe, Strapse und Nylons. Die aufgetürmte Dauerwelle und übergroße Designer-Sonnenbrille erinnerten allerdings eher an eine vorstädtische Immobilienmaklerin oder die Empfangsdame einer Versicherung.

Der Spot aus dem Zuschauerraum tauchte eine drei Meter hohe Leiter in einen Lichtkreis. Der Automechaniker lehnte die Empfangsdame gegen die Leiter und begann, aus seinem Diplomatenkoffer die passenden Lederriemen herauszusuchen, mit denen er sie sodann an Handgelenken und Knöcheln an die Sprossen fesselte. Mit gesenktem Kopf und der tiefen Konzentration eines gewissenhaften Handwerkers brauchte er recht lange dazu. In der Zwischenzeit plauderte sie angeregt mit dem Inhaber des Clubs, der ganz in der Nähe stand – so angeregt wie nur möglich, wenn man an den Handgelenken an eine Leiter gefesselt ist. Zum Finale legte der Mechaniker mit geübtem Schwung den Empfangsdamen-Busen frei und fing an, mit einer dicken roten Kerze Wachs auf ihre Brüste tropfen zu lassen. Sie flüsterte dabei dem Besitzer im Verschwörerton zu, die ersten Tropfen seien zwar schon ein wenig warm, aber der nachfolgende heiße Wachs falle nur auf die Stellen, die bereits bedeckt wären. Ihr Busen bebte vor Gelächter, so daß das Wachs bröckelte und kleine Stückchen rings um ihre hochhackigen Schuhe auf den Boden rieselten. Der Inhaber fegte mit einem Besen um ihre Füße herum, damit keiner der Stammgäste ausrutschen und fallen könnte. Mit einem Seufzer begann der Ehemann die Wachsprozedur von vorn.

Als letztes erinnere ich mich an einen jungen Mann, der mir als *Pony Boy* – der aus dem Kinderlied – im Gedächtnis geblieben ist. Ich sah ihn eines Nachts in einer kleinen Diskothek. Er trug Jeans und Cowboystiefel mit Sporen, anstelle eines Hemdes jedoch eine Pferdedecke aus Wolle und auf dem Rücken einen Ponysattel für Kinder. Die Augen waren hinter einer verspiegelten Sonnenbrille verborgen. Zwischen den Zähnen hielt er Zaumzeug und Zügel.

Die Hände auf die Knie gelegt, beugte er sich aus der Hüfte heraus vor, ging stumm auf der Tanzfläche von einer Frau zur anderen und offerierte einen Ritt. Ein Masochist auf der Suche nach seiner Domina, die ihn hart zureiten und dann schweißüberströmt von sich stoßen würde. Hin und wieder nahm eine Frau die Gelegenheit wahr, stellte einen Fuß in den Steigbügel und saß auf. Zuerst war jede eine stolze Reiterin, die ihrem Roß in die Flanken trat, die Zügel anzog und dabei lachend in die bewundernde Menge winkte. *Pony Boy* bockte und knirschte mit den Zähnen, tanzte und galoppierte zum hämmernden Beat der Musik.

Als der Ritt kein Ende nahm, ein Song nach dem anderen gespielt wurde, änderte sich der Gesichtsausdruck der Frau, und schon bald klammerte sie sich an den Sattel, als ginge es ums nackte Überleben, war unfähig abzusteigen, bis er innehielt, unfähig, ihn zu stoppen. Schwer zu sagen, wer hier wen zuritt.

Es sind seltsam skurrile Geschichten. Alle drei fanden in aller Öffentlichkeit statt, keiner der Darsteller zog sich ganz aus, keiner hatte tatsächlich Sex. Jede Story beginnt mit den traditionellen Konventionen von SM-Erotika und den nur allzu vertrauten Requisiten, aber dann wird die Standardszene völlig von der Tatsache untergraben, daß hier wirkliche Menschen agieren. Ihre menschliche Natur kollidiert mit dem Handlungsablauf. Ihre Fehlbarkeit, ihre Unberechenbarkeit, ihre Ängste überwinden die Banalität ihrer Fetische und verleihen dem Ganzen eine gewisse Faszination.

Dieses Kapitel enthält intime Bekenntnisse von Menschen, die von Sex und ihren persönlichen Neigungen besessen sind, für ein paar Stunden oder aber für ein ganzes Leben. Einige von denen, die hier ihre Geschichte erzählen, sind wirklich auf der Suche, andere eher Wanderer durchs Leben, getrieben von den Umständen oder mehr oder weniger willige Opfer der inneren Zwänge eines anderen. Mit vielleicht zwei Ausnahmen könnte jeder dieser Menschen Ihr Nachbar sein, und Sie würden es nie erfahren.

Es ist schon seltsam, daß ausgerechnet Talk-Shows im Fernsehen zum einzigen Forum geworden sind, wo menschliche Sexualität in der Öffentlichkeit unter die Lupe genommen wird, speziell die eher extremen und ausgefallenen Formen von Sex. Die Betonung in der Werbung für solche Programme liegt auf «wirkliche» Menschen, «wirkliche» Ereignisse, «wirkliche» Gefühle. Zum größten Teil sind diese Leute *tatsächlich* wirklich. In den Talk-Shows gibt es nur wenige Lügner oder Selbstdarsteller – ausgenommen Buchautoren. Durch das hartnäckige Bemühen, das Interesse eines zunehmend abgestumpften Publikums immer wieder neu zu beleben, wird der Informationswert jedoch herabgesetzt zugunsten hochgeputschter Emotionen und Entertainment. Der Ton dieser Programme hat sich geändert – er ist nicht mehr kontrovers, sondern konfrontierend. Normale Menschen gegen Perverse, das Zentrum des kulturellen Teppichs gegen seine Ränder. Wir Fernsehzuschauer, sicher und anonym, halten uns für besser als die vorgeführten Gäste, die ein wenig von ihrer Menschlichkeit verloren haben, nur, weil sie sich dafür entschieden teilzunehmen. Sie sind Freaks in einem elektronischen Possenspiel. Wir sind entsetzt, angeekelt, erregt – und verschlingen alles.

Die Menschen in diesem Teil des Buches sollen den Leser weder erregen noch beunruhigen. Man soll nicht mit dem Finger auf sie zeigen und sich nicht über sie lustig machen. Sie verkaufen nichts, drängen keine besondere Philosophie auf und propagieren auch keine alternativen Lebensformen. Tatsächlich ist sich die Mehrzahl von ihnen nicht einmal der Kräfte und Zwänge bewußt, die sie durchs Leben stoßen. Voller Vorurteile taumeln sie durch die Finsternis ihrer eigenen dunklen Stellen. Sie sind keineswegs alle «nett» oder «fehlgeleitet», geschweige denn sexy. Es geht nicht darum, ob Sie sie mögen oder dem zustimmen, was sie zu sagen haben. Es geht darum, daß sie nicht anders sind als wir, außer daß sie vielleicht ehrlicher sich selbst und der Welt gegenüber sind, wenn es um die Frage geht, was mit ihrer Sexualität *wirklich* los ist, was sie getan haben und noch tun möchten, und was sie *wirklich* wollen.

Sex ist eine merkwürdige Sache. Wir alle geben ein seltsames Bild ab in der Hitze der Leidenschaft, schwitzend, mit ineinander verhakten Gliedmaßen, komische tierische Laute ausstoßend, jenseits unserer bewußten Kontrolle. Wir alle haben unsere geheimen Wünsche, egal, ob wir sie im richtigen Leben ausagieren oder nicht. Sie kennen Ihre genau, und ich kenne meine. Jeder von uns hat bestimmte Worte oder Bewegungen, spezielle Körperpositionen, geographische Orte oder Kleidungsstücke, die Sex beinahe unerträglich lustvoll machen. Und wir alle wissen, wie trickreich, theatralisch, «schmutzig» oder peinlich Sex sein kann. Unser Bewußtsein hat uns alle zu Freaks der Natur gemacht.

Obwohl die Einzelheiten einiger dieser Geschichten aufgrund eines Fetischs, einer Schicksalsverwicklung oder einer persönlichen Perversion recht bizarr anmuten, besteht für mich die größte Faszination darin, wie «normal» diese Leute doch sind. Es sind keine pornographischen Monster. Es sind Menschen, die viel über Liebe und Gefühle reden, über den Anblick, die Geräusche und Gerüche von Sex und einem Leben von einem Tag auf den anderen.

Diese Menschen haben sich auf Dinge eingelassen, vor denen die meisten von uns erblassen und zurückschrecken würden. Das macht sie nicht weniger human. Möglicherweise sind wir Hasenfüße diejenigen, deren Menschlichkeit verstümmelt ist. Wie dem auch sei – wenn wir ihre Entdeckungen und Selbstentblößung zur Orientierung nutzen, können wir vielleicht die wahre Tiefe und Kraft unserer eigenen Sexualitiät erkennen und die edlen und korrupten Grenzen unserer mysteriösen menschlichen Existenz ausloten.

Ich wurde in einer sehr kleinen Stadt in Pennsylvania geboren. Sie war sehr homogen. Fast alle waren katholisch. Meine Eltern waren sehr fromm, deshalb war Sex etwas, worüber auch nicht ansatzweise geredet wurde. Ich glaube, ich hörte nicht einmal das Bett im Schlafzimmer meiner Eltern quietschen. Ich habe einen Bruder, also weiß ich, daß sie mehr als einmal Sex hatten.

Meine Mutter hat mir nie etwas über Sex erzählt. Ich besuchte die High School, war Klassenbeste, Klassensprecherin, anscheinend nicht auf den Kopf gefallen, und ich wußte absolut nichts über Sex. Gelegentlich ging ich auf Schulbälle oder ähnliches. Mein Vater war Lehrer und spielte bei derartigen Tanzveranstaltungen den Sittenwächter. Er wurde sehr böse, wenn ein Junge mich zu eng an sich gepreßt hielt. Ich war ein schreckliches Mädchen, weil ich Wange an Wange oder engumschlungen tanzte. Ich bekam den Eindruck: Faß bloß keinen an, komm keinem zu nahe. Das alles ist nur schrecklich, schrecklich. Er ließ mich zu keinem Jungen ins Auto, selbst wenn noch andere Mädchen im Wagen saßen. Ich durfte nicht einmal nach dem Cheerleader-Training die paar Blocks allein nach Hause gehen.

Ich wurde unterdrückt und behütet. Ich ging oft in die Bibliothek. Ich las psychologische Bücher und brachte ein Buch von Sigmund Freud mit nach Hause. Mein Vater nahm es und meinte: «Ein anständiges Mädchen liest nicht Freud.» Man durfte nicht einmal über so etwas lesen. Von körperlichen Lustgefühlen wurde ich völlig abgeschirmt. Ich lese es nicht, ich rede nicht darüber, ich komme keinem zu nahe, und das war's dann.

Ich ging von zu Hause fort aufs College. Auf Sex war ich kaum vorbereitet. Man erwartete von einem, daß man immer ausging. An den Wochenenden, wenn man um zwei Uhr früh auf dem Zimmer sein mußte, ging man aus und blieb bis Punkt zwei. Wenn nicht, war man ein Spielverderber oder eine dumme Zicke, wie man heute sagen würde.

Ich erinnere mich an eine Verabredung mit meiner Zimmergefährtin, ihrem Freund und meinem Verehrer. Sie und ihr Typ knutschten sich ab. Der Junge, mit dem ich ausging, war auch katholisch. Ich wußte überhaupt nicht, wie ich mit der Situation umgehen sollte. Als ich ihm dann sagte, ich sei noch Jungfrau, hörte er mit allem auf. Auf dem Heimweg machte sich meine Zimmergefährtin über mich lustig. Er ergriff Partei für mich. «Sie ist eben nicht so eine.» Ich wurde also noch darin bestärkt, daß Sex Teufelswerk sei. Ich war nicht «so eine». Böse Mädchen haben Sex, aber nette, anständige wie ich nicht. Wäre ich nicht Jungfrau gewesen – ich bin sicher, daß er die Gelegenheit genutzt hätte. Es war wirklich sehr verwirrend, und alle Botschaften waren falsch. Sex war schlecht. Anständige Menschen tun so was nicht.

Mein erster sexueller Kontakt fand mit einem älteren Mann statt, doppelt so alt wie ich. Ich studierte Medizin, und er war Pathologe im städtischen Leichenschauhaus. Ich unterhielt mich mit ihm ausführlich über seine Arbeit. Er fragte, ob ich mit ihm auf einen Hamburger ausgehen würde. Wir gingen auf einen Hamburger aus und hielten zum Essen auf einem dieser Picknickplätze. Ich dachte mir überhaupt nichts dabei. Mit meinen Eltern war ich oft auf Picknickplätzen in irgendeinem Nationalpark gewesen. Für mich war es völlig in Ordnung, mit jemandem, der an der Universität unterrichtete, auf einen Picknickplatz mit Holzbänken zu fahren und mich da mit ihm zu unterhalten.

Er schien ganz plötzlich erregt zu sein. Er sprang einfach auf mich drauf. Ich wurde völlig überrumpelt. Ich bekam eine Art Schock. Ich empfand überhaupt nichts. Ich spürte keinen Schmerz, ich spürte keine Lust. Ich hatte auch nicht das Gefühl, ich könnte mich noch bewegen. Ich erstarrte einfach völlig. Mir wurde tatsächlich nicht bewußt, was passiert war, selbst nachdem er von mir gestiegen war. Ich stand auf, und ich blutete. Da bekam ich Schüttelfrost und fiel in einen richtigen physischen Schockzustand.

Ich blutete, also versuchte er mich zu beruhigen. Dann flehte er mich an: «Bitte, erzähl es keinem.» Also noch mehr davon: «Himmel, erzähl es bloß keinem. Sex ist schrecklich. Was würde passieren, wenn es alle wüßten? Du wärst eine Schande.» Es war schon eine richtige Vergewaltigung.

Also erzählte ich es niemandem. Ich hatte die allergrößte Angst davor, es zu erzählen. Ich dachte, wenn ich es meinen Eltern sage, bin ich eine Schande. «Keiner heiratet dich, wenn du nicht mehr Jungfrau bist.» So was hörte ich mein Leben lang. Das wäre eine Katastrophe. Man würde mich von der Schule werfen, deshalb beschloß ich einfach, es nicht zu erzählen. Ich verdrängte es beinahe aus meinem Gehirn. Ich dachte nicht daran. Habe es einfach vergessen.

Dieser Mann brachte mir dann einen Haufen Biologiebücher, Bücher über Sex. Er wollte weiter mit mir schlafen. Ich sagte, ich wäre nicht interessiert. «Ich will nichts mit Ihnen zu tun haben.» In meiner Naivität fragte ich mich sogar: «Du liebe Zeit, ich habe mit ihm geschlafen, muß ich ihn jetzt heiraten?» Das war nicht das, was er vorhatte. Ich sah ihn gelegentlich noch an der Hochschule, aber es war das Ende der ganzen Angelegenheit.

Das also war meine Einführung in Sex. Es war nicht sehr erfreulich. Es war zum Fürchten. Aber ich wußte wenigstens mehr.

Danach wollte ich mit keinem Mann mehr viel zu tun haben. Allmählich jedoch gewann meine Neugier Oberhand. Ich stellte fest, daß sich um mich herum alles um Sex drehte. Jedermann redete darüber, jeder tat es. Selbst in der Werbung kommt Sex vor. Die sexuelle Revolution kündigte sich an, Blumenkinder und Hippies. Alle machten ein großes Getue um Sex.

«Himmel», dachte ich. «Es muß mehr am Sex sein als das, was ich erlebt habe, denn das war weiß Gott nicht viel.» Also schlief ich schließlich mit einem Jungen, mit dem ich schon eine ganze Weile ging. Meinen ersten Orgasmus hatte ich, als er meine Klitoris mit der Hand rieb. Das hat ziemlich lange gedauert. Er sagte: «Ich dachte schon, du wärst frigide.» Nachdem das einmal passiert war, konnte ich beim Verkehr Orgasmen haben, und damals machten die Leute nicht oft oralen Sex. Ich hatte Spaß am Sex, und wir schliefen regelmäßig miteinander.

Ich fing Affären mit einigen aus der Fakultät an. Ich erinnere mich, daß ich zum Büro eines Englischdozenten hinaufging. Wir küßten uns, und irgendwie drückte er dann einfach meinen Kopf runter und zog seinen Penis heraus. Es schien mir ganz natürlich, ihn in den Mund zu nehmen. Er hatte einen Orgasmus und kam in meinen Mund. Damit hatte ich kein Problem. Aber ich erzählte es einer Freundin, und sie war darüber ganz entsetzt. Sie sagte: «Wie schrecklich! Wie konntest du so etwas tun? Das ist ja, als würde man eine Toilette saubermachen.»

«Ach, wirklich?»

Ich wußte nicht, was schlechte Sexualität oder gute Sexualität war. Ich war ein unbeschriebenes Blatt, völlig unvoreingenommen. Ich probierte Dinge aus, und wenn es gut war, war es für mich in Ordnung.

Meinen Ehemann lernte ich auf der Straße kennen, begegnete ihm auf dem Weg in eine Buchhandlung. Er lächelte einfach. Als ihn sein Begleiter fragte, wer ich sei, sagte er: «Na, das ist das Mädchen, das ich heiraten werde.» Wir trafen uns also in der Buchhandlung und gingen von da an sehr regelmäßig zusammen aus. Obwohl er Mormone war, schliefen wir vor der Hochzeit ganz oft zusammen. Erst als wir uns sehr liebten, rückte er damit heraus, sagte, er sei Mormone. Dann versuchte ich ihn zu überzeugen, daß er auf dem falschen Weg sei. Leider endete die Sache für mich so, daß ich zu den Mormonen konvertierte.

Nach unserer Heirat lebten wir sehr monogam, wir hatten jedoch eine gute sexuelle Beziehung, machten es sehr oft. Trotzdem muß ich sagen, daß ich immer noch eine Menge falscher Vorstellungen vom Sex hatte. Eine davon war, daß alles vorüber ist, wenn es dem Mann kommt, daß er nichts anderes mehr tun kann. Das war ein Irrglaube und führte dazu, daß ich manchmal sehr frustriert war; es lag einfach daran, wie es mit meinem Ehemann ist. Er bekommt erst eine gute, harte Erektion, wenn er kurz vor der Ejakulation ist. Bis dahin ist er irgendwie halb steif. Er wurde also gerade dann richtig gut, wenn es ihm kam. Ich wurde durch ihn also nur erregt, und das war's dann.

Wir sprachen nicht über Sex, obwohl wir eine Menge Sex hatten, ungefähr jeden Tag. In zwanzig Ehejahren gab es keine Kommunikation: «Ich mag dies, oder gefällt dir das, oder warum versuchst du's nicht mal so?» Manchmal ging ich einfach ins Bad und masturbierte, um mich von der angestauten Spannung zu befreien.

Wir hatten acht Kinder, offenbar machten wir mit der Zeugung alles richtig. Das alles funktionierte. Unser Sexualleben war sehr angenehm und ausgefüllt, aber immer nur normaler Sex, nichts Ungewöhnliches, immer die Missionarsstellung. Er hatte auch Freude am oralen Sex, das machte also Spaß.

Damals brachte die Mormonenkirche einige neue Gebote heraus. Um in den Tempel zugelassen zu werden, was wirklich eine große Sache ist, wo man für die Toten etwas tun kann und besondere Ablässe erhält, die einem einen Platz im Himmel und alles andere garantieren sollen, mußte man sich befragen lassen. Eine der Fragen, die sie einem stellten, war: «Praktizieren Sie oralen Sex? Oder haben Sie jemals oralen Sex praktiziert?» Wenn man mit Ja antwortete, wurde man nicht in den Tempel aufgenommen. Da wir damals sehr fromme Mormonen waren, bedeutete es ein großes, kompliziertes Problem. Beide hatten wir Freude am oralen Sex. Seit Jahren hatte man keinen mehr befragt. Vielleicht war es aus der Mode gekommen. Aber als es allgemein üblich wurde, fing man wieder an zu fragen, deshalb hörten wir mit dem oralen Sex auf.

Ich würde sagen, das störte unsere sexuelle Beziehung. Es machte mir wirklich viel aus, weil, wie ich schon sagte, so wie er funktioniert, ist es für mich wirklich das Beste, wenn er zuerst oralen Sex mit mir macht und mich zum Orgasmus bringt. Dann schlafen wir zusammen, und ich kann schneller einen Orgasmus haben. Zum Orgasmus gebracht zu werden mit einer nicht sehr steifen Erektion ist eher unwahrscheinlich.

Es ging einfach nicht. Nach einem Streit bereinigten wir die Angelegenheit zwischen uns, und er fragte mich, ob ich es tun würde. Ich sagte ja. Also fingen wir wieder mit dem oralen Sex an. Die Kirche hörte endlich auf, die Leute auszufragen. Zu viele antworteten mit Ja und sagten damit nein zum Gotteshaus.

Ein Bischof, der mich interviewt hatte, gestand, auch er hätte Spaß am oralen Sex, hätte ihn aber aufgegeben. «Versuchen Sie es statt dessen mit Küssen», meinte er.

«Küsse auf meine Lippen sind nicht dasselbe wie Küsse auf andere Stellen.»

Als ich mit meinem letzten Kind schwanger war, hatte mein Mann die Offenbarung. Er erhielt eine Offenbarung von Gott. Die Mormonen kennen das Amt der Priesterschaft ausschließlich für Männer. Sie behaupten, diese sei so von Joseph Smith wieder in Kraft gesetzt worden. Die Offenbarung meines Mannes war, daß es auch eine Priesterschaft für Frauen geben sollte. Die frühe Geschichte der Mormonenkirche war überhaupt nicht lustfeindlich. Es gab nicht nur Polygamie, sondern es gingen zahlreiche Gerüchte um, daß es jede Menge außerehelichen Sex gab, wilde Ehen und Partnertausch. Aber irgendwie wurde das vertuscht und unter den Teppich gekehrt. Sie wurden recht bieder, fast so christlich wie die Baptisten oder alle übrigen.

Auf eine Art hatte die Offenbarung meinen Mann sehr aufgewühlt. Eine Zeitlang wollte er nicht darüber reden. Schließlich rückte er mit der Sprache heraus und erklärte, ich müsse Sex mit anderen Männern haben. Nachdem ich ihm zwanzig Jahre lang treu gewesen war und monogam gelebt hatte, war dies für mich ein harter Schlag. Ich mußte wirklich darüber nachdenken. Ich habe studiert, bin Professorin für Chemie, aber auch eine sehr religiöse Frau. Ich glaubte ihm.

Zunächst war ich von der Vorstellung alles andere als begeistert. Ich dachte: «Na ja, vielleicht mit einem Mann.» Es ist etwas wie ein religiöser Test, wie bei Abraham, der seinen Sohn Isaac als Opfer angeboten hat. Man erwartet, daß der Engel im letzten Augenblick erscheint und sagt: »Nein. Da du willens bist, es zu tun, mußt du deinen Sohn nicht töten.« Aber so lief das nicht.

Als ich erst damit einverstanden war, hieß es immer nur: «Himmel, mit wem sollen wir schlafen? Wir kennen doch nur andere sehr fromme Mormonen.» Man bewegt sich normalerweise gern in seinem vertrauten, kleinen Kreis. Wir fuhren an einen Nudistenstrand und lernten einen Fremden kennen. Er stellte sich als ausgesprochen netter Mann heraus. Wir luden ihn in ein Haus unten am Strand ein, das mein Mann als Büro nutzte. Wir erklärten diesem Mann nicht, daß es einen religiösen Hintergrund hatte. Wir hatten Sex mit ihm. Mein Mann war auch da. Das war ein richtiger Schock für mich. Mein Mann meinte später, ich hätte sehr entsetzt ausgesehen, als er in mich ejakulierte. Es war nett, und obwohl dieser Fremde ein guter Liebhaber war, und ein sehr netter Mensch dazu, sehr rücksichtsvoll, sehr intelligent, sprachgewandt, und wirklich der ideale Mann, kein Penner, kein schäbiger Lustmolch, gelang es mir dennoch nicht, bei ihm zum Orgasmus zu kommen.

Ich nahm an, das war's dann, nur ein einziger Typ. Als mein Mann dann weitere Offenbarungen bekam, erklärte er, daß es eine Priesterschaft für Frauen und sexuelle Rituale geben würde. Voraussetzung dafür, Hohepriesterin zu werden, war, daß ich vor meiner Weihe mit tausend verschiedenen Männern schlafen mußte. Das war Teil der Offenbarung meines Mannes.

Bevor ich mit tausend Männern geschlafen hatte, war für mich Sex weitgehend unreligiös gewesen. Einfach nur Sex. Es geschah zu religiösen Zwecken, aber das mußte dem Betreffenden nicht ausdrücklich erklärt werden. Wo sollte ich tausend Männer finden? Ich kannte nicht mal tausend Männer, geschweige denn tausend, mit denen ich ins Bett gehen könnte.

In weniger als zwei Jahren schlief ich mit tausend Männern. Es war wirklich schwer, sie aufzutreiben. Die meisten unserer Freunde waren Mormonen. Damit will ich nicht sagen, daß sie alle keinen Sex haben, und die Scheidungsrate und die Untreue ist bei Mormonen auch nicht niedriger als bei der Durchschnittsbevölkerung. Dennoch behaupten alle, sie seien treu, deshalb kommt man gar nicht erst auf die Idee, an sie heranzutreten.

Ich besuchte eine Menge Swinger-Clubs. Wir fuhren zu Nudistenstränden. Mein Mann war mir eine große Hilfe. Anfangs waren wir immer zusammen, wenn ich mit einem anderen schlief. Als ich mit der Zeit sicherer wurde, war ich auch mit ihnen allein. Als wir Parties besuchten, auf denen Partnertausch praktiziert wurde, schlief er gelegentlich auch mit einer anderen Frau. Nicht oft, nicht immer. Aber auch er hatte Sex mit anderen Frauen.

Erst als ich mit fünfundzwanzig Männern geschlafen hatte, konnte ich auch mit einem anderen als meinem eigenen Mann einen Orgasmus bekommen. Jetzt habe ich immer einen Orgasmus, aber damals war da so was wie eine Sperre. Vielleicht dachte ich irgendwie – wenn ich keinen Orgasmus habe, bin ich immer noch treu. Ich habe es versucht. Aber nachdem ich meinen ersten Orgasmus mit einem anderen hatte, ging es ganz leicht. Je mehr Orgasmen ich erlebte, desto mehr konnte ich grundsätzlich haben.

Natürlich war es nötig, mit *allen* würdigen Männern zu schlafen, die daran interessiert waren, die Rituale der Religion zu praktizieren. Es ging nicht darum, gutaussehende Männern auszusuchen, oder nette Männer oder kleine oder dicke Männer. Es kamen einfach alle in Frage. Also entwickelte ich meine Sexualität weiter, indem ich mit den unterschiedlichsten Männern schlief. Ich lernte, auf eine Vielzahl verschiedener Berührungen und Techniken zu reagieren. Ich erfuhr sehr viel mehr über das, was Männer erregt, als wäre ich nur mit meinem Mann zusammengeblieben und hätte nur gewußt, was ihm gefällt. Es gibt eine gewaltige Bandbreite dessen, was Leute mögen.

Brustwarzen zum Beispiel, die Brustwarzen des Mannes. Die von meinem Mann bringen ihm nichts, es sind nur kleine Erhebungen auf seiner Brust. Aber viele Männer finden es sehr erregend, wenn man an ihren Brustwarzen saugt oder knabbert oder sonstwas macht. Meine sind sehr sensibel. Allein durch Stimulation meiner Brustwarzen kann ich zum Orgasmus kommen.

Während der zwei Jahre haben wir eine Satzung und Verordnungen ausgearbeitet, all die Dinge eben, die erforderlich waren, um die Anerkennung als eine gemeinnützige religiöse Organisation zu erhalten. Wir haben die Lesungen offiziell ausgearbeitet. Ich habe an den Ritualen gearbeitet. Sie wissen schon, die Rituale müssen eine bestimmte Reihenfolge haben, die Art und Weise, wie gewisse Dinge zu tun sind und welche Worte gesprochen werden müssen. Es gab Handbücher für Lesungen zu bestimmten Themen. Das Lesungsmaterial änderte sich. Die grundlegende Form der katholischen Messe ist immer dieselbe, aber das Evangelium ändert sich.

Nachdem ich die tausend Männer geschafft hatte und 1986 zur Hohepriesterin geweiht wurde, begannen wir damit, die offiziellen

Rituale abzuhalten. Seitdem hatte ich fast ausschließlich Sex als Bestandteil der religiösen Rituale, auch wenn ich immer noch Sex einfach so zum Spaß habe.

Am Anfang war es sehr unangenehm und traumatisch und ganz sicher nichts, von dem ich sonderlich begeistert war, daher habe ich damals viel gebetet. Ich habe auch eine Menge über alte Religionen mit Göttinnen gelesen. Mir wurde klar, daß wir nur sehr wenig über antike Zivilisationen erfahren, so wie wir in unserer Gesellschaft unterrichtet werden. In der Schule fangen wir mit der griechischen Geschichte der westlichen Zivilisation an. Wir wissen nichts von den Ägyptern. Wir wissen nichts über die Epochen, als die Göttinnenreligion vorherrschend war. Wir müssen ziemlich weit zurückgehen, um zu erkennen, daß es nicht immer so war, wie es heute in unserer patriarchalischen, von Männern dominierten, sexualfeindlichen Gesellschaft ist. Das ist der große Haken, dem ich immer wieder begegnet bin, wenn ich mit Leuten sprach, ganz besonders bei Talk-Shows im Fernsehen. Sie sagen: «Die Bibel sagt *das.*»

«Wir sind älter als die Bibel», antworten wir.

«Die Bibel fing mit Adam und Eva an.» Sie wissen nichts über die Geschichte ihrer Religion, ja nicht einmal, wann die Bibel geschrieben wurde. Meiner Meinung nach ist Unwissenheit der bedeutendste Faktor im Widerstand gegen unsere Religion. Die Menschen machen sich einfach nicht klar, daß es sich um eine sehr dominante Religion handelte, und Frauen wurden extrem hoch geachtet. Frauen hatten sexuelle Freiheit, es gab Propheten und Orakel und Priesterinnen schon lange, bevor Moses durch die Wüste wanderte.

Wir sind sehr schlimm verfolgt worden. In unserer Naivität glaubten wir, daß die mormonische Kirche dies als eine Priesterschaft für Frauen akzeptieren würde. Wir haben in mehreren Fernsehsendungen unsere Religion erklärt, und die mormonische Kirche hat sich sehr darüber aufgeregt, also hat man uns vor ein Gericht beordert.

Wir haben der mormonischen Kirche unsere Ansichten vor einem Bischofsgericht dargelegt. Das soll so etwas wie ein Gerichtsverfahren sein. Es gab zwölf Richter. Sechs davon vertreten angeblich deinen Standpunkt, während die anderen sechs die Position gegen dich vertreten sollen. Aber es sind alles Mormonen, wie sollen sie da zu einer unvoreingenommenen Meinung kommen? Dies galt besonders für solche Leute, die noch nie mit mir darüber gesprochen hatten, was wir glaubten. Dies war ein Prozeß über die Gültigkeit der Vision meines Mannes und gleichzeitig unser beider Exkommunikation.

Das Gericht war eine einzige Farce. Es erinnerte mich an etwas, das man in der Inquisition erleben würde. Es lief darauf hinaus, daß sie sich weder für unsere Überzeugungen noch warum wir Sex hatten und welche Theologie dahinterstand interessierten. Schließlich sagte die Person, die den Vorsitz führte: «Hatten Sie Sex mit anderen Männern oder nicht?»

«Ja», antwortete ich. «Das hatte ich.»

«Dann sind Sie schuldig.»

Wir haben weitere Fernsehshows gemacht. Wir waren in *A Current Affair*. Dann waren wir in *Sally Jessy Raphael*. Wir kamen gerade von *Geraldo* zurück, als ein Reporter anfragte, ob er vorbeikommen, uns interviewen und die Kirche sehen könnte. Er sagte, er wolle einen Artikel schreiben. Wir haben ihn eingeladen. Kein Problem. Wir ließen ihn durch die Kirche herein. Zum damaligen Zeitpunkt hatten wir ein großes Haus am Rande von Beverly Hills, das wir als Kirche benutzten. Vor dem Haus stand eine Sphinx, aber wir waren eine sehr neue Religion, also konnten wir uns natürlich nicht die *Crystal Cathedral* oder etwas Ähnliches leisten.

Er kam also vorbei und machte Fotos. Es war ein nettes Interview, und alles schien bestens. Er sagte, der Artikel würde in der Sonntagszeitung erscheinen. Er erschien nicht in der Sonntagszeitung. Ohne unser Wissen war er zur Sitte gegangen und hatte die Cops gefragt, was sie von unserer Religion hielten, da wir ja Sex hatten. Anscheinend hielt dieser Cop von der Sitte überhaupt nichts von unserer Religion.

Er rief in der Kirche an, vorgeblich wollte er Informationen haben, er sagte, er wolle sich beteiligen und Mitglied werden. Also lud ich ihn ein, wie ich es bei allen Leuten mache, nachdem ich ihnen die Religion bereits am Telefon ein wenig erklärt habe.

Ich kläre sie darüber auf, daß wir an einen Gott und eine Göttin glauben, die anthropomorphe Wesen sind. Ich erläutere, daß in unserer Religion Sex weder als Ehebruch noch als Unzucht betrachtet wird, da die Rituale von der Göttin vorgeschrieben werden. Es ist in etwa vergleichbar mit der katholischen Kirche, in der man bei der

Kommunion Wein trinkt, was einen auch nicht zu einem Alkoholiker oder einem Säufer macht. Es wird ja ein Priester auch nicht für einen Barkeeper gehalten. Es hat symbolische Gründe.

Ich frage, ob sie dies akzeptieren können. Er sagte, schön, er könnte es akzeptieren, und er wollte mehr wissen, also lud ich ihn ein vorbeizuschauen.

Als er dann kam, führte ich ihn in unseren Weihe-Raum, wo ich ihm erklärte, daß ich eine Priesterin sei. Ich wiederholte unseren Glauben an einen Gott und eine Göttin. Ich erklärte, daß wir unseren Geist nicht vom Körper trennen. Viele Religionen sagen, dein Geist ist gut und heilig, aber dein Körper hier ist fleischlich, teuflisch und schlecht. Aber wir tun dies nicht. Wir betrachten Körper und Geist als Einheit.

Ich erläuterte die Beichte. In unserer Religion kennen wir etwas Detaillierteres als die Zehn Gebote. Wir nennen es die Zweiundvierzig Beteuerungen. In alten ägyptischen Schriften wird häufig von den Zweiundvierzig Negativen Bekenntnissen gesprochen, aber mir gefällt das Wort *negativ* einfach nicht. Dazu gehören solche Dinge wie: «Ich habe nicht gemordet, noch habe ich jemanden geheißen, in meinem Namen zu morden.» Man kann nicht ungeschoren davonkommen, indem man sich einen Killer engagiert. Es sind auch einige den Zehn Geboten vergleichbare Dinge enthalten. Natürlich wurden sie geschrieben, lange bevor die Bibel herauskam. Es sind auch erheblich gewöhnlichere Dinge enthalten. Unserem zeitgenössischen Verständnis nach stehen Göttinnen-Religionen in enger Beziehung zu Erde und Fruchtbarkeit, zu Umweltdingen, was vermutlich der Grund ist, warum sie für New Age-Leute und Umweltschützer eine gewisse Attraktivität besitzen. Eine der Beteuerungen lautet: «Weder habe ich das Wasser verschmutzt, noch habe ich die Erde verunreinigt.» Wir haben solche netten Dinge, mit denen selbst die Pfadfinder konform gehen könnten.

Bei der Beichte frage ich die Person, welcher Religion sie zuvor angehört hat, ob sie Katholik, Protestant, Jude oder Moslem sei. Ich muß wissen, ob sie aufgrund ihrer früheren Überzeugungen ernsthafte Probleme bezüglich der Frage zu erwarten hat, ob für sie Sex schmutzig und schlecht sei. Wird die Person dies an der Teilnahme am Ritual hemmen? Die meisten Menschen sagen: «Meine Güte, ich weiß nicht.»

«Sollten Sie im Verlauf des Rituals», sage ich ihnen, «gedanklich auf diese Vorstellungen zurückschalten und dies Ihnen irgendwelche Probleme bereiten, dann sprechen Sie mit mir darüber, damit wir damit fertig werden können.»

Bevor sie mit dem Ritual fortfahren, frage ich sie dann, ob in der Beziehung zu ihren Mitmenschen alles in Ordnung ist. Falls es böses Blut gibt, eine Animosität oder Haß besteht, falls man etwas gestohlen, aber noch nicht zurückgegeben hat oder sonst irgend etwas das Gewissen belastet, dann sollte dies geklärt werden, bevor man fortfährt.

Normalerweise sagen die Leute: «Alles bestens.» Ich weiß nicht, ob sie ehrlich sind. Jeder sagt: «Nein, alles ist bestens.» Gelegentlich lautet die Antwort auch: «Ich hasse meine Mutter. Sie hat mir etwas angetan, und das habe ich ihr nie verziehen.» Aber die meisten Leute sagen einfach: «Kein Problem.»

Dieser Undercovercop ist auch einer von diesen Leuten, die sagen: «Nein. Alles ist bestens.» Während der Beichte ist er nicht sonderlich gesprächig, doch das ist nicht weiter ungewöhnlich.

Das nächste Ritual ist die Weihe. Ich erklärte, daß man sich bei der Weihe in die gleiche Position begibt wie zu dem Zeitpunkt, als man auf die Welt gekommen ist, denn wir glauben, daß der Geist im Augenblick der Geburt in den Körper eintritt. Das ist etwas anders als bei den orthodoxen Religionen, die glauben, daß der Geist mit der Empfängnis in den Körper gelangt. In unserer Religion vereinigt sich der Geist mit dem Körper, wenn er diesen allerersten Atemzug des Lebens nimmt. In ägyptischen Hieroglyphen wird dies symbolisiert durch die Göttin, die der Person das *Anch* oder Lebenskreuz reicht. Das ist ihr Lebensodem. Daher stellt die Abtreibung für uns auch kein Problem dar. Mir gefällt das nicht besonders. Geburtenkontrolle wäre erheblich besser, dennoch ist Abtreibung für uns kein Mord.

Also müssen sie sich in die gleiche Position wie bei ihrem Eintritt in diese Welt begeben. Sie versuchen, eine Verbindung zu ihrem Geist zu finden, wie sie waren, als sie auf die Welt gekommen sind. Dies ist sowohl eine Geisteshaltung als auch eine körperliche Positionierung. Also sitze ich auf einem Stuhl, und ich trage ein Kleid mit langen Schlitzen an den Seiten, damit ich das Vorderteil leicht anheben kann. Die Person legt ihren Kopf zwischen meine Beine. Hierbei symbolisiert die Priesterin die Mutter der Spirituellen Geburt. Sie legen ihren Kopf zwischen meine Beine, und sie sollen sämtliche Sinneseindrücke der Außenwelt blockieren, aussperren, und einfach in Kontakt mit ihrem inneren Selbst treten.

Zu diesem Zeitpunkt vollzieht die Person oralen Sex an der Priesterin. Der Polizeibeamte weigerte sich, dies zu tun. Also sagte er, nein, das wolle er nun wirklich nicht machen. Er sagte, er wolle nur bumsen. Ich erwiderte: «Nun, die Rituale werden vollzogen wie vorgeschrieben. Niemand schreibt einer Priesterin vor, was zu tun ist. Es ist Ihnen offensichtlich nicht ernst mit der Religion. Sie werden gehen müssen.» Also stand ich auf und begleitete ihn zur Tür.

«Ich hab's mir anders überlegt», sagte er dann.

«Nein», antwortete ich, «wenn ich die Rituale beendet habe, dann ist es aus. Sie müssen gehen.» Ich öffnete die Tür, und er trat hinaus, doch dann packte er mich und versuchte, mich nach draußen zu ziehen. Er hatte sich nicht als Polizeibeamter zu erkennen gegeben, daher dachte ich, er sei irgend so ein Irrer, irgendein Spinner, der versuchte, mich zu entführen oder was weiß ich. Ich fing an zu schreien und versuchte, ihm die Tür vor der Nase zuzuknallen.

Mein Mann, er ist der Hohepriester, kam aus der Bibliothek gelaufen. Ein weiteres Mädchen, das gerade in der Bibliothek studierte, sah das Handgemenge, woraufhin sie in die Bibliothek zurücklief und 911 anrief. Inzwischen tauchten einige weitere Polizeibeamte auf, ausnahmslos Undercovercops, die draußen gewartet hatten, und zückten ihre Dienstmarken. Erst zu diesem Zeitpunkt sagten sie: «Wir sind von der Polizei.» Also beendeten wir unsere Versuche, sie hinauszudrängen, öffneten die Tür und sagten: «Was wollen Sie? Was soll das alles?»

Acht Beamte stürmten hinein. Sie sagten: «Sie sind verhaftet.»

«Wegen was? Haben Sie einen Haftbefehl?»

«Nein. Wir brauchen keinen Haftbefehl.» Sie ergriffen meinen Mann, rissen ihm die Hände auf den Rücken und begannen, ihn mit Faustschlägen in den Bauch zu traktieren. Ich ging zu ihnen und sagte: «Bitte, tun Sie ihm nichts.» Daraufhin wurde ich von zwei Beamten gepackt und gegen eine Wand geschleudert, ein dritter nahm mich in diesen Polizeigriff. Ich hatte wirklich Schmerzen, daher konnte ich mich auch nicht umdrehen und sehen, was sie mit meinem Mann machten. Sie hielten eine Waffe an seinen Kopf und befahlen ihm, die Hände in die Luft zu heben. Doch sie hielten ihm immer noch die Hände auf den Rücken und schlugen ihm in den Bauch, sagten dabei: «Wehr dich nicht, wehr dich nicht.»

«Ich wehre mich doch gar nicht. Ich kann mich nicht wehren.»

Sie stürmten hinter dem Mädchen in die Bibliothek, das dort 911 anrufen wollte. Später sagte sie mir, daß man ihr befohlen habe: «Laß den Hörer fallen, oder wir blasen dir die Rübe weg.» Natürlich ließ sie daraufhin den Hörer fallen. Sie haben uns allen Handschellen angelegt und sind ohne einen Durchsuchungsbefehl oder etwas ähnliches durch das ganze Gebäude gerannt, haben alle Räume durchsucht, Schubladen durchwühlt, einfach alles. Dann hat man uns ins Gefängnis abtransportiert.

Beim Prozeß erklärten wir, dies wäre ein Fall, der unter das First Amendment fiele, daß wir ein Recht hätten, unsere Religion auszuüben. Ich erhielt eine Pflichtverteidigerin, da wir eben kein reicher Prostitutionsring waren, der Tausende von Dollars scheffelte, wie die Polizei behauptete. Wir waren nur eine arme Religion, die von Spenden lebte. Ich konnte mir keinen Anwalt leisten. Meine Pflichtverteidigerin sagte, noch bevor der Prozeß überhaupt begann, daß sie das Verfahren nicht als Forum für meine Religion benutzen würde.

«Wenn Sie nicht mit einer religiösen Verteidigung argumentieren», sagte ich, «dann habe ich überhaupt keine Verteidigung.» Vor Gericht stellte ich einen Ablehnungsantrag, daß sie mich nicht angemessen verteidige. Der Richter verfügte, daß ich kein Recht auf Wahl hätte, ich hätte nur Anspruch auf anwaltliche Verteidigung, und Punkt. Der Richter machte noch vor Prozeßbeginn meinem Mann gegenüber die Bemerkung, er solle sich einen anständigen Job suchen und «aufhören, sich von dieser Frau aushalten zu lassen».

Beim Prozeß sagte der Polizeibeamte aus, ich hätte ihm gesagt, für hundertfünfzig Dollar würde ich seinen Schwanz lutschen. Das habe ich niemals auch nur angedeutet. Kein Wort fiel dahingehend. Also hat er sich einfach etwas aus den Fingern gesogen. Im wesentlichen stand sein Wort gegen meins.

Ich wurde im Sinne der Anklage für schuldig befunden und erhielt die härteste Strafe, die gegen einen Ersttäter je verhängt worden war. Ein Jahr Gefängnis. Mein Mann wurde wegen Führung eines Bordells verurteilt. Dafür hat er zweieinhalb Monate gesessen. Zu Hause habe ich sieben Kinder zu versorgen, also haben wir gefragt, ob erst der eine von uns und anschließend der andere ins Gefängnis gehen könnte, was doch eigentlich ganz vernünftig zu sein schien. Erst kürzlich konnte ein Vergewaltiger, der ein vierzehnjähriges Mädchen vergewaltigt und mißhandelt hatte, seine Strafe an Wochenenden absitzen, damit er sich um seine Kinder kümmern konnte. Man hat uns nicht erlaubt, unsere Strafen nacheinander abzusitzen. Nicht mal so viel Rücksicht wollte man auf uns nehmen.

Als ich im Gefängnis war, habe ich mit vielen Prostituierten gesprochen, mit echten, und sie konnten es einfach nicht glauben, daß ich die Höchststrafe bekommen hatte. Den meisten von ihnen war bei ihrer ersten Verurteilung einfach nur gesagt worden, sie dürften die Stadt nicht verlassen, andernfalls bekämen sie fünfzig Dollar Strafe oder ersatzweise maximal zehn Tage Haft. Sie haben immer wieder zu mir gesagt: «Du mußt noch irgendwas anderes gemacht haben. Du bist nicht nur wegen Prostitution angeklagt worden.» Nein, das war meine erste Verurteilung, ich habe keinerlei Vorstrafen. Ich nehme keine Drogen. Ich habe keine Körperverletzung begangen. Nichts.

Als ich ins Gefängnis abtransportiert wurde, wollten sie mich unbedingt erniedrigen und demütigen. Es war einfach keine menschenwürdige Behandlung. Die Undercovercops haben mich dorthin gebracht – unter ihnen auch eine Frau –, und ich glaube eigentlich nicht, daß sie damit rechneten, daß ich überlebte. Sie haben gesagt: «Eine kleine weiße Lady wie du wird dort nicht lange durchhalten», denn die meisten Insassen sind schwarz, und sie glaubten, wahrscheinlich würde ich zusammengeschlagen, und damit wäre ich dann erledigt. Aber ich hab's überstanden.

Ich hatte das Glück, in eine offenere Vollzugsanstalt verlegt zu werden, in der man das Gefängnis auch mal verlassen darf. Sie hatten einen Sportplatz, daher bin ich viel gelaufen. Wegen Überfüllung der Gefängnisse, Arbeitszeit plus guter Führung habe ich nur fünf Monate gesessen, was schon ziemlich jämmerlich war. Nach meiner Entlassung habe ich beim L.A. Marathon mitgemacht. Ich dachte mir, warum nicht? Ich habe ziemlich viel trainiert, wodurch ich mir unter den meisten Gefangenen Respekt verschaffen konnte, auch wenn ich eine ziemlich kleine und zierliche Person bin. Sie haben mich in Ruhe gelassen.

Seitdem sind wir noch in ein paar weiteren Talk-Shows aufgetreten. Wir waren in *Donahue*, wir waren in der *The Montel Williams Show*. Wir versuchen, alles wiederaufzubauen. So lassen wir die Leute wissen, daß wir zurück sind. Wir haben unser Haus verloren, weil wir es uns nicht leisten konnten, es während unserer Zeit im Gefängnis geöffnet zu halten. Deshalb findet das Ritual zur Zeit nicht statt. Ich würde mich nicht wagen, das Ritual in meinem eigenen Haus durchzuführen, weil ich ja weiß, wie feindlich uns die Polizei gegenübersteht. Ich bin überzeugt, die würden sofort kommen und mir die Kinder abnehmen, wenn ich irgendwas im Haus mache. Das Jugendamt ist ziemlich gemein.

Wir hoffen, die Welt schließlich zu bekehren. Im Augenblick versuchen wir, die Menschen zu erziehen. Uns erwarten noch weitere Rechtsstreitigkeiten, die ausgetragen werden müssen.

Derzeit arbeitet keine andere Frau daran, Priesterin zu werden. Die Frau, die in der Kirche studierte, als es zu unserer Festnahme kam, ist dermaßen eingeschüchtert worden, daß sie an einer weiteren Arbeit nicht interessiert ist, solange wir keinen Schutz durch das First Amendment bekommen oder eine gerichtliche Verfügung oder dergleichen erhalten. Es ist vernünftig. Ich mache ihr keinen Vorwurf. Ich glaube, es gibt im Moment niemanden, der so voller Leidenschaft dabei ist, daß er bereit wäre zu riskieren, was ich riskiere.

Tja, so sieht es im Augenblick aus. Wir sind nicht in der Lage, unsere Aufgabe als Religion zu erfüllen. Wahrscheinlich funktionieren wir ungefähr so wie die meisten protestantischen Religionen, aber wir haben keinen Ort, an dem wir unsere Rituale durchführen können. Im Moment läuft's finanziell nicht so besonders. Eigentlich läuft's überhaupt nicht gut. Wir leben von Lebensmittelmarken.

Seit ich Hohepriesterin geworden bin, ist mein Liebesleben erheblich besser geworden. Meine Orgasmen sind stärker. Sie kommen häufiger. Ich erlebe Orgasmen in vielen unterschiedlichen Intensitäten, und manche sind einfach umwerfend und überwältigend. Während ich solche Orgasmen nur gelegentlich hatte, als ich anfing, erlebe ich sie jetzt immer. Es ist einfach leichter geworden, zu reagieren. Ich reagiere heute auf jeden. Mein Liebesleben ist eine körperliche Aktivität, und je mehr man übt, desto besser wird man dabei.

Meine sexuelle Beziehung zu meinem Mann ist ziemlich gut, aber ich glaube, die Zeit im Gefängnis hatte doch größere Folgen, was ihn betrifft. Wir lieben uns heute nicht mehr so häufig wie früher. All diese rechtlichen Schlachten haben ihn emotional doch ziemlich erschöpft. Gerichtsstreitigkeiten belasten ihn sexuell immer sehr, also ist das ein großes Problem. Es nimmt einfach zuviel von seiner Energie, und er reagiert psychisch deprimiert und ausgelaugt. Für mich hat es keine Offenbarungen gegeben. Mein Mann behauptet, daß er immer noch Einblicke und Wissen über Dinge erhalte, aber was irgendwelche konkreteren Offenbarungen betrifft, wie die Religion ihre Aufgabe sofort wieder erfüllen könnte, gab es bislang nicht ein Wort.

Mein Sohn, der jetzt auf dem College studiert, ist nicht sehr religiös, obwohl die Kinder mormonisch erzogen wurden. Seine Meinung lautet: «Tja, wenigstens bist du eine interessante Person, Mutter.»

Ich habe ein völlig anderes und verrücktes Leben geführt, als ich diesen Massagesalon leitete. Dieser Typ, mit dem ich aufgewachsen bin, wollte mit dem Haufen Geld, das er gerade geerbt hatte, irgendein Geschäft aufmachen. Damals schossen überall Massagesalons wie Pilze aus dem Boden, und er meinte, das wär doch eine gute Branche, um einzusteigen. Es ist schon erstaunlich, wie freizügig dieses Land in den siebziger Jahren war, was den Sex betrifft. Ein Exzeß folgte auf den anderen. Die Mädchen waren so locker, die blieben sofort stehen und ließen schon unter dem nichtigsten Vorwand ihre Schlüpfer fallen. Genauso wären alle Frauen, wenn die Gesellschaft ihnen nur einen Schubs in diese Richtung gäbe. Es war allerdings nicht von Dauer. Klar, wenn man in der Bibel nachschlägt, in Sodom und Gomorrah hat's auch nicht ewig gedauert. Leider war's nur für begrenzte Zeit, aber es war schon toll.

Von einem griechischen Hausbesitzer haben wir eine Wohnung über einem kolumbianischen Café gemietet. Von unten kamen Küchenschaben hoch. Für den Umbau der Wohnung engagierten wir dann einen Typen namens Alex, der bereits andere Massagesalons eingerichtet hatte. Wir haben selbst Hand angelegt, um die Sache billiger zu halten. Wir haben dann diese Kabinen gebaut und in Sexmagazinen inseriert, und schon waren wir im Geschäft. Um Mädchen zu finden, die für uns arbeiteten, habe ich in Studentenzeitungen Anzeigen aufgegeben und in Colleges Zettel an die Schwarzen Bretter gehängt. Und sie kamen. Als es durch unsere Außenreklame offensichtlich wurde, was wir waren, sind sie einfach direkt von der Straße reingekommen.

Mein Partner war zu schüchtern, um die Einstellungsgespräche mit den Mädchen zu führen, aber er hat das Geld investiert. Studentinnen kamen dauernd vorbei und haben mir einen geblasen. Es war ein phantastisches Jahr. Weil man den Laden schmiß, glaubten sie irgendwie, man besäße so was wie Macht und Einfluß. Frauen sind ja so unbeschreiblich dumm. Die dachten, man könnte jede Muschi kriegen, die man haben wollte, und genau das fanden sie an einem gut. Sie wollten zu den Muschis gehören, die man kriegte. Genauso läuft das bei allen möglichen Berühmtheiten und Profisportlern. Ich bin dadurch auf die unterste Stufe dieser Leiter gekommen, indem ich dafür gesorgt habe, daß sie dachten, ich bekäme so viele Muschis, daß auch sie sich in der Schlange anschließen wollten. Fragen Sie mich bloß nicht wieso. Bis heute habe ich noch nicht verstanden, wie die denken.

Ich hab eine ganze Schublade voll Dias der Mädchen aus dem Salon, falls Sie sie sehen wollen. Jetzt haben Sie's geschafft, daß ich richtig sentimental werde. Jede einzelne von denen hat eine eigene Geschichte. Ich bau mal schnell den Projektor auf.

Ich hatte ein ziemliches Glück, in dieser Zeit volljährig zu werden. Ich hätte keine bessere Zeit erwischen können, mein Leben für Sex zu verplempern. Es war einfach maßgeschneidert. Der zeitliche Rahmen war perfekt. Es war ein perfektes Fenster der sexuellen Möglichkeiten. Ich kann nicht meckern.

Klick.

Das da ist unser Laden von der Straße aus fotografiert, da im ersten Stock über dem Restaurant. MODELS haben wir auf unser Schild geschrieben, SECRET LIFE STUDIO. Das am meisten geschätzte pornographische Buch ist *The Secret Life* von irgend so einem viktorianischen Knaben. Im Vergleich mit dem Typen, der das Buch geschrieben hat, eine sexuelle Autobiographie von fünftausend Seiten, bin ich Mother Goose, die reinste Märchentante. Der Kerl hat einfach alles gevögelt, was geatmet hat, und dazu war er auch noch ein toller Chronist der Schrecken des viktorianischen Lebens in den achtziger Jahren des letzten Jahrhunderts. Niemand weiß genau, wer der Autor war. Jedenfalls war er so was wie die Inspiration zu unserem Salon. Sie sehen ja selbst, wie wir die Wohnung in dieser schrecklichen kleinen Mietskaserne hier mit dunkelroten viktorianischen Vorhängen und unechter Holztäfelung ausstaffiert haben.

Klick.

Da ist er: Der Empfang. Wir haben dort so viele Stunden verbracht. Das Nervenzentrum. «Für Muschis hier anmelden.» Die

Öffnungszeiten gingen von elf Uhr morgens, wenn ich mich recht entsinne, bis elf Uhr abends. Daraus ergab sich irgendwie automatisch, daß ich zum Nachtmensch wurde. Wenn man nachts den Laden dichtmachte, räumte man die benutzten Kleenex weg und reinigte alles mit reichlich Antiseptika. Morgens machte man dann einfach die Tür auf und knipste das Licht an. Der ganze Laden hat nach Sex gerochen, ein irgendwie moschusartiger Geruch, irgendwie eine Mischung aus weiblichem Duft und Sperma. Der Laden war nicht dreckig oder schmuddelig. Man hat dauernd die Laken gewechselt, aber dieser Duft war trotzdem immer da. Es war ein erregender Geruch. Dann hatten wir auch noch diese neuen Möbel. Deshalb hat's auch nach Vinyl gerochen, und dann die Korkwände, und das billige Parfum, das die Mädchen benutzten.

Die Mädchen tauchten auf, und es lief alles ganz gemächlich. Diese Typen gingen dann in den Raum. Wir hatten ein bißchen Sorgen wegen Razzien und so weiter, also haben wir irgendwann angefangen zu fragen, ob sie vielleicht Cops wären. Wir haben sie nach Waffen gefilzt, was den Kerlen allerdings nicht besonders viel ausgemacht hat. Ich hab ihnen immer sehr sorgfältig erklärt, daß sie das alles nichts kostet, wenn es ihnen also nicht gefiel, gefilzt zu werden, dann war ich im Nu damit fertig.

Klick.

Das ist Ginger. In die hab ich mich verliebt. Ein großes, langbeiniges Wesen aus Tennessee. Sie war eine verrückte Frau. Sie war wunderschön. Sie hatte fünf Brüder und Schwestern, und sie hat gesagt, unten in Tennessee wär sie die Häßlichste der Familie. Ihre Mutter und ihr Vater haben zusammen gelehrte Abhandlungen über Literatur geschrieben. Sie war ein schlechtes Mädchen, weil sie hier oben in der großen Stadt war und Schauspielerin werden wollte. Ginger war gut gebaut und groß und hatte den Teufel im Leib.

Der Typ, der uns dabei geholfen hatte, den Laden zu bauen, also, seine Frau hatte ihm Hörner aufgesetzt. Sein Partner hat seine Frau gebumst. Kurz nachdem wir aufmachten, kam seine Frau zu mir und sagte: «Wissen Sie, Sie werden sich früher oder später in eines dieser Mädchen verlieben.»

Damals hatte ich eine feste Freundin. «Was? Machen Sie Witze? Ausgeschlossen!» Aber ich hab mich verliebt.

Das waren keine Escort-Service-Mädchen, wie man sich heute

eine Nutte vorstellt. Das waren Collegemädchen, viele von denen waren wirklich schlau, die haben's nur so zum Spaß gemacht. Einige von ihnen brauchten einfach nur Geld. Im wesentlichen mußten sie es nur mit der Hand machen, manchmal vielleicht auch blasen. Aber oft mußten sie nicht mal das. Sie mußten mit keinem bumsen. Es hat keiner von ihnen erwartet, die Kunden zu bumsen. Tja, und da hatte man dann diese außergewöhnlichen Mädchen. Ein paar von ihnen waren einfach bildhübsch, manche waren schlicht und einfach verrückt; eben Flittchen und Nutten. Es war so eine Mischung.

Sie saßen immer im großen Salon. Wir hatten drei oder vier Behandlungszimmer. Sie haben ihre Nägel manikürt. Sie haben Illustrierte gelesen. Sie haben Zigaretten geraucht. Sie waren gelangweilt. Sie haben sich wie kleine Turteltäubchen ineinander verliebt und versucht, das nach Feierabend fortzusetzen.

Klick.

Hier ist dieses üppige, schwarze Mädchen, das umsonst dort gearbeitet hat, und nur selten wollte einer sie haben. Sie war einfach gern im Salon. Tatsächlich hat sie uns den Laden später dann auch abgekauft.

Oft war's ziemlich langweilig. Ich bin dann in eines der Zimmer und habe allein und ungestört gelesen. Es war wie in einem Flugzeug sitzen: Stundenlang öde Langeweile und Augenblicke des Schrekkens. Und dann tauchte wie aus heiterem Himmel von irgendwo ein Mädchen auf, und sie wollte einem dann einen blasen, einfach so, zum Spaß, oder vielleicht wollte sie es auch besorgt haben. Ich konnte sie nicht einstellen, und das habe ich ihr dann auch vorher gesagt, aber ich würde auf jeden Fall ein Einstellungsgespräch mit ihr führen, falls später doch mal was frei werden sollte. Vielleicht war sie eine hinreißende Blondine oder so, die einem den Schwanz anfeuchten wollte, ohne sich groß was dabei zu denken.

Dann kamen Vertreter. Typen sind gekommen, die einem im Juli Skischuhe verticken wollten. Typen sind raufgekommen, die uns patriotische Kondome in Rot, Weiß und Blau andrehen wollten, Addiermaschinen en gros, Pelzmäntel. Die kamen direkt von ihrem üblichen Revier am Times Square rein. Wir hatten auch religiöse Besucher. Wachturm-Leute sind raufgekommen. Typen von der Heilsarmee wollten mit den Mädchen sprechen, nur um, also, um ihre Seelen zu retten oder so.

Auch ein paar Mafiosi waren da. Das war schon irgendwie unheimlich. Einer von denen wollte, daß wir «beitraten». Aber am nächsten Tag wurde er unter Anklage gestellt, andernfalls hätten wir sicher wieder von ihm gehört. Ich hab damals immer Witze darüber gerissen, daß ich der einzige Loddel der Stadt war, der einen Toyota fuhr. Aber eigentlich war ich ja gar kein Loddel. Für die Benutzung des Zimmers haben wir ihnen fünfzehn Dollar berechnet, wovon wir den Mädchen dann vier Dollar abgaben. Also haben wir pro Sitzung elf Dollar kassiert. Die Mädchen haben dann für den Sex selbst berechnet, was auch immer da im Zimmer ablief. Die haben fünfzig oder hundert Dollar gemacht. Wir konnten schon froh sein, in einer Woche so viel zu verdienen wie die an einem einzigen Tag. Wir waren zwei echte Trottel.

Klick.

Hier bin ich mit den Mädchen. Sehen Sie mich an, der stolze Pfau, der stolzierende, wahnsinnige Spaghettifresser, König der Fotzen, der Hitler der Muschis. *8 ½*, der Typ, der die Peitsche knallen läßt.

Klick.

Sie hieß Maria. Sie war Südamerikanerin. Sie hatte diesen Goldzahn. Sie geht nach hinten und verdient sich eine goldene Nase mit diesem Mund voller goldener Zähne. Sie war irgendwie doof und hat sich überhaupt nichts dabei gedacht, so was zu machen, bis dann eines Tages ihr Schwager reinkam, als Kunde, als Freier. Die zwei haben sich einfach nur angesehen. Wie ein geölter Blitz ist der Kerl wieder raus. Sie ist in Tränen ausgebrochen.

Da wir ja so was wie eine familiäre Atmosphäre bei uns hatten, hab ich sie zur Seite genommen und bin dahintergekommen, was passiert war. Ich hab ihr einen Whiskey gegeben, den ich hinten aufbewahrte. Ich hab ihr erklärt, daß er unmöglich zu ihrer Schwester gehen konnte, zu seiner Frau, und ihr erzählen, daß er sie in einem Puff erwischt hat, weil er nämlich *selbst in einem Puff war.* «Ja, sicher weiß er jetzt, daß du hier warst. Aber verpfeifen kann er dich nicht. Unmöglich.»

Ich hatte recht. Ich hab sie dann für den Tag nach Hause geschickt, und zwei oder drei Tage später war sie wieder da, um weiter Schotter zu machen.

Sie hatte knallharte Titten wie Cadillac-Stoßstangen, aber so besonders habe ich sie nicht gemocht. Ich weiß auch nicht, weshalb. Vielleicht war das Gold einfach eine Nummer zuviel für mich. In ihrem Mund schüchtert mich das einfach zuviel ein, aber als Mensch hab ich sie schon irgendwie gemocht.

Klick.

Das da ist Birdy, die gerade den armenischen Schuster von gegenüber reinholt. Er hat immer gesagt: «Die Typen in diesem Viertel sind alles nur Penner. Die kommen doch tatsächlich mit *einem Schuh* an, den sie repariert haben wollen.» Wenn es schneite, war er draußen, hatte dicke Schneeflocken auf dem Kopf und fluchte auf armenisch. Er versuchte zu handeln. Wenn die Mädchen mit Schuhen zur Reparatur runtergingen, dann sagte er: «Wie wär's, wenn ich als Gegenleistung für die Reparatur einen geblasen kriege, häh?» Einer von diesen kleinen, glatzköpfigen Typen mit einem scharfen, aggressiven Grips. Der hatte nicht mehr alle Tassen im Schrank.

Was Freier betraf, hatten die Mädchen vor den Chassidim die meiste Angst, weil die Jungs ziemlich ungeregelte Badegewohnheiten hatten. Die baden so ungefähr einmal pro Woche. Ihre Vorschriften, was den Sex mit ihren Frauen betrifft, sind irgendwie ungewöhnlich. Die müssen durch Laken vögeln, und wenn die Regel naht, läuft überhaupt nichts, weil die Frau dann so schrecklich unrein ist. Sie hatten die übliche jüdisch-christliche Voreingenommenheit der westlichen Kultur gegen Muschis, was sich auch auf den Sex ausdehnt und zusätzlichen Pfeffer durch ihren angeborenen Fanatismus bekommt.

Wenn man einen der Chassidim kriegt, dann kriegt man gleich alle. Das ist eine schrecklich fest zusammengewachsene Gemeinde. «Ach, die *shiksas* drüben im *Secret Life* holen mir einen runter.» Dann kommen alle zu uns wegen dem, worauf auch immer sie scharf sind.

Das sind die blödesten Typen, die rumlaufen. Abgesehen von ihren unregelmäßigen Badegewohnheiten sind sie auch keine Tyrone Powers. Wir reden hier nicht von irgendwelchen Schwärmen, muß ich ja wohl nicht erst sagen. Sie waren irgendwie komisch.

Ein Bursche kommt rein, sieht, daß mein Partner ein Jude ist, und sofort versucht er, über den Preis zu feilschen. Es hat nur fünfzehn Dollar gekostet, in eines der Zimmer zu gehen. Er sagt: «Ich bin heute dein erster Kunde. Du mußt mich kriegen.» Ist anscheinend so was wie eine jüdische Regel, daß der erste Kunde des Tages, der in deinen Laden kommt – man muß ihm was verkaufen, andernfalls kannst du gleich den ganzen Tag vergessen. Die waren schon verrückt. Die kamen ganz früh morgens. Wir haben mit den Chassidim viel Geschäfte gemacht, aber die Mädchen waren nicht besonders begeistert von ihnen.

Es gab zwei gutaussehende italienische Trucker, die die Mädchen mochten. Es gab auch schwarze Typen.

Klick.

Dieses weiße, blonde Collegemädchen, ziemlich intelligent, wollte nur mit schwarzen Typen bumsen. Sonst wollte sie keinen vögeln. Die anderen Sache, die hat sie schon auch gemacht, aber gevögelt hat sie nur mit Schwarzen, quasi als Wiedergutmachung für die rassistische Ungleichbehandlung der Schwarzen durch das Establishment. Wenn der Preis stimmte, war sie bereit, mit jedem Schwarzen zu ficken, der reinkam. Mich mochte sie nicht. Sie hat gesagt: «Ich kann bigotte Manager nicht ausstehen, die auf ‹Einstellungsgespräche› scharf sind.» Also konnte ich mit ihr nicht mal ein Einstellungsgespräch führen, aber ich hab sie trotzdem bei uns arbeiten lassen.

Klick.

Das hier ist Bobbi Jo. Sie hatte diesen Mafia-Loddel, der glücklicherweise die Stadt verlassen mußte. Eine hundsgemeine Schmalzlocke. Sagt mir der Kerl doch tatsächlich am Telefon: «Die hat noch eine Rechnung bei mir offen!»

«Was meinst du damit, sie hat noch eine Rechnung bei dir offen?»

«In ungefähr zwei Minuten hast *du* noch eine Rechnung bei mir offen. Mach dir das klar! Ich krieg dich am Arsch.» Aber vorbeigekommen ist er nie.

Klick.

Sie war irgendwie ein fröhliches Mädchen. Hier telefoniert sie gerade. Sieht aus, als würde sie mit ihrem Verlobten quatschen, stimmt's, mit diesem Lächeln und wie sie den Kopf verschämt auf die Seite legt? Und weißt du, wer dran ist? Die hat irgendeinen Wichser an der Strippe, der gerade sagt: «Erzähl mir, was du für Titten hast. Beschreib mir deine Fotze.»

Und sie sagt so was wie: «Oh. Also, ich bin ungefähr einsachtundsechzig...»

«Bobbi Jo», mußten wir dann immer sagen, «leg einfach auf!» So was hat sie dauernd gemacht. Zu sagen, sie wäre leichtgläubig gewesen, hieße, allen Leichtgläubigen was Schlechtes nachsagen. Sie hatte die Leichtgläubigkeit weit hinter sich gelassen.

Klick.

Die hier war toll. Sie war ungefähr vierzig. Sie war überhaupt nicht attraktiv. Sie war klein und pummelig. Aber sie war eine Intellektuelle. Die konnte über Kultur, Literatur und Musik reden, und das hat sie auch gemacht. Die Typen sind reingekommen und haben ihre müden, mittelalten Köpfe an ihrem Busen vergraben. Die wollten sie nicht mal ficken. Die sagten einfach: «Gib mir ein bißchen Trost.»

Meinen Partner hat sie gehaßt. Er war eine beschissene Memme, und er hat mich gezwungen, sie rauszuschmeißen. Später haben wir uns im Museum of Modern Art getroffen und zusammen zu Mittag gegessen. Wir sind toll miteinander ausgekommen. Wir waren sogar so was wie Freunde, auch wenn sie ziemlich durchgeknallt war.

Klick.

Die hier hab ich wirklich sehr gemocht. Sie war Polin und hatte unglaubliche Titten. Sie hatte auch einen tollen Sinn für Humor. Sie ist mit diesem kräftigen, gutaussehenden Schwarzen gegangen. Wir haben wie die kleinen Kinder immer gesungen: «Vicki geht mit'm Nigger, Vicki geht mit'm Nigger.»

Wir waren ineinander verliebt. Sie hat mir angeboten, mich zu ficken. Ich hab sie nie gevögelt. Jeder hat im Salon jeden gevögelt. Nachdem ich sie nicht bumsen wollte, hat sie mich nur noch mehr geliebt. Manchmal verknallen sie sich noch mehr in dich, wenn man sie nicht vögeln will, als hätte man sie so sagenhaft gevögelt, wie noch kein Mann zuvor sie gevögelt hat. Bei so was haben Frauen irgendwie höhere Ideale als wir Männer.

Klick.

Das ist der Typ von nebenan. Er ist ein Italiener aus Brooklyn, falls Sie das nicht schon gleich an seiner Pasta-Visage erkannt haben. Er und seine Frau waren Sozialarbeiter. Nebenbei war er auch noch Fotograf. Seine Frau mochte mich. Einmal ist sie abends so gegen elf reingekommen, als ich den Laden gerade zumachen wollte. Ich hatte die Mädchen schon nach Hause geschickt. Sie hat gesagt: «Meinen Sie, ich könnte als Masseuse arbeiten? Was muß man tun, um Masseuse zu werden?»

Ich hab im Salon verdammt viel Nummern geschoben, und auf Ärger mit dem alten Vito von nebenan konnte ich weiß Gott gut verzichten, also hab ich sie einfach wieder nach Hause geschickt.

Ungefähr eine Woche später kam er vorbei, stürmte durch die Tür und schaute sich überall um. Ich hab gesagt: «Hiya, Vito.» Er hat mich überhaupt nicht registriert. Sie war nicht da, aber sie hatte ihm irgendwas gesagt, um ihn verrückt zu machen, ungefähr so was wie: Ich geh nach nebenan und verdien ein paar Bucks dazu. Ich weiß auch nicht, was.

Klick.

Da ist wieder der Armenier. «Blas mir einen, und ich reparier sie dir schön!»

Klick.

Das ist der Anwalt, der uns geholfen hat, die Firma zu gründen. «Bezahlt immer eure Steuern», hat er gesagt. Ein netter Judenjunge.

Einmal waren die Typen vom Gesundheitsamt da und haben versucht, Muschi oder Bußgeld von uns zu kassieren. Ich hab gesagt: «Okay, macht mir nichts aus, gebt uns das Bußgeld.» Die Rattenscheißetruppe, so hab ich sie genannt und ihnen das auch ins Gesicht gesagt. Ich hab mich damals für ziemlich cool gehalten. Ich war ein völlig anderer Mensch als heute. Ich kann von Glück reden, daß ich das alles heil überlebt habe.

Klick.

Hier ist noch ein Mädchen, das ich geliebt habe. Grace hat sie geheißen. Ihr Vater war Sergeant bei der Polizei in Queens. Grace war schön, sehr einfühlsam und hat Drogen genommen, wurde aber von uns anderen toleriert. Sie hatte immer vier oder fünf Tuinols eingeworfen, wenn sie kam. Sie war ein Wrack.

Klick.

Das Mädchen hier, eine Army-Göre namens Claire, die konnte einem Messingaffen das Ohr abkauen. Die konnte mich echt in den Wahnsinn treiben. Sie war ungefähr einsvierzig groß und hatte einfach gewaltige Titten. Mit diesem sanften, hypnotisierenden und näselnden Südstaatenakzent hat sie die übelste Scheiße geredet. Sie war bis zu den Eierstöcken durch und durch eine Nutte. Mit jeder einzelnen Faser, mit jedem Molekül war diese Frau zur Nutte geboren. Die Typen mochten sie, weil sie große Titten hatte. Aber sie war fürchterlich. Praktisch alle anderen Mädchen, die wir dort hatten, waren aus Spaß dabei, oder wenn sie doch Nutten waren, dann hatten sie zumindest Klasse genug, sich nicht wie Nutten aufzuführen. Claire redete über ihren niedrigsten und ihren besten Preis, und dieser Freier hat dies gemacht und jener das. Auf mich hat sie abstoßend gewirkt. Sie war ein Veteran der Massagesalon-Branche, aber ich hab nie auch nur einen Gedanken daran verschwendet, ein Einstellungsgespräch mit ihr zu führen, sie dazu zu bringen, mir eine Massage zu geben, oder darum zu bitten, daß sie mir einen blies, auch sonst nichts. Nichts lag mir ferner. Ich hätte Claire am liebsten erwürgt.

Das beste Erlebnis mit Claire war, als dieser wirklich gespenstische Typ mittleren Alters reinkam. Er hatte irgendwie was Verschlagenes. Ist mit ihr ins Zimmer gegangen. Er hat sie gevögelt und wollte nachher bezahlen. Aber dann ist er blitzschnell in seine Klamotten gesprungen und ist einfach aus dem Zimmer gegangen. Sie war nackt und wollte nicht rauskommen. Er sagte, er hätte das Geld irgendwo im Zimmer liegenlassen, und ist abgezischt. Halb bekleidet ist sie dann doch rausgekommen und auf den Flur gerannt. Sie müssen sich diesen Zwerg mal vorstellen, diese Titten notdürftig in ihre Klamotten gewickelt, wie sie das Treppenhaus runtergebrüllt hat: «Du hast mich beschissen! Er hat mich beschissen! He, komm sofort zurück!»

Mein Herz hob sich in die Lüfte. Aber dann hat sie sich zu mir umgedreht und gesagt: «Okay, das war's! Schluß mit Mr. Nice Guy!» Sie hat die Typen sowieso schon ausgenommen wie eine Weihnachtsgans, nur damit sie ihre mickrigen kleinen Ladungen in eine ihrer Körperöffnungen ballern konnten. Diese jämmerlichen Trottel, aber jetzt: Schluß mit Mr. Nice Guy.

Wegen Claire hatte ich an einem Abend mal Ärger mit einem Freier. Er war der Hausmeister von dem Gebäude gegenüber. Ein kräftiger, fleischiger Ire mit bestenfalls zweistelligem IQ. Er ist in die Kneipe nebenan gegangen, hat sich vollaufen lassen und ist dann raufgekommen. Da der Knabe keinen Geschmack hatte, ist er mit Claire aufs Zimmer. Wahrscheinlich hat sie einfach versucht, ihm zuviel abzuknöpfen, darauf hatte ich keinen Einfluß. Das war allein ihre Sache. Der Kerl stürmte jedenfalls aus dem Salon. Er sagte: «Mit der kann ich nichts anfangen. Gib mir mein Geld zurück.»

«Das geht nur dich und sie was an», sagte ich. «Ich kann dir dein Geld nicht zurückgeben. Ich muß ihr sogar einen Teil davon abgeben.» Er stürmte nach unten und hat auf dem Weg noch die Lampe im Korridor zerschlagen.

Ungefähr eine Stunde später saßen wir wie immer bei Wein und Käse noch was zusammen. Die Öffentlichkeit war dazu nicht eingeladen. Nach elf rauchten wir dann, tranken eine Flasche Wein, hingen einfach so rum und quatschten noch was. Besonders mit Ginger hab ich das immer gern gemacht, denn ich mochte sie.

Als ich runter auf die Straße komme, steht mein Wagen direkt vor der Tür. Dieser Kerl beobachtet alles durch das Fenster der Kneipe. Er kommt raus und rast über die Straße. Ich wußte genau, daß ich in Schwierigkeiten steckte. Ich sagte den Mädchen, sie sollten schon mal einsteigen und von innen die Türen verriegeln. Er kommt zu mir und sagt: «Du mußt mir mein Geld zurückgeben, sonst gibt's Ärger.»

Ich bin ein Lover, kein Fighter, also hab ich ihm sein Geld zurückgegeben. Und so was ist einfach nur erniedrigend. Danach hat er mich jedenfalls noch auf einen Drink eingeladen. Im Rückblick würde ich sagen, daß er schon recht hatte. Aber ich hatte die Mädchen jedenfalls sicher im Wagen. Nach dieser Episode hätte ich Claire wirklich am liebsten umgebracht. Ich hab sie nach Hause gefahren. Dann sind Ginger und ich in den Central Park. Das war die Nacht, in der ich sie zweimal im Central Park geliebt habe. Wir hatten mindestens zwei, drei Monate diese absolut heiße Sache laufen. Und ich war in sie verliebt. Meine kleine Nutten-Freundin.

Ziemlich abrupt war das dann zu Ende. Der Salon hielt sich ein Jahr. Meinem Partner ging die Kohle aus. Wir verdienten einfach kein Geld. Wir machten den Laden zu. In meinem ganzen Leben hatte ich nie soviel Spaß wie in diesem einen Jahr.

Klick.

Nutten. Es hat mir immer viel Spaß mit ihnen gemacht. Theoretisch ist das auch heute noch so. Natürlich ist das heute eine völlig andere Sache. Ich hab auch so schon mehr als genug Probleme in meinem Leben, ohne morgens aufwachen zu müssen und auf dem Boden rumzutasten, um meinen Schwanz zu finden, weil er mir abgefallen sein könnte. Weil das nun mal eine Tatsache der Sexualität ist, gehe ich nicht mehr zu Nutten.

Ich mochte Nutten. Warum ich Nutten mochte? Warum mögen viele Männer Nutten? Frauen staunen, wenn sie sehen, daß gutaussehende Männer in Stripshows und Bordelle gehen, Männer, von denen sie nicht gedacht hätten, daß sie auf Nutten stehen. Die Frauen im allgemeinen verstehen das an Männern nicht, wie sie so unkritisch, so unsensibel sein können. Es ist Naivität.

Bei einer Hure gibt es keine Verpflichtungen. Man kann tun, was immer man will. Das Spiel macht Spaß, eine Nutte so zu behandeln, als sei sie eine Lady, und eine Lady, als wäre sie eine Nutte – das war für einen langen Zeitabschnitt meine Motivation. Mit einer Nutte das Spiel zu spielen, aber nie irgend etwas tun zu müssen, außer einfach nur in der Lage zu sein, ihr Befehle zu geben.

Aber das war's auch nicht, denn so hab ich auch Frauen behandelt, die keine Nutten waren. Also ist es was anderes. Eine große Rolle hat sicher gespielt, daß sie einfach da waren, daß sie verfügbar waren. Die Sache, für die man sich prügelt und schlägt, die Muschi, die du in den Genen hast, und dein verrückter Verstand, der dich die ganze Zeit antreibt, man konnte ihnen einfach ein paar Scheine geben, schnöden Mammon, und schon hatte man sie. Diese Vorstellung hat mich an Nutten eigentlich schon immer fasziniert. Schon immer! Man konnte sie einfach haben, diese Sache, die man bei allen *Dates* versuchte, die man hatte, als man noch jünger war, und die man aus welchem Grund auch immer doch nie bekam, es ist einfach nicht mit ihr gelaufen, zunächst mal mochtest du sie gar nicht so besonders, oder du mochtest sie, aber sie mochte dich nicht. All diese Plackerei, all dieses sich Krummlegen, nur um an Muschi zu kommen, und dann hast du's doch nicht gekriegt. Die Vorstellung, daß sie einfach dort stehen, und du mußt nicht mit ihnen reden, wenn du keine Lust dazu hast. Du fragst einfach: «Wieviel?»

Man hat mir gesagt, es hätte auch was mit Frauenhaß zu tun. Ich bin nicht sicher, ob das so ist oder nicht. Ich persönlich glaube nicht, daß es so einfach ist. Es hat eine Menge damit zu tun, daß man nichts sein muß, aber alles sein *kann*. Eigentlich willst du ja auch jemand anderer sein, wenn du mit ihnen zusammen bist, und sie wollen auch jemand anderer sein.

Sie sind interessant. Manchmal brechen sie einem das Herz, und man kommt sich wie die mieseste Kreatur auf der Welt vor, weil man ihr Elend noch vergrößert hat. Andere erfreuen und verblüffen einen einfach, ja sie jagen einem sogar schreckliche Angst ein. Das sind Frauen am Rand. Ich hatte schon Nutten, die haben mir hohe Poesie vorgetragen. Andere können kaum lesen oder schreiben. Wenn ich mit ihnen zu tun hatte, habe ich immer wieder festgestellt, daß die armen Dinger einen schon bei der ersten Verabredung zu beeindrucken versuchen. Nach dem ersten Mal *wollen* sie einen nicht mal mehr, aber ich hatte schon so viele, daß man meinen könnte, sie wären bei diesem ersten Mal in einen verliebt gewesen.

Sie würden alles tun, was du willst. Sie waren die charmantesten Frauen, die es gab. Bis sie sicher waren, daß sie dich am Haken hatten, bis sie dich überzeugt haben und dich dazu gebracht haben, etwas zu sagen wie: «Weißt du, du mußt jetzt mit dieser Scheiße aufhören. Du bist ein nettes Mädchen. Wieso macht ein nettes Mädchen wie du so etwas...» Auf eine Art ist das ihre Belohnung. Dann haben sie *dich* nämlich aufs Kreuz gelegt. Dann warst du nur ein *Freier*. Dann haben sie dich als Frau geschlagen. Sie ficken dich.

Aber du weißt, daß du bei diesem ersten Mal diese wunderbare Vorstellung von ihnen bekommen wirst. Es ist phantastisch. Auf eine Art ist es wie ein Traum-*Date*. Du kriegst, was du haben willst. Man kann sich wunderbar mit ihnen unterhalten. Du hast deinen Spaß. Ihr mögt euch. Ihr bleibt in Verbindung. Manchmal geben sie dir sogar einen Kuß, wenn sie gehen. Die *Toughen*, wie zum Beispiel die Lesben, die ich wirklich sehr schätze, die verabschieden sich mit nach oben gestrecktem Daumen von dir, was ihre Version eines Kusses für einen Mann ist, nachdem sie deinen Schwanz gelutscht und jeden Sex mit dir getrieben haben, um den du sie gebeten hast.

Obwohl ich also schon immer ganz normale Frauen sehr geliebt habe, waren mir Nutten auch immer lieb und teuer. Ich hatte schon immer dieses Verlangen nach ihnen, egal wie grau und trüb der Himmel auch aussah. Sie haben mir nie weh getan und auch meinem kleinen Schwanz nicht.

Was mir angst macht, ist der Blick in ihren Augen, Dinge, die sie gesagt haben, ihre Geschichten. Dinge haben mir Angst eingejagt, von denen sie mir erzählt haben, daß sie sie anderen angetan hätten. Nicht, daß ich Angst davor gehabt hätte, sie würden mit mir das gleiche tun, weil ich genau wußte, daß sie das nicht tun würden, aber es machte mir einfach bewußt, daß sich ganz in meiner Nähe echte Gefahr befand. Eine war einfach stolz darauf, mir Narben zu zeigen, wo jemand versucht hatte, sie beim Vögeln abzustechen, und sie hat dem Kerl das Messer abgenommen und es ihm ins Herz gestoßen. Die Polizei hat sie laufenlassen. Sie hat mir das alles nicht erzählt, weil sie mich auf irgendeine Weise einschüchtern wollte. Sie hat damit geprahlt, aber so, als wollte sie beweisen, wie cool sie ist, was für aufregende Sachen sie schon erlebt hatte.

Die Geschichte von einem Mädchen ging so, daß sie von ihrem Onkel im Alter von vierzehn Jahren, als ihr Vater gerade im Knast saß, so lange zum Analverkehr gezwungen worden war, bis sie ins

Krankenhaus mußte, er hat ihr das Arschloch aufgerissen, als sie vierzehn war, und hat sie gezwungen, ihm mit dem Mund einen runterzuholen. Hat sie vergewaltigt und ist ungeschoren damit durchgekommen. Solche Geschichten.

Eine andere war acht Jahre alt und ist wiederholt von ihrem Vater vergewaltigt worden, und sie hat es dann später an einer Puppe gezeigt. Der Vater wurde verhaftet und ist für sieben Jahre in den Bau gegangen.

«Wo ist er heute?» habe ich sie gefragt.

«In Puerto Rico. Liebend gern würde ich ihn umlegen lassen. Also eigentlich, sobald ich rausfinde, wo das Arschloch sich da unten verkrochen hat, werde ich dieses Schwein umlegen lassen.» Mit einer Frau zu reden, die vierundzwanzig Jahre alt ist, und dann zu hören, wie sie einem erzählt, daß sie bis an einen Punkt getrieben worden ist, an dem sie ihren eigenen Vater umlegen lassen will, nachdem er sieben Jahre gesessen hat, weil er sie gevögelt hat, und all diese Dinge sagt sie einem auf puertoricanisch, das ist alles schon irgendwie ziemlich traurig. Und dann zieht sie ihre hartgesottene Nummer eines unschuldigen kleinen Mädchens ab. «Ein paar von den anderen Mädchen sagen: ‹Mit vierzehn *habe ich mich* Hector oder Tony *geschenkt.*› Aber ich konnte so was nie sagen, weil ich schon mit acht vergewaltigt worden bin.» Ihr Gesicht versteinerte. In diesem Sinn war sie schon wirklich erschreckend. Aber weil sie so *tough*, so absolut knallhart war, war sie weniger verständnisvoll, als sie anders vielleicht gewesen wäre.

Ich kriege sie immer dazu, mir ihre Geschichten zu erzählen. Und ich höre immer zu. Anschließend fühlt man sich irgendwie beschissen, weil man gerade bei etwas mitgemacht hat. Oder man kriegt eine, von der man weiß, daß sie ein Drogenfreak ist – mit einigen von der Sorte bin ich schon zusammengewesen –, und man trägt einfach dazu bei. Man ist nicht weniger schuldig als der Lude oder jeder andere. Also kommt die dunkle Seite daher.

Die meisten sind nicht besonders verständnisvoll. Man darf sich nicht zu tief mit ihnen einlassen. Es geht darum, sie zu benutzen, wie man auch einen Schuhputzer oder einen Friseur benutzt. Eigentlich hab ich's schon immer irgendwie so gesehen. Bis ich mich schließlich in einer Situation wiederfand, an der ich keine normale Muschi mehr vögeln konnte. Dann bedauert man das alles schon ein bißchen.

Aber während all der Jahre fand ich nie, daß es irgendwie schwach war, eine Nutte zu benutzen. Also hab ich sie in jeder Phase meines Sexlebens immer und ohne größeres Problem benutzt.

Mark Baker ist 43 und lebt mit seiner Frau und seinen beiden Söhnen in New York City und im Nordosten Floridas. Während der letzten dreizehn Jahre hat er mehrere Interviewsammlungen mit Amerikanern aus allen Schichten zusammengestellt. Neben *Sex Lives – A Sexual Self-Portrait of America* ist er Autor von *Nam, Cops* und weiteren Büchern. Momentan arbeitet Baker an einem Buch mit Interviews, die er mit Berufsverbrechern geführt hat.

▼

Ich liebe Verbrechen in gesellschaftlich angesehenen Kreisen. Das normale Verbrechen ist gewöhnlich, niederträchtig, es ist vorhersehbar. Aber Verbrechen ganz oben an der Spitze… mmh! Es ist komplex, es ist voller Ambiguitäten, es besitzt das Drama der großen Scheinheiligkeit, es ist ein großer Gleichmacher, es ist schwer aufzudecken und noch schwerer zu beweisen.

Wahre Geschichten über Verbrechen in den oberen Gesellschaftsschichten sind meistens die besseren Geschichten als die fiktiven. Erzählungen arbeiten in der Regel zu sehr mit den Konventionen der Prosaliteratur. *Wedtech* war einer der großen Skandale der Reagan-Ära, aufgedeckt von einem Journalisten, der ein großartiges Buch darüber schrieb. Dies ist die Einleitung:

JAMES TRAUB

The Awful Truth

Staub sammelt sich in den Akten des *United States Attorney Office* in Manhattan auf einem Foto, auf dem ein heftig mit beiden Händen gestikulierender Mann am Ende eines langen Konferenztisches zu sehen ist, der im Licht zweier herrlicher Kronleuchter funkelt. Der Mann, er trägt eine Brille, hat dichtes, volles Haar und große, unmodische Koteletten, ist John Mariotta, Vorstandsvorsitzender der *Welbilt Electronic Die Corporation.* (1983 änderte die Firma ihren Namen in *Wedtech.*) Neben Mariotta sitzt Senator John Chafee von Rhode Island, dessen Arme verschränkt sind und der die Augenbrauen mit – wie es scheint – einem Anflug von Skepsis gehoben hat. Weiterhin ist dort Vizepräsident George Bush und hinter ihm Finanzminister Donald Regan, der in unverhohlener Langeweile ins Leere starrt. Neben Regan sehen wir Representative Barber Conable aus New York, der emsig damit beschäftigt ist, auf einem Block zu kritzeln. Auf der anderen Seite des Raumes, das Gesicht in Licht gebadet, sitzt Präsident Ronald Reagan. Der Präsident hat das Kinn gehoben, und er starrt Mariotta in äußerster Konzentration an. Der frenetische Mr. Mariotta hat offenbar, um es kurz zu machen, mit Ausnahme des Präsidenten der Vereinigten Staaten das Interesse seiner Zuhörerschaft verloren.

Mariotta verstand nicht ganz, was er eigentlich an diesem Morgen des 19. Januar 1982 im Besprechungszimmer des Kabinetts im Weißen Haus machte. Er wußte, daß die Besprechung etwas mit der Initiative des Präsidenten zur Förderung urbaner Gewerbegebiete zu tun hatte, die er für eine gute Sache hielt. Die Idee mit den Gewerbegebieten war, so wie er es verstand, daß man Jobs statt Wohlfahrt ins Ghetto brachte. Und genau das hatte John Mariotta getan. Als Hispanic ohne Schulausbildung hatte er mitten in der notorisch verarmten South Bronx eine Firma aufgebaut, die vom Verteidigungsministerium Aufträge in Millionenhöhe erhielt.

Dennoch war Mariotta ein wenig verwirrt. Das Treffen war im Rahmen einer Publicitykampagne für die bevorstehenden Hearings über die Gesetzgebung zur Einrichtung von Gewerbegebieten angesetzt worden, doch Mariotta glaubte, zu einer Art *think tank* eingeladen worden zu sein. Diesen Ausdruck hatte er erst wenige Monate zuvor gelernt, als er die Einladung erhielt, auf einem Symposion unter der Schirmherrschaft eines konservativen Kreises in Atlanta zu sprechen. Die Erhabenheit des Konferenzraumes sowie die Gewandtheit und Bedeutung der anderen Gäste entnervte Mariotta.

Als Mariotta an diesem Morgen den Konferenzraum betrat, standen die anderen beisammen und plauderten ungezwungen. Da er sich allein und befangen fühlte, setzte er sich hinter seinem Namensschildchen an den Tisch. Auf seinem Platz lag ein gelber Block, was ihn nur noch mehr einschüchterte. Mariotta konnte nicht schreiben, und er durchlitt Höllenqualen aus Furcht, daß andere sein Analphabetentum entdeckten. Auch in Atlanta hatte es einen gelben Block gegeben, doch zu diesem Termin war er von einem *Welbilt*-Angestellten begleitet worden, der – zumindest in Johns Augen – ein Intellektueller war. Hier und jetzt war er allein. Der Präsident war noch nicht eingetroffen, aber als Vizepräsident Bush den Raum betrat, begann die Besprechung. Während die anderen von diesem und jenem sprachen, nahm Mariotta seinen Taschenrechner heraus, beugte sich über den gelben Block und begann, Zahlen zu addieren.

Jemand, vielleicht Bürgermeister Vincent Cianci von Providence, Rhode Island, sagte, daß die von der Gesetzgebung zur Gewerbegebietsinitiative versprochenen Steuersenkungen und Einschränkungen staatlichen Einflusses wohl kaum ausreichten, die Armut in den innerstädtischen Gebieten zu beseitigen, daß zusätzlich Bundesmittel eingesetzt werden müßten. Er klang, wie im übrigen auch die anderen, eher negativ und ablehnend. John Mariotta wurde zunehmend erregter. Diese Leute hier glaubten nicht, daß es eine Antwort gab, doch er wußte, daß dem so war. Plötzlich schaltete er sich in die Unterhaltung ein: «Darf ich etwas sagen?» Wie sich Mariotta erinnert, der nicht eine Sekunde dieser bedeutsamen Episode vergessen zu haben scheint: «Alle sahen mich an, als wollten sie sagen: ‹Oh, mein Gott, er kann sprechen!›» Daraufhin begann er einen Monolog, der am Rande des Wahnsinns zu torkeln schien. Vincent Cianci erinnert sich, daß er «äußerst emotional und nur sehr schwer verständlich» gewesen ist. «Es war schon ein wenig bizarr», sagt Stuart Butler, Wissenschaftler der konservativen Heritage Foundation, der sich für die Idee der Gewerbegebiete engagiert hatte.

Mariotta sprach wie in Trance, doch da dies Worte waren, die er über die Jahre noch viele Male zitieren sollte, hat er keine Schwierigkeiten, sich an sie zu erinnern. Seine Rede dauerte mindestens ein Viertel des einstündigen Treffens. «Gentlemen», sagte er, «dies ist ein *think tank*, lassen Sie uns also positiv denken. Allein durch positives Denken werden wir die Lösung zu einem Problem finden. Ich bin ein *New York Rican*. Für diejenigen unter Ihnen, die nicht wissen, was ein *New York Rican* ist, es ist ein Mensch, der weder Englisch noch Spanisch sprechen kann. Ich lebe in der *Twilight Zone*.» Mariotta erläuterte, daß Welbilt Komponenten für die B-52 hergestellt hatte, für den *Sidewinder*-Lenkflugkörper und für andere Waffensysteme, und noch nie sei ein Teil als untauglich zurückgekommen. «Und mit wem haben wir das geschafft, Gentlemen? Mit Menschen, die Ihrer Beschreibung nach nur für die *Wohlfahrt* taugen: Schwarze und Puertoricaner. Das ist eine lahme Ausflucht. Gentlemen, ich habe mit einem Drogendealer gesprochen» – und in diesem Augenblick kam Präsident Ronald Reagan herein, und Mariotta erstarrte. Alle erhoben sich kurz und setzten sich wieder. Mariotta, der sitzen geblieben war, sprang erst dann auf. «Setzen Sie sich doch, Mr. Mariotta», sagte der Präsident mit seiner sanften, beruhigenden Stimme. «Sie sprachen also mit diesem Drogendealer...»

Selbst unter normalen Umständen ist Mariotta schon ein äußerst nervöser Mann, der mit schriller, piepsiger Stimme und abgehackt spricht, beinahe schluchzend. Nachdem der Präsident jetzt zuhörte, kehrte er, und es mußte so etwas wie ein fisteliges Quietschen gewesen sein, zu seiner Begegnung mit dem Drogenhändler zurück. «Ich sage: ‹Ja, schön, es gefällt mir nicht, was du mit unseren Leuten machst.› Er sagt: ‹Mach mal halblang, John! Was ich mit unseren Leuten mache, ist auch nicht schlimmer als das, was diese Gesellschaft mit unseren Leuten macht. Sie bringt unsere Leute um, indem sie ihnen Opium gibt – das Opium der Wohlfahrt! He, John, es bringt einen Mann nach zwanzig oder dreißig Jahren um. Ich bringe sie in einem oder zwei Jahren um. Ich erlöse sie aus ihrem Elend.› Und ich stand da und war einfach nur *platt*. Und er sagt: ‹Werd endlich vernünftig, John!›» Und Mariotta wandte sich direkt an Ronald Reagan und sagte, mit seiner keuchenden Stimme: «Mr. President, Sie bringen nicht nur das Volk mit dem Opium der Wohlfahrt um, nein, Sie bringen auch noch den Steuerzahler dieses Landes um, indem sie den Steuerzahlern die Last der Wohlfahrt aufbürden. Lassen Sie mich Ihnen erklären, was *Welbilt* macht.»

Dann konsultierte Mariotta seinen Block und die Zahlen, die er dort notiert hatte – die einzige Form des Schreibens, die er beherrscht. Er berichtete dem Präsidenten, daß Professor Nathan Glazer von Harvard ihm persönlich gesagt habe, daß die Regierung 25 000 Dollar zur Unterstützung einer bedürftigen, vierköpfigen Familie ausgebe. Daher würde eine Firma, die tausend Wohlfahrtsempfängern Arbeit gebe, dem Staat 25 Millionen Dollar einsparen, während sie gleichzeitig 100 Millionen erwirtschafte. Zehn solcher Firmen in der South Bronx würden über eine Milliarde Dollar einsparen beziehungsweise erwirtschaften. «Mr. President», kam Mariotta zum Ende, «bringen Sie dieses Penizillin in hundert Städte, und Sie werden *einhundert Milliarden Dollar* einsparen!»

Nach Luft schnappend, kam Mariotta zur Ruhe, war erschöpft von seinem Sermon. Kurz darauf löste sich das Treffen auf, und die Gruppe begab sich zum Mittagessen in einen angrenzenden Raum, wo noch andere zu ihnen stießen. Mariotta hoffte, neben Elizabeth Dole gesetzt zu werden, die Leiterin des *White House Office of Public Liaison*, denn *Welbilt* hatte, trotz seiner vielgepriesenen Hingabe an die freie Marktwirtschaft, innerhalb der Regierung verzweifelt Beziehungen spielen lassen in der Hoffnung, einen großen Vertrag an Land zu ziehen, für den die Firma absolut ungeeignet war. Statt dessen jedoch wurde er an einen kleinen Tisch neben einem offenen Kamin geführt. Mariotta verstand dies als Bestrafung für seinen Ausbruch. Von seiner eigenen Botschaft völlig in Bann gezogen, hatte er nicht bemerkt, was anderen durchaus aufgefallen war: den aufmerksamen und zufriedenen Ausdruck auf dem Gesicht des Präsidenten.

Als der Präsident der Vereinigten Staaten angekündigt wurde, schlängelte er sich durch den Raum zu dem Tisch des, zu dem Stuhl neben dem – *New York Rican* aus der *Twilight Zone*. Mr. Reagan sah Mariotta an und sagte mit seinem typisch schiefen Lächeln und der samtenen Stimme: «Wenn wir mehr Leute hätten, die so gut motivieren können wie Sie, dann hätten wir diese Lage schon bald im Griff.» Es war ein Segen – von einem Evangelisten für den anderen. John Mariotta war einer der beispielsetzenden Männer des Präsidenten geworden, zum Stern einer der Anekdoten, die Mr. Reagan zum besten geben konnte, um den Demokraten und dem amerikanischen Volk zu beweisen, daß einige seiner Überzeugungen, wie rudimentär auch immer, auf harten Fakten basierten. Zwei Jahre später würde der Präsident den symbolischen Status von *Wedtech* bestätigen, indem er John Mariotta zu einem «Helden der achtziger Jahre» erklärte.

Damit wurde der Präsident zum Berühmtesten der vielen, die von *Wedtech* getäuscht wurden. Nur fünf Jahre nach diesem Morgen im Weißen Haus erfuhr die Welt, was der Präsident nicht hatte wissen können – daß die Firma auf den Schlachtfeldern des freien Unternehmertums nicht durch heldenhafte Mühe erfolgreich gewesen war, sondern durch Bestechung und gute Beziehungen, daß John Mariotta und seine Freunde die Aktionäre belogen und der Firma Millionen Dollar gestohlen hatten. Jeder war von den edlen Kreuzrittern aus der South Bronx reingelegt worden. Die Anwälte hatten nichts gewußt, genausowenig die Banker und Wirtschaftsprüfer; die Politiker und Staatsdiener, die Himmel und Hölle in Bewegung gesetzt hatten, *Wedtech* zu helfen, sein Penizillin zu verteilen, hatten nicht die geringste Ahnung von den Machenschaften und dem Diebstahl. Selbst die mächtigsten Männer, denen Beteiligung an den unzähligen Betrügereien von *Wedtech* vorgeworfen wurde, die Kongreßabgeordneten und Lobbyisten und politischen Mandatsträger, bestanden darauf, daß sie mit Bestürzung von den Enthüllungen hörten. Und so unrecht hatten sie damit durchaus nicht.

Allerdings waren sie ebenfalls nicht, keiner einziger von ihnen, im Recht. Die Transaktionen zwischen *Wedtech* und seinen zahlreichen Helfern in der großen Welt, Transaktionen, durch die die Firma in eine Position großen Reichtums und hohen Prestiges gehoben wurde, waren weder so simpel, wie es scheinen mochte, noch so sauber. John Mariotta und seine Kollegen waren nicht ganz so niederträchtig, wie sie im Licht der späteren Ereignisse erschienen, und die Außenstehenden nicht so unschuldig. Die Geschichte von *Wedtech* mag so etwas wie ein moralisches Lehrstück sein, aber es ist weder ein befriedigendes noch ein geradliniges. Es hat natürlich mit Betrug zu tun, aber auch mit Selbsttäuschung, mit dieser Fähigkeit, die es Menschen erlaubt zu glauben, was zu glauben nützlich für sie ist.

John Mariottas Leidenschaftlichkeit an diesem Morgen war mehr als schauspielerisches Können. Was er über seine Firma sagte, war die Wahrheit. Es *war* ein Wunder. Praktisch jeder, der das Firmengelände in der katastrophalen Umgebung der South Bronx aufsuchte, kehrte mit dem glasigen Blick des Glaubens zurück. Hier war die funkelnde Produktionsstätte und dort die vollautomatische Fertigungsstraße, die hochentwickelte Produkte für das Verteidigungsministerium ausspuckte. Die Arbeiter waren Puertoricaner, Asiaten und russische Emigranten, und inmitten all der Verwüstung legten sie Überstunden ein und waren stolz auf ihre Arbeit. John Mariotta, der die Firma aufgebaut hatte, glaubte an sie; auch dann noch, als sie stahlen und logen und bestachen.

Aber John Mariotta erzählte auch noch eine andere kleine Geschichte, von der er wußte, daß sie dem Präsidenten gefallen würde. Er ließ jene Stellen aus, die nicht so recht hineinpaßten, und polierte sie mit einer Moral auf, die die Augen eines Konservativen glänzen ließen. John Mariotta glaubte seine Geschichte – er glaubte seine Geschichten *immer*, gleichgültig, wie falsch sie auch sein mochten –, aber er erzählte sie so, daß auch der Präsident sie würde glauben wollen. Und der Präsident wollte allerdings diese Geschichte – oder besser, dieses Märchen – einer kleinen Firma glauben, die das Opium der Wohlfahrt so erfolgreich abschüttelte. Der Präsident glaubte viele Märchen, über Waffen, die Frieden schaffen würden, und über rechtsgerichtete Guerillas, die Demokratie brächten. Es waren nützliche Geschichten, also glaubte er sie. John Mariotta hatte dem Präsidenten ein bißchen Magie gegeben, die Wunder wirkte. Und der Präsident gab dafür wiederum Mariottas edelmütigem Unternehmen seinen Segen. Einfach ausgedrückt: Eine Hand wusch die andere.

Und so hat, in einfachen Worten, *Wedtech* seinen Weg in der Welt gemacht. Manchmal war die Gegenleistung völlig einfach, ohne jede Verschleierung, aber häufig war sie es nicht. *Wedtech* lieferte jedem eine Entschuldigung. «Niemand wollte nein sagen», wie sich ein Beamter der *Small Business Administration* ausdrückte, einer der großen Gönner von *Wedtech*. Und niemand, oder doch wenigstens kaum jemand, sagte nein. *Wedtech* sorgte dafür, daß es im Interesse von jedem lag, ja zu sagen – mittels der Projektion moralischer Schönheit, mittels politischen Drucks, mittels dicker, in Umschläge gestopfter Geldbündel. Die moralische Schönheit verlieh den Außenstehenden die Rechtfertigung, dem Druck und dem Geld zu erliegen, und sie verlieh selbst den Insidern einen Vorwand, das Gesetz zu brechen, wenn es ihnen in den Kram paßte. Es gibt nichts Besseres als eine gute Sache, um etwas zu tun, was besser nicht getan werden sollte. Eine gute Sache sanktioniert fast sogar Selbstverherrlichung.

Niemand hat jemals nein gesagt. Das war die Lehre, die John Mariotta und seine Kollegen zogen, während sie sich in immer exklusivere Höhen vorarbeiteten. Sie waren weltfremde Männer, aber sie waren sehr raffiniert, ja sogar talentiert; während sie sich von einer Ebene der Macht zur anderen bewegten, behielten sie immer ihre Augen weit offen. Sie hatten etwas von *Candide*, von unschuldigen Touristen im Ausland, die mit wachen Augen die Leidenschaften und den Hunger hinter den glänzenden Oberflächen registrierten. Vielleicht ist «unschuldige» ein bißchen stark. Zunächst wollten sie nur die Werbetrommel für ihre kleine Firma rühren, nicht die Welt bestechen; nachdem sie ihren Kreuzzug aber erst einmal begonnen hatten, stellten sie schnell fest, daß die Welt sich nur zu gern korrumpieren lassen wollte. Es war keine einfache Angelegenheit. Es gab nicht eine einzige Währung, mit der alle Menschen bezahlt werden konnten. Ganz unten gab es jene, die man schon für eine Einladung zum Mittagessen haben konnte. Zur Spitze hin befanden sich Kongreßabgeordnete, die bereitwillig Spenden für ihren Wahlkampf annahmen, und natürlich die ernsthaften Profis, die Aktien nahmen. Und ganz oben, an der Spitze, befanden sich die erhabenen Persönlichkeiten des Weißen Hauses, die nichts Greifbareres annahmen als die Rechtfertigung der Überzeugungen des Präsidenten. Aber kein Mensch sagte nein.

Wedtech korrumpierte nicht die Welt. «Niemand besticht irgendwen», sagte Mario Moreno, einer der Firmeninhaber, beim Biaggi-Prozeß. «Die Menschen korrumpieren sich selbst.» *Wedtech* fügte sich oft genug einfach nur. Der erste Politiker von landesweitem Ansehen, den die *Wedtech*-Jungs je kennenlernten, der New Yorker Kongreßabgeordnete Mario Biaggi, tauchte eines Tages vor ihrer Tür auf, ließ sich in der Firma herumführen, lobte ihre wunderbaren Leistungen und bot seinen Einfluß als Gegenleistung für eine monatliche Zuwendung an. Das öffnete ihnen die Augen.

Selbst die Männer, die die Gesetze machen, wollen sich kaufen lassen. Man mußte einfach nur die geeignete Währung kennen – Vorschußzahlungen, Wahlkampfspenden, Beratungshonorare, Aktien. Man gibt, und man bekommt. So lief es augenscheinlich in dieser Welt.

Vielleicht waren die Jungs von *Wedtech* mehr so etwas wie Einwanderer als unschuldige Touristen. (Zwei von ihnen waren übrigens *tatsächlich* Einwanderer.) Sie wußten, daß sie vorankommen wollten, aber sie kannten noch nicht die Spielregeln. Also hörten sie zu und lernten; sie paßten sich an; sie wurden, was sie sahen. Sie formten sich und ihre Firma nach dem Vorbild der sozial Höherstehenden, der Großen und Erfolgreichen. Und dabei wurde die Firma zu einer Parodie der zeitgenössischen wirtschaftlichen und politischen Kultur, zu einem knalligen Beispiel für die schlechtesten Merkmale des modernen Lebens. In den späteren Jahren zum Beispiel war *Wedtech* absolut besessen von seinen Quartalserträgen, dem Wert seiner Aktien, seinen raffinierten Finanzschachzügen und potentiellen Firmenübernahmen – genau wie jedes große Wirtschaftsunternehmen.

Doch was *Wedtech* vor allem anderen veranschaulichte, war eine nahezu vollständige Abwesenheit von Moralbewußtsein. Niemand, oder doch zumindest kaum jemand, wies John Mariotta und seine Kollegen zurecht, wenn sie ihre kleinen oder großen Lügen auftischten. Niemand war entsetzt. Niemand sagte, Recht ist Recht und Unrecht ist Unrecht. Immer standen irgendwelche Ausflüchte zur Verfügung, um Unrecht wie Recht erscheinen zu lassen. «Diese Taten wurden von einigen hochangesehenen Leuten stillschweigend geduldet», wie Tony Guariglia es ausdrückte, ein weiteres Mitglied der Kerngruppe von Managern der Firma. «Konnte es da falsch sein, was wir taten?»

Also ist die Geschichte von *Wedtech* eine moderne Moralität. Aber vor allem anderen ist an der Geschichte von *Wedtech* so faszinierend, ja sogar fesselnd, wie sprunghaft und unberechenbar ihre Erfolgslinie verlief, und auch die schiere Unwahrscheinlichkeit der Männer, die nominell das Sagen hatten. Während sich die Angehörigen der gebildeten amerikanischen Mittelschicht einander inzwischen ziemlich zu ähneln scheinen, wurde *Wedtech* von Männern geleitet, die keine Schulausbildung hatten, weder Amerikaner waren noch zur Mittelschicht gehörten. Sie waren, wenn schon nicht ungewöhnlich, so doch zumindest außergewöhnlich. Und sie leiteten ihre 100-Millionen-Dollar-Firma mit Aufträgen des Verteidigungsministeriums nicht aus irgendeiner Bungalow-Gemeinde in Nassau County oder von den Ebenen in Texas, sondern aus der apokalyptischen Umgebung der South Bronx. Daß diese Männer, mit erheblicher Hilfe von anderen, in der Lage waren, einen gewaltigen Betrug zu verüben und über Jahre der Entdeckung zu entgehen, sogar noch lange, nachdem die Firma in eine Aktiengesellschaft umgewandelt wurde, ist Zeugnis von außerordentlicher Findigkeit und Genialität.

Die Geschichte von *Wedtech* ist nicht nur ungeheuer kompliziert, sondern auch verwirrend weitschweifig, mit erheblich mehr Charakteren und Begebenheiten und Schauplätzen für ein, sagen wir, überzeugendes Broadway-Drama. Aber es ist dennoch keine wirre Geschichte. Die vier oder fünf Männer, die das Schicksal der Firma leiteten, sind die zentralen Figuren, die Hauptdarsteller, und *Wedtechs* Geschichte nimmt die klassische Erzählform von Aufstieg und Fall an. Aus praktischen Gründen kann die *Wedtech*-Story in sechs Abschnitte unterteilt werden, von denen jeder seine charakteristischen Verbrechen, Torheiten und Phantasien aufweist.

In der ersten Phase, die fast ausschließlich in der Bronx angesiedelt ist, entwickelte sich *Wedtech* von John Mariottas kläglichem kleinen Sandkasten zu einem Konzern, der Aufträge in Höhe mehrerer Millionen Dollar pro Jahr für das Pentagon ausführte. Zunächst stieß Fred Neuberger zu Mariotta, ein ungehobelter, wenn auch keineswegs ungebildeter rumänischer Jude, der als Teenager buchstäblich zu Fuß dem Holocaust entgangen war, und später gesellte sich dann Mario Moreno dazu, ein Kolumbianer, der so liebenswürdig und diplomatisch war, wie die beiden anderen schroff und ungeschliffen. In diesen frühen Jahren fehlte es *Wedtech* an Macht und Einfallsreichtum, um irgend etwas besonders spektakulär Illegales tun zu können, und war notgedrungen beschränkt auf die Verbrechen, wie sie typisch sind für unbedeutende Firmen, die in einer Wettbewerbsgesellschaft zu überleben suchen.

Es folgte, von 1981 bis 1982, das erste der beiden Washington-Intermezzi der Firma. Die Reagan-Administration wurde beinahe von Anfang an ihr Verbündeter, und *Wedtech* war in der Lage, seinen Einfluß im Weißen Haus zu benutzen, um einen 28-Millionen-

Dollar-Vertrag zur Herstellung von Maschinen für die U.S. Army zu gewinnen. Mit diesem Ereignis erreichte das Unternehmen seine Volljährigkeit.

Die nächste Phase folgte 1983, als die Firma Aktien im Wert von 30 Millionen Dollar ausgab. Die Insider wurden schlagartig reich, indem sie einen Teil ihres Aktienbesitzes sofort wieder verkauften, und ihre Lobbyisten in Washington und Berater und Geldempfänger konnten an der Zukunft teilhaben, die sie selbst schufen. Dann begann die Firma mit einer Reihe Finanzbetrügereien und Veruntreuungen, die über die Jahre zunehmend blendender wurden – und zunehmend verzweifelter. Der Meister dieses Spieles war ein Wirtschaftsprüfer – Tony Guariglia, ein brillanter Zahlenjongleur, wenn auch fataler Egoist, der am Ende *Wedtech* kontrollieren würde, soweit dies je jemand tat.

Die zarte Firma aus der Frühzeit der Reagan-Administration war inzwischen ein Moloch. Während ihres zweiten Washingtoner Intermezzos, vom Herbst 1983 bis zum Frühjahr 1984, gelang es *Wedtech* durch eine brillante Mischung aus Bestechung, Drohungen, süßen Worten und politischer Holzhammermethode, von der Navy einen Auftrag zu bekommen, der sogar noch größer war als jener, den man der Army entlocken konnte, und man sah phantastischem Reichtum und Prestige entgegen.

Nun war *Wedtech* eine große, angesehene Firma und begann den Beifall der Wall Street zu suchen. Da die Insider die Aktionäre um Millionen von Dollar bestahlen, griff die Firma zu spektakulären Lügen, um ihre Anleger zu besänftigen – und die Wirtschaftsprüfer, Banker und Anwälte billigten dies, manchmal in Unkenntnis und manchmal vielleicht auch nicht. Es gab frühe Hinweise auf die heraufziehenden Schwierigkeiten: Im Herbst 1984 leitete ein Kongreßausschuß eine Ermittlung gegen die Firma ein, die *Wedtech* nur so gerade eben verhindern konnte. Moreno und Guariglia lösten die Pioniere Mariotta und Neuberger ab. Nach einem heftigen Kampf wurde Mariotta Anfang 1986 gefeuert.

Wedtech war nicht länger eine von gesellschaftlichen Minderheiten geleitete Firma, sondern ein Symbol des freien Unternehmertums geworden. Es war ein mittelgroßes Rüstungsunternehmen, das versuchte, sehr groß zu werden. Gleichzeitig erreichte das Niveau des Diebstahls eine selbstzerstörische Höhe; Mitte 1986 begann der Moloch allmählich auseinanderzufallen. *Wedtech* hatte schon immer Geld verloren, doch jetzt waren Tony Guariglia die Tricks ausgegangen, die Wahrheit noch länger zu verschleiern. Inzwischen waren Ermittler von Bundesbehörden einigen – sehr wenigen – der Verbrechen von *Wedtech* auf die Spur gekommen. Im Verlauf des Sommers trudelten die ersten gerichtlichen Vorladungen ein; die Presseberichterstattung begann im Herbst. Mitte Dezember erklärte das Unternehmen, das zu diesem Zeitpunkt vierzehnhundert Leute in der ganzen Bronx, auf Long Island, in Michigan und in Israel beschäftigte, seinen Bankrott. Sechs Wochen später erklärten sich alle Angehörigen des Managementkerns bis auf Mariotta einverstanden, sich einiger Anklagepunkte wegen Verstoßes gegen Staats- und Bundesgesetze für schuldig zu erklären und bei den unzähligen anstehenden Strafverfahren zu kooperieren.

Das wunderbare an Prozessen, abgesehen von dem ihnen innewohnenden Drama, ist die schiere Informationsmenge, die sie an die Oberfläche bringen – nicht nur belastende Informationen, sondern auch nebensächliche Fakten, die Schilderungen und ungewollten Enthüllungen. Als sich die *Wedtech*-Prozesse ihrem Ende näherten, war das gesamte Firmenleben offengelegt worden. Alles in allem gab es sechs Bundesverfahren zum Zeitpunkt des Erscheinens dieses Buches, die – unter anderem – zu der Verurteilung des ehemaligen Beamten des Weißen Hauses Lyn Nofziger (obwohl das Urteil in der Berufung aufgehoben wurde) führten sowie der Kongreßabgeordneten Mario Biaggi und Robert Garcia, von E. Robert Wallach, einem engen Freund des früheren Generalstaatsanwaltes Edwin Meese, und von Stanley Simon, Bezirksbürgermeister der Bronx. Die Protokolle dieser Prozesse haben einen Umfang von über vierzigtausend Seiten, zusätzlich zu den Tausenden Dokumenten, die als Beweismittel eingereicht wurden.

Durch die Ausführlichkeit der Aufdeckung ist *Wedtech* in den Annalen der Wirtschaftskriminalität womöglich einzigartig. Außerdem lieferten die Verschwörer, die mit der Regierung zusammenarbeiteten, in ihren Zeugenaussagen einen erstaunlich intimen und detaillierten, wenn auch nicht immer völlig glaubwürdigen Bericht ihrer eigenen Gedanken und Listen.

Zum Zweck dieses Buches erklärten sich Tony Guariglia und John Mariotta zu ausführlichen Gesprächen bereit, auch wenn Mariotta die Unterhaltung lange vor ihrem Ende unvermittelt abbrach und sich danach standhaft weigerte fortzufahren. Mario Moreno gewährte ein zweistündiges Interview. Über zweihundert Menschen waren zu ausführlichen Interviews bereit, darunter einige frühere Angestellte der Firma, derzeitige und ehemalige Regierungsbeamte, Anwälte von *Wedtech*, Freunde und Kollegen der Hauptdarsteller, Berater der Reagan-Administration einschließlich Ed Meese, Mitarbeiter des Kongresses, und natürlich Staatsanwälte und Ermittler, jener Personenkreis also, der immer bereit ist, über Ereignisse wie dieses zu sprechen.

Durch diese Quellen wie auch durch Ermittlungen eines Kongreßausschusses und eines unabhängigen Rechtsberaters ist es möglich gewesen, eine Geschichte zusammenzufügen, die so unwahrscheinlich, so bizarr ist, daß man guten Gewissens sagen kann: so etwas darf nie wieder passieren.

James Traub arbeitet zur Zeit an einem Buch über das City College of New York. Seine Artikel, deren Themen sich auf urbane Kultur, Erziehung und Leben konzentrieren, erscheinen regelmäßig in *The New Yorker*, *Harper's* und *The New Republic* sowie weiteren Publikationen. James Traub lebt in New York City.

▼

In den Jahren 1970/71 geschahen zwei Dinge, die die amerikanische Kriminalliteratur verändert haben. Es waren die Ermittlungen der *Knapp Commission* gegen das New York Police Department und darauf folgend die Veröffentlichung mehrerer Bücher: *The New Centurions* (dt. *Nachtstreife*) von Joseph Wambaugh über die Polizei in Los Angeles und aus New York, als direktes Ergebnis der Ermittlungen, *Serpico* von Peter Maas über den Mann, der den

Stein ins Rollen gebracht hatte, sowie *Prince of the City* von Robert Daley. Der Film *Serpico* ist sogar noch besser als das Buch, das Buch *Prince of the City* ist besser als der Film.

Auch wenn es Ausnahmen gab, vor allem die korrupte Bay City Police, mit der Philip Marlowe von Zeit zu Zeit zusammenstieß und auch einige von Jim Thompsons Psychopathen, war die Kriminalliteratur vorher – sowohl Belletristik wie Sachbücher – Teil einer großen gesellschaftlichen Lüge, einer allgemeinen Propaganda, die auf genauso dramatische Weise falsch war wie die Nazi-Schilderung der Welt, in der es nur eine Herrenrasse neben vielen Sklavenrassen gab. Es war eine sehr rigide Mythologie, die fest in der christlichen Moralität wurzelte. Dort waren die Hüter von Recht und Ordnung, die legitime und ordentliche Leben führten, deren Sünden so selten waren wie gefallene Engel. Dann gab es noch die Sünder, offensichtlich andere Menschen, die irgendwie fehlerhaft und defekt sein mußten. Unter normalen Umständen würden sie fast genauso sicher vor Gericht gestellt, wie am Jüngsten Tag die verdienten Belohnungen und Strafen verteilt werden würden.

Diese Mythologie hatte Bestand trotz einiger allgemein bekannter Skandale. Weitreichende Skandale ereigneten sich in den neunziger Jahren des letzten Jahrhunderts, in den dreißiger und fünfziger Jahren, aber irgendwie kehrte die öffentliche Meinung zur Annahme der Rechtschaffenheit zurück, nennen wir es einfach das FBI-Modell der Welt, das Evangelium nach J. Edgar Hoover. Dies war ein bemerkenswertes, erstaunliches, verabredetes Schweigen, denn *New York's Finest* – wie sich die Cops gerne selbst nannten –, die größte, beste, erfolgreichste, hochentwickeltste und am meisten imitierte städtische Polizei der Welt, war standardmäßig und als Institution von der Spitze bis zu den niedrigsten Rängen durch und durch korrupt, und dies seit Generationen. Es war eine Korruption, die Tausende und aber Tausende Menschen betraf – Cops und Ganoven und Bürger.

Bob Daley war bereits erfolgreicher Journalist, Fotograf und Romancier, als er *Prince of the City* schrieb. Erst vor wenigen Jahren durchdrang er die Geschehnisse hinter der Blauen Mauer, so wie kein Journalist vor ihm oder nach ihm. Er wurde Deputy Chief des NYPD, ein Dienstgrad, der in der Army mindestens dem Rang eines Brigadegenerals entspricht. Diese Erfahrungen spiegeln sich in dem Sachbuch *Target Blue* und in dem Roman *Man With A Gun*. Hier kehrt er zu seinem Thema zurück und damit zur ausgesprochen politischen Existenz eines hochkarätigen Polizeibeamten in der größten städtischen Polizei der Welt.

ROBERT DALEY

Wall of Brass

Das Telefon klingelte.

Der Mann hatte tief geschlafen, versunken in den letzten Traum der Nacht. Als er im Dunkeln nach dem Telefon tastete, stieß er den Wecker vom Nachttisch auf den Boden und um ein Haar auch das Telefon, doch er erwischte es gerade noch. Es war eine Uhrzeit, zu der man sich auf schlechte Nachrichten gefaßt machte, falls das Telefon überhaupt klingelte. Ein Schlaganfall oder ein Herzinfarkt. Ein Autounfall. Die verzweifelte Stimme eines Verwandten. Was sonst konnte es zu dieser nachtschlafenden Zeit schon sein?

Dieser Mann jedoch war nicht beunruhigt, als er den Hörer an sein Ohr drückte, sondern lediglich ein wenig benommen vom Schlaf. Er versuchte, sich zu orientieren. Die Männer, die für ihn arbeiteten, hatten klare Anweisung, ihn sofort zu wecken, wenn sich gewisse Dinge ereigneten. Oft genug taten sie dies auch. Fast mit absoluter Sicherheit wurde gleich irgendeine Tragödie skizziert, doch es würde nichts sein, das ihn persönlich betraf.

Weil seine Frau neben ihm durchaus noch schlafen mochte, nannte er mit leiser Stimme Namen und Dienstgrad:

«Chief Farber.»

Gleichzeitig schwang er die Beine aus dem Bett und tastete nach dem Wecker auf dem Läufer.

«Es ist etwas passiert. Wann können Sie hier sein?»

Es war kalt in dem Zimmer – das Fenster starrte ihn wie ein aufgerissener Mund an. Die Farbers hatten unter einer Daunendecke geschlafen, und draußen war es immer noch dunkel. Halb sieben, wie er sah, als er den Wecker vor sein Gesicht hob. Ohnehin fast Zeit aufzustehen.

Bert P. Farber war Chief of Detectives beim New York Police Department. 3000 Männer waren ihm unmittelbar unterstellt.

«Wir sind Ecke 77th und Columbus.»

Es war die Stimme von First Deputy Commissioner Priestly, der, den Verkehrsgeräuschen im Hintergrund nach zu schließen, in einer Telefonzelle stehen mußte. Was hatte ihn so früh auf die Beine gebracht? Was hatte das leichte Beben in seiner Stimme verursacht? Farber entschied, daß es wichtig sein mußte, was immer es war.

«Was ist passiert?»

«Kommen Sie einfach her», erwiderte Priestly.

Der First Dep war ein Verwaltungsmensch, kein Streifenpolizist. Er managte die Polizeibürokratie und sollte eigentlich überhaupt nicht auf der Straße sein. Was hatte er morgens um halb sieben dort draußen zu suchen?

Priestly hatte sich nicht die Mühe gemacht, seinen Namen zu nennen. Offensichtlich hielt er seine Stimme und Autorität für so allgemein bekannt, daß er es nicht nötig hatte. Kategorische Befehle genügten.

Im Polizeipräsidium wimmelte es von ehrgeizigen Männern, zu denen auch Bert P. Farber gehörte. Jeder einzelne von ihnen hatte gelernt, in Gegenwart ranghöherer Beamter äußerst respektvoll zu sein. Wenn man es im Department zu etwas bringen wollte, gab es keine andere Möglichkeit.

Und Priestly schien jemand zu sein, der Unterwürfigkeit bei seinen Untergebenen schätzte. Servilität schien er sogar noch mehr zu mögen. Doch es gab Zeiten, an denen der Chief of Detectives ihm die Stirn bot, und dies war jetzt eine dieser Gelegenheiten. Nachdem er aus dem tiefen Schlaf gerissen worden war, war Farber nicht in der Stimmung, sich herumkommandieren zu lassen. «Wer spricht da?» wollte er wissen.

«Um diese Uhrzeit brauchen Sie ungefähr zehn Minuten.»

«Mein Wagen steht in der Garage, und mein Fahrer schläft noch.»

«Ich habe Ihnen einen Streifenwagen geschickt. Wahrscheinlich steht er schon längst vor Ihrer Haustür.»

«Hab ich noch Zeit zum Pinkeln?»

Der First Dep hatte so eine Art, sich aufzublasen. «Wissen Sie eigentlich, mit wem Sie sprechen?» fauchte er gefährlich.

«Jetzt weiß ich's», sagte Farber. «Bin in zehn Minuten da.»

Als er aufgelegt hatte, tippte er Zahlen in das Telefon: Die Nummer seines diensthabenden Sergeants im Präsidium. «Rufen Sie meinen Fahrer», befahl er. «Ich erwarte ihn Ecke 77th und Columbus.»

Madge Farber hatte sich inzwischen aufgesetzt. Sie knipste die Nachttischlampe an.

«Würde es dir etwas ausmachen, mir zu verraten, was jetzt wieder los ist?»

«Der Bursche hat's nicht gesagt.» Er stand auf und schloß das Fenster.

«Weißt du was?» sagte Madge. «Ich bin es langsam leid, dir dauernd Fragen zu stellen und nie eine klare Antwort zu bekommen.»

Ihr Mann sah sie an. «Wenn du dich mit mir streiten willst, können wir das gern später machen.»

Als er das Schlafzimmer verließ, knotete er bereits seine Krawatte, und auf dem Weg nach draußen schnappte er sich seinen Mantel aus dem Schrank im Flur und seinen Diplomatenkoffer vom Boden. Dann hatte er die Wohnung verlassen, verzichtete darauf, auf den Fahrstuhl zu warten, und lief die Treppe hinunter.

Als er durch die Glastür des Hauseinganges trat, stellte er fest, daß es schneite. Auf den Büschen und Bäumen vor dem Haus lag Schnee, auch auf den Dächern der parkenden Autos am Bordstein.

Der Streifenwagen wartete in zweiter Reihe. Einer der Cops sprang heraus und hielt ihm die hintere Wagentür auf.

Die Rückbank des Wagens war durch ein Gitter von den Vordersitzen getrennt, und von innen ließen sich die Türen nicht öffnen. Der Chief of Detectives dachte gar nicht daran, als Gefangener dorthin zu fahren, was immer ihn erwartete.

«Sie», sagte er zu dem Cop, «sitzen hinten. Schauen Sie doch mal, ob Ihnen das gefällt.» Dann sprang er auf den Beifahrersitz. Nach einem Augenblick stieg der verdutzte Cop ebenfalls ein, und die Tür knallte zu.

«77th Ecke Columbus», befahl er dem Cop am Steuer. «Und schalten Sie das Blaulicht ein. Stören Sie sich nicht an roten Ampeln. Wenn nötig, benutzen Sie auch noch die Sirene. Und auf geht's.»

Die Räder drehten auf dem Schnee durch, heulten auf, packten, und schon waren sie unterwegs. Als sie die Third Avenue erreicht hatten, gab der Cop Vollgas. Mit achtzig Meilen rasten sie auf der Straßenmitte die Avenue hinauf. In den Lichtkegeln der Scheinwerfer trieb der Schnee über die Straße. Der Asphalt sah naß und glatt aus, und vor jeder Kreuzung bremste der Cop am Steuer nur unwesentlich ab. Mit Höchstgeschwindigkeit zu Tatorten zu rasen war mit Abstand das Gefährlichste an der Arbeit von Cops, wie Farber sehr wohl wußte, und er wappnete sich für den Zusammenstoß, der jederzeit passieren konnte. Auch wenn um diese Zeit erst wenige Autos unterwegs waren, konnte eines schon genug sein. Da er aber nicht die geringste Absicht hatte, diesen beiden Cops – überhaupt jedem Cop – zu zeigen, daß er Angst hatte, sagte er nichts, sondern öffnete statt dessen seinen Diplomatenkoffer. Er griff hinein, befingerte seine Kanone, seinen Totschläger, seine Handschellen, seine Taschenlampe, eine Schachtel Munition und einige Aktenhefter und nahm schließlich den Rasierapparat heraus. Er klappte die Sonnenblende herunter, um in den Spiegel auf der Rückseite sehen zu können, und begann sich so lässig, wie unter den gegebenen Umständen möglich, zu rasieren.

Auf Höhe der 60th Street hatte sich der Schnee in Regen verwandelt, was nur unerheblich weniger gefährlich war, und er hatte sich rasiert. Er strich sich mit einer Hand übers Kinn und fragte den Fahrer: «Ist irgendwas über Funk durchgegeben worden?»

«Nein, absolut nichts, Chief.»

Allein schon das war merkwürdig. Was immer der Grund war, praktisch mitten in der Nacht aus dem Bett gerissen zu werden – es war noch nicht allgemein bekannt. Ein Brand oder eine Explosion hätte Einheiten aus der ganzen Stadt zum Einsatzort beordert. Diese Cops hier hätten ganz sicher über die Notfrequenz davon erfahren.

«Eigentlich war's eine richtig ruhige Nacht», sagte der Cop im Fond, der sein Gesicht so dicht an das Trenngitter drückte, daß Chief Farber seinen Atem im Nacken spürte.

Die zwei mußten sich auch gefragt haben, wohin sie so dringend unterwegs waren, aber sie waren nur zwei kleine Cops und er der Chief of Detectives, daher fragten sie nicht nach.

An der 72nd Street raste der Wagen in den Park. Links und rechts der Straße lag Schnee auf dem Gras, doch inzwischen war der Regen stärker geworden.

Als sie den Park hinter sich ließen, rasten sie ein Stück den Central

Park West hinauf und bogen schließlich am Museum of Natural History vorbei auf die 77th. Sie fuhren jetzt langsamer, da etwa auf halber Höhe des Blocks zwei quergestellte Streifenwagen die Straße versperrten. Ein Taxi sowie ein weiteres Auto waren zurückgeschickt worden und mußten wenden. Als sie durch die Lücke zwischen den beiden Polizeiwagen fuhren, sahen sie, daß die Straße ein Stück weiter ebenfalls von Polizeifahrzeugen blockiert wurde.

Chief Farber stieß die Beifahrertür auf und trat hinaus in den Regen und Schneematsch.

«Sollen wir warten, Chief?»

Wenn man sich mit einem Streifenwagen irgendwohin bringen ließ, dann wollten die beiden Cops immer warten. Ein Verbrechen, das die Anwesenheit des Chief of Detectives verlangte, mußte eine große Sache sein.

In der Stadt ereigneten sich eine Menge solcher Fälle, aber der normale Cop erlebte so etwas während seiner gesamten Laufbahn nur zwei- oder dreimal. Diese beiden Cops hier wollten dabeisein, wollten sehen, was die hohen Tiere aus dem Präsidium machten. Zumindest aber wollten sie herausbekommen, um was es überhaupt ging.

«Ihr Jungs macht mit eurem normalen Dienst weiter», sagte Farber. «Und... danke für die Fahrt.»

Die Hände in den Taschen vergraben, die Schultern hochgezogen, den Mantelkragen aufgestellt und ohne ihre Enttäuschung weiter zu beachten, stapfte er mit großen Schritten weiter, während der Regen auf seinen Kopf schlug. Es war ein kalter Regen, und es goß in Strömen.

An der Straßenecke drängelten sich an die dreißig Leute. Captains in Uniform. Detectives in Trenchcoats und Hüten. Eine ganze Reihe Streifenpolizisten einschließlich zweier breitärschiger Frauen. Die Frauen hatten sich die Haare unter ihre Mützen hochgesteckt. Sie standen im Regen und versuchten, wie altgediente Veteranen ihre Gummiknüppel herumzuwirbeln.

Seine erste Reaktion bestand darin, wie ein Vorgesetzter zu denken: Kein Mensch tut irgendwas. Die stehen alle nur untätig rum. Wer hatte hier das Kommando?

Er schaute sich nach First Deputy Commissioner Priestly um, und er suchte die Leiche – er hatte die ganze Zeit über angenommen, daß es eine Leiche geben müsse. Vielleicht mehrere.

In einem Hauseingang stand der First Dep mit John Kincaid, dem Commander der Manhattan North Detectives.

Jetzt entdeckte Chief Farber die Leiche. Sie lag auf der schräg gegenüberliegenden Ecke der Columbus Avenue, zum größten Teil auf dem Bürgersteig, die Arme ausgebreitet und das Gesicht im Rinnstein. Regenwasser floß an der Nase vorbei in die Kanalisation.

Dort drüben war niemand. Nur die Leiche. Wenn es nur die eine war, dann war das sowohl gut – weil er nicht mit einem Massaker fertig werden mußte – als auch schlecht – wenn eine Leiche diesen Menschenauflauf verursachte, dann mußte es ein Prominenter sein. Er schaute die Straße hinauf und hinunter. Weitere Leichen könnten von parkenden Autos verdeckt werden, allerdings sah es nicht danach aus.

Er sah, daß die Columbus Avenue zwei Querstraßen weiter abgesperrt worden war – mehr Streifenwagen mit sich drehenden Blaulichtern parkten seitlich. Dort oben leiteten Cops den Verkehr in die 79th Street um. Auch die wenigen Fußgänger, die um diese frühe Uhrzeit bereits unterwegs waren, wurden zurückgeschickt.

Diese Eindrücke stürmten schnell auf ihn ein, und er versuchte sie in einen größeren Zusammenhang zu bringen.

Er sah, daß der Hauseingang, in dem der First Dep stand, zu einem Restaurant mit dem Namen *Isabella's* gehörte, und nun zwängte er sich ebenfalls dort hinein. Es war angenehm, für den Augenblick aus dem Regen zu kommen. Die beiden anderen Männer machten Platz – etwas widerwillig, wie er meinte –, und er begutachtete, was er von der Leiche auf der anderen Straßenseite erkennen konnte.

«Wer wurde ermordet?» fragte er.

«Sehen Sie sich's selbst an», sagte First Deputy Commissioner Priestly.

«Schon verstanden», sagte Chief Farber. «Sie glauben, es ist jemand, den ich kenne.»

«Sie kennen ihn.»

«Mein Schwager. Endlich hat jemand das Arschloch erwischt.»

Kincaid kicherte, der First Dep allerdings nicht.

«Lassen Sie mich raten. Der Gouverneur? Den Kerl würde jeder gern abballern. Nein, Ihrem Gesicht nach zu schließen ist es nicht der Gouverneur. Ein Schauspieler vielleicht? Dieser neue Komiker, der gar nicht so besonders komisch ist?»

Der First Dep starrte ihn so lange an, bis Farber schließlich den Blick abwandte.

«Wenn der Bursche so wichtig ist, wieso liegt er dann immer noch da?»

«Wir warten auf die Gerichtsmedizin», antwortete Kincaid.

«Ich hoffe, die kommen bald», brummte Chief Farber. «In einer halben Stunde werden sich 5000 Menschen um die Straßenecke da vorn schieben.»

Er verließ den Hauseingang und überquerte die Kreuzung. Nicht nötig, auf eine Lücke im Verkehr zu achten. In keiner Richtung bewegte sich etwas. In einer so verkehrsreichen Stadt wie New York war dies schon ein äußerst merkwürdiges Gefühl.

Die Leiche trug Turnschuhe, einen Designer-Jogginganzug, um den Hals einen Schal und auf dem Kopf eine Pudelmütze, die tief über die Ohren gezogen worden war. Der Schal war über das Gesicht des Burschen gerutscht, oder ein Cop hatte ihn so gelegt, um der Leiche wenigstens ein bißchen Privatsphäre zu geben.

Der Chief of Detectives bückte sich, hob den Schal hoch, erkannte das tote Gesicht, richtete sich sofort wieder auf und starrte in den Regen. Er strömte über sein Gesicht, und es fühlte sich an wie Tränen. Auch wenn er einen großen Teil seines Lebens damit verbracht hatte, sich Leichen auf Bürgersteigen anzusehen, hatte ihn während all dieser Jahre nichts auf das hier vorbereitet. Nach einem Augenblick kniete er sich hin und legte eine Hand auf die Schulter der Leiche.

Ein Auto kam die Columbus Avenue herauf. Entgegen der Fahrtrichtung auf der Einbahnstraße. Ein paar Meter entfernt hielt es an, und einer der Assistenten des Gerichtsmediziners, ein Koreaner namens Chang, stieg mit einer Tasche in der Hand aus.

«Jemand, den Sie kennen?» erkundigte sich Chang, als er näherkam. «Sie sehen aus, als wär's Ihr Bruder.»

«Es ist der Police Commissioner», sagte Bert Farber. Er stand auf, hob eine Hand ans Gesicht und wischte etwas von der Feuchtigkeit fort.

«Jesus», sagte Chang.

«Ja.»

«Tja», meinte Chang, «dann heben wir ihn erst mal aus dem Wasser.» Er bückte sich auf der anderen Seite der Leiche. «Helfen Sie mir.»

Sie drehten die Leiche auf den Rücken. Die Augen starrten zum Himmel auf. Regen fiel in sie, aber sie blinzelten nicht. Chief Farber mußte einen Moment fortschauen. Als er wieder hinsah, hatte Chang sie geschlossen.

«Seit wann ist er tot, Doc?»

Chang hob einen Arm der Leiche und ließ ihn wieder fallen. Er fiel schlaff in den Rinnstein zurück, wo das Wasser etwa drei Zentimeter tief war. Am Handgelenk befand sich eine Uhr. Auch sie fiel ins Wasser. Wenn sie nicht wasserdicht war, würde sie kaputtgehen. Man hatte den Impuls, sie ihm abzunehmen, aber wozu? Ihr Besitzer war tot.

«Noch keine Leichenstarre», sagte Chang. Er hob den Arm ein zweites Mal und ließ ihn – *platsch!* – wieder fallen. «Dreißig Minuten, vielleicht auch vierzig.»

Chang hatte mit einer äußerlichen Untersuchung der Kleidung der Leiche begonnen. «Police Commissioner Chapman, stell sich einer so was vor», sagte er. «Woran ist er Ihrer Meinung nach gestorben?»

«Ich hoffe, Sie werden mir sagen, an einer natürlichen Ursache.»

«Ein so junger Mann? Das bezweifle ich.»

Der Chief of Detectives bezweifelte es ebenfalls. Wie auch alle übrigen Männer auf der anderen Straßenseite, vermutete er, was erklärte, wieso alle hier waren.

Chang zog den Reißverschluß der Jacke der Leiche auf, schob Pullover und T-Shirt hoch, und eine Wunde wurde sichtbar. Er zeigte darauf. «Das hier ist vermutlich dafür verantwortlich.»

Chief Farber hatte schon Dutzende Schußverletzungen gesehen, vielleicht sogar Hunderte. Man mußte ihm nicht erst sagen, was er da vor sich sah. «Ich hatte gehofft, es wäre ein Herzanfall gewesen», sagte er. «Irgend so eine gottverdammte Scheiße.»

«Herzanfall!» wiederholte Chang. «Ja. Wenn man's wörtlich nimmt, ist es wohl genau das gewesen.»

Das Loch stammte von einer großkalibrigen Waffe, einer .38er vielleicht. Es befand sich im V der Brust und war gespitzt wie der Mund einer Puppe. Ein paar Blutstropfen waren ausgetreten, wenn auch nicht viel. Wenn die Kugel das Herz trifft, sinnierte Farber, wird einfach der Hahn abgestellt.

Es war einfacher, sich auf die technischen Aspekte dieser Sache zu konzentrieren als auf den Mann, der nun tot war.

«Die Austrittswunde sieht wahrscheinlich schlimmer aus, sofern die Kugel durchgeschlagen ist», sagte Chang.

Der Wagen des Leichenschauhauses war eingetroffen und hielt jetzt an. Die Männer hoben eine Bahre aus dem Wagen. Chang schaute ihnen einen Moment zu, dann untersuchte er die Leiche weiter.

«Wer könnte das getan haben?» fragte er.

Genau diese Frage hatte sich der Chief of Detectives bereits ebenfalls gestellt. Es könnte praktisch jeder gewesen sein. «Sagen Sie es mir, Doc», antwortete er.

«Harry Chapman», murmelte Chang. «Damit hätte ich nie gerechnet. Sie vielleicht?»

Es berührt ihn nicht im geringsten, dachte Bert Farber. Er ist mehr Profi als ich.

Sie beobachteten, wie die Männer des Leichenwagens die Bahre heranrollten und die gummierten Flügel des Leichensackes zurückwarfen.

«Ich werde mehr sagen können, wenn ich ihn in der Gerichtsmedizin habe», sagte Chang. «Ich rufe Sie an.»

«So bald wie möglich, Doc.»

Die Männer hoben die Leiche hoch. Als sie den Police Commissioner auf den Leichensack fallen ließen, schien er zusammenzuzucken, so als hätten sie ihm weh getan, was Bert Farber veranlaßte, sich fest auf die Lippe zu beißen.

Die Männer legten den Toten zurecht, schlugen die Seiten des gummierten Leichensacks zu und zogen den Reißverschluß hoch. Der Leichensack sah lang und schwer aus. Als Streifenpolizist war Harry ein großer, schlanker junger Mann gewesen. Natürlich waren Tote immer schwer.

Gerade als ein zweiter Wagen auf die Straße einbog, kehrte Chang zu seinem Auto zurück. Der Chief of Department, der ranghöchste uniformierte Polizeibeamte und Chief Farbers unmittelbarer Vorgesetzter, stieg aus und kam mit forschen Schritten auf sie zu. Er trug Uniform: Tressen an der Mütze, je vier Sterne auf beiden Schulterstücken des Mantels. Und es war nicht zu übersehen, daß er kochte.

«Man holt mich mit dieser kryptischen Mitteilung aus dem Bett. Ich soll sofort kommen», keifte er. «Was zum Teufel ist hier los?» Er deutete auf den Leichensack. «Wer liegt da drin?»

«Der Police Commissioner.»

«Der PC?»

«Jemand hat ihn erschossen.»

«Wer hat ihn erschossen?»

«Gute Frage.»

«Harry Chapman? Mein Gott!»

Chief of Department Terrence Sternhagen war ein großer, stürmischer Mann, doch in diesem Augenblick stürmte überhaupt nichts in ihm. Er wirbelte herum und sah auf die andere Straßenseite, und sein Unterkiefer malmte. «Was machen diese Officers dort drüben?» fragte er.

«Darauf warten, daß ihnen jemand sagt, was sie tun sollen.»

«Schön, dann sagen Sie es ihnen. Das ist Ihr Job.»

«Ich bin selbst eben erst hier eingetroffen, Chief», erwiderte Bert Farber.

«Der Tatort muß gesichert werden. Die Ermittlungen müssen beginnen.» Als Sternhagen zu sprechen aufhörte, bewegte sich seine Kinnlade weiter.

«Wollen Sie ihn sehen?»

«Ja, wäre wohl besser.»

Die Angestellten des Leichenschauhauses schlugen den Leichensack auf, und zum zweiten Mal wurde Harry Chapman dem Regen ausgesetzt.

Der First Dep kam vom gegenüberliegenden Bürgersteig herüber. Er stellte sich neben Sternhagen, und beide blickten sie dann auf die Leiche herab. Wie es schien, mehrere Minuten.

Jetzt sind nur noch wir drei an der Spitze des Departments, sinnierte Bert Farber, während er sie beobachtete. Der Bürgermeister wird einen neuen Police Commissioner ernennen müssen, und es muß schon einer von uns sein, denn viel Zeit bleibt ihm nicht, sich lange umzusehen.

Das Gesetz ließ dem Bürgermeister nur zehn Tage Zeit.

Welcher von uns wird es wohl sein, fragte sich Farber. Der First Dep und der Chief of Department waren sowohl ranghöher als auch dienstälter als er. Hatte er eine Chance, den Job zu bekommen? Wenn er diesen Fall schnell löste, dann sicher. Andernfalls wahrscheinlich nicht. Man würde ihn für zu jung, für zu kontrovers halten.

Die Leiche von Harry Chapman lag im Leichensack auf der

Bahre, und die Männer des Leichenschauhauses warteten auf den Befehl, die Laschen wieder einzuschlagen, den Reißverschluß zuzuziehen und ihn abzutransportieren.

«Was hat er bei so einem Sauwetter überhaupt draußen gemacht?» fragte Sternhagen. Regentropfen sammelten sich auf dem Plastiküberzug seiner Mütze.

«Er hat gejoggt», sagte Chief Farber. «Er soll jeden Morgen drei Meilen gejoggt haben.»

«Harry Chapman war ein Fanatiker, wenn es um körperliche Fitneß ging», fügte der First Dep hinzu.

Als versuche er, sich mit dem abzufinden, was geschehen war, schüttelte Sternhagen immer noch den Kopf. «Aber bei so einem Wetter», sagte er.

Chief Farber schaute zum dunklen Himmel auf. «Vorhin hat's geschneit. So schlecht war's gar nicht.»

«Er war auf dem Weg in den Park», meinte der First Dep. «Wollte im Park laufen, meinen Sie nicht auch, Bert?»

«Man kann nichts vermuten, Commissioner. Zum gegenwärtigen Zeitpunkt kann man gottverdammt gar keine Vermutungen anstellen.»

«Also, womit fangen Sie an, Bert?» fragte Sternhagen.

In seinem Kopf hatte der Chief of Detectives bereits angefangen. Man begann immer damit, Fragen zu stellen, und davon hatte er einige. Der PC wohnte in Greenwich Village. Er wohnte nicht mal in der Nähe dieser Straßenecke. Also, was hatte er um sechs Uhr morgens hier zu suchen? Könnte es sein, daß er den ganzen Weg hierherauf gelaufen war? Unwahrscheinlich. Wenn nicht, wie war er dann hergekommen?

Er dachte, daß den beiden anderen die gleichen Fragen auch in den Sinn kommen mochten. Bislang allerdings schien das nicht der Fall zu sein.

First Deputy Commissioner Priestly blickte immer noch auf die Leiche. «Wie sehen Sie den Fall, Bert?»

Das Beben in seiner Stimme war wieder da. Fraglos hatte ihn diese Sache zutiefst erschüttert – und es war nicht nur der Schock über Harry Chapmans Tod. Vermutlich hatte er das Police Department schon sein ganzes Leben lang leiten wollen. Und jetzt würde er genau das tun müssen – zumindest bis ein neuer Commissioner ernannt worden war.

«Haben Sie schon einen Plan?» erkundigte sich der First Dep. Priestly, der kurz vor der Pensionierung stand, war nie Detective gewesen. Chief Sternhagen ebenfalls nicht. Ausnahmsweise waren sie auf Bert P. Farber angewiesen.

Es dauerte einen Augenblick, ehe er antwortete. Es hatte Priestly ganz offensichtlich mitgenommen, aber das würde nicht von Dauer sein. Sofern du nicht dafür sorgst, daß er sein Gleichgewicht nicht wiederfindet, sagte sich Farber, wird er dich Tag und Nacht unter Druck setzen.

«So wie ich es sehe, haben wir hier ein klassisches Beispiel für einen ‹leichten Fall›», beschloß er zu sagen. «Keine Zeugen, kein Motiv, nicht den geringsten Anhaltspunkt. Wie sehen Sie es?»

«Ich möchte Ihre Meinung hören», sagte Priestly.

«Meiner Meinung nach war es jemand, der ihn nicht mochte.»

First Deputy Commissioner Priestly erwiderte das breite Grinsen nicht.

«Ein Attentat vielleicht?» sagte der Chief of Detectives rhetorisch. «Und wenn ja, von welcher Gruppe? Schwarze Revolutionäre? Kroaten? Militante Anhänger des Islam? Das Medellín-Kartell? Puertoricaner? Die Mafia?»

«Die Mafia erschießt niemals Cops.»

«Vielleicht haben sie heute eine Ausnahme gemacht.»

«Das glauben Sie doch selbst nicht.»

«Wenn eine Gruppe sich dazu bekennt, wissen wir vielleicht besser, wonach wir suchen müssen. Achten Sie auf die Berichterstattung in Ihrer Tageszeitung.»

«Ich sagte, ich möchte wissen, was Sie denken.»

«Es war ein Drogendeal, der schiefgelaufen ist», sagte Bert Farber. «Insgeheim war unser PC ein Dealer.»

Sei vorsichtig, ermahnte er sich, als der First Dep nicht lächelte. Unternimm oder sag nichts, was dir diesen Mann zum Feind macht. Könnte gut sein, daß er der nächste PC wird.

«Es könnte auch jemand gewesen sein, den er in der Vergangenheit ins Gefängnis gebracht hat», sagte er und schwieg dann kurz. Es hatte einen guten Grund, daß die Telefonnummern von Cops nicht öffentlich bekanntgemacht wurden. «Oder vielleicht hat jemand versucht, ihn auszurauben. Hat ihm eine Kanone vor den Bauch gehalten, und er hat sich gewehrt. Oder er ist dazugekommen, als gerade ein anderes Verbrechen stattfand. Er hat versucht, sich einzumischen. Möglicherweise war es die Begleichung einer persönlichen Rechnung. Ein eifersüchtiger Ehemann. Ein homosexueller Lover. Jemand, den er bei einem Geschäft übervorteilt hatte oder dem er Geld schuldete.»

«Ein eifersüchtiger Ehemann?» sagte Sternhagen. «So ein Typ war er doch nicht, oder?»

«Menschen führen oft ein Doppelleben, von dem andere nichts wissen. Weswegen sie es ja auch geheimhalten. Zumindest habe ich das so festgestellt. Sie beide sind doch auch schon lange Cops. Haben Sie das nicht auch festgestellt?»

Sternhagen antwortete nicht. Der First Dep ebenfalls nicht.

«Es könnte auch ein herumstreifender Irrer gewesen sein, der um sechs Uhr morgens schon unterwegs war. Oder es war eine verirrte Kugel. Stellen Sie sich einen Betrunkenen in einer der Küchen dort oben vor.» Er gestikulierte auf die benachbarten Häuser. «Er zielt auf seine Frau, die wieder mal die Spiegeleier versaut hat, und der Schuß geht durch ein Fenster und tötet Harry Chapman, der zufälligerweise genau in diesem Augenblick vorbeijoggt und der zufälligerweise ebenfalls der Police Commissioner ist. Sie wollen wissen, was ich denke. Zum gegenwärtigen Zeitpunkt gibt es endlos viele Möglichkeiten. Ich versuche, allen Möglichkeiten gegenüber offen zu bleiben. Sie sollten es genauso machen.»

Trotzdem hatte er einige Ideen, die er im Moment für sich behielt.

«Mein erster Telefonanruf», sagte der First Dep, «ging zum Bürgermeister.»

Die Leiche auf der Bahre lag immer noch zu ihren Füßen. Die Scheinwerfer des Wagens vom Leichenschauhaus beleuchteten die Szene.

«Hab ihn aus dem Bett geholt», fuhr der First Dep fort. «Er war schockiert.»

Speere des Regens durchbohrten Lanzen des Lichts. «Dann habe ich Sie beide angerufen.»

Als einer der Männer des Leichenschauhauses durch die Lichtkegel seines Wagens trat, verschwand der Regen für einen Augenblick. Dann fiel er wieder.

«Und wer sagt es seiner Frau?» fragte Chief Farber.

Priestly und Sternhagen warfen sich verstohlene Blicke zu, und es lag auf der Hand, daß keiner von beiden diese Aufgabe übernehmen wollte.

«Vergessen Sie's», sagte Farber. «Ich gehe zu ihr.»

«Eigentlich sollte ich das machen», sagte der First Dep. «Ich bin schließlich derjenige, der seinen Job übernehmen wird.»

«Sie werden der geschäftsführende Commissioner», sagte Sternhagen ein wenig pikiert, «bis der Bürgermeister einen Nachfolger ernennt.»

Gut, dachte Chief Farber, sollen sich die zwei darüber in die Haare kriegen.

«Ich kenne sie schon so lange», sagte er, «daß es leichter für sie sein wird, wenn sie es von mir erfährt.» Er kannte sie länger als ihren toten Mann, und eine Zeitlang auch erheblich besser.

«Das sollte hier keine Rolle spielen», sagte der First Dep.

«Ich muß sowieso mit ihr sprechen, seine letzten Schritte rekonstruieren und so weiter und so fort.»

«Ich weiß nicht», meinte der First Dep.

«In Ordnung, Commissioner», sagte Chief Farber ruhig, «dann begleiten Sie mich eben.» Als er aber sah, wie beunruhigt Sternhagen nun aussah, Angst davor hatte, jemand mochte ihm einen Schritt voraus sein, fügte er hinzu: «Wenn Sie wollen, gehen wir alle drei.»

Er sah, wie beide Männer darüber nachdachten, was sie nun tun sollten.

«Mrs. Chapman kann uns ein Frühstück machen», sagte er. Er wollte die beiden anderen nicht dabeihaben. «Es sei denn, sie weint zu sehr.»

Diese Bemerkung entschied die Sache. «Ich glaube eigentlich nicht, daß ich Zeit dafür habe», sagte First Deputy Commissioner Priestly. «Ich muß ja schließlich das Department leiten. Richten Sie ihr mein aufrichtiges Beileid aus.»

«Ich sollte vermutlich auch besser ins Präsidium zurückfahren», sagte Chief Sternhagen. «Dort wird eine Menge Arbeit auf mich warten, wie Sie sich bestimmt vorstellen können. Sagen Sie ihr, ich schaue später vorbei.»

«Bevor ich aufbreche, werde ich nur noch schnell einige Anweisungen geben», sagte der Chief of Detectives. Er überquerte wieder die Straße und trat neben John Kincaid in den Hauseingang.

Kincaid war erheblich älter und länger ein ranghoher Detective, aber der verstorbene Harry Chapman hatte, nachdem er Commissioner wurde, Bert Farber auf eine höhere Position gesetzt. Bei größeren Besprechungen war Kincaid gezwungen gewesen, Farber als Chief anzureden, aber meistens schien ihm dieses Wort im Hals stekkenzubleiben. Die meiste Zeit benutzte Kincaid bei ihm überhaupt keine formelle Anrede.

«Wer hat ihn gefunden?» fragte Chief Farber jetzt.

«Eine Streifenwagenbesatzung.» Kincaid nahm sein Notizbuch heraus. «Wollen Sie ihre Namen?»

«Später. Keine Zeugen, nehme ich an?»

«Es war praktisch mitten in der Nacht, und es hat geschneit. Die Cops haben gesagt, es sei niemand auf der Straße gewesen.»

«Hat jemand seine Kanone gefunden?» Wenn ein Cop ermordet wurde, war dies fast immer die erste Frage. Die An- oder Abwesenheit der Waffe des Cops warf weitere Fragen auf, manchmal allerdings beantwortete sie auch die eine oder andere. Wenn sie immer noch im Holster steckte, dann war der Cop überrascht worden. Wenn sie abgefeuert worden war, kämmte man die Krankenhäuser nach einem verwundeten Täter ab. War sie verschwunden, dann suchte man vielleicht nach Revolutionären.

«Keine Kanone, und nichts in seinen Taschen. Kein Ausweis, gar nichts.»

«Wunderbar.»

«Der First Dep und ich wohnen hier ganz in der Nähe», sagte Kincaid. «Wir waren praktisch sofort hier.»

Weil Chief Farber schon so viele Leichen gesehen hatte, ließ der Schock über diese spezielle Leiche bereits nach. Außerdem wartete Arbeit auf ihn. Wie er bemerkte, konnte die Kreuzung, an der Priestly und Sternhagen immer noch über der Leiche standen, nur von zwei Wohnhäusern aus eingesehen werden. Ein drittes Gebäude, das Haus unmittelbar über ihm, lag schräg gegenüber des Tatorts an der ruhigen, breiten Straße. Ansonsten war nichts nah genug, denn die beiden anderen Ecken des Blocks standen leer. Eine war ein Schulhof, die andere das eingezäunte Gelände des Museums.

Kincaid deutete auf die umliegenden Häuser. «Ich habe bereits Männer losgeschickt, sich hier überall umzuhören. Allerdings bezweifle ich, daß sie etwas finden werden.»

Die Gebäude waren niedrig, und es würde nur wenige Wohnungen geben, die zur Straße hin Fenster hatten.

«Haben Sie auch ein paar Männer in den Park geschickt, die mit den Joggern sprechen sollen?»

«An so einem Morgen wie heute bezweifle ich, daß dort überhaupt jemand unterwegs ist.»

«Tun Sie's trotzdem.»

Kincaid reagierte gereizt. «Ich weiß selbst, was zu tun ist!»

«Machen Sie es eine Woche lang jeden Morgen.» Der Wagen des Chief of Detectives war in die Straße eingebogen. Farbers Fahrer stieg aus und winkte ihm zu. «Wenn Sie Glück haben, finden Sie jemanden, der den PC beim Joggen gesehen hat», sagte Farber. «Wenn ein Typ nur an zwei Tagen in der Woche laufen geht, sagen wir, heute und samstags, dann werden Sie ihn auch nicht vor Samstag finden. Dann aber sehr wohl.»

«Man muß mir nicht sagen, wie ich meinen Job zu erledigen habe.»

«Der Mensch kann nicht an alles denken.»

«Ich mache das jetzt schon ein paar Jahre», erwiderte Kincaid beleidigt.

Kincaid hatte graue Haare. Als Altersgenosse des First Dep stand auch er kurz vor der Pensionierung. Er hatte keinerlei Beförderungen mehr zu erwarten. Diese Erkenntnis hatte ihn verbittert, was zur Folge hatte, daß er zu frechen Widerworten neigte, etwas, das er sich zu einem früheren Zeitpunkt seiner Karriere niemals gewagt hätte. Bert Farber, der den Mann noch nie gemocht hatte, machte keinerlei Versuch, ihn zu besänftigen. «Kämmen Sie jedes Gebäude und Geschäft im Umkreis von zehn Blocks ab», befahl er. «Und suchen Sie auch nach Kugeln.» An einer so breiten und offenen Kreuzung wie dieser ließ sich unmöglich sagen, wohin ein oder mehr verirrte Geschosse geflogen sein mochten.

Es würden eine Menge Männer erforderlich sein. Wenn ein Cop ermordet wurde, wollte normalerweise jeder helfen. Dienstfreie Detectives kehrten von überall zum Dienst zurück. Sehr schnell hatte man mehr Männer, als man brauchte. Diesmal allerdings konnte es durchaus anders sein. Ganz allgemein gesagt: Cops haßten die hohen Tiere aus dem Präsidium. Möglicherweise war der PC für sie gar kein Cop, selbst wenn er früher mal einer von ihnen gewesen war. Vielleicht hielten sie ihn für einen Politiker oder einen reichen Anwalt aus Washington. All das war er auch gewesen.

«Noch etwas. Wo ist sein Wagen? Wo ist sein Fahrer, der ja gleichzeitig sein Leibwächter sein soll? Er hatte zwei Fahrer. Einer von beiden muß ihn letzte Nacht irgendwo abgesetzt haben. Der andere hätte ihn heute morgen irgendwo wieder abholen müssen. Finden Sie sie. Ich möchte wissen, was sie zu sagen haben.»

«Ich habe sie schon vor dreißig Minuten herbeordert.»

Die Ampel an der Kreuzung schlug von Grün auf Rot um, wodurch ein rötlicher Schimmer auf die Oberfläche der Straße geworfen wurde, auf der sich immer noch kein Verkehr bewegte.

«Es ist Ihr Bezirk, es ist Ihr Fall», sagte Chief Farber. Eine Lüge, und das wußten sie beide. Es war Farbers Fall. «Sie erstatten mir persönlich Bericht, und nur mir. Sie wechseln mit niemandem sonst auch nur ein einziges Wort.»

«Wenn Sternhagen oder der First De-»

«Dann sagen Sie denen, sie sollen mit mir sprechen.»

«Sonst noch was?» sagte Kincaid steif.

«Ja. Was hatte der Police Commissioner um diese Uhrzeit so weit *uptown* zu suchen?»

«Ich werde versuchen, es herauszufinden.»

«Tun Sie das.»

Beide Männer schauten über die Straße zum Tatort. Der Bürgersteig dort drüben war schmal – nicht mal zum Sterben besonders viel Platz. Die verglaste Terrasse des Museums-Cafés ragte halb auf den Bürgersteig hinaus, genau wie die Terrasse des mexikanischen Restaurants unmittelbar daneben. Am Bordstein standen Parkuhren und parkende Autos. An der Straßenecke standen ein Feuermelder, ein Briefkasten, ein Abfalleimer aus Draht, zwei Telefonzellen und ein Laternenmast. Zeitungsautomaten waren an diesen Laternenmast angekettet. Auf dem Bürgersteig zwischen den parkenden Autos und den beiden Restaurants standen mehrere volle Mülltonnen, und daneben lagen ein paar ausrangierte Weihnachtsbäume, die darauf warteten, von der Müllabfuhr mitgenommen zu werden.

Auf der anderen Straßenseite stand immer noch die Bahre mit ihrer Last. Der Leichensack war noch nicht wieder geschlossen worden. Der First Dep und Sternhagen standen über ihm und unterhielten sich – Bert Farber hatte keine Ahnung, worüber –, während die Männer vom Leichenschauhaus ein Stück weiter warteten.

«Tja», sagte Farber weniger zu Kincaid als mehr zu sich selbst, «dann werde ich es jetzt wohl besser mal der Witwe Chapman sagen.»

Doch er verließ den Hauseingang nicht sofort. Es war beinahe, als sei dies so etwas wie eine Cocktailparty. Er haßte es, vor dem Ehrengast zu gehen.

Jetzt wurden die Seiten des Leichensacks über Harry geschlossen. Die Männer vom Leichenschauhaus rollten die Bahre zu ihrem Wagen. Es regnete heftig. Einen Moment später wurden die Hecktüren zugeschlagen.

Der Chief of Detectives kannte diesen Bezirk gut. Auch Harry Chapman hatte ihn gut gekannt. Seine Karriere bei der Polizei hatte hier begonnen und auch geendet, und das besaß, so fand Chief Farber, schon eine gewisse makabre Ironie.

Robert Daley hat bereits fünfzehn Bücher geschrieben, darunter sechs Romane. Seine Artikel, Fotos und Kurzgeschichten sind in wichtigen Magazinen wie *Esquire*, *Vogue*, *Playboy*, *Life*, *New York Magazine*, *Reader's Digest* und *The New York Times Magazine*, außerdem im *Paris-Match* erschienen. Seine Fotografien wurden im *Baltimore Museum*, im *Art Institute of Chicago* und zahlreichen Galerien ausgestellt. Nach sechs Jahren bei den New York Giants entstand *Only a Game*, der erste ernsthafte Roman über den Profi-Football, und am Ende seiner sechs Jahre als Auslandskorrespondent der *New York Times* entstand ein weiterer Roman: *The Whole Truth*. 1971 und 1972 war er Deputy Police Commissioner der Stadt New York; das Bestseller-Sachbuch *Target Blue* wurde 1973 veröffentlicht, es folgte 1976 der Roman *To Kill a Cop* und ein weiteres Bestseller-Sachbuch mit dem Titel *Prince of the City* im Jahre 1978, das unter dem gleichen Titel von Sydney Lumet verfilmt wurde.

Robert Daley, der während des Korea-Krieges bei der Air Force diente, ist immer noch sehr an der Luftfahrt interessiert und widmete mehr als drei Jahre den Recherchen und Vorarbeiten für *An American Saga*.

Robert Daley und seine Frau, eine gebürtige Französin, haben drei Töchter und leben in Connecticut.

▼

Bob Leuci, ehemaliger Detective des New Yorker Drogendezernats und *Prince of the City* des gleichnamigen Buches von Robert Daley, wurde erst nach seinem Ausscheiden aus dem Dienst des New York Police Department Schriftsteller. Bob gegnügt sich nicht damit, allein seine Insiderkenntnisse auszunutzen oder sich etwa auf den Lorbeeren seiner Berühmtheit auszuruhen, sondern ist vielmehr ehrgeizig im positiven Sinn des Wortes: Ständig arbeitet er daran, immer noch besser zu werden. Dabei beharrt er darauf, über «Dinge» zu schreiben, die immer den Tatsachen entsprechen müssen, genau wie seine Protagonisten stets ihre Wurzeln in der urbanen Realität haben, aus denen sie stammen. Nur deshalb ist er so erfolgreich. Bislang hat er vier Romane geschrieben: *Doyle's Disciples* (dt. *Doyles Jünger*), *Odessa Beach*, *Captain Butterfly* (gleicher dt. Titel) und *Double Edge*. Die folgenden Seiten stammen aus seinem neuen – noch nicht erschienenen und bislang ambitioniertesten – Roman *Fence Jumpers*.

BOB LEUCI

The Fence Jumpers

1969, Queens, New York

In dem Ziegelreihenhaus an der 84th Street klingelte das Telefon, und Jimmy Burns sah zuerst auf seine Uhr: Es war kurz vor zwei, genau fünf Minuten vor zwei.

Er warf einen scharfen Blick aufs Telefon und wettete zwanzig Bucks, daß Dante am anderen Ende der Leitung war. Du kannst warten, dachte Jimmy.

Er ließ das Telefon klingeln.

Aus zwei Gründen, einem wichtigen und einem weniger wichtigen.

Der weniger wichtige Grund war, daß er gerade leidenschaftlich gegen das Bedürfnis zu pinkeln ankämpfte und sich in diesem Augenblick auf dem Weg zum Bad im ersten Stock befand. Der wichtigere Grund war Wut. Das klingelnde Telefon machte ihn stocksauer. Hatte er nicht eben erst nach einem Gespräch mit Dante O'Donnell aufgelegt? Hatte er nicht gerade erst, vor nicht mal fünf Minuten, seinem flehenden Kumpel gesagt, daß er unterwegs war? Er fuhr mit der Hand durchs Haar und starrte das Telefon aufmerksam an. Eine schreckliche Sekunde lang befürchtete er schon, womöglich aufs Sofa zu pissen.

Jimmy ging zur Treppe und kalkulierte, wie oft es klingeln mußte, um zu pinkeln, die Wasserspülung zu betätigen und zurückzukommen. Neunmal.

Er ließ sich Zeit, den Hörer abzuheben, und lauschte dieser trägen, gedehnten Stimme. Aus den Augenwinkeln heraus sah er seinen Bruder Josh, der mit einer Tasse Kaffee in der Küche stand und alles mit absolut bewegungsloser Miene beobachtete.

In der Küche einer Eisenbahnerwohnung ungefähr zehn Blocks entfernt hatte Dante O'Donnell sich den Hörer zwischen Schulter und Kinn geklemmt. Er hob eine Flasche Bud an die Lippen, trank einen Schluck und fragte: Was machst'n? Jimmy sagte: Mit dir reden. Ich bin schon unterwegs, was meinst'n damit, was ich mache? Dante sagte: Ey, Kumpel, du bist schon seit drei Stunden unterwegs. Was meinst'n, wie lange wir hier auf dich warten sollen? Jimmy sagte, gerade eben erst hätte er den Stoff gekriegt, und der Pot sei absolute Spitzenqualität. Keine Stengel oder Samen, es ist total clean, sieht total cool aus, das Zeug. Wird dir gefallen, meinte er zu Dante.

«Komm endlich rüber, okay?» sagte Dante. «Wir sind auf dem Dach.» Jimmy fragte: Ist JoJo immer noch von der Rolle wegen dieser Sache mit Nancy? Dante antwortete: Ja, klar! Der Typ ist verknallt, Mann. Das geht einem echt auf die Eier. Der Bursche ist total mies drauf, labert an einem Streifen beknackte Scheiße, kein Mensch kann mit ihm reden, außer dir vielleicht.

Jimmy wollte schon sagen: Willst du mich verarschen, oder was? Sein Verstand sagte ihm, daß kein Mensch vernünftig mit JoJo Paradiso reden kann. Jimmy wäre bereit, jetzt einen heißen Tip abzugeben, und auch Geld drauf zu wetten, daß JoJo, bevor der Tag zu

Ende ging, noch irgendwas total Bekloppes abziehen würde, sich irgendwas völlig Abgedrehtes einfallen ließ, etwas, das nur JoJo machen konnte. Er konnte schon diesen Ausdruck auf JoJos Gesicht sehen, dieses Grinsen, das fragte: Seid ihr Typen soweit? Kommt ihr mit oder zischt ihr ab? Jimmy schwieg kurz, dachte einen Augenblick nach, stellte sich immer und immer wieder genau diese Frage. Seit sie zusammen im Sandkasten gespielt hatten, machte JoJo ihn schon wahnsinnig. Er musterte sich im Spiegel auf dem Flur, lauschte auf Dante, hörte ihn, dachte aber an Josh, fragte sich, wieso sein Bruder die letzte Woche über so still gewesen war. Was zum Geier war mit ihm los? Selbst wenn sie allein waren, strahlte Josh ihn wie ein mexikanischer Bandit mit diesem verschlagenen Grinsen an und sagte nichts. Die letzte beschissene Sache, die er von sich gegeben hatte, war: «Jimmy, es wird Zeit, daß du das Leben des Geistes entdeckst. Du brauchst einen Traum oder einen Trip nach London.» Der Typ war in letzter Zeit dauernd stoned, lebte auf einem anderen Stern, nichts drang zu ihm durch.

Jimmy sagte zu Dante, er sei gleich drüben, dann verließ er im Laufschritt das Haus und dachte, daß sein voll auf Dope abgefahrener Bruder den sanften Rush von Pot hinter sich gelassen hatte und längst zu härterem Stoff übergegangen war.

Das Beben in Dantes Stimme und das Fünf-Dollar-Pack *Panamanian Red* in seiner Tasche machten Jimmy Feuer unter dem Arsch. Schnell überquerte er erst die Pitken und dann die Sutter Avenue. Es war Mitte Juni, ein perfekter New Yorker Tag. Der Himmel glühte, war hellblau und klar, die Temperatur lag bei ungefähr vierundzwanzig Grad, recht warm für Juni. In ein paar Wochen konnten er und seine Kumpel ins *Whitehouse* unten in den Rockaways einfallen. Das war einer von diesen irischen Schuppen, eine Kneipe, in der man Bier vom Faß aus Pappbechern wegknallte, sich mit Mäuschen unter die Uferpromenade verzog und zuschaute, wie Dante sich mit Cops herumprügelte, die gerade keinen Dienst hatten. Genau wie Dante und JoJo war Jimmy neunzehn. Und in dieser Zeit liebte er jede einzelne Stunde jedes einzelnen Tages jeder einzelnen Woche seines Lebens.

Dieser stattliche Bastard Bobby Fives hockte mit Fat Willie und den Zwillingen auf den Stufen vor Rosens Süßigkeitenladen. Sie beobachteten ihn, und die Karten waren draußen. Fat Willie brüllte: «Jimmy B, kommst du später noch vorbei?»

Fat Willie hatte einen Arsch so breit wie ein Volkswagen, und er setzte ihn nie in Bewegung. «Ann Marie», sagte er, «meine Freundin. Die kommt auch nicht mehr vorbei. Sagt, ich wär ein Langweiler. 'scheinlich ist es bei dir dasselbe.»

Willie grinste wie ein Schwachsinniger, aber wenn man die Menge Dope berücksichtigte, die der Typ wegputzte, mußte man zugeben, daß es schon ein beschissenes Wunder gewesen wär, wenn der Bursche noch drei funktionierende Hirnzellen hatte. Seinem Vater gehörte *Morton's Drugstore*, wodurch Fat Willie problemlos an alle Medikamente rankam. Der Typ blieb sein ganzes Teenagerleben stoned auf seinem Arsch sitzen, und diese Eintönigkeit machte Jimmy ganz benommen.

«Ich komm später noch vorbei», log Jimmy.

So wie er das sah, war es keine große Sache, Pot zu rauchen. Aber Pillen und Pülverchen machten ihm angst. Man konnte leicht durchknallen von dem irren Dope, das in letzter Zeit in der Gegend auftauchte. Der Stoff war schon seit Jahren in den «yom» und puertoricanischen Vierteln in Umlauf. South O.Z., South Jamaica und Brownsville waren überschwemmt von dem Stoff. Und jetzt kam es hierher. Es lag in der Luft, todsicher kam es, die Leute redeten praktisch pausenlos davon. *Junk*, so nannten sie es, Heroin. Es verwandelte die Leute in Springmäuse auf Laufrädern. Mit der Scheiße wollte er nichts zu tun haben. Aber Pot, Pot war cool, Gras war harmlos, da gab's überhaupt kein Problem. Schlimmstenfalls kriegte er davon einen Heißhunger auf *Clark Bars* und *Mounds* und *Almond Joys*.

Jimmy Burns liebte *Almond Joys*.

Jimmy hatte sein Pot in einem Briefumschlag, einem kleinen Umschlag, ungefähr so groß wie seine Handfläche, in der Gesäßtasche seiner Jeans. Plötzlich dachte er an etwas, das eine Achterbahn von seinem Gehirn zu seinen Füßen losschickte. Mit einem beklommenen Gefühl im Bauch ging er jetzt schneller. Er fragte sich, wieso ausgerechnet er immer das Pot mit sich rumschleppen mußte, wieso eigentlich ausgerechnet er immer seinen Hals riskierte? Weil er, also irgendwie, tja, der cleverste von den Typen war. Er baute nie Scheiß. Hatte nie Probleme, in diesem Leben klarzukommen. Mister Clever, so nannte Dante ihn immer.

Jimmy gab seinem Bruder Josh, der auf der NYU Zahnmedizin studierte, Geld für das Dope. Manchmal wünschte sich Jimmy, daß

Josh mehr Zeit dort verbringen würde, wenn er in der Schule war. Als Josh ihm den Umschlag mit spitzen Fingern gab, hatte er gesagt: «Mit dem Stoff hier werden die winzigen Spatzenhirne von dir und deinen Freunden leuchten wie eine Sonne.» Für Jimmy war die Frage völlig offen, wer öfter stoned war – Josh oder Fat Willie.

Er ging zwei Blocks und marschierte um die Ecke in der Nähe von *Hornet's Nest Bar and Grill.* Carmine Joey trat aus der Bar und packte sich zwischen die Beine. Carmine Joey war ein Gerippe mit einem hellblauen Hawaiihemd und Sonnenbrille; er hatte schulterlanges, dünnes Haar in der Farbe von abgestorbenem Gras. Carmine griff sich dauernd zwischen die Beine. Er glaubte, das würde helfen, ihm auf der Straße das Image von einem James Dean-Typen zu verschaffen. Mit relativ ernstem Gesicht fragte er Jimmy, wo sein Hippie-Bruder steckte? Sagte ihm, er hätte gern was *Erb. Erb* – so nannte Carmine Joey Pot.

Ein Streifenwagen mit zwei Bullen kam um die Ecke, bremste ab, und die beiden Uniformierten musterten Carmine Joey und Jimmy. Carmine Joey war ein ziemlich finster aussehender Typ, der dauernd an seinen Eiern rumfummelte und blinzelte. Man ordnete ihn automatisch entweder als Profikiller oder als Serienmörder ein. Schlau von den Cops, sich Carmine scharf anzusehen. Was Jimmy betraf, er lächelte und winkte den Bullen zu, denn wenn man cool und clever war, mußte man es auch selbst glauben, und er glaubte es. Die Cops fuhren weiter. Carmine lächelte nicht. Die prüfenden Blicke der Cops schienen ihn echt beunruhigt zu haben, denn seine Coolness hatte einen Schlag bekommen. Er bat Jimmy, Josh zu sagen, er sollte ihn mal anrufen, und Jimmy nickte.

Josh war ein Jahr älter als Jimmy, und die Leute im Viertel nannten ihn einen Hippie. Sich an die entsprechende Tradition haltend, las er laut Gedichte und rauchte eine Menge Pot. Den Stoff kaufte er in größeren Mengen gegenüber der Uni im Washington Square Park. Seine Connection war ein Schwarzer mit einem gewaltigen Afro-Look, der immer einen *dashiki* – einen bunten, weiten Kittel in der Art afrikanischer Stammestracht –, Perlenketten und Sandalen trug. Er hieß Razor, und einmal packte er Joshs Schulter, vergrub seine Fingernägel in Joshs Arm und sagte: «Mann, du bist immer so scheißfreundlich. Aber unter dieser Fassade kannst du meinen schwarzen Arsch auf den Tod nicht ausstehen. Merk dir das», sagte er zu Josh, «ich bin kein zahmer Nigger, deshalb rat ich dir: Sieh dich vor!»

Josh gab ihm sein Geld mit den Worten: «Mann, willst du mich verarschen, Mann?» Dann lachte er ein albernes Klein-Jungen-Lachen. Sosehr er es auch versuchte, Josh Burns konnte einfach nicht cool sein. Aus Gründen, die Jimmy nie ganz verstand, jagte ihm Gewalt eine Scheißangst ein.

Als Pot-Dealer und Zahnarzt in spe hielt sich Josh Burns für eine große Nummer. Einmal, frühmorgens in der Küche, bei Bagel, Kaffee und Frühstücksjoint, sah Josh Jimmy ganz eigenartig an. Er sagte: «Wir, wir alle, wir haben zwei Gesichter.»

Für Jimmy war es eine Begabung, die Josh entwickelt hatte, sein Leben mehr in einer Traumwelt als in der Wirklichkeit ablaufen zu lassen. Sein Bruder liebte Pot, so wie Nutten Collegeboys liebten. Und wenn Josh mit seinem albernen Grinsen breit lächelte, bestand für Jimmy gar kein Zweifel mehr, daß im Gehirn seines Bruders hell das *Bin-gleich-zurück*-Schild aufleuchtete.

Manchmal kaute Josh die Marihuanastiele und Samen. Um auf den richtigen Geschmack zu kommen. Qualität, hatte er gesagt, empfand man immer zuerst mit den Lippen. Josh Burns hatte keinen blassen Schimmer von der Qualität von Marihuana, aber er las gern laut Gedichte und hörte Musik, die klang, als würde sie auf kaputten Instrumenten gespielt. Pro Woche verschob er ungefähr zwanzig Fünf-Dollar-Packs Gras. Machte damit ungefähr siebzig, fünfundsiebzig Dollar, die er mit vollen Händen für eine deutsch-jüdische Prinzessin aus Five-Towns ausgab, deren Vater ein Juweliergeschäft besaß. Das Mädchen hieß Fern, und in der Küche des Hauses ihrer Eltern bekam Josh von ihr sagenhaft einen geblasen. In zwei Jahren wird Josh von einer Mine hochgerissen und in den Himmel geschleudert, und sein Name wird in eine schwarze Mauer in der Hauptstadt des Landes graviert.

Jimmy Burns war schon als hübscher Junge auf die Welt gekommen und hatte nie viel Gedanken darauf verschwendet. Er war nicht sicher, ob er auch schon gerissen, großspurig und flink auf die Welt gekommen war oder ob er das erst auf den Straßen von Queens gelernt hatte. Jedenfalls wußte er, daß er ein absolut cooler Typ war. Wahrscheinlich cooler als JoJo und erheblich gerissener als Dante. Jimmy Burns hatte mit Bescheidenheit nichts am Hut.

Solange er sich erinnern konnte, waren Dante und JoJo seine besten Freunde. Er würde sich eher eine Hand abhacken, bevor er einem von ihnen weh tat. Mit anderen Worten – die drei Jungs waren so dicke Kumpel, wie drei Teenager es nur sein konnten. Wenn du mit einem von ihnen Ärger anfingst, hattest du alle drei am Hals.

Jimmy schlenderte den Bürgersteig vor dem jüdischen Friedhof die 84th Street hinunter. Er war ernst, ein junger Mann mit einer Aufgabe, spürte den Beat der Musik in seinem Kopf. Unter der *El* Ecke 85th und Liberty Avenue lief er Howie Blutstein über den Weg, dem Jungen des Bäckers.

Howie erzählte, daß er drei Schnecken von der City Line aufgerissen hatte. Er sagte, er hätte den Wagen von seinem Vater und würde mit den Schnecken zum *Pizza King* fahren, vielleicht ein bißchen rumfummeln, ein bißchen fingerficken. Howie hatte die Hüfte rausgestoßen und kaute nervös auf einem Daumennagel.

Fingerficken? dachte Jimmy, gehen wir doch alle ins *Pizza King* fingerficken.

Howie sagte, er könnte ruhig mitkommen, wär noch Platz genug für ihn und für Dante. Howie war richtig dünn, man könnte auch sagen – zart, und er mochte JoJo Paradiso nicht. JoJo machte Howie angst, jagte Howie seit dem Tag eine Scheißangst ein, als er gesehen hatte, wie JoJo einem Schulbusfahrer die Scheiße aus dem Leib geprügelt hatte, der so alt und so kräftig wie sein eigener Vater war, ja sogar noch kräftiger.

Jimmy erklärte Howie, daß er und Dante echt viel um die Ohren hatten.

Howie redete weiter, und Jimmy hörte ihn wie von ganz weit weg, als würde Howie durch so was wie einen Shitnebel mit ihm reden.

Carmine Joey brüllte von der anderen Straßenseite rüber: «Hey!» Carmine griff mit beiden Händen zwischen seine Beine, lachte, drehte sich um und ging anscheinend leicht enttäuscht über Jimmys und Howies mangelndes Staunen.

«Ich sag dir was, Howie», sagte Jimmy, beugte sich dicht zu ihm und sprach ganz leise, so leise, daß Howie den Kopf senken mußte, wenn er was verstehen wollte. Er stieß ihn mit dem Ellbogen an und sagte: «Ich sag dir, daß du keinen Geschmack hast, was Mädchen betrifft. Absolut null. Und zweitens, wenn du mich und Dante einlädst, solltest du besser auch JoJo einladen. Denn du willst doch bestimmt nicht, daß JoJo glaubt, du hättest keinen Respekt vor ihm, oder? Könnte gut sein, daß er Lust hat, dir in deinen mageren Arsch zu treten, wenn du ihn so behandelst.»

Howie schlug ihm auf den Arm, als wollte er sagen: «Du wirst schon sehen, Mann.» Dann ging er kopfschüttelnd weiter und brummelte vor sich hin: «Ein Jude muß bescheuert sein, sich mit Spaghettis rumzutreiben. Die Schmalzköppe von der Hundertersten sind ganz beschissen üble Typen, Mann. Du wirst schon sehen, die bringen dich noch gewaltig in Schwierigkeiten. Dich und auch Dante.»

«Schwanzlutschende Pissameise», sagte Jimmy. «Wieso kümmerst du dich nicht um deinen eigenen Scheiß, häh? Geh schon, zisch ab und bastel mit deinem Alten ein paar Bagels. Na, wie wär's?»

«Mann o Mann», sagte Howie. «Ich komm da nicht mehr mit. Du bist echt unheimlich, weißt du das?»

Was für ein jämmerlicher, uncooler Wichser, dachte Jimmy.

Er bog auf die 85th ein und ging die Straße hinunter, die zur 101st Avenue führte. Die Sonne stand inzwischen hoch am Himmel, weit und breit keine Wolken zu sehen, und die Hitze, die vom Asphalt zurückstrahlte, ließ Jimmy schwitzen. Er ging schneller jetzt und dachte, es stimmte schon, je länger er und Dante mit JoJo zusammen waren, desto größer war die Wahrscheinlichkeit, daß sie in echte Schwierigkeiten kamen. Nicht viele Typen aus ihrem Viertel waren mutig genug oder dumm genug, zur 101st Avenue runterzukommen und Ärger zu suchen. Aber die Wahrheit war, er fand diesen Wahnsinn gut, und er war auch sicher, daß Dante es genauso sah. Aber ganz und gar nicht sicher war er, ob er schon für echten Ärger bereit war. Noch nicht. Wenigstens heute noch nicht.

Jimmy wußte, daß es nicht besonders klug war, ausgerechnet in ihrer Hochburg mit den üblen Typen von der 101st herumzualbern. Und das, davon war er überzeugt, war genau das, was JoJo mit seinem umnebelten Hirn vorhatte. Sein Kumpel wollte Pot rauchen, ein bißchen streitsüchtig werden und die Klingen mit zwei echt harten Typen von der 101st Avenue kreuzen. Vergiß, daß sie Vater und Bruder seiner Freundin waren. Vergiß, daß sie bekannte knallharte Typen waren, wahrscheinlich obendrein auch noch Gangster mit guten Mafia-Connections. Gib JoJo was zu qualmen, und er besaß alle Power dieser Welt.

Er steigerte sein Tempo, ging jetzt wirklich richtig schnell, war wenigstens dankbar für eins: Dante würde auch da sein. Wenn

Jimmy daran dachte, mit knallharten Typen die Klingen zu kreuzen, erinnerte er sich, wie glücklich er sich schätzen konnte, Dante an seiner Seite zu haben. Dante war hart, so hart wie nur was. Bis auf JoJo vielleicht, der verrückt war. Er schätzte, daß Howie vermutlich recht hatte, wenn er sagte, du kriegst echte Schwierigkeiten auf der 101st Avenue. Das komische an der Sache war nur, Jimmy war in diesem Augenblick gar nicht sicher, ob es ihm wirklich was ausmachte. So raffiniert wie er war, wie schlimm konnte's da schon groß werden?

Zehn Minuten später erreichte er die Avenue und marschierte zu JoJos Apartmenthaus. Beim Gehen musterte er sein Spiegelbild in den Schaufensterscheiben. Er war schlank und groß, knapp einsachtundachtzig. Trotz des sommerlichen Wetters hielten wachsame Männer, die an der Kreuzung 101st Avenue und 85th Street standen, die Arme fest vor der Brust verschränkt, als wäre ihnen kalt. Mit dem geduldigen Interesse von Touristen, die einen fremden Brauch beobachteten, beäugten sie Jimmy, als er an ihnen vorbeiging.

Schmalzköppe, der ganze beschissene Block wimmelt nur so von Schmalzköppen, dachte er. Jimmy schaute die Straße hinauf, dann wieder hinunter. Eine riesige Armee von Pizzafressern tauchte auf, und bei den Blicken, die sie ihm zuwarfen, fühlte Jimmy sich wie ein Eindringling. Er achtete darauf, sie zu ignorieren. Überall Guidos und Guidetten. So nannte er bei sich die Italiener von der 101st Avenue. Guidos und Pizzafresser und Schmalzköppe. Vor einem vierstöckigen Wohnhaus blieb er stehen, legte den Kopf in den Nakken und schaute zum Dach auf. Plötzlich spürte er eine große Erleichterung, daß er es geschafft hatte. Er war da, nur noch wenige Augenblicke von seinen Kumpeln entfernt. Die beiden einzigen Menschen auf der Welt, für die er wirklich etwas empfand, Kumpelgefühl, ob's nun gut lief oder nicht; die guten Kumpel waren da, die Nähe war da. Aber Menschen konnten sich ändern. Und das war etwas, worüber Jimmy nicht gerne nachdachte. Solche Gedanken mochte er überhaupt nicht.

Im Inneren des Gebäudes ging er die Treppen hinauf, kam an offenstehenden Wohnungstüren vorbei. Es roch intensiv nach Basilikum und Olivenöl, Knoblauch und brutzelndem Fleisch. Das hier waren die Wohnungen hart arbeitender Männer mit großen Familien und schlechtgelaunten Frauen, die an ihre Gasherde gefesselt waren und denen man es auch ansah. Durch die offenen Türen hörte er leises Fluchen und das Geklapper von Töpfen und Pfannen. Irgendwer schrie einem Kind namens Paulie hinterher.

Auf dem Treppenabsatz im ersten Stock lief er einem Mädchen über den Weg, an das er sich noch von der High School erinnerte. Sie hieß Victoria, und sie stand auf dem Flur und manikürte ihre Nägel mit einer Feile. Sie schien so mit sich selbst beschäftigt zu sein, daß Jimmy sich unsichtbar vorkam, als er an ihr vorbeiging. Sie gehörte zu der Sorte, die in der Schule immer mit gespreizten Knien dasaß und nie auch nur ein Wort sagte. Als würde sie auf jemanden warten. Victoria lächelte ihn an wie eine schlechte Schauspielerin, gab damit zu verstehen: «Was zum Teufel hast *du* hier zu suchen?»

Die Paradisos wohnten in der obersten Etage. Als Jimmy an ihrer Tür vorbeikam und seinen Fuß auf die Treppe zum Dach setzte, spülte eine Woge des Optimismus durch sein Herz. Der Duft von Louise Paradisos Kochkunst schlug über ihm zusammen. JoJos Mutter, mit ihrer leuchtend weißen Haut und diesen schwarzen Augen, die ihn immer so bedeutungsvoll ansahen, ließ ihn nie nach Hause gehen, bevor er nicht irgendwas probiert hatte. Ein Sandwich, ein Teller Pasta. Er aß, was sie ihm vorsetzte, und sagte, lekker, sehr sehr lecker. Sie hatte Beine wie ein Weltklassesprinter, und manchmal dachte Jimmy auf gewisse Weise an sie und flippte einfach aus. Himmel, Mann, dachte er dann, solche Gedanken konnten einen leicht unter die Erde bringen.

«Jimmy», würde sie sagen, «du bist viel zu dünn, iß was.» Das Problem mit dem italienischen Essen, das sie ihm aufdrängte, bestand einfach darin, daß kaum mal etwas irgendwie vertraut aussah. Am Anfang, als er sie gerade kennengelernt hatte, fühlte er sich immer ziemlich unwohl, wenn er das Essen annahm, das sie ihm anbot. Meistens lehnte er einfach ab. Zunächst mal, er war kein großer Esser. Nein, danke, sagte er dann ganz höflich und mit einem freundlichen Lächeln. Einmal sagte JoJo zu ihm: «Wenn du meine Mutter noch einmal beleidigst, verdresche ich dich. Sie bietet dir was zu essen an, du ißt!»

Jimmy aß alles, was Louise Paradiso ihm anbot. Einmal gab sie ihm ein Sandwich mit hartgekochten Eiern, eingewickelt in Schweinshaut. Das war ganz schön hart gewesen. Für einen Juden aus einer koscheren Familie ein verflucht harter Augenblick. Er erinnerte sich, wie JoJo damals gegrinst hatte, wie sie an diesem Tag ein Abkommen getroffen hatten. Bei der Erinnerung daran mußte er lächeln.

Das Lächeln spielte immer noch um seine Lippen, als er aus dem Treppenhaus auf das Dach hinaus trat.

Jimmy und Dante waren zu dem Schluß gelangt, daß JoJos Besessenheit von Nancy Vanzetti das Schlimmste war, was es überhaupt geben konnte. Seit Nancy JoJo diesen Kußmund-ich-warte-auf-dich-Blick zugeworfen hatte, war ihr Kumpel nicht mehr derselbe. Er hörte jetzt Sinatra und Peggy Lee und so weiter. Meine Güte!

Er überquerte das flache Dach und schlich zur Kante. Zu Dante sagte er: «Was steht an? Wie geht's ihm?»

Dante sah zu JoJo rüber und antwortete Jimmy leise.

«Super, echt super», sagte Dante. «Er steht jetzt seit zwei Stunden da und brummelt irgendwas vor sich hin. Bleib 'ne Weile hier, und du wirst schon sehen.»

JoJo und Dante beugten sich über die Brüstung des Daches und schauten auf die Straße hinunter. Sie warteten auf Nancy, warteten darauf, daß sie mit ihren Wahnsinnstitten aus dem Q-10er Bus stieg. Nancy in ihrer braunen Schuluniform von der Dominican Commercial Catholic School. Die Hälfte aller Männer und sämtliche Jungs auf der 101st Avenue würden ihren rechten Arm dafür geben, Nancy einen Stöpsel reinzuschieben.

Auf dem Dach schien die Sonne noch heißer zu sein als unten auf der Straße. Jimmy atmete ein und aus. Er zog sein T-Shirt aus und stand mit nacktem Oberkörper da. Er stand neben Dante, der lokker, aber auch aufmerksam am Rand des Daches lehnte und nach unten schaute.

JoJo hatte sich weit vorgebeugt, das Kinn auf der Hand abgestützt, den Ellbogen auf der Dachkante. Ein paar Minuten sagte keiner ein Wort, und Jimmy fühlte sich ein klein wenig gehemmt. Dante legte einen Arm um Jimmys Schulter. Er sagte, dicht neben ihm: «Er will das Gras.»

«Sieh dir den Typ doch nur an! Der Mann ist jetzt schon im Orbit», sagte Jimmy.

Dante, den Kopf immer noch dicht an Jimmys Ohr, sagte: «Die Liebe, Mann, die Liebe. Eines Tages erlebst du das auch noch.»

«Für so'ne Scheiße hab ich keine Zeit», brummte Jimmy.

«He, was quatscht ihr beide da?» fragte JoJo.

«Wegen dem Gras bin ich meinem Bruder zwei Tage hinterhergerannt. Okay! Ich hab meinen Arsch hier rübergeschafft, und was machst du? Ich sag dir, was du machst. Du stehst hier wie ein kleiner Junge auf dem Dach rum, glotzt runter auf die Straße und wartest, daß deine Freundin aus dem Bus steigt.»

JoJo zuckte mit den Achseln und sagte zu Dante: «Hast du das gehört?»

JoJo hatte eine makellose Haut und lange Haare, die so schwarz waren, daß sie in einem bestimmten Licht bläulich schimmerten. Er hatte die Angewohnheit, sich dauernd mit den Fingern durch die Haare zu streichen, und wenn er das machte, fielen sie sofort wieder perfekt zurück. Tony Curtis, sagten die Leute, JoJo hatte eine Ähnlichkeit mit dem Filmschauspieler Tony Curtis.

Jimmy hörte JoJo sagen: «Gib mir 'ne Chance, okay!» Jimmy sah weder JoJo noch Dante an. Und schon bald war auch er voll damit beschäftigt, die Straße zu beobachten.

«Das ist er», sagte JoJo.

«Wo?» fragte Dante.

«Kommt gerade aus dem Sandwich-Laden. Der da, der mit dem Hut, das ist er.»

Ein ganzes Stück die Straße runter, kurz vor der Kreuzung, kam ein dicker, fetter Kerl mit einem breitkrempigen, grauen Hut und einem schwarzen Spazierstock aus *Carlino's* Sandwich und Pizza-Laden. Er blieb mitten auf dem Bürgersteig stehen, die eine Hand in die Hüfte gestemmt, die andere hielt den Stock hoch. Eine Zigarette klebte an seinen Lippen.

Dante grinste von einem Ohr zum anderen. «Der *Ice Man*», sagte er.

«Nancys Vater?» fragte Jimmy.

«Wie er leibt und lebt», bestätigte JoJo.

«Der Typ legt dich um», sagte Dante. «Der packt dich und reißt dir die Rübe ab. Der Kerl ist ein Gangster, stimmt's?»

«Ein Gangster? Was ist ein Gangster?» fragte JoJo. Er begann auf dem Dach herumzugehen und ein Bein nachzuziehen, als hätte er einen Schlaganfall gehabt. «Die bringt mich noch um», sagte JoJo. «Nancy bringt mich um.»

Der Q-10er Bus rollte langsam bis zum Ende des Blocks und hielt genau gegenüber von *Carlino's*. Sie stieg aus dem Bus und blieb dann am Bordstein stehen.

«Nancy!» rief der *Ice Man*.

Sie sahen, wie sie nickte und dann über die Straße lief, um ihren Vater zu begrüßen. Die Jungs aus dem Viertel, die in der Nähe herumlungerten, würden eine ganze Woche lang ausflippen und Tränen in den Augen haben, weil sie jetzt ihre Titten hüpfen sahen.

Dante nahm die Zigarette aus dem Mund, die er gerade rauchte, und starrte die lange Asche an ihrem Ende an. Er sagte: «Ich wette, Nancy hat keinen Schimmer, was sie den Jungs antut, wenn sie so läuft.»

«Das wette ich auch», meinte JoJo. «Dreh mir einen Joint, Dante, okay? Ich muß nachdenken.»

Einen Moment blieb JoJo an der Ecke des Daches stehen, war vertieft in den Anblick der gehenden Nancy, und dann nahm er, fast ohne sich zu bewegen, den Joint von Dante und steckte ihn an.

JoJo dachte an seine letzte Unterhaltung mit Nancy. An die, als sie ihm gesagt hatte, mein Vater und mein Bruder haben gesagt, daß sie dich verdreschen werden. Sie haben gelacht, als sie das sagten, haben gesagt, daß sie dir ordentlich den Arsch versohlen werden. Daß sie dich an den Ohren nach Hause schleifen werden, wenn sie dich dabei erwischen, wie du auch nur mit mir redest. Sie haben gesagt, sie werden dir richtig weh tun.

JoJo rührte sich und wandte sich wütend von der Straße ab. Er sah zu Jimmy und Dante hinüber, um zu sehen, was die zwei machten.

Jimmy gab sich gerade Feuer, und Dante nippte an einem weiteren Bier. Dante warf ihm einen Blick zu und schien zu lächeln. Als er das Bier ausgetrunken hatte, drehte sich Dante selbst einen Joint.

«Was hast'n vor, du harter Typ?» fragte Dante.

«Nachdenken», sagte JoJo. «Ich werde gründlich über das alles nachdenken. Wenn ich soweit bin, kann ich dann auf euch Typen zählen?»

Und Jimmy sagte, während er immer noch auf die Straße runterschaute: «An was denkst du?»

«Ich hab euch was gefragt.»

Jimmy stieß sich von der Brüstung ab und ging zu JoJo. Er stellte sich ganz dicht vor ihn, bis er JoJos Atem spüren konnte.

«Wir sind dabei. Du kannst dich auf uns verlassen», sagte er.

Dante bemerkte, wie Nancy vor ihrem Haus mit ihrem Bruder sprach. Der Bursche schien kräftig zu sein, wirklich richtig kräftig.

«He, Jimmy», sagte er. «Komm mal her, okay, und sieh dir das Kaliber von ihrem Bruder an.»

«JoJo», sagte Jimmy. «Ich hoffe, du hast in deiner Bude immer noch die Baseballschläger.»

JoJo sagte kein Wort, saß einfach nur in einer Ecke des Daches. Dante verschränkte die Arme und setzte sich neben ihn. «Ich hab noch keinen Spaghetti gesehen, dem ich nicht den Arsch vermöbeln kann», sagte er. Und JoJo lächelte ihn an.

Nachdem sie fast eine Stunde rumgesessen und geraucht hatten, sagte JoJo: «Was ist intensiver als die Liebe, frage ich mich? Was es auch ist, genau das empfinde ich für Nancy. Meine Nancy mit dem lachenden Gesicht.»

Jimmy schaute brummend fort. «Dieser Typ macht mich noch fertig! JoJo», sagte er. «Eine von diesen italienischen Hexen hat deinen Arsch verflucht, Kumpel.»

Mit ausgestreckten Beinen saßen sie stoned da, bewegten nur ihre Füße ein bißchen in diese Richtung, ein bißchen in die andere Richtung.

«Ich geh jetzt runter», sagte JoJo. «Ich geh übers Dach und dann runter.» Er klang entschlossen.

«Nein, tust du nicht», sagte Jimmy. «Bist du bescheuert? Das sind echt kräftige Säcke. Die bringen uns um!»

JoJo und Dante standen auf und redeten über Jimmys Kopf hinweg. Dante meinte, es gibt Sachen, die's wert sind, dafür zu sterben, besonders bei einem Mädchen wie Nancy. JoJo sagte, er würde nicht sterben, er würde jetzt losziehen und Nancy mit dem lachenden Gesicht lieben. Jimmy warf JoJo einen kurzen Blick zu, sah ihn mit diesen perfekten Zähnen lächeln. «Wir haben keinen Plan», meinte er.

Dante sagte, JoJo hätte sich schon alles genau überlegt. Er geht übers Dach auf Nancys Haus rüber und zischt dann die Feuerleiter runter. Bei ihr ist nie irgendwer zu Hause. Jedenfalls, er klopft an ihr Fenster, sie macht auf, und... okay, kein Problem, unser Mann ist drin. In ihrem Zimmer, die Tür zumachen, vergiß Vorsicht und gesunden Menschenverstand und all die andere Affenscheiße, die Durchschnittstypen bremst. JoJo ist ein Held. JoJo will als Held untergehen.

«Ihr seid doch bescheuert», sagte Jimmy. Er legte den Kopf schief, beobachtete einen Schwarm Tauben herabstoßen, er wartete darauf, daß sie sich niederließen oder wegflogen. Einen Augenblick schienen sie genau über seinem Kopf zu schweben.

«Harte Typen fallen genau wie alle anderen auch, wenn man sie an der richtigen Stelle erwischt», sagte JoJo. Seine Stimme war völlig ruhig.

«Wir geben dir Rückendeckung», sagte Dante. «Wir werden dasein. Wenn sie auftauchen, treten wir ihnen ordentlich in den Arsch.»

Mit seinem Pot-Grinsen sagte Jimmy: «Ich will euch beide ja nicht bremsen. Aber so wie ich die Sache sehe... Dieser fette Bastard von einem *Ice Man* sieht aus, als würde er total ausflippen und sich vielleicht eine Kanone schnappen, wenn er dich zwischen den Schenkelchen seiner süßen Tochter erwischt. Und vergiß den Bruder, der Kerl ist ein Monster.»

«Red nicht so», sagte JoJo.

«Wie?»

«Red nicht schmutzig über Nancy.»

«He, komm schon», sagte Jimmy, «jetzt mal ganz im Ernst. Du willst doch nicht wirklich über das Dach zu ihrer Wohnung, oder? Komm schon, sei vernünftig. Wenn die dich bei ihr erwischen, machen sie Hackfleisch aus dir.»

«Behaltet mich einfach nur im Auge», satte JoJo, «paßt auf und seid da, wenn ich euch brauche.»

«Ist geritzt, Kumpel, keine Panik», meinte Dante. «Alles wird bestens laufen.»

«Und Jimmy B», sagte JoJo. «Mich bremst keiner. Dante», sagte er, «weißt du, was mich bremsen könnte?»

«Nee», antwortete Dante. «Ich bin hirntot, du bescheuertes Arschloch.» Er packte JoJos Schulter und hielt fest. «Ich könnte dich total bremsen, wenn mir danach wär.»

«Hier spricht das Gras», sagte JoJo.

Seine Worte konnte Jimmy kaum verstehen, nur das Geräusch, wie der Dampf aus einem kaputten Heißwasserrohr.

«So ein knallharter Typ bist du gar nicht. Du kleiner Spaghettifresserbastard», sagte Dante. «So knallhart bist du nicht.»

«Du Arschgesicht», sagte JoJo. «Das Gras. Aus deinem Mund spricht nur das Gras, Dante, das bist nicht du selbst.

Er rappelte sich auf und begann, wie ein Tiger auf und ab zu gehen. «Ich glaub's einfach nicht, daß ich dir erlaubt hab, so viel zu rauchen. Du kommst nicht damit klar, wenn du stoned bist, hast es noch nie gekonnt.»

«Mit dir komm ich in ’nem beschissenen Herzschlag klar!» Ein bösartiges Zischen von Dante.

Er beugte sich kauernd vor, als wollte er JoJo jeden Augenblick anspringen.

Jimmy schloß die Augen, kniff sie ganz fest zusammen.

Er sah den Vollmond mit seinem harten, silbernen Schein über dem Park an der 83rd Street. Auf einer Parkbank brannte eine Kerze. Ein gelber, weißer Blitz. Sein Bruder, mit einem Gewehr über der Schulter, rauchte einen Joint von der Größe seines Armes. Noch ein Blitz. Ein blaues Dreieck. Wieder Josh, jetzt tanzte er mit Howie Blutstein die Hora. Und Howie, dieser magere Bastard, Howie grinste. Dann ein Kreis und ein Quadrat, die beide nicht ihre Form behalten konnten. Der Kreis in dem Quadrat war jetzt leuchtend gelb. Dann war er auf den Schaukeln im Park und holte Schwung, aber seine Lungen waren leer, und er fand keine Luft zum Atmen. Das Gras im Park war schmutziggrau, leblos und tot. Er riß die Augen auf und hatte plötzlich Angst. Sein rechter Arm hing schlaff an der Seite. Das war verdammt kräftiges Zeug, das er da rauchte. Vielleicht war’s überhaupt kein Pot, vielleicht war’s Opium oder Hasch oder irgendeine andere verrückte Scheiße?

«Spaghettifresser», sagte Dante. «Hält sich für den härtesten Burschen im Tal. Sag ihm, daß er sich irrt, Jimmy.»

Jimmy befreite sich mit einem Schütteln aus dem High und hielt es glatt für möglich, daß diese beiden es tatsächlich austrugen. Mal sehen, wer der Schwergewichtsmeister war. JoJo, das wußte er, würde nicht mehr lange bei all dieser Spaghettifresserscheiße ruhig sitzenbleiben. Dante war stark wie ein Ochse, ein paar Zentimeter größer und dreißig Pfund schwerer als JoJo. Aber JoJo war der größte Irre auf dieser Welt. Und hatte vor nichts und niemandem Angst. Jimmy versuchte, etwas zu sagen, etwas Komisches, um dem Wortwechsel die Schärfe zu nehmen. Er holte tief Luft.

«Es ist das Gras», brüllte JoJo.

Er schüttelte Dantes Hand ab, beugte sich vor und küßte ihn. Jimmy schaute zu, wie JoJo die Hände auf Dantes Wangen legte und ihn auf den Mund küßte.

Dantes Stimme wurde sanfter. «Du bist ein beschissener Spinner, JoJo», sagte er. «Und das macht mir Sorgen.»

Es war unmöglich, aus JoJo schlau zu werden, dachte Jimmy, zu viele Kräfte waren hier am Werk. In seinem Innersten, irgendwo ganz tief drin, machte sich eine selbstgerechte Zufriedenheit breit. Er war mehr als stoned und wußte es. Aber sein Verstand arbeitete noch, oder wenigstens glaubte er das.

JoJo grinste Dante an. Dann sah er auf seine Uhr. «Sieh dir das an. Es ist schon halb fünf.»

«Aha», sagte Dante.

JoJo stand auf, reckte sich und breitete die Arme aus; seine Handflächen griffen nach dem Himmel. Für Jimmy waren seine Augen jetzt anders. Sie waren gemein, sie waren ruhig. Und sie starrten in den Himmel, so wie er sie auch früher schon hatte starren sehen. Er wollte sagen, verdammt, so laut er konnte. Verdammt, kommt, lassen wir die Finger davon. Wollte es herausbrüllen. Das ist eine üble Scheiße. Wollte es JoJo ins Gesicht schreien. Aber er senkte den Kopf und biß die Zähne zusammen, damit sie nicht laut klapperten. Das Gras machte mit ihm, was es wollte. In seinem Kopf fand ein Filmfestival statt. Josh, dachte er, was zum Teufel hast du mir gegeben?

«Ich komm zu spät zu meiner Nancy», sagte JoJo. «Ich muß jetzt los.»

«Okay», sagte Dante dann. «Aber sei vorsichtig. Ich bin noch zu jung, um schon auf die Beerdigungen meiner Freunde zu gehen.»

Für Jimmy klang Dantes Spruch unecht und gezwungen.

«Willst du uns deinen Plan verraten, oder soll's eine Überraschung werden?» fragte Jimmy. «Das ist doch bescheuert, du weißt es selbst. Was kann's schon bringen?»

JoJo stand auf, drehte sich um und schaute zur Straße hinunter. Er spürte, daß Jimmy und Dante ihn von hinten anstarrten. Eine Etage tiefer, aus einem offenen Fenster, konnte er einen laufenden Fernseher hören. Er hörte Geschrei und Lachen. Sein Bruder John sah sich Trickfilme an.

«Ich werde aufs Dach von Nancys Haus rüberspringen. Dann geh ich die Feuertreppe runter und durch ihr Fenster und in ihr Zimmer. Ich hab's schon oft gemacht, ich weiß genau, was ich tue.»

«Und wir? Was sollen wir tun?» fragte Jimmy.

«Ich bitte euch nur, mir den Rücken freizuhalten. Nur für alle Fälle.» Dann sagte er mit dem irrsten Grinsen, das Jimmy je gesehen hatte: «Du hast komischen Stoff mitgebracht, Jimmy. Wirklich, komischer Stoff.»

JoJo trug ein weißes Sweatshirt mit abgeschnittenen Ärmeln, eine verwaschene Jeans und weiße Tennisschuhe. Obwohl es erst Frühling war, hatte die Sonne bereits seine Haut gebräunt. Als er zur Brüstung ging und seine Beine rüber auf Nancys Gebäude schwang, dachte er wieder an ihre letzte Unterhaltung. Sie hatte ihm gesagt, ihr Vater und ihr Bruder würden ihn an den Ohren packen, ja. Sie würden ihm in den Arsch treten und ihn nach Hause schleifen. Er spürte, wie ein Lächeln auf seine Lippen trat, und er spulte die ganze Unterhaltung noch einmal ab, erinnerte sich an Nancys Lächeln, als sie mit ihm redete.

Am Schwanenhals der Feuerleiter dachte er: Die wollen mich wie einen Hund treten, wollen mich erniedrigen und demütigen. Die Vanzettis wollen mein Stöhnen hören.

«Sollen wir hier oben warten?» rief ihm Dante nach. «Ich kontrollier die Straße und vergewissere mich, daß ihr alter Herr und ihr Bruder sich nicht heimlich an dich ranschleichen.»

JoJo gab ihm keine Antwort, er winkte einfach nur und kletterte dann die Leiter hinunter. Bevor er hinter der Kante des Daches verschwand, lächelte er Jimmy noch einmal mit diesem Lächeln an und zeigte diese perfekten Zähne. Und Jimmy Burns nickte. Eine Sekunde später tauchte JoJo schon wieder auf.

«Ich verlaß mich auf euch zwei. Ich will keine Überraschungen, wenn ich meine Nancy liebe. Wenn ihr die zwei Trottel kommen seht, setzt ihr eure Ärsche in Bewegung, aber richtig mit Speed. Es ist Apartment 3-A.»

«Wir sind hier», sagte Jimmy. «Du brauchst dir keine Sorgen zu machen.»

JoJo kletterte vorsichtig die Leiter hinab, eine Sprosse nach der anderen, fragte sich, wer er eigentlich war und was er wollte.

«Das ist die Vierundsechzigtausenddollarfrage, mein Bester», sagte er laut.

«Mach immer das Richtige, und das Schicksal wird auf deiner Seite sein», hatte sein Vater ihm gesagt. «Du bist ein Paradiso, du lehrst diese Vanzettis etwas Respekt, etwas, das sie nicht vergessen werden.»

Vor Nancys Fenster seufzte JoJo. Er war total stoned. Er klopfte gegen die Scheibe, sah, wie sich die Gardinen bewegten, und da war Nancy, immer noch in ihrer High School-Uniform. Er sah, wie sie sich vorbeugte, um das Fenster zu öffnen. Es klemmte, und er half ihr. Er wollte sein Baby, er wollte seine Nancy, und es war ihm scheißegal, wenn es sie beide umbrachte.

Da standen sie, JoJo auf der Feuerleiter, Nancy in ihrem Zimmer. Sie sahen sich in die Augen, und so standen sie sehr lange dort, ein fünfminütiger Skorpiontanz.

Als JoJo den ersten, langen Schritt auf die Leiter machte, die schließlich zur Feuerleiter wurde, lehnte sich Jimmy gegen die Brüstung und nahm einen gewaltigen, tiefen Zug von dem Joint, den er in der Hand hielt, und fing an, über eine Menge Dinge nachzudenken, über die er gar nicht gern nachdachte. Wie zum Beispiel darüber, was er und Dante tun würden.

Dante hatte seine Adleraugen auf Nancys Vater und Bruder. Die beiden Männer waren zu *Carlinos* Pizzeria gegangen. Er behielt sie scharf im Auge, während sie dastanden und redeten und sich immer wieder umschauten. Wenn es ihnen plötzlich in den Sinn kam, nach Hause zu gehen, was dann? Fünf Treppen runterrennen und hinter ihnen in das Haus gegenüber laufen?

Warum nicht?

Jimmy vermutete, daß er, Dante und JoJo schon mit der Sache fertig werden konnten. Den beiden Jammerlappen in die Ärsche treten und dann verduften. Er wanderte auf dem Dach auf und ab. Er fühlte sich komisch. Er stellte sich neben Dante, legte einen Arm um seine Schulter und blickte auf die Straße hinab. Wieder komisch. Genau wie vorhin unten auf der Straße vor JoJos Haus. Er hatte das Gefühl, nicht hierherzugehören. Sein Magen verkrampfte sich, seine Hände wurden feucht. Er haßte das. Wenn JoJo wüßte, was für ein Mensch er wirklich war, wären sie dann auch noch befreundet, dicke Kumpel? Wie stand's damit? Denn die Wahrheit war doch, und er erstarrte, als ganz in der Nähe eine Sirene losjaulte, denn die Wahrheit war: Er war kein Gangster. Kein Streetfighter, kein harter Typ. Er war nicht Dante, fuhr nicht auf Schlägereien ab. Suchte sie nicht. Konnte sich erinnern, in seinem ganzen Leben eine, vielleicht zwei verloren zu haben. Jemandem die Scheiße aus dem Leib zu schlagen war einfach nicht seine Lieblingsbeschäftigung. Nein, er war nicht Dante. Lieber lutschte er an einer Titte oder einem Joint, als einem Typen das Ohr abzubeißen. Und todsicher war er nicht JoJo, der Bursche hatte Gewalttätigkeit in seinen Genen.

JoJos Vater war ein allgemein bekannter *wiseguy*, ein Mafioso. Schon mehr als einmal war sein Foto auf der zweiten Seite der *News* oder des *Mirror* gewesen. Und immer folgte es auf eine Story auf der ersten Seite, bei der es um zwei andere Mafiosi ging, die mit Löchern im Kopf zusammengesackt auf den Vordersitzen eines Autos gefunden worden waren.

Diese Scheiße war gefährlich. Vielleicht, dachte Jimmy, würde er Dante überreden, einfach abzuhauen. Sollte JoJo doch zur Abwechslung mal allein mit seiner Scheiße klarkommen. Nein. Besser noch, er würde einfach gehen und Dante sagen, er solle entweder mitkommen oder bleiben und JoJos Drecksarbeit erledigen.

Er hatte keine Lust mehr, noch länger bei JoJos Verrücktheiten mitzumachen. Oder vielleicht sollte er auch über das Dach auf Nancys Haus steigen und JoJo eigenhändig dort rausholen. Raus aus dieser Wohnung und weg von all der Scheiße. Der Typ war doch total verrückt, so einen Mist abzuziehen. Das könnte klasse sein. Sich JoJo vorknöpfen, ihm ins Gesicht sehen und ihm sagen, was für ein absoluter Spinner er seiner Meinung nach war. Normalerweise hörte JoJo auf ihn. Respektierte, was er zu sagen hatte. Vielleicht tat JoJo ja auch nur so, als hörte er zu, der Typ wurde von irgendwas getrieben, von dem er absolut nichts verstand, und das war die reine Wahrheit. JoJo konnte eine so unglaubliche Wut im Bauch haben. Er liebte es zuzusehen, wenn sich die Leute vor Angst in die Hosen schissen, wenn er auf sie losging. Wie gesund war das? Wie normal? War JoJo vielleicht wirklich ein Fall für die Klapsmühle? Wieder jagte das Bild von den beiden *wiseguys* durch seinen Kopf, denen Blut übers Gesicht lief. Und die Story über JoJos Vater. Daß er im Zentrum eines Machtkampfes stand.

Vielleicht war es an der Zeit, einen Schlußstrich zu ziehen. Schluß mit der Heuchelei. Er, und auch Dante, waren nicht JoJo, waren nicht von der 101st Avenue, wo die Hälfte aller Leute Vorstrafen und in ihren Wagen Kanonen und Baseballschläger hatten. Vielleicht war der ganze Spaß nur Kinderkram gewesen, und das war jetzt vorbei. Vielleicht war es Zeit, einen Schritt zu tun, bevor noch eine wirklich üble Scheiße passierte. Aber dann wieder, vielleicht war's dazu ja auch schon längst zu spät.

«Jimmy», sagte Dante. «Der Stoff, den du mitgebracht hast, haut mich aus den Socken. Was für eine Scheiße ist das eigentlich? He, paß auf», sagte er. «Sie gehen auf das Haus zu, kommen ziemlich schnell, die marschieren mit gerecktem Kinn wie zwei beschissene, kleine Mussolinis.»

«Was meinst'n damit, sie kommen?»

«Was denkst'n, was ich damit wohl meine? Die beiden Pisser rollen an, Mann!»

Jimmy hatte das Gefühl, als tanze sein Herz in seinem Brustkorb eine Polka. «Dann sollten wir jetzt wohl besser los», sagte er.

«Ja», sagte Dante. «Ich meine, wir können unserem Anführungszeichen unten und Anführungszeichen oben Kumpel ja wohl kaum sagen, wir hätten dringend geschäftlich weggemußt.»

Mit einem Knoten der Angst von der Größe King Kongs im Bauch folgte Jimmy Dante die fünf Treppenabsätze nach unten auf die Straße. Nancys Vater und Bruder waren weit und breit nicht zu sehen.

Sie gingen durch den Hauseingang in die Dunkelheit von Nancys Gebäude. Jimmy konnte Vater und Bruder irgendwo über ihnen die Treppe hinaufgehen hören. «Die Schläger», sagte er. «Dante, wir hätten die Baseballschläger mitnehmen sollen.» Er fühlte sich wie unter Strom und war sich ziemlich sicher, daß die Energie, die er spürte, in nicht unerheblichem Maß von seiner Angst rührte.

«Für ein paar fettärschige Spaghettis brauchen wir keine beschissenen Schläger», erwiderte Dante. «Wir treten ihnen einfach in ihre blöden Ärsche.»

Jimmy war sich bewußt, daß Dante lachte, während in seinem Kopf ein halluzinatorischer Zirkus ablief. Josh, du verdammter Saukerl, dachte er, du hast mir Hallus und Wahnsinn gegeben. Ich werde draufgehen, das dachte er.

Jimmy spürte einen unheimlichen Krampf in der Brust, der sich wellenförmig nach unten in seinen Bauch ausbreitete, auf den Unterleib übergriff und den Arsch verhärtete. Dann durchzuckte ihn eine berauschende Hochstimmung, und er bekam einen Lachanfall. Er fühlte sich stark wie ein Stier und hatte so eine Ahnung, daß etwas Gutes passieren würde. Er hörte, wie die Tür zu Nancys Wohnung aufging. Die Geräusche der beiden Männer einen Treppenabsatz über ihm waren nicht von diesem Planeten.

In Nancys Zimmer beobachtete JoJo Nancy, die versuchte, eine Entscheidung zu treffen.

Das schwarze Haar rahmte ihr Schulmädchengesicht ein. Sie war siebzehn, aber JoJo war sie schon immer älter vorgekommen. Er beugte sich vor und vergrub das Gesicht in ihren Haaren. Sie duftete nach Erdbeeren und frischer Wäsche. Sie hatte volle Lippen, und nur für ihn machte sie jetzt einen Schmollmund. Sweet Nancys Kußmund. Ihre braunen Augen hatten noch nie so gestrahlt. Sie gab ihm mit einer scharfen Handbewegung zu verstehen, still zu sein, sie hatten, glaubte sie, höchstens fünfzehn, zwanzig Minuten.

JoJo ließ eine Hand ihren Rücken hinauf und hinunter gleiten, und Nancy schloß die Augen.

So behutsam und leise wie möglich schob er sie dann durch das Zimmer zu dem Stuhl in der Ecke neben ihrem Bett. Sie streckte eine Hand aus und zog den Reißverschluß seiner Jeans runter, dann kniete sie sich hin. «Beeil dich», sagte sie laut.

Sie schob die Hand in seine Jeans, und JoJo öffnete die Lippen und begann, durch den Mund zu atmen.

Die ganze letzte Woche hatte er sich immer wieder gesagt, daß das, was er tun mußte, so offensichtlich war wie eine Neonreklame. Er hatte es in allen Einzelheiten geplant, und jetzt waren alles und jeder an Ort und Stelle. Wie er jetzt vor dem Stuhl in Nancys Schlafzimmer stand, hatte er einen perfekten Blick auf die Wohnungstür. Es war gut, nein, besser als gut. Es war einfach perfekt.

Er schloß die Augen, dachte an Nancys Vater und ihren verschissenen Bruder Rocco. Und an den Ausdruck auf ihren Gesichtern, wenn sie diese Tür aufmachten. Und dann schlug er die Augen auf und starrte auf Wände und Decke vom Zimmer seiner süßen Nancy. Dann blickte er auf ihren Kopf herab, und was er wollte, was er wirklich wollte, das war Respekt. Nein, Scheiße, was er wollte, und was er auch bekommen würde, war alles versengende Angst in der Kehle eines Feindes. Aber wieviel? Er stand da und dachte genüßlich über Angst nach, wieviel war genug?

Sie zog seinen Schwanz aus der Hose in ihren Mund, hielt ihn mit festem Griff, streichelte ihn, küßte und leckte ihn, machte dabei das Geräusch, das er so liebte, dieses langsame, gedehnte und gottverdammt schön laute Schnurren. Er packte ihren Kopf und sah sich und die vor ihm kniende Nancy im Spiegel ihres Kleiderschranks, ließ seinen Blick verweilen. Während er ihr Spiegelbild beobachtete, sah er seinen Penis in ihrem Mund verschwinden.

Irgendwann an diesem Punkt hörte JoJo zum erstenmal Schritte die Treppe heraufkommen, oder meinte es wenigstens zu hören. Trotz der Gefahr oder gerade wegen der Gefahr wollte er den Rock ihrer Uniform hochheben und tief in sie eindringen. Höschen und BH und Strümpfe lagen bereits ordentlich auf dem Stuhl.

«Aufs Bett», hauchte er gedehnt. «Steh auf und leg dich aufs Bett.»

So bekam er Respekt, so bekam er alles, was er brauchte. Nur daß er keine weitere Minute mehr durchhalten würde, das wußte er.

Lächelnd zog sie den Kopf von ihm zurück. Nancy schob die Unterlippe vor, machte einen Schmollmund und sagte: «Keine Zeit.» Als sie die Lippen dann wieder um seinen Penis legte, tat sie es mit einer gewissen Wildheit.

Genau in diesem Moment hörte er den Schlüssel in der Tür.

Dann spürte er etwas anderes, spürte die Hitze davon ganz deutlich in der Brust. JoJo hatte noch nie auch nur die geringste Bekanntschaft mit Angst gemacht. Er hatte noch kein einziges Mal daran gedacht, daß er schon ziemlich bald sterben könnte. Aber plötzlich spülte eine Welle der Angst über ihn weg, wie er es noch nie zuvor erlebt hatte. In diesem Augenblick, seinem ersten klaren Gedanken in den vergangenen drei Stunden, erinnerte er sich an die Worte seines Vaters. «Zuerst geht es immer nach unserem Willen. Vergiß das nie. Die Menschen respektieren nur, was sie fürchten.»

An Nancys Zimmer grenzte ein langer Flur an, der zur Küche und der dahinter liegenden Wohnungstür führte. Vor dieser Tür war jemand, dessen war er sich absolut sicher.

Außer Bruno Greco, dem Fahrer seines Vaters, wußte niemand, daß JoJo auf dem Kreuz, im Bund der Jeans, unter seinem Sweatshirt, einen .32er Revolver trug. «Es ist nur eine kleine Kanone, die Kanone einer Frau», hatte Bruno zu ihm gesagt. «Aber sie macht einen ordentlichen Knall und tötet dich genauso gut wie alles andere. Kleine Kanonen bringen dich zu Gott», sagte Bruno. «Dafür sind kleine Kanonen da.»

JoJo bewegte sich etwas und schob Nancy so, daß er einen ungehinderten Blick auf die Wohnungstür hatte. Er spürte ihre Lippen, ihren gierigen Schulmädchenmund auf sich, und er legte den Kopf zurück.

Genau in diesem Augenblick erkannte JoJo Paradiso, daß er an Gott glauben mußte. Denn es war Gottes Name, den er ausrief, als die Tür geöffnet wurde.

Er kam wie der Ätna, zog ihren Kopf an sich, erhob sich auf die Zehenspitzen, flog mit der Angst, der Gefahr, dem großartigen Genuß vom Lutschen seiner süßen Nancy.

Es war Rocco Vanzetti, der als erster schrie.

«Sieh dich an, du dumme Fotze! Sieh nur, was du machst!»

Instinktiv griff JoJo nach hinten in seine Jeans, wo der Revolver wartete. Er warf einen Blick den Flur hinunter und sah dort ihren Vater mit in die Luft gerissenen Armen stehen, und sein Stock berührte die Decke. Der Bruder stürmte den Flur hinunter, schrie dabei aus Leibeskräften, hinter ihm der Vater, der ebenfalls einen Schrei und ein paar andere entsetzliche Geräusche ausstieß. Sie hatten ihn genau da, wo sie ihn haben wollten. Mit einer Hand hielt er Nancys Kopf in tödlicher Umklammerung, und mit der anderen zog er die Kanone aus der Jeans. Er riß den Arm nach vorn und zielte.

Jimmy folgerte zwei Dinge aus dem Lärm des ersten Schusses: Daß JoJo wahrscheinlich tot war und daß Howie Blutstein, magerer Bastard, der er war, ein Hellseher sein mußte.

Der zweite Schuß löschte das eine oder andere davon aus.

Er hörte JoJos Stimme über die Schreie der Vanzettis.

Dante stolperte inzwischen weiter die Treppe hinauf. Und, dachte Jimmy, der Typ lachte. Lachte so heftig, daß er husten mußte. Das Dope, das sie geraucht hatten, war nicht direkt von Vorteil für seine Atemwege gewesen.

Die Tür der Wohnung stand weit offen, Jimmy und Dante stürmten hinein. Die Vanzettis, Vater und Sohn, saßen auf dem Boden des Flurs und hatten die Hände über den Köpfen. JoJo hatte zweimal in die Decke geschossen, und jetzt grinste er Jimmy mit weit aufgerissenen Augen und einem irren Lächeln an.

Impulsiv wollte Jimmy zuerst zu JoJo laufen. Doch bevor er dazu kam, wurde er von Dante zur Seite gestoßen, und er erkannte erst, wie fest Dante ihn gestoßen hatte, als er gegen die Flurwand krachte und sich den Kopf stieß, was sofort sein Gesicht bluten ließ.

Zusammengekauert wie ein Tier hockte JoJo über den Vanzettis. Nancy war verschwunden, hatte sich ins Bad eingeschlossen. Der Vater kreischte, laut und rauh, beinahe war es ein Weinen. Jimmy war dieses Geräusch peinlich.

«Wer ist verwundet, wer ist verwundet?» brüllte Dante.

«Keiner ist verwundet. Noch nicht, wenigstens», sagte JoJo.

«Okay, okay, beruhig dich wieder», sagte Nancys Bruder.

Der Vater schüttelte verwirrt den Kopf. Jimmy war sofort klar, daß er nicht verstehen konnte, was hier passierte.

«Beruhigen soll ich mich?» schrie JoJo. «Ich werde mich beruhigen. Nachdem ich euch eine beschissene Kugel durch den Kopf gejagt hab!»

JoJo streichelte träge die Kanone in seiner Hand, ließ die Finger über den langen Lauf gleiten, steckte einen Finger in die Mündung. Er fingerfickt die Kanone, dachte Jimmy. Der Kerl ist bescheuert, der Typ hat nicht mehr alle Tassen im Schrank. «Beruhig dich», sagte Jimmy, dann rutschte er an der Wand entlang auf den Boden.

Der Bruder schlug seinen Kopf gegen die Wand. JoJo stieß den Revolver gegen Roccos Ohr.

«Ich sollte dir dein Spatzenhirn wegpusten», sagte er dem Bruder. «Du wolltest mich wie einen Hund verprügeln. Mich an den Ohren nach Hause schleifen, stimmt's? Tja, nur leider hast du's hier mit einem beschissenen Hund zu tun, der beißt. Vielleicht hast du das jetzt kapiert. Vielleicht ist das alles, was du gelernt hast.»

JoJo fühlte sich, als spielte jemand Hockey mit seinem Hirn. Er war durchgeknallt, und es ging abwärts. Er spannte seinen Bauch an, schlug auf seinen Bauch, zog die Schultern hoch. Jimmy konzentrierte sich auf ihn. Die Wut in seinen Augen war total.

Dante griff Jimmy unter die Achseln und zog ihn hoch. «Komm», sagte er, «wir verschwinden von hier.»

«He, wohin zum Teufel wollt ihr?» rief JoJo.

«Weg von hier.»

«Du auch, Jimmy?» fragte JoJo. «Du läßt mich auch allein?»

Er ging auf Jimmy zu. Und Dante sagte: «Tu's nicht.»

«Du hast doch alles fest im Griff», sagte Jimmy. «Du hast nie was von einer Kanone gesagt. Wenn du was von Kanonen gesagt hättest, JoJo, wären wir gar nicht erst gekommen. Mit Kanonen wollen wir nichts zu tun haben.»

Im Bad fing Nancy an zu schreien.

«Verschwindet, warum verschwindet ihr nicht einfach alle? Bitte», schrie sie, «ihr macht mir angst, ihr macht mir alle angst!»

«Komm», sagte Dante und berührte Jimmys Arm. «Mach schnell, zischen wir ab.»

«Wieso geht ihr zwei nicht endlich, na los, haut doch ab. Ihr seid sowieso nur zwei kleine Arschlöcher», sagte JoJo.

Vater und Bruder hörten nicht zu. Sie sahen aus, als wären sie weit fort, hätten sich irgendwo in ihre Köpfe zurückgezogen.

Jimmy und Dante gingen durch die Wohnungstür hinaus, Dante führte Jimmy an der Schulter. Er achtete darauf, daß er zwischen Jimmy und JoJo blieb, aber JoJo schaute um ihn herum und sah, daß Jimmy sich den Kopf hielt.

«Zwei kleine Wichser, genau das seid ihr. Zwei kastrierte Bastarde. Ich brauch euch nicht!»

Jimmy blieb noch einen Moment auf dem Flur stehen und schaute zurück in die Wohnung. «Wir seh'n uns, JoJo», sagte er.

«Ja, klar. Aber nicht, wenn ich dich zuerst sehe.»

Dante führte Jimmy die Treppe hinunter. Jimmys Kopf tat saumäßig weh. «Was glaubst du, was macht er mit den beiden da oben?» fragte er.

«Wen interessiert's?» sagte Dante. «Wie mein Vater immer so schön sagt, den Spaghettis gibt man am besten Kanonen und Messer, dann tritt man zurück und schaut zu, wie das Blut fließt. Scheiß auf sie alle.»

«Bist du nicht auch ein halber Spaghetti, oder bin ich verrückt?»

Dante lachte und nahm Jimmy in den Arm. «Himmel, um ein Haar hätten wir aber ganz schön in der Scheiße gesteckt, stimmt's nicht?»

Jimmy grinste breit. «Ich schätze, wir werden JoJo wohl eine ganze Weile nicht mehr sehen, was?»

Dante lachte so sehr, daß er zu sabbern begann. Jimmy legte einen Arm auf seine Schulter und drückte ihn an sich.

«Jimmy», sagte Dante, «du mußt mal mit deinem Bruder reden. Er verkauft in letzter Zeit echt abgedrehte Scheiße.»

Sie gingen die 101st Avenue entlang und bogen rechts auf die 90th Street Richtung Liberty ab. Jimmy hatte ein unheimliches und schreckliches Verlustgefühl. So als würde nichts mehr so sein wie zuvor. Er preßte die Lippen zusammen und schüttelte den Kopf, genau wie Nancys Vater es auf dem Boden des Flures gemacht hatte.

«JoJo», sagte er, «ist total durchgeknallt. Der Typ bedeutet schlechte Nachrichten.»

Dante hob einen Moment den Kopf zur Sonne, dann sah er Jimmy mit einem breiten Grinsen auf dem Gesicht an.

Plötzlich dämmerte es Jimmy, daß Dante nichts von dem mitgekriegt hatte, was er sagte. Und wenn doch, dann interessierte er sich nicht besonders für die Bedeutung. Der Typ war echt total stoned. Oder wenigstens dachte Jimmy, daß er echt stoned war. Oder vielleicht, nur vielleicht, interessierte sich Dante O'Donnel einen Scheißdreck für JoJo Paradiso und den Irrsinn, aus dem sein Leben bestand. Während sie die Straße entlanggingen, schlug Dante ihm vergnügt auf den Rücken.

«Mach dir keine Sorgen um JoJo, der ist total und hundertprozentig bekloppt. Wir kommen aus verschiedenen Welten. Um dir die Wahrheit zu sagen, so hab ich das schon eine ganze Weile gesehen. Aber heute hat er das Faß zum Überlaufen gebracht. Für mich ist der Typ Geschichte.»

Jimmy zuckte mit den Achseln. «Wir werden ihn wiedersehen», sagte er.

«Klar werden wir ihn wiedersehen. Wir beide werden Cops, stimmt's nicht?»

«Cops?»

Dante äffte Jimmys Reaktion nach und lachte sich kringelig.

«Genau, Cops», sagte Dante. «Wir werden Cops. Ich stehe drauf, durch die Gegend zu rennen und diese Scheiß-Cowboynummer abzuziehen, aber ich will eine eigene Kanone.»

«Cops?» sagte Jimmy. «Wir beide wären ein heißes Gespann Cops, stimmt's?»

«Ich mach keine Witze», sagte Dante.

«Ach, ich weiß, daß du's ernst meinst. Und genau das beunruhigt mich ja so an dir.»

Bob Leuci war Police Detective in New York City und dort zuständig für Drogenkriminalität und organisiertes Verbrechen. Einen Abschnitt seiner Laufbahn verarbeitete Robert Daley zu dem Buch *Prince of The City* und Sydney Lumet zu dem gleichnamigen Film.

Nach seinem Ausscheiden aus dem Polizeidienst begann er zu schreiben und hat bislang vier Bücher veröffentlicht: *Doyle's Disciples* (dt. Doyles Jünger), *Odessa Beach, Captain Butterfly* und *Double Edge*. Sein fünftes Buch mit dem Titel *The Fence Jumpers* wird im Herbst 1994 bei Saint Martins Press in den USA erscheinen. Seine Romane werden in Frankreich, Deutschland, Italien, England und Spanien verlegt.

Er ist Mitglied von *The Author's Guild*, dem *American Pen*, den *Mystery Writers of America* und der *International Crime Writers Association*. Bob ist dreiundfünfzig Jahre alt und lebt in Saunderstown, Rhode Island.

▼

Verbrechen in den Hauptnachrichten, auf den Seiten unserer Boulevardpresse und in den Regierungsstatistiken wird – in krassem Mißverhältnis zu seinem Anteil an der Gesamtbevölkerung – von jungen schwarzen Männern begangen. Ob auf Fotos oder Videos von Verbrechen, die Einstellungen gleichen sich: zwei, drei, vier oder fünf weiße Cops im Alter zwischen vierundzwanzig und fünfzig, manchmal uniformiert, manchmal in billigen Anzügen, mit Revolvern am Gürtel, begleiten einen jungen Schwarzen mit meist auf dem Rücken gefesselten Händen.

Das Verbrechen in der Literatur und im neuen Wachstumsmarkt der True Crime-Bücher sieht ganz anders aus. Es wimmelt hier nur so von weißen Straftätern, Mittelschichtsmorden und Killern mit Collegeausbildung. Über Schwarze zu schreiben ist ein politisches Minenfeld. Man muß *nur* genügend schwarze Kriminelle aus der

Unterschicht kennenlernen, um sowohl präzise als auch intelligent schreiben zu können. Die meisten Schriftsteller – und dazu gehöre auch ich – leben abgeschirmt und umgeben von weißen Menschen der Mittelschicht – auch wenn wir vielleicht Bohemiens sind. Uns fehlt das Wissen und die Courage, die vorherrschenden Spielarten des Verbrechens und der Kriminellen sowie die rassischen und sozialen Komplexe zu erkennen oder zu bekämpfen. Ausnahmen von der Regel müssen aus Kreisen der Strafverfolgung und des Journalismus kommen.

Peter Blauner hat es in dem brillant betitelten *Slow Motion Riot* getan. Der deutsche Titel lautet erstaunlicherweise anders (*King*), und das ist wirklich eine Schande, denn «Zeitlupenaufstand» ist die treffende Bezeichnung für dieses Buch, die Gesellschaft, die darin geschildert wird, und das großstädtische Leben in Amerika.

Sein neues Buch spielt in Atlantic City. Die folgenden Seiten stammen aus dem ersten Kapitel. Ich freue mich schon jetzt auf den Rest. Hollywood hat ebenfalls bereits Interesse an dem Manuskript signalisiert.

PETER BLAUNER

The Neon Forest

Als die Farben des Himmels verblaßten, flammten entlang des Strandes die roten Lichter der Casinos auf, um sie zu ersetzen. Wie Treibgut, gefangen in einem Strudel, umkreiste ein Dutzend Möwen langsam die Neonreklame auf der Spitze des *Trump Castle*.

Das alles beobachtete ich vom Parkplatz eines Clubs namens *Rafferty's*, auf der anderen Seite von Gardner's Basin. Der kleine, kistige Laden mit der blauen Neonreklame für *Schaffer* im Fenster erinnerte mich an eine Autobatterie. Ich rackerte mich damals ab, mein Bauunternehmen hochzubringen, und nebenbei half ich einoder zweimal in der Woche bei der Buchführung, addierte Lieferscheine und Rechnungen für Alkoholika. An diesem Abend jedoch war ich von meinem Vater zu einem besonderen Termin herzitiert worden, und ich wußte genau, daß es dabei nicht darum ging, irgendwelche Rechnungen zu addieren.

Ich lungerte eine Weile draußen herum, suchte nach einem Vorwand, nicht hineinzugehen. Dreimal überprüfte ich meinen Filofax in der Hoffnung, den falschen Abend erwischt zu haben. Aber da stand es: 19:30 Uhr, 3. Juni. Ein schmaler Streifen Pink lugte unter dem dunklen Rock der Nacht hervor. Und diese Möwen kreisten weiter über dem Casino, während die Lichter ihre Bäuche von unten beschienen. Es gab nicht den geringsten Grund, das Unvermeidliche weiter hinauszuzögern. Ich knöpfte mein Jackett zu und machte mich auf den Weg zu meinem Vater.

Die Innenausstattung des Clubs war, was mein alter Herr einen echten *fugazi* Schuppen nennen würde. Rauchglasspiegel an den Wänden, ein feudaler, roter Teppichboden, der gut in ein Bordell oder eine Flughafenlounge gepaßt hätte, und unter der Decke eine glitzernde Diskokugel, die 1977 vielleicht noch Spitze ausgesehen hatte. Der Club war an diesem Abend offiziell geschlossen, aber die Kugel drehte sich trotzdem.

Mein Vater saß im hinteren Teil des Lokals und unterhielt sich mit Richie Amato und einem gewissen Larry DiGregorio, dem drüben in Brigantine ein Transportunternehmen gehörte.

Sobald ich Larry dort bemerkte, begann mir der Schädel zu brummen und das Herz zu rasen. Ich wußte, daß er irgendwelche Schwierigkeiten mit der Crew meines Vaters hatte. Er war ein netter, umgänglicher Mann mit einem leichten Stottern. Ich kannte ihn schon seit meiner Kindheit. Immer akkurat. Niemals auch nur ein unordentliches Haar auf seinem stahlgrauen Helm von einer Perücke, und nie ein Fleck auf seinem frischen, weißen Hemd. Er hatte jedoch praktisch überhaupt kein Kinn. Sein Hals fing mehr oder weniger direkt unter dem Mund an.

Auf der Fahrt hierher hatte ich darum gebetet, daß er heute abend nicht kommen würde. Da er aber schon dort saß, neben meinem Vater ein Bier trank, wußte ich nicht genau, was ich noch groß tun sollte. Ich hatte gehofft, meinen alten Herrn allein zu erwischen, um ihm diesen Irrsinn auszureden.

«Seht nur, wer doch noch beschlossen hat aufzukreuzen», sagte mein Vater.

«Es ist der Große Heuchler», trällerte Richie das Liedchen weiter.

Mein Vater – eigentlich war er mein Stiefvater, um genau zu sein – hieß Vincent Russo, und er war ein zäher, alter Vogel. Er war damals sechzig, bewegte sich aber noch wie ein zwanzig Jahre jüngerer Mensch. Muskeln wie seine bekam man nicht vom Gewichtheben, sondern indem man mit bloßen Händen Versandcontainer aufriß. Sein Gesicht war ein Dokument jeder einzelnen Tracht Prügel, die er auf einem Polizeirevier oder einem Gefängnishof einstecken mußte, ohne allerdings zusammenzubrechen oder jemanden zu verpfeifen. Wenn er lächelte, entblößte er Reihen abgebrochener Zahnstümpfe im Ober- und Unterkiefer. Er war der loyalste Mann, dem ich je begegnet bin. Wenn man ihn auf seiner Seite hatte, dann ertrug er für einen jeden Schmerz und jede Erniedrigung. Hatte man ihn aber gegen sich, gab er keine Ruhe, bis er einem eine Schlinge aus Hühnerdraht um den Hals gelegt hatte.

Er war der beste Freund meines leiblichen Vaters Mike gewesen. Bis Mike ermordet wurde. Danach kam Vin und kümmerte sich um meine Familie. Er machte meiner Mutter mit Black Label Scotch und Chrysanthemen den Hof, und mit mir spielte er im Garten Baseball und Kriegsspiele. Wenn ich ein Problem mit meinen Klassenkameraden hatte, fuhr er mich morgens in die Schule, blieb in der Nähe des Schulhofs und setzte eine gemeine Miene auf, bis sich alles wieder abkühlte. Er zog mich auf wie sein eigen Fleisch und Blut, und er kümmerte sich um meine Mutter, als sie anfing, Pillen zu schlucken, und nicht mehr den Unterschied zwischen ihren Träumen und der wirklichen Welt erkennen konnte. Ich wußte, daß er mich liebte, aber in den letzten paar Jahren war mir klargeworden, daß ich nichts mit seiner Welt zu tun haben wollte.

«Du kommst spät», sagte er mit einer Stimme wie ein Kanaldekkel, der hochgehoben wurde. «Du solltest doch schon vor einer halben Stunde hier sein.»

«Ich bin auf dem Expressway in einen Stau geraten. Ich glaube, einer dieser Busse hat sich überschlagen, mit denen sie immer alte Leute zu den Casinos karren. Der Verkehr hat sich bis nach Camden zurückgestaut.»

«Du hättest den White Horse Pike nehmen können. Dann wärst du in fünf Minuten hiergewesen.»

«Ich hab nicht dran gedacht.»

«Du hast nicht dran gedacht, weil du nicht dran denken wolltest», sagte mein Vater.

Larry DiGregorio prostete mir mit seinem Bierglas zu und lächelte. Ich schaute schnell fort und erblickte mein Ebenbild im Spiegel hinter der Theke.

Ich hatte das Glück, die hohen Wangenknochen und dunklen Augen meines leiblichen Vaters zu erben, aber heute abend ließ mich mein Seidenanzug im Stich. Eine blaue, zweireihige Armani-Kopie, die im *Italian Dimension* auf der Atlantic Avenue dreihundert Dollar kostet. Es war der klassische Look vornehmer Eleganz, auf den ich aus war. Nichts von diesem *Italian Stallion*-Scheiß mit all den Kettchen und Parfums. Protz und Kotz nenn ich so was. Aber in dem nächsten Spiegel ließ mich mein Anzug wie ein Dreizehnjähriger aussehen, der bei einer Hochzeit seine Großtante Doris zu ihrem Platz führt.

«Kein Respekt, kein Respekt», sagte mein Vater, zog einen Kamm heraus und versuchte, den wilden grauen Haarschopf zurückzustreichen, der ihm immer vom Kopf abstand.

Die beiden anderen lachten und tranken ihr Bier aus.

«Setz dich doch kurz zu uns, Anthony. Du siehst be-be-beschissen aus», sagte Larry DiGregorio.

Ich konnte ihn kaum ansehen, weil ich ja wußte, was von mir erwartet wurde. Ich erinnerte mich noch gut daran, wie Larry mich und seinen Sohn Nicky einmal zu einem Spiel der Phillies mitgenommen hatte, als wir noch Kinder waren. Ich habe immer noch deutlich das Bild vor Augen, wie er über die Leute in der benachbarten Loge kletterte, als er versuchte, uns einen *Foul ball* zu ergattern, den Mike Schmidt geschlagen hatte. Aber er war zu langsam. Nachher war er so niedergeschlagen, daß er kaum mit uns reden konnte. Sogar als Kind tat er mir schon leid.

«Ich weiß nicht, Larry», sagte ich, rieb die Hände und suchte immer noch einen Ausweg aus diesem Schlamassel. «Ich weiß nicht. Viel Streß in letzter Zeit, viel Streß. Ich sollte mir mal den Kopf untersuchen lassen, mitten in der Rezession eine Firma zu gründen.»

«Rezession!» Richie lächelte süffisant, als hätte er noch nie ein Wort mit mehr als zwei Silben gehört. Er verbrachte seine gesamte Zeit mit der Lektüre von *Muscle & Fitness* und dem Arzneimittelhandbuch eines Arztes, war ständig auf der Suche nach neuen Kombinationen von Steroiden, die er noch ausprobieren konnte.

Auf dem Bild «Die Entwicklung des Menschen» war Richie der zweite von rechts. Seine Brust war so aufgepumpt, daß man meinen könnte, er hätte eine 200-Pfund-Hantel verschluckt. Eine einzelne Augenbraue erstreckte sich wie eine haarige Eisenbahnschiene von einer Seite seiner Stirn zur anderen.

«Ja, Rezession, Rich.» Ich sah ihn an. «Schon mal was davon gehört? Du solltest zur Abwechslung mal eine Tageszeitung in die Hand nehmen.»

Mein Vater stieß mit einem knotigen Finger auf mein weißes Oxford-Nadelstreifenhemd. «Und wenn du auf mich gehört hättest, müßtest du dir jetzt keine Sorgen wegen irgendeiner Rezession machen. Ich versuche dir einen Job zu geben, damit du endlich mal auf einen grünen Zweig kommst. Aber du kannst nicht mal einen Termin pünktlich einhalten. Ich sag dir Viertel nach sieben, und jetzt ist es schon fast Viertel vor acht.»

«Hey, Vin.» Larry legte eine Hand auf den Arm meines Vaters. «Er ist do-do-doch hier. N-n-nur das zählt.»

«Darum geht's nicht», erwiderte mein Vater und schlug mit der offenen Hand auf den Tisch. «Ich will nur, daß Anthony endlich ein Mann wird und seine Pflichten akzeptiert.»

Manche Familien wollen, daß ihre Söhne Ärzte werden. Andere möchten, daß sie Anwälte werden. Meine wollte, daß ich Gangster wurde. Für meinen Vater war es das Höchste für einen Mann, voll akzeptiertes Mitglied des Mob zu werden. In jede Bar oder jedes Restaurant gehen zu können und von anderen Männern gefürchtet und respektiert zu werden und sich sogar die Rechnung bezahlen zu lassen. Er hatte sein Leben lang hart gearbeitet und es heute zum Unterboß eines miesen Haufens in Atlantic City gebracht. Für mich schwebte ihm allerdings Höheres vor. Er glaubte, ich könnte ein *capo* oder vielleicht sogar *consigliere* einer der großen Familien werden.

Er konnte einfach nicht verstehen, daß ich mir nichts mehr wünschte, als ein ehrliches Leben zu führen. Ich war mit der Cosa Nostra aufgewachsen, wegen ihr hatte ich meinen leiblichen Vater verloren, und es reichte mir einfach. Ich wollte nicht jede einzelne Nacht meines Lebens damit verbringen, unter die Decke zu starren und mich zu fragen, ob eine rivalisierende Gang mich umlegen oder ob die Cops mich verhaften würden. Ich wollte, was die meisten Menschen mit Collegeabschluß wollen: ein größeres Haus, längeren Urlaub, die Liebe meiner Kinder und die Chance, mich noch weiter zu verbessern. Mein Problem jedoch war, daß ich mit achtundzwanzig Jahren, einer Frau und zwei Kindern, hart darum kämpfen mußte, auf ehrliche Weise meine Brötchen zu verdienen. Seit über einem Jahr schon hatte ich keinen anständigen Auftrag mehr für mein Betonunternehmen an Land ziehen können, auch wenn ich mich rund um die Uhr ins Zeug legte. Das Leben, das ich führte, war für meinen Vater eine Schande. Nur Vollidioten arbeiteten von neun bis um fünf.

«Hör zu», sagte er. «Wenn ich dich mit Teddy zusammenbringen könnte, brauchst du dir dein Leben lang keine Sorgen mehr zu machen.»

Teddy war der Boß von meinem Vater. Sein *representante*. Ein fettes Dreihundert-Pfund-Schwein, das immer die Hälfte von allem wollte, was man verdiente. Ich erinnere mich noch gut daran, wie er immer Pfannkuchen von meinem Teller geklaut hatte, als ich noch Kind war.

«Wenn ich ein Leben wie du führen und voll für Teddy arbeiten wollte, würde ich sowieso kein echtes Geld verdienen», erwiderte ich. «Ich hätte nicht mal mehr einen Namen.»

«Was redest du da für ein Zeug? Ich habe einen Namen.»

«Ach, ja? Hast du schon mal ein Auto auf deinen Namen gemietet?»

«Wozu? Ich hab vier oder fünf verschiedene Führerscheine.»

Auf der anderen Seite des Tisches trank Larry sein Bier und wischte sich mit dem Tuch aus seiner Brusttasche den Mund ab, hatte auch nicht den geringsten Schimmer, was bald passieren würde.

«Schon mal in einem Haus gewohnt, auf dessen Mietvertrag nicht der Name von jemand anderem stand?» wollte ich von meinem Vater wissen.

«Nein», sagte er. «Und Steuern hab ich auch noch nie bezahlt. Also, was sagt dir das?»

Er wandte sich an Larry und stieß mit dem Daumen nach mir. «Siehst du, er hält es für unter seiner Würde, zu einer Gang zu gehören.»

«Tja, Vin, die junge Ge-ge-generation hat andere Prioritä-tä-täten als wir.» Larry strich sich über den Teil seines Gesichts, wo eigentlich ein Kinn hätte sein sollen. «Die F-f-familie bedeutet für sie nicht dasselbe wie für uns.»

«Das liegt nur daran, daß sie kein Verständnis für all die Opfer haben, die wir bringen mußten.»

Larry zuckte mit den Achseln, während mein Vater sich mit dem Unterarm über die Nase wischte. «Paß auf, V-v-vin. Die werden ihn so-w-w-wieso nicht nehmen. W-w-was willst du dagegen tun?»

«Stimmt», sagte ich. «Ich kann gar nicht aufgenommen werden, weil ich kein sizilianisches Blut auf beiden Seiten habe. So lauten die Regeln.»

Ich hoffte, das würde die Unterhaltung auf ein anderes Gleis bringen, doch mein Vater wollte seinen Plan auf Biegen und Brechen durchziehen.

«Jeder Mann will doch, daß sein Sohn mal ein besseres Leben hat als er selbst», sagte er ernst. «Vielleicht legen sie die Regeln dieses eine Mal etwas großzügiger aus.»

«He, sei doch nicht so... übereifrig, was mein Leben betrifft.»

Mein Vater sah mich an, als verursachte ich ihm eine Migräne. «Übereifrig?»

Ich weiß nicht, warum ich bei ihm dauernd diese langen Worte benutzte. Vielleicht, weil ich den Unterschied zwischen uns beiden unterstreichen wollte. Weniger, um ihn runterzuputzen, als vielmehr, mich selbst daran zu erinnern, daß ich nicht zwangsläufig werden mußte wie er.

«V-v-vin.» Larry beugte sich vor und ergriff kumpelhaft den Ellbogen meines Vaters. «Vi-vi-vielleicht ist es so besser. Sieh dir nur Nicky an, meinen Jungen. Wenn er sauber geblieben wär, vi-vi-vielleicht müßte ich dann heute abend nicht hier sitzen, um d-d-die Sache mit dir in Ordnung zu bringen.»

Mein Vater murrte. «Und wenn Nicky jetzt reinkäm, um selbst drüber zu reden, könnten wir die Sache mit ihm klären statt mit dir, Larry.»

«Du weißt davon?» Larry wandte sich an mich als potentiellen Verbündeten. «Mein Nicky hat da w-w-was ein bißchen falsch verstanden, was den P-p-pensionsfonds der Gewerkschaft angeht.»

«Er hat sich fünfzehn Riesen wöchentlich extra eingesackt», sagte mein Vater. Er starrte mich an. «Hast du Larry dazu nichts zu sagen?»

«Was?» Ich sah ihn einfach nur an.

«Willst du Larry dazu nichts sagen?»

«Nein.» Ich schaute fort. «Was sollte ich schon groß sagen?»

«Das, was du gesagt hast, daß du es ihm sagen wirst.»

Die Augen meines Vaters waren wie zwei Bohrer, die sich von der Seite in meinen Schädel gruben. Plötzlich wurde mir jeder einzelne unserer Atemzüge bewußt, das Ticken der Uhr und das Stocken in Tony Bennetts Kehle, als er im Radio «Something in Your Smile» sang.

«Ich hab Larry nichts zu sagen», erwiderte ich.

Mein Vater fixierte mich immer noch. Er verpaßte mir einen leichten Schlag auf die Schulter.

«Bist du sicher?»

«Ja, ich bin sicher.»

Ich sah, wie Larrys Blicke nervös hin und her zuckten. Hätte er nur einen Funken Verstand, wäre er jetzt aufgesprungen und rausgerannt.

Ich klopfte meine Taschen ab und zog die Schultern hoch, als das Pochen in meinem Kopf zu einem Hämmern anschwoll. «Ich hab nichts für ihn.»

«Aaach!» Mein Vater winkte angewidert ab und wollte aufstehen. «Ich muß mal pissen.»

«Fall nicht ins Becken», sagte Richie, als Larry aufstand, um Vin rauszulassen.

Mein Vater ging um die kreisförmige Theke mit der Chromplatte und weiter durch die braune Tür mit der Aufschrift «Wassergeister» am anderen Ende des Clubs. Mit ihm ging der größte Teil der Spannung aus dem Raum. Das Hämmern in meinem Kopf legte sich, und ich ließ die Musik des Radios in meine Ohren spülen. Tony Bennett schmetterte ruhig vor sich hin. Mit Larry wird schon alles in Ordnung kommen, dachte ich.

Er setzte sich wieder und griff über den Tisch, um meine Hand zu tätscheln.

«Er ist ein richtig zäher alter Hund», sagte er sanft. «A-a-aber er liebt dich. V-v-vergiß das nie.»

«Ich weiß, Larry. Aber er versteht einfach nicht.»

«K-k-klar. Aber in seinem Herzen w-w-will er für dich immer nur das B-b-beste.»

Die Diskokugel drehte sich langsam unter der Decke, und tausend kleine Lichtsterne jagten durch den Raum hinter einander her. Sie erinnerten mich an die Möwen draußen.

Ich wollte Larry gerade sagen, daß es ein guter Zeitpunkt für ihn wäre, zu gehen. Aber genau in diesem Moment tauchte mein Vater mit einer .357er Magnum in der Hand wieder aus der Toilette auf, genau wie ich es von ihm erwartet hatte. Er ging um die Theke und hob die Kanone langsam, richtete sie aus knapp fünf Meter Entfernung auf Larry. Ich bereitete mich darauf vor, mich sofort auf den Boden zu werfen und mir die Ohren zuzuhalten.

Aber dann passierte etwas Unglaubliches. Der alte Larry DiGregorio, der schon immer die Reflexe eines Valiumsüchtigen gehabt hatte, stieß blitzschnell eine Hand unter seine Jacke und riß eine .38er Stupsnase heraus. Bevor einer von uns überhaupt reagieren konnte, ballerte er eine Ladung auf meinen Vater, und die Realität begann auseinanderzufallen. Der Knall ließ Richie aufschreien wie ein Schulmädchen, das plötzlich eine Küchenschabe unter ihrem Stuhl erspäht hatte. Mein Herz sprang mir in die Kehle. Aber mein Vater sah nur verärgert aus, so als hätte er seine Schlüssel im Wagen vergessen. Als Tony Bennett seinen Song beendete, sackte er auf dem Boden zusammen.

Larry drehte sich bedächtig wie ein High School-Direktor zu uns um, der jeden Augenblick mit einer Standpauke loslegen will. «Wißt ihr, ich will ja gerne glauben, daß keiner von euch Jungs was damit zu tun hat», sagte er mit der ruhigsten Stimme, die ich je bei ihm gehört hatte.

Der Atem erstarrte in meinen Lungen. Larry sah meinen Vater nicht, der sich jetzt hinter seinem Rücken wie eine Film-Kreatur aus dem Grab erhob. Mit einer Hand packte Vin den nächstbesten Barhocker und stürzte sich auf ihn. Und bevor Larry sich versehen konnte, krachte dieser Barhocker dann auch schon auf seinen Schädel.

Urplötzlich brach die Hölle los. Beide stürzten zu Boden und kämpften wie zwei alte Schimpansen unter einer Bananenstaude. Speichel flog überallhin, Tische und Stühle stürzten um. Sie rollten ineinander verhakt auf die Bar zu, schnappten nach Luft. Zuerst war mein Vater oben. Dann Larry. Eine Bifokalbrille fiel aus einer Tasche. Dann ein Gebiß. Jetzt ein Hörgerät. Etwas Pelziges löste sich von Larrys Kopf, und ich erkannte, daß es sein Toupet war. Es war, als würden sie sich gegenseitig die Ersatzteile abschütteln. Gläser fielen von der Theke und zerbrachen neben ihren Gesichtern in tausend Splitter. Ein Eispickel rollte herunter. Mein Vater packte ihn und versuchte, ihn Larry ins Auge zu rammen. Larry umklammerte seine Hand und biß Vin ins Ohr. Das Klopfen in meinem Kopf war wie von einem Preßlufthammer, erschütterte das Innere meines Schädels und jagte mir den Schweiß aus den Poren.

Das ganze Dilemma meines Lebens wurde in diese paar Sekunden gepreßt. Jede einzelne Faser meines Körpers schrie: Beweg deinen Hintern, verschwinde von hier, fahr eine Million Meilen weit fort. Aber ich wußte, daß ich bleiben mußte. Vin war mehr als nur der Mann, der meine Mutter geheiratet hatte. Er war mein Vater, mein Beschützer, mein Schwert und Schild gegen den Rest der Welt.

«GIBSZURÜCK! GIBSZURÜCK! GIBSZURÜCK!» Es war unmöglich zu sagen, wer von beiden da schrie.

Ich sah, daß Richie immer noch wie ein gestrandeter Wal in der Nische hockte. Mein alter Herr lag auf dem Boden und gab diese schrecklichen «ACK-ACK-ACK»-Würgelaute von sich. Er brauchte mich. Aber beide hatten Kanonen, die jeden Augenblick losgehen konnten. Ich zwang mich, einen Schritt vorwärts zu machen, aber dann ließ mich ein scharfer Doppelknall drei Meter entfernt wie angewurzelt stehenbleiben, und ich hörte einen satten, schmatzenden Laut wie von einem Messer, das in einen Kürbis eindrang.

Im Radio sang Peggy Lee «Is That All There Is?»

Irgendwer stöhnte. Ein Eiswürfel knackte. Im Licht der sich drehenden Diskokugel sah ich einen Arm, der erschlaffte. Ein weiteres gedämpftes «Pop, Pop!» von der Kanone, und dann wurden beide Körper sehr still.

Einen flüchtigen Augenblick überkam mich die Angst, daß vielleicht beide tot waren. Die Kopfschmerzen verwandelten sich in ein blendendes Schneegestöber von Schmerzen direkt über meinen Augen. Wie konnte ich erklären, was wir hier machten? Was sollten wir mit ihren Leichen machen? Und was würde ich ohne meinen Vater tun? Bis zu diesem Augenblick war mir nicht klar gewesen, daß ich ihn fast genauso liebte wie er mich.

Wieder ein Stöhnen, und dann begann Vin langsam, seine Arme und Beine aus dem Haufen auf dem Boden zu entwirren. Er stand auf und sah von mir zu Richie und dann wieder zu mir.

«Gottverdammte Scheiße», schimpfte er. «Wenn ich dich frage, ob du ihm was zu sagen hast, dann sollst du aufspringen und den Schwanzlutscher erwürgen.»

«Ich hab das Seil vergessen», sagte ich benommen. Nach den Ereignissen der letzten Minuten befand ich mich immer noch in einem Schock.

«Häh?»

«Ich sagte, ich hab das Seil vergessen. Ich schätze, es liegt wahrscheinlich immer noch im Kofferraum.» Das war gelogen. Ich hatte nichts mit dem Mord an Larry zu tun haben wollen, und mein Vater wußte es.

Er fluchte leise und fing an, mit seinem Hemd Fingerabdrücke von der Kanone zu wischen.

«Bist du okay?» fragte ich.

«Ja. Aber fast hätte er mich erwischt.» Mein Vater warf einen Blick auf die Schulter seines Hemdes, wo die Kugel durchgegangen war. Der Riß in dem Stoff schien ihn mehr zu bekümmern als der Schorf, der sich bereits auf seiner Haut zu bilden begann.

Ich atmete erleichtert auf und ging hinüber, um einen Blick auf Larry zu werfen. Er lag sehr still da mit vier Einschußlöchern in der Brust und dem Eispickel in der Niere. Die Perücke war fort, wodurch sein kahler Skalp entblößt war. Er war über und über mit Blut beschmiert, und eine Hälfte seines Blazers war unter seinen Rücken gerutscht. Mir ging einfach nicht aus dem Kopf, daß er ihn hätte zugeknöpft haben wollen, damit man die Messingknöpfe sah.

Inzwischen verströmte er bereits einen üblen Kotgeruch.

Rückblickend glaube ich, daß ich noch nie so verwirrt gewesen war. Ich wußte zwar, daß mein Vater schon Menschen umgebracht hatte, aber wirklich gesehen hatte ich es noch nie zuvor. Einerseits wurde mir schlecht bei seiner Gewalttätigkeit. Es drehte mir nicht einfach nur den Magen um; es zerriß mir den Verstand. Dies war das Leben, dem zu entweichen ich aufs College gegangen war.

Andererseits war ich, irgendwo ganz tief in meinem Inneren, auch erregt. Nur eine Sekunde lang. Es war schwer zu erklären, sogar mir selbst gegenüber. Ich bin eigentlich nie ein gewalttätiger Mensch gewesen, aber es hat etwas unglaublich Mächtiges, mit anzusehen, wie er einfach ein Leben nahm. Er und Larry waren in einen Kampf auf Leben und Tod verstrickt gewesen, und jetzt würde er lebend hier rausgehen und Larry nicht. Es veränderte mich – das zu sehen –, aber damals wußte ich noch nicht, wie sehr. Fast umgehend war ich wieder entsetzt und beschämt.

Mein Vater kam rüber und stieß Larry mit dem Fuß an. «Das hier war eigentlich deine Aufgabe, weißt du, nicht meine», sagte er mit keuchender Stimme zu mir und steckte die .38er ein, die neben Larry gelegen hatte. «Wir haben schon so lange gewartet. Er wäre gegangen, wenn ich ihn nicht erschossen hätte.»

«Fast wäre er auch so gegangen», meinte Richie Amato mit einem etwas kleineren süffisanten Grinsen.

«Du hältst die Schnauze!» fauchte mein Vater ihn an. «Du bist auch nicht aus deiner beschissenen Nische rausgekommen!»

Er nahm Larrys Bier, das die ganze Zeit auf dem Tisch gestanden hatte, und trank es mit einem großen Schluck aus. Das ultimative Macho-Leck-mich-am-Arsch. Töte deine Feinde. Nimm ihre Frauen. Trink ihr Bier.

Was konnte ich tun? Die Polizei rufen? Er war immerhin mein Vater. Außerdem dämmerte mir allmählich, daß ich schon allein dadurch zum Komplizen eines Mordes geworden war, daß ich einfach hier stand. Ich konnte keinem Menschen irgendwas sagen, ohne mich selbst zu belasten.

«Ach, Scheiße.» Mein Vater versuchte, mit einer Cocktailserviette irgendeine blutige Schweinerei von seinem Unterarm zu wischen. Sein Hemd stank nach Schweiß, und sein Atmen klang wie eine Horde Ratten, die durch einen Windkanal rannten. «Tja, jetzt hab ich wohl ein Problem.»

Er holte wieder tief Luft und reckte die Schultern. Sein Körper schien immer noch all den Haß auszustrahlen, der erforderlich war, um aufzustehen und Larry umzubringen.

«Was ist denn?»

Er schaute auf Larry hinab und schüttelte den Kopf. «Er sollte nicht so erschossen und erstochen werden. Teddy wollte, daß er erdrosselt wurde, und er wollte, daß du es machst. Das hat zu dem Plan gehört, daß du die Gewerkschaftssache übernimmst.»

«Sieh mich nicht so an», sagte ich scharf. «Ich wollte nichts damit zu tun haben. Ich bin heute abend nur gekommen, weil ich dachte, es wäre vielleicht möglich, die Geschichte irgendwie friedlich zu regeln...»

Aber noch während ich das sagte, merkte ich, daß ich meinen Blick nicht von Larrys Leiche wenden konnte. Was geschehen war, war schrecklich, aber irgendwie schien ich mich auf die Umstände einzustellen. Larry war tot. Es gab absolut nichts, was ich jetzt noch für ihn tun konnte.

«Tja, weißt du», sagte mein alter Herr und zog den Eispickel aus Larrys Seite, «vielleicht können wir ja doch noch was machen.»

«Was denn zum Beispiel?»

Er biß sich auf die Unterlippe. «Vielleicht könntest du ihm einfach ein Seil um den Hals legen und sagen, du hättest es gemacht, und ich hätte dir gegen Ende nur noch ein bißchen geholfen.»

«Er hat aber trotzdem immer noch all die Löcher im Wanst», sagte Richie, der plötzlich zu einem gerichtsmedizinischen Experten mutierte. «Die werden doch nur einen kurzen Blick auf ihn werfen und sagen, daran ist er abgekratzt, nicht an irgendeinem Seil.»

Mein Vater musterte sorgfältig Larrys Gesicht. «Nun, dann müssen wir uns eben was einfallen lassen, wie wir's schaffen, daß die Zunge rauskommt und die Augen vortreten.»

Ich zog meine Krawatte gerade und räusperte mich. Es ist schon erstaunlich, wie schnell alles wieder zu einer scheinbaren Normalität zurückkehrt. Die Diskokugel unter der Decke drehte sich immer noch, die Musik aus dem Radio spielte immer noch, das Bier lag immer noch hinter der Theke auf Eis, wartete darauf, für drei Dollar das Glas verkauft zu werden. Das einzige, was in dem Laden jetzt anders war, war Larry, der tot auf dem Teppich lag.

«Paß auf», sagte ich, «vergiß die Sache, wer was mit wem gemacht hat. Was unternehmen wir wegen der Tatsache, daß er hier rumliegt?»

«He!» Mein Vater warf mir einen gereizten Blick zu. «Ich versuch doch nur, dir ein paar Pluspunkte bei Teddy zu verschaffen.»

«Tja, vergiß es», unterbrach ich ihn. «Du lügst, und diese Lüge wird dich dein ganzes Leben lang verfolgen.»

Das war das letzte, was ich brauchte. Ich war in einen Mord verwickelt. Jetzt wollte Vin mir die Tatwaffe auch noch in die Hand drücken. Ich wollte nur noch weg, ein Glas trinken und etwas Zeit haben, alles für mich auf die Reihe zu bekommen.

Mein Vater funkelte mich wieder wütend an. «Weißt du, ihr verdammten Kids bringt mich noch um», sagte er und drehte sich von mir zu Richie um. «Holt vielleicht mal einer von euch eine Plastikplane, damit ich den Pisser hier einwickeln kann?»

Richie zischte sofort in ein Hinterzimmer ab, war plötzlich wieder richtig emsig, nachdem jetzt keinerlei Gefahr mehr bestand. Ich starrte immer noch Larry an. Erst vor wenigen Minuten hatte er mich gefragt, wie meine Geschäfte liefen.

«Übereifrig», sagte mein Vater, packte Larrys Knöchel und fing an, ihn fortzuschleifen. «War das das Wort, das du vorhin benutzt hast?»

«Ja, Dad. Übereifrig.»

«Ihr beschissenen Kids», sagte er. «Ihr macht mich fertig.»

Für *Slow Motion Riot* wurde **Peter Blauner** 1992 mit dem *Edgar Allen Poe Award* der *Mystery Writers of America* für das beste Debüt des Jahres ausgezeichnet. Sein Beitrag zu dieser Sammlung ist ein Auszug aus dem neuen Roman *The Neon Forest.*

Blauner ist 33, in New York City geboren und aufgewachsen. Er arbeitete zehn Jahre als Reporter für das *New York Magazine* und berichtete über Kriminalität, Politik und andere Formen des asozialen Verhaltens. Heute lebt er mit seiner Frau Peg Tyre und seinem Sohn Mac immer noch in New York City.

▼

Auf das folgende Manuskript bin ich durch Zufall gestoßen. Es ist der erste Roman der Autorin, der Anfang 94 in Amerika erscheinen wird. Peter Blauner wurde als einer der ersten von mir wegen dieser Anthologie angesprochen. Später habe ich ihn gefragt, ob er mir vielleicht noch jemanden empfehlen könne. Er erwähnte seine Frau.

Ich habe die Korrekturfahnen ihres Buches gelesen. Es ist ein wunderbarer Roman und stellt zudem die Quintessenz dessen dar, was ich zuvor bereits ausgeführt habe.

Peg Tyre ist Journalistin und schreibt über Verbrechen. Tatsächlich ist sie erst kürzlich von der Straßenkriminalität zum organisierten Verbrechen aufgestiegen. An ihrem Schreibtisch sitzt sie Jimmy Breslin unmittelbar gegenüber. Ihr Roman stellt die Fiktionalisierung ihres Berufs in Brooklyn dar. Der Roman erzählt von einem

Verbrechen und von Menschen, die mit und vom Verbrechen leben – von Reportern und Cops. Aber er bewirkt mehr als die Hauptnachrichten, er gibt der Handlung eine Perspektive, verleiht den Menschen Tiefenschärfe und Menschlichkeit.

PEG TYRE

Strangers in the Night

Die Nervosität war Kate auf den Magen geschlagen, als die Mutter des toten Jungen die kindischen Streiche ihres Sohnes beschrieb. Der sechzehnjährige Edison Monroe war kurze Zeit zuvor auf einem Schulhof in East New York erschossen worden. Getötet wurde er von drei Siebzehnjährigen, die in einem nagelneuen Toyota vorbeifuhren, lachten und dabei mit automatischen Waffen auf den asphaltierten Hof ballerten.

Die Mutter des Jungen, deren gewaltiger, massiger Körper in einem Männerflanellhemd und einer Stretchjeans steckte, schien die drückende Hitze nicht zu registrieren, während die Wintersonne durch zwei breite, völlig verschmutzte Fenster hereinfiel. Voller Stolz erzählte sie von einer Prügelei, die ihr Sohn einmal mit dem größten Rabauken des Viertels gehabt hatte, und nicht weniger stolz zeigte sie eine Collage, die Edisons Zwillingsbruder Kimson vor neun Jahren in der Schule gemacht und ihr zum Muttertag geschenkt hatte.

Ein Knäuel Kinder krabbelte auf dem schmutzigen Boden. Weder hörten sie zu noch unterbrachen sie mit ihrem Geplapper das langsame, traurige Requiem ihrer Mutter.

Kate machte sich ein paar Notizen und versuchte, ihr aufgewühltes Inneres zu beruhigen, indem sie tief ein- und ausatmete.

«Ich glaub's einfach nicht, daß meinem Jungen so was passiert ist», sagte Edisons Mutter. «Er hat mir nie Schwierigkeiten gemacht. Er war immer ehrlich und hat aufgepaßt, nicht auf die schiefe Bahn zu kommen. Wollte mit einem Stipendium nach Harvard, ehrlich. Fragen Sie Kimson, wenn er nach Hause kommt. Der wird's Ihnen bestätigen.» Kate wußte, daß Edisons Zwillingsbruder Kimson ein kleiner Drogendealer in diesem Viertel war und von der Polizei gesucht wurde, weil er einen alten Mann mit einer Trittleiter erschlagen hatte.

«Glauben Sie, daß er bald nach Hause kommt?» erkundigte sich Kate, wobei ihre Lippen plötzlich trocken waren und in ihrem Hals ein Kloß steckte. Unwillkürlich zog sie die Schultern hoch, und schützend schlängelten sich ihre Hände über die Hüften, als könne sie sich hinter ihren schmalen Armen verstecken.

«Bald», erwiderte sie. «Er kümmert sich um die Beerdigung.»

Sie erhob sich und forderte Kate mit einer Handbewegung auf, ihr zu folgen.

«Ach, wirklich?» fragte Kate, während ihre Besorgnis zu einer ausgewachsenen Übelkeit aufblühte. Sie versuchte sich wieder in den Griff zu bekommen, zwang die Arme, ganz locker und natürlich an ihren Seiten zu schwingen, doch die Hände umklammerten ängstlich die Ellbogen. «Edison muß ziemlich smart gewesen sein, wenn er nach Harvard wollte. Welche Schule hat er denn besucht? Was wollte er mal werden, wenn er seinen Abschluß hatte?»

«Edison und Kimson, Kimson und Edison. Die zwei waren immer zusammen. Meine beiden kleinen Jungs», antwortete Edisons Mutter in einem merkwürdigen Singsang.

Die beiden Frauen hatten inzwischen das Zimmer der Jungs betreten. Zwei ordentlich gemachte Betten waren hinter vier gewaltigen Lautsprecherboxen und einem 92-Zentimeter-Fernseher mit Videorecorder kaum zu erkennen. Die Schranktür stand offen, und Kate sah Reihen von Turnschuhen und knalligen Jogginganzügen mit komplizierten, aufgenähten Mustern aus Leder.

An der Wand über der niedrigen Kommode hingen Poster der Rap-Stars Public Enemy und Geto Boyz.

Edisons Mutter sang immer noch völlig gedankenverloren ihr kleines, trauriges Lied. «Edison und Kimson, Kimson und Edison.»

Kate schluckte schwer und hustete, um einen leichten Würgereiz in ihrem Hals zu überspielen. Sie dachte einige Sekunden über ihre nächste Frage nach, fragte sich, ob es eine nettere Art gab, sie zu stellen, und gelangte zu dem Schluß, daß es keine gab.

«Ihre beiden Söhne sind sehr verschieden. Seit wann dealt Kimson schon mit Crack?» sagte sie und schaute dabei der Mutter auf eine Weise in die Augen, von der sie hoffte, daß es kein abwertender Blick war.

«Crack? Crack?» sagte die Frau. Sie sah aus, als hätte sie eine Ohrfeige bekommen; die Augen weiteten sich, ihre Blicke zuckten durch den Raum, als sähe sie ihn jetzt zum allerersten Mal. Sie schwankte leicht, als würde sie jeden Augenblick umkippen. Was sie dann auch tat; wie ein Haus, das gesprengt worden war, krachte ihr massiger Leib auf den Boden.

Edisons jüngere Geschwister drängelten sich in die Tür und starrten ihre Mutter mit ausdruckslosen Blicken an. Kate kniete sich und nahm die Hand der Frau, doch dann verdrehten sich ihre Augen in den Kopf.

Kate sprang auf und schob sich an den Kindern vorbei in die mit Abfall übersäte Küche.

Sie füllte ein schmieriges Glas mit Wasser, als ihr Blick nach unten fiel. Sie sah brackigen, grünen Schleim zwischen dem schmutzigen Geschirr von mehreren Wochen hervorquellen und mußte jetzt erst recht würgen. Das kühle Wasser strömte über ihre Hand, während sich Kate verzweifelt umschaute und sich dann für eine leere Papiertüte entschied, in der einmal chinesisches Fast food gesteckt hatte, um sich darin zu übergeben.

Sie rieb die Tränen aus den Augen, wischte sich den Mund am Handrücken und die Hand an der Hose ab und kehrte mit weichen Knien zu Edisons Mutter zurück, die immer noch genau an der Stelle lag, wo sie gestürzt war, und leise stöhnte. Kate hob ihren Kopf leicht an und hielt das Glas an ihre Lippen.

«Crack? Herr im Himmel. Crack. Mein armes Baby», flüsterte die Frau.

Nach ein paar Augenblicken half Kate der Frau vorsichtig auf und führte sie zu einem abgewetzten Sessel im Wohnzimmer.

Kate murmelte ein paar Worte, ging noch einmal in Edisons Zimmer, hob ihr Notizbuch vom Boden, verließ die Wohnung und übergab sich sofort noch einmal, als sie wieder auf der Straße stand.

Das Polizeirevier des 83rd Precinct in Bushwick, Brooklyn, war in diesem tristen, langweiligen Endsechziger-Stil gebaut, und von außen ähnelte es einer heruntergekommenen Grundschule. Innen sah es dank Neonröhren und gegossenen Betonfußböden aus wie in einem Gefängnis.

Oben im Büro der Kriminalpolizei, wo die elf Detectives arbeiteten, herrschte ein ständiges Kommen und Gehen in Tränen aufgelöster Opfer, mürrischer Verdächtiger und nervöser Informanten. Unentwegt klingelten Telefone, und die Wasserrohre klopften jedesmal, wenn die Toilettenspülung benutzt wurde.

Detective John Finn saß hinter seinem grauen Stahlschreibtisch und blätterte vom Sportteil des *Herald* zu den fünf Seiten Lokalberichterstattung, als er das Bild eines vertraut wirkenden Jungen unter einer fetten Schlagzeile bemerkte: **ZUKÜNFTIGER HARVARD-STUDENT ERMORDET.**

Der *Herald* schien ein anderes Opfer als den Edison Monroe zu beschreiben, den Finn kannte. Die *New York Post* und die *New York Newsday* brachten die Sache da schon eher auf den Punkt. Sie berichteten, daß Edison, das Opfer, von der Grundschule abgegangen und ein berüchtigter Crackdealer geworden war, der dieses Geschäft gemeinsam mit seinem Bruder Kimson betrieb.

Finn lächelte leise. Das Mädchen vom *Herald* mußte wohl zu Edison nach Hause gegangen sein und mit seiner verrückten Mutter gesprochen haben. Er las die Geschichte des *Herald* etwas aufmerksamer. Yep. Die Reporterin, Kate Murray, hatte die alte Schachtel sogar zitiert. Finn erinnerte sich an die Frau – liebenswürdig, unaufdringlicher Tonfall, aber auch zu hysterischen Anfällen neigend, woraufhin sie in Ohnmacht fiel oder nur noch wirres Kauderwelsch quasselte.

Demnach mußten die Reporter von *Post* und *Newsday* mit diesem Idioten Phillip Tierney, dem Chef der Detectives vom 75th Precinct, geredet haben. Tierney half Journalisten, die er kannte und mochte.

Finn fragte sich, ob Reporter, wie Detectives, das journalistische Äquivalent zu Abteilungsleitern hatten, jemand, der ihnen die Hölle heiß machen konnte, wenn Fehler an die Öffentlichkeit drangen.

Das grobkörnige Foto vom Gesicht des toten Jungen verschmolz mit einem Bild in seinem Kopf, und Finn starrte auf das schmutzige Fenster, bis die Erinnerung ganz zurückkehrte.

Vor etwa vier Jahren war er dieser verrückten Familie das erste Mal begegnet, als er und sein Partner Tony Salazzo den Vater der Jungs, Herbert Monroe, festnahmen, weil er den Inhaber eines kleinen Lebensmittelladens in Bushwick im Verlauf eines Raubüberfalles ermordet hatte. Fat Tony zwang Herbert Monroe, sich in diesem schmutzigen und verwahrlosten Wohnzimmer auf den Bauch zu legen, und fesselte ihm die Hände auf den Rücken, wobei er einen Fuß in sein Kreuz drückte. Der zwölfjährige Edison Monroe tauchte in der Tür auf. Er hielt seine magere kleine Schwester wie einen Schild umklammert.

«Was wollt ihr mal werden, wenn ihr groß seid?» versuchte Finn mit den verängstigten Kindern ein Gespräch anzufangen.

Der kleine Edison starrte zuerst seinen gefesselten, auf dem Boden liegenden Vater an, dann die Detectives, die ihre Waffen auf dessen Kopf gerichtet hatten, und sagte: «Ich will Polizist werden.»

Damals hatten Finn und Fat Tony gelacht, doch heute erinnerte es Finn daran, wie einsam und allein er sich oft fühlte.

Finn war aufgefallen, daß er seit der Festnahme von Marvin Plank von den anderen Detectives geschnitten wurde. Es war, als wäre ihm der Tod einfach zu nahe gekommen. Er hatte ihn gezeichnet, aber nicht mitgenommen, und dieser ekelhafte Moschusgeruch blieb haften. Wenn die anderen Detectives mit ihm sprechen wollten, wenn sie Witze über Sport oder ihren letzten Fall machten, konnte Finn sich kaum auf das konzentrieren, was sie sagten. Ja sogar seine eigene Stimme klang für ihn wie ein unscharfes Radiosignal, das stärker und schwächer wurde und fast in statischem Rauschen unterging.

Es war wie zu träumen, daß er sich rasiert und angezogen hatte, dann zur Arbeit gefahren war. Im Revier schien alles normal, und der Alltagstrott war der gleiche wie immer, aber von Zeit zu Zeit beschlich ihn das unbegagliche Gefühl, daß er in einer anderen Dimension noch im Bett lag und fest schlief.

Finn seufzte und rieb sich das Kinn. Er wartete, daß Fat Tony vom 75th Precinct zurückkehrte, wo er eine Akte abholte. Sie hofften, darin die letzte bekannte Adresse von Alex Tepper zu erfahren, eines Beamten des Drogendezernats. Nach einem zweitägigen Tobsuchtsanfall waren Teppers Frau und ihre drei Liebhaber mit Schußverletzungen im Kings County Hospital gelandet.

Finn war unruhig. Während er tat, als schaue er aus dem Fenster, überprüfte er im Spiegelbild seinen Haaransatz.

Vor zehn Jahren, damals war Finn fünfundzwanzig gewesen, hatte seine Frau Sandy ihn wegen eines anderen Mannes verlassen.

Sein Haar war ganze zweieinhalb Zentimeter zurückgewichen und hatte ihm eine große Halbinsel dicker, brauner Locken auf der Stirn beschert. Erschüttert hatte er als Ersatz für das stoffbezogene Sofa, das Sandy mitnahm, eine braune Ledercouch gekauft und mit einer strengen Gymnastik begonnen, um seinen Bauch straff zu halten. Nachdem sie wieder geheiratet hatte, kehrte sein Leben in ein voraussagbares Muster zurück. Zehn Jahre später hatte sich daran nicht sonderlich viel geändert. Er arbeitete immer noch für das Department, war in wenig bemerkenswertem Tempo zum Detective zweiter Klasse befördert worden und lebte immer noch allein mit seiner Ledercouch in einer Einzimmerwohnung in Bay Ridge. Er war durchtrainiert, und seine Haare fielen nicht weiter aus. Tatsächlich lenkte sein nur leicht zurückgewichener Haaransatz die Aufmerksamkeit auf intelligente, graue Augen und ein markantes Kinn, das ein attraktives Grübchen in der Mitte besaß. Auch wenn viele Frauen ihn für recht gutaussehend hielten, hatte das Verschwinden der jungenhaften Locken seiner Eitelkeit einen herben Schlag erteilt. Nie wieder würde er sich vom Aussehen her für mehr als bestenfalls durchschnittlich halten.

In seinem Gesicht hatte sich nichts verändert, bemerkte Finn. Doch seit er das Klicken von Planks Neunmillimeter gehört hatte, schien ihm nichts anderes mehr richtig zu sein. Es war, als hätte jemand alle Möbel um zehn Zentimeter nach links verschoben. Nichts war wirklich anders, und doch war einfach alles nicht exakt an der Stelle, wo er es erwartete. Er fühlte sich ein wenig ängstlich und angespannt, so als käme er zu einer wichtigen Sache zu spät, aber er hatte nicht den geringsten Schimmer, was dies war oder wo er sein sollte oder erwartet wurde.

Er bemerkte drei Feuerwehrmänner unten auf der Straße, die den Truck nach einem falschen Alarm wieder rückwärts in die Feuerwache setzten. Verbittert registrierte er, wie fröhlich und unausgelastet sie wirkten. Dann sah er drei Jungs, die vom Dach der Sozialwohnungen auf der anderen Straßenseite zu den Feuerwehrmännern hinabschauten.

Hinter dem verschlossenen Fenster beobachtete Finn die kunstvolle Pantomime, als die Jungs etwas zu den Feuerwehrleuten hinunterriefen, und die Feuerwehrmänner darauf antworteten, indem sie sich auf die Innenseiten der Ellbogen schlugen und die Fäuste schüttelten. Die Jungs verschwanden, und nur wenige Sekunden später begann Müll im hohen Bogen auf die Feuerwehrmänner unten herabzuregnen.

Finn lächelte, als er die sprachlose Überraschung auf ihren Gesichtern beobachtete und dann die heftige Wut, als Flaschen und Dosen um die Feuerwehrmänner herum auf den Bürgersteig krachten. Ein halbleerer Karton mit chinesischem Essen zerspritzte auf der glänzend roten Kühlerhaube des Feuerwehrwagens.

Die Feuerwehrmänner zogen hastig das Garagentor zu. Finn verließ das Fenster und schlenderte fort, um mit dem Patrol Sergeant zu reden.

Er haßte es, im Dienst untätig hinter seinem Schreibtisch zu sitzen. Er mochte die altgedienten Cops nicht – Streifenpolizisten, die einfach fertig waren und jetzt nur noch im Revier herumlungerten, prahlten und Lügengeschichten erzählten.

Patrol Sergeant Michael Garvey war ein Freund von Finns Ex-Frau und hatte ihnen zur Hochzeit einen Gartengrill geschenkt, obwohl sie doch in einer Etagenwohnung lebten. Das einzige Mal, als Finn und seine frischgebackene Braut das Ding benutzen wollten, wehte eine Frühlingsbrise den Qualm ins Schlafzimmer eines zahnlosen, fünfundsiebzigjährigen Italieners, der neben ihnen wohnte. Der alte Mann baute sich vor Finn auf, fuchtelte wild mit seinen spindeldürren Armen in der Luft und stieß ordinäre und unflätige Flüche auf italienisch aus.

Jetzt hatte Sandy den Grill bei ihrem neuen Mann in Wantagh, aber Garvey, dessen von tiefen Falten zerfurchtes Gesicht und graues Haar ihn jünger und sanfter statt älter und knallhart aussehen ließ, war immer noch mit Finn befreundet.

Er plauderte ein wenig mit Garvey und Brian Edwards, dem größten Police Officer in ganz Brooklyn, der sich auf Augenhöhe herabließ, indem er seine massigen, baumstammartigen Beine zu einem auf dem Kopf stehenden V spreizte.

Er deutete mit dem Kinn zu der Arrestzelle, wo Finn einen schlanken jungen Mann in einem erbsengrünen T-Shirt bemerkte, der träge hinter dem Gitter lümmelte.

«Schwerer Autodiebstahl. Hab den Kerl erwischt, als er gerade einen Wagen gestohlen hatte», sagte Edwards. Geschmeichelt, Gegenstand eines Gesprächs zu sein, richtete sich der Junge sofort auf und lächelte die Beamten gewinnend an, als hätten sie ihm wegen irgendeiner pubertären Leistung ein Kompliment gemacht.

«Aber hört euch das an. Er hat einen 73er Chevy geklaut. Die Karre hatte nicht mal einen Schalldämpfer, und da donnert er mit diesem Schrotthaufen auf dem Mittelstreifen die Church Avenue runter. *Brrrrrummmmm.*»

Edwards, Garvey und Finn lachten. Der Junge schien geknickt, woraufhin der diensthabende Beamte und zwei mißmutige Tunten, die gerade wegen Prostitution eingelocht wurden, ebenfalls zu lachen begannen.

«Warum haben Sie mir nicht gesagt, daß Edison Monroe genau wie sein Bruder ein Dealer war?» sagte Kate, die sich über das Telefon beugte und versuchte, eiskalte Wut in ihre Stimme zu legen, damit Detective Tierney nicht ihre Panik heraushörte. «Wie ich sehe, werden Sie in den Stories von *Post* und *Newsday* immer wieder zitiert, ihn einen Crackdealer genannt zu haben. Komisch, daß Sie das mir gegenüber nicht erwähnt haben.» Sie hörte im Hintergrund schallendes Lachen und vermutete – wobei sie sich hilflos vorkam –, daß die Männer jetzt wahrscheinlich eine obszöne Geste in Richtung Telefon machten.

«Tja, Sie haben mich eben nie gefragt, ob er ein Crackdealer war, Mädchen», erwiderte Tierney, als das Lachen sich legte. Sie hörte Schreie irgendwo im 75th Precinct.

«Ich habe Sie gefragt, ob er nach Harvard geht, und Sie haben geantwortet, das werde überprüft», erinnerte Kate ihn. Strenggenommen war es Detectives untersagt, mit Journalisten zu sprechen. Wenn sich daher ein Detective nicht daran hielt und sagte, eine Angelegenheit «werde überprüft», dann warf er einem damit einen Knochen zu, und die Sache stand, unter Bezug auf eine nicht näher genannte Quelle bei der Polizei, am nächsten Tag in der Zeitung.

«Nun, seine Mutter hat erwähnt, daß Edison nach Harvard wollte, aber –» Tierney hustete, vielleicht um ein Kichern zu überspielen – «der letzte Idiot konnte sehen, daß sie verrückt ist. Ihr Sohn war eine kleine Straßenratte, ganz sicher kein Stipendiat.»

Sie spürte die Demütigung wie einen dünnen Seifenfilm in den Augen brennen.

«Aber die Jungs von *Post* und *Newsday* haben's richtig auf die Reihe gekriegt», sagte Tierney, als würde das alles erklären. «Und ich hab fünf Dollar gewonnen, weil ich mit denen gewettet habe, daß Sie die Story falsch mitbekommen.»

«Dann war das also nur so was wie ein abgedrehter Scherz unter euch Jungs», sagte Kate, fassungslos über diese unpersönliche Grausamkeit.

«Tja, ich muß jetzt los», sagte Tierney mit falscher Herzlichkeit. «Tut mir leid, falls ich Ihnen irgendwelche Probleme bereitet haben sollte. Aber so ist das Leben.»

«Dich krieg ich auch noch, du mieser Drecksack», raunte Kate leise in den Hörer, doch die Leitung war bereits tot. Für einen Moment wird es still in der lärmenden Redaktion, als die anderen Reporter in ihren grauen Verschlägen von den Telefonen und blinkenden Computermonitoren aufschauten. Dann setzte das Stimmengewirr wieder ein.

Kates Kollegin und Vertraute, die Rathaus-Kolumnistin J.J. Perez, schaute von ihrem Telefonat auf und sah Kate mit gehobener Augenbraue und einem Lächeln an. Doch bevor sie reagieren konnte, tippte ihr eine langbeinige Volontärin auf die Schulter.

«Wilson und Ridgeway wollen Sie sprechen. In Ridgeways Büro», sagte sie und stolzierte wieder von dannen.

Kate warf J.J. einen panischen Blick zu. Auf Reporter wartete nie irgend etwas Gutes in Ridgeways Büro – den Angestellten des *Herald* auch als «das Schwarze Loch» bekannt.

Sie schminkte mit Lippenstift ihre trockene Unterlippe nach und versuchte, eine forsch-fröhliche, effiziente Ausstrahlung aufzusetzen, doch ihr Herz klopfte wie verrückt.

«Sie wollen mich sprechen?» sagte sie. Unter großer Willensanstrengung zwang Kate ihre Arme, die sie vor dem Bauch verschränkt hatte, an ihre Seite, war sich bewußt, als sie durch die Glastür trat, daß jeder einzelne Reporter in dem riesigen, offenen Großraumbüro ihren Weg verfolgte. Im Gegensatz zu der hellen, lärmenden Redaktion besaß Ridgeways Büro dunkle, getäfelte Wände und einen dicken Teppich. Hinter dem großen Schreibtisch hingen gerahmte Titelseitenstories mit knalligen Schlagzeilen – Stories, die Ridgeway in seiner Zeit als Reporter groß rausgebracht hatte. Da war die Aufnahme einer drallen Blondine und eines besoffenen Senators, die aus dem alten Hotel *New Yorker* herauskamen, darüber ein acht Zoll großes ERWISCHT! Ein auf dem Rücken liegender, von Zigarre bis Gamaschen von einem blutigen Laken bedeckter Mafioso unter der Schlagzeile BYE-BYE BOSS. Ein weiteres Titelseitenfoto eines berühmten Serienkillers aus Staten Island unter der

Überschrift ER VERSCHARRTE SIE BEI LEBENDIGEM LEIB.

Ridgeway, inzwischen Herausgeber der Zeitung, war eine geschrumpfte Bohnenstange. Er liebte teure Anzüge und alle Stories, in denen Blondinen mit übersteigertem Sexualtrieb oder Teufelsverehrung vorkamen.

Wilson, sein Protegé, der schwülstige, selbstzufrieden wirkende Lokalredakteur, sicherte sich seinen fortgesetzten Erfolg bei der Zeitung, indem er Ridgeway ständig versicherte, was er doch für ein Genie war.

«Wurde auch langsam Zeit, daß Sie Ihren reizenden Hintern hier reinbewegen, Schätzchen», sagte Ridgeway, wobei sich seine rot umrandeten Augen wie eine Infrarotbrille langsam über Kates Körper bewegten. «Setzen Sie sich doch!»

Eifrig auf jede mögliche Deckung bedacht, beugte Kate die Knie und ließ sich in den weichen, schwarzen Ledersessel sinken. Ihre Augen befanden sich auf einer Höhe mit einer nackten Frau in einem Martiniglas, das auf Ridgeways eichenem Wurzelholzschreibtisch stand. Der Lärm der Nachrichtenredaktion war kaum mehr als ein energiegeladenes Summen, als sich hinter ihr die Tür schloß.

Ridgeway steckte sich einen Zigarrenstummel an und richtete seinen Blick auf einen Punkt unter ihrem Hals.

«Wir müssen ganz einfach wissen, Schätzchen, was hier passiert ist!» bellte Ridgeway und stieß dabei mit seiner Zigarre auf die Seiten von *Post* und *Newsday* und auf ihre eigene Story, die ausgebreitet vor ihm lag. Kate fragte sich, ob die Inquisitoren so die *conversos* in Schwung brachten. «Ich meine, es war ja nicht die größte Story aller Zeiten, aber es war auf jeden Fall die große Story des Tages, und Sie haben die Sache in den Sand gesetzt!»

«Sie haben's nach allen Regeln der Kunst in den Sand gesetzt», echote Wilson, wobei er Ridgeways Slang imitierte.

«Ich weiß», sagte sie nach einem Herzschlag. Sie dachte an die elektronischen Geräte in Edison Monroes Zimmer. Sie hätte selbst drauf kommen müssen. Aber wenn seine Mutter sagte, er ging nach Harvard, was sollte sie da schon groß tun? Vielleicht fragen, ob sie die Aufnahmebestätigung sehen könnte? Sie rieb die Stirn. Die ganze Sache war so gottverdammt verwirrend.

Sie holte tief Luft, bot einen professionellen Ton auf und beschloß, schlicht und einfach den Cops die Schuld in die Schuhe zu schieben. «Ich habe eben erst mit dem Detective gesprochen, der mir diesen beschissenen Tip gegeben hat», setzte sie an und bemerkte sofort, daß ihre Stimme eine Idee zu laut war.

«Kommen Sie, kommen Sie. Die Ausrede haben wir alle schon mal gehört. Den Cops die Schuld in die Schuhe schieben. Ich habe die gleiche miese Ausrede selbst schon benutzt», sagte Ridgeway.

Sie brauchte ein paar Sekunden, bis ihr klar wurde, daß Ridgeway sie nicht vom Haken ließ. Das hier war ernst. Sie spürte, wie ihr das Blut in die Wangen schoß, und ihr Mund schmeckte kalkig, doch sie erwiderte nichts.

«Tatsache ist doch, Herzchen, daß der *Daily Herald* wegen Ihnen eine Story gebracht hat, die schlicht und einfach nicht stimmt», sagte er. «Und wir reden hier auch nicht über einen Exorzismus. Es ist nicht hinter verschlossenen Türen passiert. Es handelte sich um eine Schießerei auf offener Straße. So offensichtlich wie die Nase in meinem Gesicht.»

Kate nickte, schlug beklommen die Beine neu übereinander und versuchte, nicht die geplatzten Äderchen auf seinen Nasenflügeln anzustarren.

Doch Ridgeway hatte sich inzwischen abgewandt, nahm einen kleinen Football aus einer Schreibtischschublade und warf ihn Wilson zu, der den Ball sauber fing.

«Gut gefangen, mein Freund», sagte Ridgeway und hob eine Hand, um den Rückwurf anzunehmen.

Sie rieb sich die Nase, als der Zigarrenqualm zu ihr herüberwehte, und fragte sich, ob es eine Möglichkeit gab, unbemerkt zu verschwinden.

Etwa eine Minute lang gab es im Raum kein anderes Geräusch als das leise, rhythmische Knirschen des mit Erbsen gefüllten Footballs, der zwischen den Männern hin und her geworfen wurde.

Verzweifelt suchte sie etwas, das sie sagen konnte, während sie gleichzeitig abzuwägen versuchte, wie häßlich und unangenehm dieses Treffen noch werden konnte. Kate holte tief Luft.

«Anscheinend habe ich einen Fehler gemacht, und ich kann nur sagen, daß es mir leid tut», sagte sie zu Ridgeways Rücken. Er gab keine Antwort, sondern nickte Wilson zu. Es wurde wirklich richtig häßlich.

«Es ist doch ganz einfach so, Kleines», sagte Wilson, wobei er eine Hand über den Kopf ausstreckte, um den Football zu erwischen. «Entweder sind Sie zu naiv, um eine Fahrt mit der U-Bahn zu überleben, oder aber Sie haben sich die Story zusammenphantasiert.»

Kate war zutiefst empört. Glaubten die vielleicht, sie hätte an ihrem Schreibtisch gehockt und sich die Geschichte aus den Fingern gesogen?

«Phantasiert? Ich würde niemals mehr aus einer Story machen, als tatsächlich an ihr dran ist!» begann Kate ungehalten, zwang sich dann aber zu einem gemäßigteren Tonfall. «Ich habe die Mutter des Jungen nach dem Crackdealen gefragt. Anscheinend wußte sie nichts davon.»

Ihre Empörung schien die Luftströmung zu verändern. Ridgeway warf den Ball so ungestüm, daß Wilson aufspringen mußte, wenn er ihn erwischen wollte. Wilson warf ihn sanft zurück, und Ridgeway fing ihn mit einer lässigen Drehung des Handgelenks.

«Also, Schätzchen, so sieht die Sache aus», sagte Ridgeway, der sich plötzlich wieder zu ihr umdrehte. Einen Augenblick lang befürchtete sie, er könnte den Ball nach ihr werfen. «Sie waren eine ordentliche Redaktionsassistentin, waren akzeptabel, wenn es darum ging, Fakten zu recherchieren, ja sogar richtig gut, als Sie in der Gesellschaftsrubrik ausgeholfen haben. Aber mit Ihrer Berichterstattung über Verbrechen haben Sie bislang noch niemanden beeindruckt. Harvard. Mein Gott! Ich mache jede Wette, Ihre Professoren auf dem College haben Sie für ziemlich smart gehalten, stimmt's? Lassen Sie sich von mir sagen, Herzchen, Sie besitzen nicht einen Funken Straßenraffinesse, dafür aber so viel Intuition wie ein Ziegelstein.»

Kate behielt ein damenhaftes Lächeln auf den Lippen. Sieh's doch mal von der positiven Seite, argumentierte sie. Vielleicht hatte er einen Blick in ihre Personalakte geworfen und sich an ihre «Mörderische Kinder»-Story erinnert, Interviews mit sieben Kids im Alter zwischen zehn und zwölf Jahren, die wegen Mordes verurteilt worden waren. Der Artikel war für den *Publisher's Award* nominiert worden. Doch Ridgeway erwähnte das mit keiner Silbe.

«Ich habe zu Wilson gesagt, wir sollten diese Weibsen niemals auf die Straße rausschicken. Denen fehlt einfach der Mumm für die harten Nachrichten.»

«Genau», echote Wilson.

«Der Mumm?»

«Der animalische Instinkt. Die Eier. Sie wissen schon, *cojones*.»

Kate schlug die Beine wieder übereinander. «Ich habe mein Bestes gegeben», sagte sie, versuchte Zeit zu schinden, wollte sich nicht vorstellen, wie diese Besprechung enden könnte. Glaubte einfach nicht, daß ihr Schicksal in der Hand eines Mannes lag, der von ihr als einer «Weibse» sprach.

«Also sind wir zu einer Entscheidung gelangt.» Er wendete seinen Blick von ihr ab und steckte sich eine weitere Zigarre an.

Ich bin gefeuert, dachte Kate und spürte, wie sie ins Wanken geriet. Oh, Scheiße, ich bin gefeuert. Edison Monroe ist tot, und ich bin meinen Job los.

Aber Wilson nahm den Faden auf. «Ab heute sind Sie offiziell auf Bewährung. Bauen Sie noch ein einziges Mal Mist, und Sie sind draußen. Nutzen Sie die kommenden sechs Monate, um uns zu beweisen, was Sie können.»

Einen Augenblick wurde es in Kates Kopf weiß wie die Leinwand in einem Kino, wenn der Film reißt und zu brennen beginnt. Nein, ich bin nicht gefeuert, dachte sie, aber sie empfand durchaus keine Erleichterung. Edison Monroe ist tot, und ich stecke bis zum Hals in der Scheiße. Kate fühlte sich erniedrigt und beschämt, und sie fragte sich, ob Ridgeway und Wilson die Tränen sehen konnten, die ihr in den Augen brannten, und hoffte, daß sie auf ihren butterweichen Knien sicher wieder aus dem Schwarzen Loch herauskam.

«Kann ich jetzt gehen?» fragte sie.

Ridgeway nahm einen tiefen Zug an seiner Zigarre und warf den Ball über seine Schulter. Er flog in einem hohen Bogen über Wilson und landete im Papierkorb, während Wilson zwei Arme über den Kopf hob, um ein Tor anzuzeigen.

«Oh, ja sicher, Liebchen», sagte Ridgeway. «Aber vergessen Sie bitte nicht: Enttäuschen Sie uns nicht noch mal.»

Sonntag morgen saß Kate im Büro des *Police Public Information Department* und blätterte die Einsatzberichte über die Verbrechen von Samstagnacht durch. Es war ziemlich viel losgewesen. Das Klemmbrett mit den Berichten über Morde, Körperverletzungen und Vergewaltigungen war fast voll.

Jedes Formular, von einem übermüdeten Polizeibeamten handschriftlich ausgefüllt, verriet lediglich Namen, Adresse, Alter und

Rasse des Opfers, sowie den Ort des Zwischenfalls. Falls es Überlebende gab, war auch das Krankenhaus vermerkt, in das sie eingewiesen worden waren.

Kate überflog die Tatorte. Verbrechen schafften es nur dann in die Nachrichten, das hatte Kate seit ihrer Zeit bei der Klatschspalte gelernt, wenn sie am richtigen Ort passierten. Ein schwerverletzter Banker war drei mit Drogen in Zusammenhang stehende Morde in einem Brooklyner Ghetto wert.

Sie dachte an die erniedrigende Unterhaltung mit Wilson und Ridgeway. Besaß nicht den Mumm für harte Themen, hatten sie gesagt. Nur ein einziges Mal würde sie Ridgeway gern an einem Tatort in East New York erleben. Sie dachte daran, wie sie sich in Mrs. Monroes Küche übergeben hatte, und Kates Gesicht glühte.

Sie versuchte sich an die Worte ihrer Freundin J.J. an jenem Tag zu erinnern, als man ihr die Polizeiberichterstattung übertragen hatte. Jeder will über Morde lesen, hatte J.J. gesagt. Aber kein Mensch will etwas von den kleinkarierten, banalen oder unsinnigen Gründen wissen, warum ein Mensch einen anderen tötet.

Wenn der Journalismus ein Kinderspiel wäre, würde es jeder machen, hatte J.J. gestern hinzugefügt, als sie sie tröstete und ihr ein rauhes Papierhandtuch gab, damit sie sich die Nase putzen konnte.

An diesem Morgen brannte Kate darauf, eine gute Story zu landen. Irgend etwas Großes, eine knallige Sache. Etwas, womit sie auffiel, die Bewährung bestand, was ihr einen *Publisher's Award* und eine Beförderung einbrachte. Es bestand immer noch eine winzige Chance, daß sie mit «Mörderische Kinder» den diesjährigen Preis erhielt, aber bauen konnte sie nicht darauf.

Sie seufzte und blätterte weiter die Berichte durch. Ein Überfall auf einen kleinen Supermarkt – ein Mann niedergeschossen. Sie überflog das Blatt, um herauszufinden, ob das Opfer tot war. «Fünf Schüsse im Körper, wird wahrscheinlich überleben. 9 mm sichergestellt», las sie. Ein ganz schön zäher Lebensmittelhändler, der fünf Kugeln aus einer Halbautomatik wegstecken konnte, aber eine Story war es trotzdem nicht.

In der Süd-Bronx war ein Mietwagenfahrer erschossen worden. Sie nahm sich vor, später das zuständige Revier anzurufen, wußte aber, daß es als Story bestenfalls drei Absätze auf Seite fünfzig machen würde.

Zwei Beamte der Polizeipressestelle, der blonde, bleichsüchtige

Mickey Mase und der dunkelhäutige, rundliche Stephen Rissolli, lungerten in ihren angrenzenden kleinen, grauen Büros.

Anders als die meisten Abteilungen der Polizei war die Pressestelle bestens ausgerüstet. Es gab zwei Faxgeräte, drei parallel laufende Fernseher, elf Amtsleitungen für Anrufe von Reportern und Direktverbindungen zu zwei hohen Tieren, dem Polizeipräsidenten und dem Bürgermeister. Außerdem gab es einen launischen Fotokopierer, an dem an diesem Morgen ein handgemaltes Schild hing: D.O.A – *Dead On Arrival*, Tot bei Ankunft.

Sonntag morgens waren Mase und Rissolli die einzigen Kanäle, durch die offizielle Informationen der Polizei an die Presse weitergeleitet wurden. Und an diesem speziellen Morgen blinkten die Lämpchen aller elf Amtsleitungen, an deren anderen Enden elf Reporter warteten, während Mase und Rissolli eine Sondersendung der *National Geographic* über Farmen in Südindien verfolgten.

«Sieh dir das an», sagte Mase und zeigte auf den Fernseher. «Der Leopard verfolgt eine Kuh.» Mases Mund stand leicht offen, und beide Cops starrten wie gebannt auf den Bildschirm.

Kate sah zuerst Mase und Rissolli und dann die blinkenden Lämpchen der elf Amtsleitungen an.

«Als ich noch ein kleiner Junge war, hat mein Bruder hinten in einer Sportillustrierten eine Anzeige für einen Spazierstock aus einem versteinerten Kuhschwanz gefunden und abgeschickt», sagte Rissolli. Sein Blick löste sich vom Bildschirm, und er tat, als bemerke er Kate jetzt zum ersten Mal. Er breitete seine Arme aus. «Das Ding war so groß und hart wie Holz.»

Mase warf einen Blick auf die Länge, die Rissolli zeigte, nickte ernst und sah die Kuh dann mit neuem Respekt an.

Kate machte sich ein paar Notizen über verschiedene Mordfälle, einen offenbar auf rassistischen Vorurteilen basierenden Überfall durch Schulkinder und einen besonders brutalen Raubüberfall auf Staten Island. Dann erregte ein Mord in Brooklyn ihre Aufmerksamkeit. Eine Krankenschwester, die von der Nachtschicht im Woodhull Hospital nach Hause kam, war im Foyer ihres Hauses in Bushwick erschossen worden. Wenn es keine großen Nachrichten gab, konnte ein kleiner Mordfall, besonders, wenn es dabei um den Tod eines rechtschaffenen Bürgers ging, manchmal zu einer heißen Sache werden. Kate wußte, daß sie es sich nicht leisten konnte, eine solche Chance zu verpassen.

Schnell rief sie die Lokalredaktion an, stellte ein paar einsilbige Fragen und überprüfte mehrere Adressen. Dann warf sie sich die Jacke über die Schulter und ging zur Tür. Rissolli, der immer noch mit ausgebreiteten Armen gestikulierte, winkte ihr zum Abschied nicht nach.

Zehn Polizisten standen vor dem Haus an der Jefferson Street, in dem Margaret Severing ermordet worden war, und nicht einer von ihnen, wie Finn zu Fat Tony bemerkte, als er den Wagen neben einer großen Eiche abstellte, hatte das orangefarbene Plastikband angebracht, mit dem ein Tatort abgesperrt werden sollte.

Tony schaute überrascht auf, als er Finns Klage hörte. «Was ist denn mit dir los?» fragte er, stieg jedoch aus dem Wagen, bevor Finn antworten konnte.

Tatsächlich hatte ein pockennarbiger Grünschnabel, der als erster am Tatort eingetroffen war, vorgeschlagen, das Gebiet abzusperren, aber sein Sergeant, ein kugelköpfiger Mann, dessen Arme wie zwei Schinken von den Schultern baumelten, hatte nur verächtlich gegrunzt und weiter Geld für Kaffee gesammelt.

«Wir sind hier in Bushwick», hatte der Sergeant gesagt, «nicht in Beverly Hills.»

Es war kurz nach acht Uhr morgens, als Finn den Grünschnabel barsch aufforderte, das orange Plastikband anzubringen, und sich einen Kaffee mit Milch ohne Zucker bestellte. Dann ging er die Sandsteinstufen des Hauses hinauf, um einen Blick auf die Leiche zu werfen.

Auf Margaret Severing war zweimal geschossen worden, einmal in den Hals und einmal in den Kopf, als sie die Eingangshalle ihres Hauses betrat. Die Kugel im Hals hatte eine Hauptschlagader durchtrennt. Ihre weiße Krankenschwesteruniform war rötlichbraun verfärbt, und auf dem schmutzigen Marmorboden befand sich eine große Lache von dickflüssigem, hellrotem Blut.

Die andere Kugel hatte ihren Kopf auseinandergerissen. Große Stücke ihres Gehirns lagen, wie bläuliche Wurstenden, im Blut.

Ihre abgewetzte, blaue Lederhandtasche lag etwa einen Meter neben ihr, und Finn öffnete sie mit zwei Stiften aus seiner Tasche. Ohnehin verwirrt durch das Blutbad, reagierte er nun entsetzt, als er feststellte, daß sich in ihrer Handtasche immer noch dreiundsechzig Dollar und die Hausschlüssel befanden.

«Kein Raubüberfall», grunzte er, während ihm der Horror den Magen umdrehte. Er nahm die Hausschlüssel heraus.

Fat Tony, der an diesem warmen Wintermorgen einen schmierig aussehenden Trenchcoat trug, schlurfte los, um mit Nachbarn zu sprechen, während Finn weiter die Leiche untersuchte.

«Die Nachbarn haben Schüsse gehört», wurde Finn wenige Minuten später von Fat Tony aufgeklärt, «aber sie dachten, die kämen von der Straße. Sie hatten zu viel Angst, um aus dem Fenster zu sehen.» Er schwieg kurz, um tief Luft zu holen.

«Hast du ihnen gesagt, daß der Schwarze Mann nicht zu den Tatverdächtigen gehört?» erwiderte Finn verärgert. «Daß irgendeine Personenbeschreibung uns hätte helfen können, denjenigen zu finden, der sie umgebracht hat? Himmel, die Frau ist hier verblutet, und kein Mensch hat vor Tagesanbruch 911 angerufen?»

«Die war schon tot, bevor sie auf den Boden aufgeschlagen ist», sagte Tony mehr zu sich selbst als zu Finn.

Die Spurensicherung war inzwischen eingetroffen, und Finn und Fat Tony gingen die Treppe zu Severings Wohnung hinauf.

Sie war gestorben und hatte eine ordentliche Wohnung zurückgelassen, bemerkte Finn. Ihr Wohnzimmer war kalt und staubfrei, die durch Spitzengardinen hereinfallende Morgensonne schimmerte auf den Plastikschonbezügen der neu aussehenden Couch.

Finn betrachtete die Familienfotos auf dem Couchtisch an, Aufnahmen von der Hochzeit einer vornehmen schwarzen Frau – eine Schwester, vermutete Finn –, und das Foto einer Abschlußfeier, auf dem die Severing unter ihrer weißen Schwesternhaube strahlte.

Die Weiblichkeit der Wohnung, die nach Desinfektionsmitteln und Lavendel duftete, ließ ihn sich unbeholfen und plump fühlen. Er stolperte über die Ecke eines kleinen Läufers, fand aber sein Gleichgewicht sofort wieder. Fat Tony schien das nicht bemerkt zu haben, als er zu dem Telefon hinüberschlenderte und sich Nummern aus einem Adreßbuch notierte, das auf einem kleinen Tisch daneben lag. Mordfälle, die zu Biologielektionen wurden, gingen Finn immer an die Nieren, während sie Fat Tony nicht das geringste auszumachen schienen.

«Wollen doch mal sehen, ob wir die Angehörigen nicht von einem anderen Team verständigen lassen können», sagte Fat Tony.

Finn schaute schnell auf. Er fragte sich, ob diese Sache ihm vielleicht doch auch an die Nieren ging.

Die tröstenden Worte erstarben auf seinen Lippen, als sein Partner den Kühlschrank der Toten öffnete und sich eine Handvoll Weintrauben herausholte.

«Ja, das erspart uns einen Weg», antwortete Finn.

Nachdem sie in der Wohnung nichts Ungewöhnliches gefunden hatten, kehrten Finn und Fat Tony zu den anderen Detectives und uniformierten Beamten vor das Haus zurück und warteten dort auf den Gerichtsmediziner. Während der Block langsam erwachte, plauderten Finn und Fat Tony halbherzig über NBA-Punkte und den neuen Quarterback der Giants. Schließlich parkte eine gutaussehende weiße Frau ihren Wagen am Bürgersteig und stieg aus.

Als sie auf die Gruppe Männer zukam, bemerkte Finn, daß die Sonne ihr dunkles Haar leuchten und beinahe rot erscheinen ließ. Auch fiel ihm auf, wie sich die Jeans unter einer teuer aussehenden Jacke um ihren Hintern schmiegte. Er sah, wie sie zögerte. Eine Hand wanderte zu ihrem Bauch, eine Verlegenheitsgeste, doch dann riß sie sich offenbar zusammen und reckte das Kinn, bevor sie das Abbsperrband anhob und weiterging.

Auch Fat Tony beobachtete sie. Bei ihm war es allerdings weniger ein Hinsehen, dachte Finn, als vielmehr ein magnetisches Zucken seines Schwanzes, wie immer, wenn sich eine Frau unter siebzig in einem Radius von fünf Blocks in seiner Nähe befand.

Noch jemand aus der Gruppe hatte sie bemerkt und fragte sich laut, ob sie wohl vom Büro des Gerichtsmediziners kam.

«Wenn die ein Gerichtsmediziner ist», sagte Fat Tony, «dann möchte ich eine Leiche sein.» Dann furzte er deutlich hörbar, und die anderen Detectives traten unwillkürlich einen Schritt zurück.

«Entschuldigen Sie, mein Name ist Kate Murray. Ich bin Reporterin des *Herald*. Können Sie mir sagen, was hier passiert ist?» Ihre Stimme war tief, beinahe ein Bariton, und Finn stellte sich vor, daß es ungeheuer sexy klingen würde, wenn sie ganz leise sprach, die Lippen dabei dicht an seinem Ohr. Die Männer setzten völlig ausdruckslose Mienen auf, und die spannungsgeladene Atmosphäre machte sie ein wenig atemlos.

Keiner der Detectives sagte ein Wort. Die Frage hing in der Luft, der Augenblick schleppte sich endlos dahin. Finn sah, wie sie einen roten Kopf bekam. Sie tat ihm leid, doch er sagte nichts.

Schließlich brach Fat Tony das Schweigen. «Dürfen nichts sagen. Die Vorschriften.»

Kate nickte, richtete ihren Blick auf irgend etwas anderes, dann sah sie Finn an. «Was dagegen, wenn ich mal einen Blick ins Haus werfe?»

Er zuckte mit den Achseln und nickte, stimmte mit einem knappen Wort zu. «Ja.» Zum ersten Mal seit seinem siebzehnten Geburtstag krächzte er.

Die anderen Detectives lächelten über sein offensichtliches Unbehagen.

Er warf ihnen einen finsteren Blick zu und folgte ihr, als sie die zerbröckelnden Stufen zum Haus hinaufging.

Die Spurensicherung hatte die Leiche noch nicht angerührt, und die Reporterin blieb unvermittelt stehen, als sie die große Blutlache sah, wodurch sie eine Karambolage verursachte: Finn prallte mit seinen Schenkeln gegen ihren Hintern, und der picklige Grünschnabel, der lautlos Finn gefolgt war, knallte gegen Finn und fiel um ein Haar rückwärts die Stufen hinunter.

«Wieso helfen Sie den Detectives nicht, die Leute in der Nachbarschaft zu verhören?» knurrte Finn, und der Grünschnabel trottete mit gesenktem Kopf zurück zu den Männern vor dem Haus.

Kate schien das alles nicht zu registrieren. Ihre Blicke zuckten schnell, beinahe wild, über das Foyer, nahmen das Blut und die Hirnmasse auf.

Finn sah, daß ihr die Farbe aus dem Gesicht wich, und fragte sich, was die Spurensicherung wohl dazu sagen würde, wenn sie jetzt auf die Leiche kotzte.

«Ein Raubüberfall?»

«Ich darf der Presse nichts sagen, Ma'am», antwortete Finn. Es tat ihm schon leid, sie überhaupt mit ins Foyer genommen zu haben.

Sie wühlte in ihrer Handtasche und machte sich Notizen.

«Raubüberfall?» wiederholte sie. Ihr Blick verließ keine Sekunde die Leiche.

Finn seufzte. «Sie hatte dreiundsechzig Dollar bei sich, aber das haben Sie nicht von mir.»

«Warum verraten Sie mir nicht einfach Ihren Namen, damit ich schreiben kann, Sie hätten keinen Kommentar abgeben wollen.» Sie sah ihn an und lächelte.

Geblendet erwiderte Finn das Lächeln. Dann bemerkte er, daß

sie ihren professionellen Charme spielen ließ. Er spürte, wie sich seine Miene versteinerte.

«John Finn, dreiundachtzigstes Revier», antwortete er steif.

Sie sah seine Verachtung und registrierte bei sich eine flüchtige Überraschung wie ein Boxer, dem eine gut eingeübte Schlagkombination mißlungen war.

«Danke, Detective Finn.» Diesmal war ihre Stimme freundlich, allerdings lächelte sie nicht.

Sie ging die Treppe zu Severings Wohnung hinauf und drückte die Tür auf.

Wie Fat Tony ging sie schnurstracks zum Adreßbuch neben dem Telefon und begann, Nummern abzuschreiben. Finn stand einfach nur da, verlagerte sein Gewicht von einem Fuß auf den anderen, versuchte, in der stillen Wohnung die Geräusche der Straße zu hören.

Als sie etwa vierzig Minuten später wieder ins Foyer hinunterkamen, hatte der Gerichtsmediziner bereits die Untersuchung der Leiche beendet und schob den grünen Vinylleichensack auf einer Bahre aus der Tür.

Wie ein merkwürdiger Schatten klebte immer noch Gewalttätigkeit an Wänden und Boden der Eingangshalle, und sowohl Finn als auch die Reporterin atmeten erleichtert auf, als sie das Haus verließen.

Finn sah Fat Tony angetrabt kommen und wunderte sich über dessen plötzlichen Energieausbruch.

«Wie kommt's, daß du dich mit Lichtgeschwindigkeit bewegst, Tony?» fragte Finn. Dann sah er den Wagen des Division Chief.

«Wir müssen reden», knurrte Tony und schob seinen massigen Körper zwischen Finn und die Frau.

Kate grub eine Visitenkarte aus der Gesäßtasche ihrer Jeans und reichte sie Finn. Er schaute ihr nach und bemerkte, daß die Karte in seiner Hand immer noch warm war von ihrem Körper.

Je näher der Redaktionsschluß rückte, desto mehr reduzierte sich der betriebsame Lärm in der Nachrichtenredaktion des *Daily Herald* auf das monotone Geklapper von Computertastaturen. Kate tippte die letzten Absätze ihres Artikels über den Mord an Margaret Severing.

Margaret Severing wußte, welchen Schaden Kugeln im menschlichen Körper anrichten können. Bis gestern abend arbeitete sie noch in der Unfallambulanz des Woodhull Hospital, wo Schußverletzungen alltäglicher sind als Schnupfen.

Nachdem sie vergangene Nacht ihren Dienst beendet hatte, fuhr sie mit dem M-16er Bus zehn Blocks den Broadway hinauf und wurde in der Eingangshalle ihres Hauses an der Jefferson Street erschossen. Selbst das beste Krankenhauspersonal hätte sie nicht mehr retten können. Eine Kugel riß ihr die Kehle heraus. Die zweite schleuderte ihr Gehirn aus dem Schädel auf den kalten, braun gefliesten Boden des Hauseingangs.

Bislang ist es der Polizei noch nicht gelungen, ein Motiv für die Tat zu ermitteln. In ihrer Handtasche, die neben der blutüberströmten Leiche gefunden wurde, befanden sich 63 Dollar und drei Wertmarken für die U-Bahn.

«Das hätte eine tolle Story sein können, Kleines, eine umwerfende Geschichte, wie sie das harte Leben schreibt», sagte Jim Wilson, während sein Blick über die Redaktion wanderte.

Bei seinem allabendlichen Rundgang begrenzte Wilson jede Unterhaltung mit Reportern auf maximal zwanzig Sekunden.

Kate erstarrte. «Sein können?»

«Wo ist die gramgebeugte Mutter?» explodierte Wilson, bremste sich dann aber schnell. «Sie wollen diesen Job? Dann hätten Sie irgendwas aus ihrer Mutter herausholen sollen.»

Nachdem sie am Tatort gewesen war, hatte Kate Margaret Severings Mutter aufgesucht. Ellisa Severing stand hinter dem Fliegenfenster ihres Einfamilienhauses und hielt die Hände mit den stark hervortretenden Adern gefaltet. Mit einem stummen Blick flehte sie Kate an, sie in ihrer Trauer und Verzweiflung allein zu lassen. Kate hatte ihre Karte dagelassen und versprochen, noch einmal am nächsten Tag vorbeizuschauen.

Kate sah Wilson an und stellte sich vor, den schlanken, goldenen Stift aus der Brusttasche seiner Armani-Jacke zu reißen und in sein Herz zu stoßen. Sie phantasierte, eine illegale Kanone, zum Beispiel eine Mac 10-Maschinenpistole, aus ihrer abgewetzten Ledertasche zu ziehen und ihm an den Kopf zu halten. Statt dessen zuckte sie nur mit den Achseln.

«Sie wollte sich nicht dazu äußern», sagte Kate.

«Sie hätten sie doch ein bißchen unter Druck setzen können», erwiderte Wilson mürrisch. «Sie verschenken die erste Seite, und wahrscheinlich auch noch die zweite und dritte an Football oder die Invasion in Mittelamerika. Aber machen Sie nur weiter, Kleines. Für so eine Story muß man schon ein guter Reporter sein, einer, der es genau hier hat.» Er legte eine gelbliche Hand genau auf die Mitte seiner handgemalten Krawatte. «Jemand, der weiß, wie man bei solchen Stories genau auf den Punkt kommt. Das sind die Leute, die beim *Herald* eine große Zukunft haben.» Er hörte sich an wie bei einer Motivationsrede für die Mitarbeiter der Firma.

Kate stellte sich vor, wie er beim Überqueren der Second Avenue von einem glänzenden Sattelschlepper über den Haufen gefahren wurde. Sie stellte sich vor, wie sie selbst hinter dem Lenkrad des Acht-Achsers saß. Sie würde nicht mal hupen.

«Die Mom kriege ich morgen», erwiderte Kate und hoffte, daß sie überzeugt klang. Aber sie fühlte sich, als hätte ihr jemand die Luft abgelassen.

Wilson jedoch bekam davon schon nichts mit und ging weiter, während seine Augen den Raum wie ein Radargerät abtasteten. «Fein, fein», murmelte er.

Unmittelbar vor Redaktionsschluß um sechs begannen sich Redakteure, die normalerweise bei einem Kaffee miteinander plauderten, mit hervortretenden Augen und an die Schultern gepreßten Telefonhörern anzubrüllen. Das klopfende Geräusch von Fingern, die auf Tastaturen hämmerten, wurde lauter, wie ein Sommerregen auf einem Schieferdach. Die Journalisten ohne festes Ressort, die den größten Teil des Tages damit verbrachten, sich hinter den niedrigen Trennwänden zu verkriechen, um nur ja keinen Auftrag übernehmen zu müssen, waren grimmig damit beschäftigt, Sätze zusammenzubasteln. Kolumnisten, die den Tag mit allgemeinem Gemekker und dem Paffen von Pfeifen verbrachten, begannen auf der Suche nach Eingebungen fieberhaft in alten Kolumnen zu blättern. Die Angestellten, die mit Kopfhörern in der Telefonzentrale saßen, wimmelten müde die üblichen Verrückten ab, die nur anriefen, um irgendwelche Verbrechen zu gestehen, ihre Kandidatur zum Kaiser zu verkünden oder sich über bewußtseinsverändernde Radiowellen aus Rußland zu beschweren.

Gerade wollte Kate ihren Text abspeichern, als sich Jessie Joan Perez auf die Schreibtischkante fallen ließ.

Anfang der siebziger Jahre hatte J.J., wie ihre Leser sie kannten, die Zeitung wegen sexueller Diskriminierung verklagt und war mit einer Gruppe Frauen von der Lifestyle-Rubrik in den Nachrichtenteil übergewechselt. Während ihre Altersgenossinnen nach und nach die Zeitung verließen, um Bücher zu schreiben, Kinder großzuziehen oder Gehaltsschecks von Werbeagenturen zu kassieren, begann J.J. mit ihrer Kolumne aus dem Rathaus.

Heute war J.J. siebenundfünfzig, und es fiel Kate auf, daß die daumengroße Porträtaufnahme, die ihre allwöchentliche Schmährede begleitete, zu einer glücklicheren Zeit gehörte, bevor in die Brüche gegangene Beziehungen und filterlose Camel J.J. ausgetrocknet und zermürbt hatten.

«Du darfst hier doch nicht rauchen», raunte Kate. «Das ist ein Nichtraucher-Büro.» Es war ein alter Scherz zwischen ihnen, der noch aus jener Zeit stammte, als J.J. auf das Rauchverbot so reagiert hatte, daß sie die Rauchdetektoren mit einer Büroklammer lahmgelegte.

«Was sollen die denn schon groß machen? Mich feuern? Zu spät.» J.J. paffte melodramatisch an ihrer Camel und blies einen Rauchring à la Bette Davis.

Kate kniff die Augen zusammen.

«Was soll das heißen? Was ist los?» fragte sie.

J.J.s Hand zitterte leicht, als sie ihr eine Aktennotiz von Wilson zuschob.

«Man hat mich auf die Reservebank gesetzt. Hat mir meine Kolumne weggenommen. Ich soll jetzt nur noch an Sonderaufträgen arbeiten.» Kate überhörte nicht den hysterischen Unterton in ihrer Stimme.

«Jessie, das ist ja schrecklich. Tut mir leid», sagte sie.

J.J. lehnte sich zurück und blies einen weiteren Rauchring.

«Du kannst dir selbst leid tun. Als du heute morgen wegen diesem Mord unterwegs warst, ist der Preisträger des *Publisher's Award* bekanntgegeben worden.» J.J. war die einzige in der Zeitung, der Kate von ihrer Bewährungszeit erzählt hatte. Sie wußte, wieviel eine Auszeichnung für «Mörderische Kinder» bedeutet hätte.

Kate hielt die Luft an.

«Und, wer hat ihn gekriegt? Für was?»

«Dieser kleine Scheißhaufen Rob Grant hat ihn gekriegt», explodierte J.J.

«*Was?*»

«Für dieses Geschichtchen über den U-Bahnführer, der den streunenden Hund auf den Gleisen der IND überfahren hat», fuhr J.J. fort und blies empört einen weiteren Rauchring. «Eine Story nach Ridgeways Geschmack! Die Preisrichter nannten es, und ich zitiere, ‹eine herzzerreißende Geschichte, in der der verzweifelte Kampf eines unschuldigen Tieres gegen eine hirnlose Maschine geschildert wird›.»

«Aber diese Story war doch absoluter Bockmist, eine Wegwerfnummer, ein Nichts», stieß Kate ungläubig hervor. «Er hat sogar ein Gedicht dafür geschrieben, erinnerst du dich?»

«Wie könnte ich so was vergessen? ‹Ode an Sparky, den wehrlosen Straßenköter›», sagte J.J.

«‹Mörderische Kinder› hat gegen eine Geschichte über einen Hund verloren?» Am liebsten wäre Kate auf die Toilette gestürmt, falls ihr jetzt die Tränen kamen, aber sie fühlte sich viel zu erschlagen, um sich aus ihrem Schreibtischstuhl hochzuwuchten.

J.J. sah Kates zutiefst enttäuschten Gesichtsausdruck und lächelte sie schief an.

«He, Kopf hoch», sagte sie. «Du hast doch noch das ganze Leben vor dir. Du kannst den *Publisher's Award* auch nächstes Jahr noch gewinnen. Und ich werde nächstes Jahr den politischen Kommentar für Channel Two machen.»

Kate nickte, fragte sich, ob sie nächstes Jahr überhaupt noch einen Job hatte. Sie war sich durchaus bewußt, daß sie jetzt eigentlich J.J. trösten sollte, wußte aber genau, daß sie sofort heulen würde, wenn sie mehr als nur ein paar Worte sagte.

«Ich ruf dich heute abend an», versprach sie schnell, doch J.J. hatte sich bereits umgedreht und ihre zerbrechlich aussehenden Schultern trotzig gereckt.

Kate schaute ihr nach, als sie durch die Redaktion an Wilson vorbei und dann, die grauen Haare lässig zurückwerfend, durch die Glastür hinaus ging.

Kate überprüfte noch einmal einige Äußerungen von Severings Kollegen aus dem Krankenhaus und zwei ihrer besten Freundinnen aus der Baptistengemeinde, in der sie sonntags im Kirchenchor gesungen hatte.

Aus Polizeikreisen war zu erfahren, daß bislang kein Motiv für den Mord zu erkennen ist, und man wollte nur soviel sagen, daß die Ermittlungen noch andauern.

«‹Ode an Sparky›?» fragte sie sich laut. Dann drückte Kate eine Taste ihres Computers und speicherte den Artikel, verstaute ihr Notizbuch in der Tasche und ging zum Fahrstuhl, der sie in der Zeit eines tiefen Seufzers auf die Straße brachte.

Peg Tyre

«Fünf Jahre hatte ich für das *New York Magazine* gearbeitet, bei dem Macht ein guter Tisch im *Four Seasons* bedeutete, dann wechselte ich zu *New York Newsday*, wo ich die Polizeiberichterstattung übernahm. Dort wurde Macht durch das Kaliber von Waffen definiert. Die nächsten drei Jahre berichtete ich über Straßenkriminalität, schrieb über Tod und Zerstörung. Sehr schnell lernte ich, mich beim Anklopfen nicht direkt vor eine Tür zu stellen (Kugeln aus halbautomatischen Waffen durchschlagen mühelos Stahltüren) und meinen Ehering in die Spitze meines Schuhs zu stecken, bevor ich ein Crackhaus betrat.

Am Ende eines besonders üblen Tages verließ ich eine Wohnung, in der eine junge Frau auf bestialische Weise ermordet worden war, und schrieb darüber einen Artikel für *New York Newsday*. Danach fuhr ich nach Hause, wusch das Blut vom Profil meiner Turnschuhe und fing an, *Strangers in the Night* zu schreiben.»

Peg Tyre ist mit Peter Blauner verheiratet. Beide leben mit ihrem zweijährigen Sohn McCaffrey in New York City.

▼

Nachdem ich die ganze Zeit an dieser Stelle gepredigt habe, bin ich nun selbst konvertiert. Die *Woodstock Times* zahlt so wenig, daß man dort über jeden froh ist, der überhaupt für sie arbeitet. Außerdem bezahlen sie sowieso nur *gedruckte* Artikel, so daß es sie nichts kostet, es immer wieder mit Anfängern zu versuchen. So bekam ich meinen kleinen Nebenjob.

Jürgen Bürger, mein exzellenter deutscher Übersetzer, Mitarbeiter bei dieser Anthologie und Freund, hat mich gebeten, Kostproben meiner Zeit als Berichterstatter über das Verbrechen im Ulster County beizusteuern. Also, *here I am*, mein Alter ego, Larry Beinhart, der grünschnäblige Reporter.

LARRY BEINHART

Judge Roy Bean is Alive! In Ulster County

In den achtziger Jahren des letzten Jahrhunderts, damals, als der Westen noch wild war, hängte eine schillernde Gestalt – 100 Jahre später von Paul Newman verkörpert – ein Schild vor ihren Saloon in Texas und proklamierte sich darauf zum «Gesetz westlich des Pecos».

Judge Francis J. Vogt – er residiert in einem sehr gediegenen Gebäude aus dem Jahre 1818 im vornehmen Teil von Kingston – ist «Das Gesetz im Ulster County».

Was nicht bedeutet, daß unser Richter Urteile zwischen zwei Pokerpartien verkündet oder auf irgendeine Weise weniger solide und anständig ist, als ein Richter es sein sollte. Vielmehr soll es heißen, daß er – soweit dies einer Einzelperson überhaupt möglich ist – sehr weitgehend definiert hat, wie bei uns das Strafrecht praktiziert wird.

Zunächst einmal: Er ist unser einziger Richter.

Um genauer zu sein – und den korrekten Terminus zu benutzen: Er ist der einzige *County Court Judge* und hat den Vorsitz in allen Strafverfahren. Daneben gibt es eine größere Zahl von *Town* und *Village Justices* sowie einen *City Court Judge* in Kingston. Nahezu alle Strafsachen werden zunächst dort verhandelt. Sofern es sich bei dem angeklagten Delikt um eine Übertretung oder eine Ordnungswidrigkeit handelt, bleibt der Fall auch dort. Ist es aber ein Verbrechen, landet die Sache letztendlich vor Judge Frank Vogt.

Im Gegensatz dazu hat Manhattan – New York County – sechsundfünfzig Richter, die dem sogenannten *Criminal Term of the Supreme Court* – zu deutsch etwa: die Strafkammer des *Supreme Court* – angehören, welches kein oberster Gerichtshof ist, sondern vielmehr das unterste Staatsgericht und einem *County Court* gleichbedeutend. Im New York County gibt es zu jeder Rechtsfrage sechsundfünfzig Meinungen – über Kaution, Strafmaß, die Grenzen, wie weit Staatsanwälte und Verteidiger gehen können, wann Gnade walten und wann die Gerichtsbarkeit streng sein sollte.

Hier bei uns gibt es nur eine einzige Meinung.

Das System der Strafgerichtsbarkeit in New York City ist praktisch dysfunktional. Es ist chaotisch, kaum nachvollziehbar und ineffektiv. Das System hier scheint recht gut zu funktionieren. Eine der grundlegenden Fragen, die in dieser Artikelserie beantwortet werden soll, besteht darin, was genau den Unterschied ausmacht. Eine der spontanen Antworten – und dies sagt jeder – ist die Anzahl der vor den Gerichten zu verhandelnden Fälle. Was Strafverfahren betrifft, entspricht dies schlicht und einfach nicht der Wahrheit. 1990 standen im New York County 17 377 Straftaten zur Verhandlung an; 17 010 Ermittlungsverfahren wurden erledigt (d.h. auf die eine oder andere Art abgeschlossen); und 1048mal wurden Hauptverfahren eröffnet. Das sind eine Menge Fälle. Aber pro Richter ergibt dies lediglich 310 Ermittlungsverfahren, 303 Erledigungen und 18 tatsächlich eröffnete Prozesse, was im Grunde genommen identisch ist mit den 329 Ermittlungsverfahren, 326 erledigten Fällen und 15 Hauptverfahren des gleichen Jahres in Ulster County.

Allerdings besteht ein Unterschied in der Art der Kriminalität. In Ulster handelt es sich in über 35 % der Fälle um Trunkenheit am Steuer, in 26 % um Verstöße gegen das Betäubungsmittelgesetz, in 10 % um Einbrüche und in 4 % um Sexualdelikte. In der Stadt wird die Kriminalität von Drogendelikten dominiert, es sind 49 % aller Fälle, gefolgt von Raub mit 18 %, Waffen mit 9 %, Einbruch mit 5 % sowie Körperverletzung, Diebstahl und Mord zusammengenommen mit 3 %.

Im Norden des Bundesstaates sind Counties mit nur einem Richter durchaus nichts Ungewöhnliches, und das allein genügt nicht, um Frank Vogt mit Roy Bean vergleichen zu können. Er hat erheblich mehr getan, als lediglich zu seiner zehnjährigen Amtszeit gewählt zu werden, um allem seinen Stempel aufzudrücken.

Vogt, der eigentlich aus Rochester, New York, stammt, begann seine Karriere im Justizbereich auf seiten der Strafverfolgungsbehörden. Von 1952 bis 1958 war er beim FBI. In der öffentlichen Meinung, die vom Fernsehen und den ständigen PR-Kampagnen des Bureaus selbst gehegt und gepflegt wird, stellen *G-Men* das Nonplusultra an Seriosität, Korrektheit und rechtschaffener Polizeiarbeit dar. In den fünfziger Jahren galt dies um so mehr. Während seiner Zeit als Agent des FBI studierte Vogt Jura an der St. John's University.

1958 zog er her, gründete eine Kanzlei und arbeitete auf Teilzeitbasis als ADA – *Assistant District Attorney*. Heute haben wir Voll- und Teilzeit-ADAs, doch damals – in den Jahren von 1958 bis 1970 – arbeitete die Staatsanwaltschaft ausschließlich mit Teilzeitkräften. Er wurde *Chief Assistant* und 1970 schließlich zum ersten Vollzeit-District Attorney gewählt, eine Position, die er bis 1977 behielt, als er Richter wurde.

Als DA legte er gewisse Grundsätze fest, rekrutierte und bildete Personal aus, und als er Richter wurde, stieg sein *First Assistant* Mike Kavanagh zum DA auf, und Paul Gruner, sein zweiter Assistant DA, wurde Pflichtverteidiger. Im wesentlichen bilden Vogt und zwei Doubles die drei Ecken des aus Staatsanwaltschaft–Verteidigung–Richter bestehenden Dreiecks.

District Attorney Mike *Schon-bald-Bundesrichter* Kavanagh sagt, «das Verhältnis zu Vogt ist der Grund, warum das System so effektiv funktioniert. Er sorgt dafür, daß ich gut dastehe. Es ist ein Segen, daß wir ihn hier haben.» Und tatsächlich – wenn man Sitzungen des Gerichts verfolgt, besonders dann, wenn die Verteidigung vom Büro des Pflichtverteidigers übernommen wird, dann kann man drei Menschen beobachten, die wissen, was das System – Frank Vogts System – von jedem einzelnen von ihnen erwartet, und die darauf erpicht sind, den anderen bei der Erfüllung ihrer jeweiligen Rolle zu helfen.

Falls und wenn Kavanagh in den erlauchten Kreis der Bundesrichter aufsteigt, wird die Tradition nicht sterben. Sein Nachfolger wird beinahe sicher Don Williams heißen, Kavanaghs augenblicklicher *Chief Assistant*, oder D. Holley Carnright, ein ehemaliger *First Assistant*, derzeit einer unserer drei Pflichtverteidiger.

Beide werden in die Fußstapfen der Fußstapfen treten.

Das erstaunlichste Merkmal *Des Systems* in Ulster County ist die

Tatsache, daß der District Attorney grundsätzlich nicht bereit ist, sich auf das sogenannte *plea bargaining* einzulassen – auf häufig vor Prozeßbeginn im Stadium des Anklageprüfungsverfahrens stattfindende Verhandlungen mit dem Angeklagten über das Strafmaß.

Dies ist so außergewöhnlich, daß buchstäblich jeder mit völligem Unglauben und Skepsis reagierte, mit dem ich außerhalb *Des Systems* gesprochen habe – der Präsident der New Yorker Anwaltsvereinigung eingeschlossen.

Tatsache, Fiktion und dieses Konstrukt der Medien dazwischen, das Faktoid, wollen uns glauben machen, daß die heutige amerikanische Justiz mit Hilfe des *plea bargaining* praktiziert wird, daß es angesichts einer wahren Verbrechensflut und viel zu geringer Ressourcen die einzige Möglichkeit ist, mit der es überhaupt praktiziert werden kann, und daß es sogar eine gute und zweckmäßige Methode ist, die Strafgerichtsbarkeit durchzuführen.

Aber nicht hier. Nicht in Frank Vogts County.

Die Jungs unten im Gerichtsgebäude finden es komisch, ich meine, richtig saukomisch, zum Auf-die-Schenkel-Schlagen komisch, wenn sie beobachten können, wie ein Verbrecher aus New York City sich im Netz der Rechtsfindung von Ulster County verstrickt. Einen Angeklagten aus der Stadt, sagt Judge Vogt, erkennt man immer sofort, «weil er ein Vorstrafenregister hat, das fünfzehn Seiten lang ist. Festnahmen wegen Verbrechen wurden zu Vergehen heruntergehandelt – und er hat noch nie in einem Staatsgefängnis gesessen.» Staatsgefängnis erhält man für jede Strafe von mehr als einem Jahr, und die Staatsgefängnisse sind schreckliche Orte, an denen sich allgemeine Gewalt, sexuelle Gewalt und Bandengewalt mit einem ganzen Satz entmenschlichender Rituale verbinden, die entworfen wurden, um Gewalt zu unterdrücken. In ein County-Gefängnis kommt man für jedes Strafmaß von weniger als einem Jahr, und die Mithäftlinge sind lediglich Straffällige, keine Verbrecher. Sofern man nicht in New York City ist, denn dann kommt man nach Rikers Island, was ungefähr genauso schlimm ist, wie *upstate* geschickt zu werden, wo sich die Staatsgefängnisse befinden.

John Prizzia, der *second assistant*, erzählt gern die Geschichte von Stanley D., der folgendes Vorstrafenregister vorzuweisen hatte: Festnahme wegen Erregung öffentlichen Ärgernisses in Brooklyn und Widerstand gegen die Staatsgewalt – Klage abgewiesen; Besitz von Diebesgut, einfacher Diebstahl, illegaler Besitz einer Schußwaffe in der Absicht, sie zu benutzen – Eingeständnis eines geringfügigeren Vergehens; schwerer Raub in Verbindung mit Verstoß gegen das Waffengesetz – ein Jahr County-Gefängnis; schwerer Autodiebstahl in Verbindung mit weiteren Anklagepunkten – Eingeständnis eines geringfügigeren Vergehens; einfacher Diebstahl in Verbindung mit weiteren Anklagepunkten, erschwert durch Nichterscheinen vor Gericht – abgewiesen; und schließlich zwei weitere Anklagen, die eine wegen versuchten Mordes in Tateinheit mit schwerem Raub, die andere Raub in Tateinheit mit schwerem Diebstahl und illegaler Schußwaffenbesitz – beide Verfahren zusammengelegt, Schuldanerkenntnis von Raub, verurteilt zu einem Strafmaß von drei bis sechs Jahren. Nach vier Jahren Entlassung auf Bewährung.

Und dann kam Stanley ins Ulster County.

Er beging einen Einbruch, in dessen Verlauf er eine fünfundsiebzigjährige Frau niederschlug und sie mit einem Messer bedrohte. Anschließend drang er in einem Wohnheim auf dem New Paltz Campus in die Dusche einer Frau ein und bedrohte auch sie mit einem Messer.

An dieser Stelle möchten wir anmerken, daß der Richter sich allerdings auf ein Aushandeln des Strafmaßes einläßt. «Ah-hah!» werden Sie jetzt ausrufen, «das ist doch dasselbe wie *plea bargaining.*» Ist es aber nicht. Beim *plea bargaining* handeln der Angeklagte und der DA das Strafmaß herunter, indem sich der Angeklagte eines geringeren Verbrechens schuldig bekennt, wofür die schwerwiegenderen Anklagepunkte fallengelassen werden. Aus versuchtem Mord wird schwere Körperverletzung oder sogar einfache Körperverletzung, ein Vergehen. Es hat etwas äußerst Befriedigendes – für uns Zuschauer, wenn schon nicht für den Angeklagten –, daß jemand auch wirklich die seiner Tat angemessene Strafe erhält. Das System des *plea bargaining* befreit den Angeklagten von den Strafen, die unsere Abgeordneten, die Legislative, als angemessen für ein bestimmtes Verbrechen angesehen haben. Letzteres ist nicht so einfach, wie es zu sein scheint, da die Legislative, in Anerkennung der Realitäten, wie das Strafrecht in der wirklichen Welt umgesetzt wird, ebenfalls Normen für die Praxis des *plea bargaining* aufgestellt hat.

Im fraglichen Fall bot der Richter eine Strafe von fünf bis zehn Jahren an.

Der Angeklagte und sein Anwalt gingen auf den Korridor, um sich darüber zu beraten. Stanley – mit soviel Erfahrung und vielen Freunden im Milieu – war überzeugt zu wissen, wie das System der Strafgerichtsbarkeit funktioniert. «Dieser Fall ist nicht mehr als drei bis neun wert!» schrie er aufgebracht. «Gehen Sie wieder da rein und sagen Sie dem Richter, ich lehne alles über drei bis neun ab!» Das alles verlief laut genug, um im Gerichtssaal gehört werden zu können, und erheblich farbiger formuliert, als es hier wiedergegeben wird, mit vielen Kraftausdrücken, jeder Menge sexueller und skatologischer Adjektive.

Der Verteidiger kehrte in den Gerichtssaal zurück, trat vor den Richter und wiederholte – mit erheblich gewählteren Worten und auch sehr viel respektvoller – den Kern der Haltung seines Mandanten.

«Das Angebot wird zurückgezogen», verkündete Judge Vogt. «Wir werden mit der Beweisaufnahme fortfahren.» Dies ist häufig der nächste Schritt in einem Strafverfahren. Es ist genau das, wonach es sich anhört. Eine Untersuchung des vorliegenden Beweismaterials, um festzustellen, ob die Beweise rechtmäßig sichergestellt wurden oder aber für das weitere Verfahren abgewiesen werden müssen. Das Beweismaterial in diesem speziellen Fall war zulässig. Der auf Bewährung wegen versuchten Mordes entlassene Einbrecher überlegte es sich anders und sagte seinem Anwalt, daß er doch mit fünf bis zehn Jahren einverstanden sei.

«Das Angebot», verkündete Judge Vogt, «lautet jetzt sieben bis vierzehn.»

Und wieder zogen sich Anwalt und Angeklagter auf den Korridor zurück. Wieder waren Stanleys wütende Schreie im Gerichtssaal deutlich zu vernehmen. Mit Akzent, Flüchen und Gesten ist diese Geschichte tatsächlich noch erheblich komischer. Er befahl jedenfalls seinem Anwalt, dem Richter mitzuteilen, daß die Sache nur fünf bis zehn wert sei, und mehr würde er auf keinen Fall hinnehmen.

«Stanley», sagte John Prizzia, «hat's einfach nicht kapiert.»

Und erst, als das Angebot bei zehn bis zwanzig Jahren angekommen war, nur wenig unter der möglichen Höchststrafe von zwölfeinhalb bis fünfundzwanzig Jahren, «kapierte» Stanley und akzeptierte die zehn bis zwanzig.

Es ist der DA, der den Prozeß des *plea bargaining* kontrolliert, nicht der Richter. Aber, wie schon zuvor bemerkt, dies ist eine von Vogt kreierte und an Kavanagh weitergegebene Verfahrensweise, und sie funktioniert, weil Staatsanwalt und Richter zusammenarbeiten. Das Argument für das *plea bargaining* besteht darin, daß der Rückstau an Fällen buchstäblich auf hundert Jahre anschwellen würde, sollte jedem der Prozeß gemacht werden. Also muß dem Angeklagten ein Anreiz geboten werden, sich schuldig zu bekennen, und dies besteht in der Androhung, daß alles noch erheblich schlimmer wird, wenn er es nicht tut.

Die köstliche kleine Anekdote vorhin scheint zu bestätigen, daß der Handel um die Höhe der Strafe als Ersatzhammer benutzt wird. Judge Vogt jedoch behauptet, dies sei durchaus nicht so. Was er im Gerichtssaal sagt und auch sagen muß, ist, daß «falls der Prozeß gegen Sie eröffnet wird, gibt es keine Versprechen, und Sie [der Angeklagte] setzen sich der vollen Bandbreite der Strafen einschließlich der Höchststrafe aus». Er behauptet, «unvoreingenommen» an die anschließenden Ereignisse heranzugehen. «Es ist mein Job, fair zu sein. Sollte sich im Verlauf des Prozesses herausstellen, daß es ein zusätzliches, verabscheuungswürdiges Verhalten gab, daß es ein besonders abgefeimtes Verbrechen war, dann könnte ich den Angeklagten zur Höchststrafe verurteilen. Es könnte Gründe geben, den Angeklagten zu weniger als dem Angebot zu verurteilen, selbst nach erfolgtem Prozeß, und das habe ich auch in der Vergangenheit bereits getan.»

Don Williams, *first assistant*, bestätigt dies. Eine Angeklagte, die er strafrechtlich verfolgte, lehnte das Angebot von ein bis drei Jahren ab. Es kam zum Prozeß, sie wurde für schuldig befunden, und Vogt verurteilte die Beklagte zu sechs Monaten County-Gefängnis auf fünf Jahre Bewährung.

Aus dem Büro der Staatsanwaltschaft ist zu hören, daß in Ulster häufiger Hauptverfahren eröffnet werden als anderswo. Tatsächlich ist dem nicht so.

Es wäre vernünftig zu erwarten, daß ein Mann, der vom FBI über die Staatsanwaltschaft zum Richteramt gekommen ist, auf der Bandbreite der Möglichkeiten zwischen Recht und Ordnung eher zu Ordnung tendiert – und dem ist auch so. Judge Vogt bevorzugt «Gerechtigkeit», eine persönliche, moralische Gewißheit, daß er den Unschuldigen nicht, den Schuldigen jedoch sehr wohl verurteilt und der weiteren korrekten Behandlung zuführt. Dem liegt die Überzeugung zugrunde, daß die Exekutive insgesamt aus guten und anständigen Männern besteht, die meisten von ihnen aufrichtig und ehrlich. Verwaltungsmenschen gehen davon aus, daß Macht – durch Faulheit, Korruption, Nachlässigkeit oder was auch immer – anfällig ist für Irrtümer und durch Regeln kontrolliert und noch einmal kontrolliert werden muß.

Der Lackmustest, der auf diesem Gebiet Liberale von Konservativen scheidet, ist einmal die Verpflichtung zur Rechtsmittelbelehrung des Verhafteten durch die ausführenden Beamten – immer noch, nach all den Jahren – und zum anderen die Ausschlußregel (auch Beweisverwertungsverbot genannnt), die derzeit durch den Obersten Gerichtshof der Vereinigten Staaten neu überprüft wird. Vogt ist gegen die Ausschlußregel, da es «illegale Durchsuchungen nicht verhindert. Sie erlaubt lediglich dem Schuldigen, straffrei auszugehen.» Während er einerseits sagt, daß «ich der letzte wäre, der erzwungene Geständnisse duldet. Und der Grund, warum ich als Richter dagegen bin, besteht darin, daß es recht wahrscheinlich ist, daß sie nicht der Wahrheit entsprechen», sagt er im Grunde: «Ich bin nicht der Ansicht, daß *Miranda*» – die Notwendigkeit, daß der Angeklagte über sein Recht zu schweigen und den Anspruch auf einen Rechtsbeistand belehrt werden muß – «die Durchsetzung der Gesetze weitergebracht hat. Die einzige Kontrolle sollte sein, daß das Geständnis freiwillig abgelegt wird. Keine Gewalt, kein Zwang, keine unehrenhaften Verfahrensweisen. Das müßte genügen.» Immerhin sagt der Richter, daß «...niemand – mit Ausnahme der offensichtlich Geistesgestörten, der zwanghaften Bekenner – ein Verbrechen gesteht, das er nicht auch tatsächlich begangen hat. So etwas tun Menschen einfach nicht.»

Das alles sind, im Augenblick, philosophische Fragen, die außerhalb seiner Kompetenz liegen. Er kann nicht viel daran ändern.

Was er jedoch tun kann und getan hat, durch Präjudiz, durch Beispiel, durch Vorsitz, durch seine Position als Der Richter und sein Verhältnis zur Staatsanwaltschaft und dem Büro der Pflichtverteidiger, ist die Schaffung dieses Systems: Wenn man im Ulster County eine Straftat begeht und Beweise vorliegen, daß man sie begangen hat, dann wird man für dieses Verbrechen unter Anklage gestellt, wie es im Strafgesetzbuch vorgeschrieben ist. Falls man sich schuldig bekennt, dann ausschließlich der schwersten Einzelanklage in dieser Sache. Wenn es zum Prozeß kommt, dann exakt für dieses Verbrechen. Und die zu erwartende Strafe wird genau die sein, die für dieses Verbrechen vorgeschrieben ist.

Oder – wie John Prizzia es ausdrückt: «Bei uns hier oben kriegen die Typen genau das, was sie verdienen.»

«Genau das, was sie verdienen?» sinniert der Richter. «Das ist nicht ganz richtig. Ich gebe nur selten die Höchststrafe, es sei denn, es handelt sich um ein wirklich verabscheuungswürdiges Verbrechen. Mein Job, so wie ich ihn verstehe, ist es, gerecht zu sein. ... Man erlebt Leute, die einen Mord begehen, sich des Totschlags schuldig bekennen und nach einem Jahr wieder draußen sind. Wir sind die Baumeister unserer eigenen Probleme. Wenn man Vorstrafenregister sieht, mit zwanzig bis vierzig Festnahmen wegen Verbrechen, die anschließend nie zur Verhandlung kommen oder bei denen die Anklagen reduziert werden, kann man sich denken, daß, wenn sie korrekt verhandelt worden wären, sie beim zweiten oder dritten Mal ins Gefängnis geschickt worden wären, dann wären sie nicht draußen gewesen, um ihre nächsten achtundzwanzig Straftaten zu begehen, die dann unsere Gerichte blockieren.»

«Wir sind hier oben ziemlich hart», sagte einer der Strafvollzugsbeamten des County-Gefängnisses, der den Angeklagten ins Gericht führte. Sein Gefangener hatte, wie überhaupt alle, Hände und Füße gefesselt, und beides war mit einer zusätzlichen Kette verbunden. «Aber ich schätze, wir wollen's wahrscheinlich so.»

Die Praxis des *Kein plea bargaining* ist eine Verfahrensweise, keine absolute und rigide Vorschrift. Doch Ausnahmen sind selten. Stephen Johnsons Fall ist typisch. Er ist 20, hat ein Semester auf dem Ulster County Community College studiert, eine Vorstrafe wegen Körperverletzung, eines Vergehens. Er verkaufte zweimal Drogen an einen verdeckten Ermittler, das eine Mal ein Gramm, das zweite Mal 1,8 Gramm. Unten in New York City – und in vielen anderen Orten, sogar in einigen Counties im Norden des Staates – würde Johnson mit Sicherheit relativ ungeschoren ausgehen. In den meisten Fällen würden der Richter, der Staatsanwalt und der Verteidiger sich im Richterzimmer beraten und ein Strafangebot ausarbeiten. Diesmal war dies praktisch überflüssig. Der Richter hat Grundsätze für Urteile bei Kokainhandel, und jeder kennt sie – ein Jahr pro Deal. Der Pflichtverteidiger rät seinem Mandanten, daß der DA nicht mit sich handeln läßt und die Geschworenen hart sind, und Johnson solle das Angebot annehmen – zwei bis sechs Jahre im Staatsgefängnis. Denn so läuft es hier oben in Frank Vogts County.

Newspaper Fools Self, Foam at Mouth, Shoots Self in Brain

Es ist einer Zeitung nicht verboten, Schwachsinn zu schreiben. Sollte es auch nicht sein. Aber wenn sie es tut, dann sollte sie sich genauso der Kritik stellen wie ein Politiker oder ein Unternehmen, das die Verbraucher betrügt, oder wie das Management der New York Mets.

Am 13. August, einem Dienstag, verurteilte Judge Frank Vogt Jamie Cohen aus Woodstock zu sieben Jahren bis lebenslänglich wegen Kokainhandels. Wenige Minuten später verurteilte er einen ehemaligen Einwohner von Ulster zu fünfzehn Jahren bis lebenslänglich. Reporter Tom Wakeman hat einen ziemlich klaren und offenen Artikel über diese beiden Ereignisse geschrieben. Nur daß es in der Einleitung zu seinem Artikel heißt: «... verurteilt zu ... lebenslangen Haftstrafen im Staatsgefängnis.» Was wohl einem Redakteur gefallen haben muß, woraufhin dieser sich die folgende Schlagzeile ausdachte: **2× lebenslänglich für Drogenkriminalität.**

Schrecklich irreführend, aber – leider, leider – typisch für das Verfassen von Schlagzeilen und Anreißern für Fernsehnachrichten. Es ist der Versuch, Spannung aufzubauen, die allerdings nur durch Übertreibung zu bekommen ist.

Doch dann hat es Hugh Reynolds gelesen, der politische Redakteur.

Als er seinen Blick von der «sensationellen» Schlagzeile zu dem präziseren Artikel darunter wandte, fühlte er sich zutiefst betrogen. Er rannte durch die Redaktion, las Schlagzeile und Story anderen laut vor. Auch sie fühlten sich betrogen. Waren empört. Jemand, davon war Reynolds überzeugt, belog ihn hier.

Um die Öffentlichkeit vor solchem Betrug zu schützen, schrieb er ein Editorial. Wir geben es hier Passage um Passage wieder, um jeden einzelnen Abschnitt zu untersuchen. Es begann so:

Am vergangenen Dienstag wurden zwei Drogendealer von Ulster County Court Judge Frank Vogt zu dem verurteilt, was als «lebenslängliche Haftstrafe» beschrieben wurde.

Aber lebenslänglich auf dem Papier erweist sich als etwas völlig anderes als lebenslänglich im Knast.

Einer der Verurteilten, ein dreiundzwanzigjähriger Mann, angeblich einer der größten Kokaindealer in Woodstock, erhielt ein Strafmaß von sieben Jahren bis lebenslänglich, was bedeutet, daß er bei guter Führung rechtzeitig wieder draußen sein dürfte, um das Labor Weekend 1998 feiern zu können.

Der andere... könnte in etwa fünfzehn Jahren wieder draußen sein.

Reynolds war überzeugt, betrogen worden zu sein. Jemand hielt ihn zum Narren. Mit seinen eigenen Worten: «Wenn man die Schlagzeile liest, dann steht da ganz klar ‹knallhart!› [Aber] wenn man dann den Artikel liest, gelangt man zu einem ganz anderen Eindruck. Wir reden hier von Wahrnehmung.»

Was ich jedoch nicht verstand, war, daß der *Freeman* sich die Schlagzeile ausgedacht, die Story geschrieben und die Diskrepanz erst selbst erschaffen hat.

Ich wies darauf hin, daß der Richter nicht gesagt habe, weder den einen noch den anderen zu «lebenslänglich» zu verurteilen, sondern exakt und sehr präzise «sieben bis lebenslänglich» im einen Fall, «fünfzehn bis lebenslänglich» im anderen. Der District Attorney hat zu keinem Zeitpunkt eine Presseverlautbarung herausgegeben, in der er behauptete, er habe zwei Burschen für ewig und drei Tage in den Knast geschickt. Nirgendwo außer im *Freeman* tauchte auf, daß die «zwei lebenslänglich für Drogen» kriegen.

«Ich verstehe nicht, was Sie da reden», sagte Reynolds, nachdem ich all das mit ihm durchgegangen war.

Ich erwiderte, es bedeute, daß es meiner Meinung nach ein Problem der Medien sei.

«Was meinen Sie damit?» fragte er.

«Daß die Medien Wahrnehmung schaffen», sagte ich.

«Was soll das alles?» sagte er. Er schien zu denken, daß sowohl die Story als auch die Schlagzeile von Außenstehenden in den *Freeman* eingeschmuggelt worden waren. «Bei jedem Thema von öffentlichem Interesse», sagte er, «ob es dabei nun um die Regierung unseres Staates geht oder darum, wie die Behörden mit Drogendealern verfahren, haben wir Wahrnehmung und Wirklichkeit.» Und, fuhr er fort, nach einer längeren Abschweifung zu Mario Cuomo und dem Staatshaushalt, «es sind die Medien, die über die Wirklichkeit berichten».

So sollte es sein. Aber nicht so in diesem Fall. In diesem Fall schufen die Medien die Un-Wirklichkeit.

Aus dem Büro der Bezirksstaatsanwaltschaft verlautet, daß beiden Verbrechern die Höchststrafen für ihre jeweiligen Straftaten gegeben wurden.

Wahrscheinlich nicht richtig. Don Williams, der ADA, der mit diesem Fall betraut war und mit dem Reynolds gesprochen hatte, war sich sehr wohl bewußt, was die Höchststrafe war, und hatte dies auch, wie er sagt, Reynolds erklärt. In aller Ausführlichkeit. Aber es war schon spät, und vielleicht brachte der Zeitungsmann das eine oder andere ein wenig durcheinander.

Im Fall des Blue Mountain-Mannes wurde dessen Straftat genauso behandelt wie Mord zweiten Grades. Das Woodstocker Verbrechen war nicht ganz so schwer, er hätte 8½ Jahre bis lebenslänglich bekommen können.

Die Behörden sagen, das sei so hart wie nur möglich.

Es sollte aber noch erheblich härter sein.

In New York, ein sehr harter Staat, ist das Minimum – mit einigen wenigen Ausnahmen – das tatsächliche Minimum, das der Angeklagte zu verbüßen hat.

Jamie Cohen wird wegen Drogenhandels sieben Jahre im Gefängnis verbringen. Ist das mild oder hart? Verglichen mit was?

Wie steht's mit Vergewaltigung? Die durchschnittlich abzusitzende Haftstrafe für Vergewaltigung beläuft sich auf fünf Jahre. Totschlag? Etwa fünf Jahre und vier Monate. Kidnapping? Vier Jahre und zwei Monate. Brandstiftung? Zwei Jahre.

All diese Zahlen stammen übrigens aus dem *Crime and Justice Annual Report* von 1989, veröffentlicht vom Staat New York, Abteilung Strafvollzug. Wenn ein Journalist – oder eine ganze Zeitung – diese oder eine ähnliche Publikation nicht zur Hand hat, können sie sich die entsprechenden Informationen durch einen Anruf bei Rich Rosen vom *Bureau of Criminal Justice Statistical Services* in Albany beschaffen. Wenn man ihm oder einem seiner Mitarbeiter sagt, man habe einen drängenden Abgabetermin – selbst wenn es sich um ein Editorial handelt –, dann werden sie sich förmlich den Arsch aufreißen, um die gewünschte Information schnellstens zu besorgen.

Mr. Rosen wird außerdem gern entweder der *Times* oder dem *Freeman* die Auskunft geben, daß 34 % der 57013 Häftlinge, die sich derzeit in Staatsgefängnissen befinden, wegen Drogendelikten verurteilt wurden. Das sind 19400 Menschen. Es kostet etwa 20100 Dollar pro Kopf und Jahr, sie hinter Schloß und Riegel zu halten.

Nehmen wir an, Jamie Cohen wird 72 Jahre alt. Das wären dann 49 Jahre im Gefängnis. Siebenmal länger als das Minimum. Statt 140000 Dollar würde seine Inhaftierung 980000 Dollar kosten. Wenn wir mit jedem einzelnen im System so verfahren würden, brauchten wir siebenmal mehr Gefängniswärter. Siebenmal so viele Gefängnisse. Wie sollten wir das alles bezahlen? Fast genauso wichtig – wo würden wir sie hintun? Hier, in Ulster County?

In einem Staat, der es sich nicht leisten kann, die Gefängnisse, die er bereits hat, mit ausreichend Personal zu besetzen, ist es einfach unverantwortlich, nach lebenslangen Haftstrafen für nicht mit Gewalt verbundene Straftaten zu brüllen, selbst wenn es um Drogenkriminalität geht, wenn man all dies nicht berücksichtigt.

Wenn man Mr. Reynolds mit dieser Frage konfrontiert, dann antwortet er: «Ich denke, der Staat hat einfach realisiert, daß man nicht immer mehr Gefängnisse bauen kann. Ich glaube, sogar dem Staat ist das klargeworden.» Darum gebeten, doch einmal darüber nachzudenken, kann er es plötzlich, aber erst, wenn jemand ihm in die Rippen stößt. Niemand in seiner Umgebung – die leitenden Redakteure der führenden Zeitung des Countys – drängt darauf, daß er sich Gedanken um die Konsequenzen macht. Auch hat er keine wirkliche Vorstellung davon, wie es sein würde, sollte es wirklich so kommen, wie er es verlangt.

Wenn jemand Jamie Cohen fragte, vor seiner Festnahme, ob er glaube, vielleicht einmal im Gefängnis zu landen, war ihm schon klar, daß es so sein könnte, aber er kapierte es nicht wirklich. Und die Leute in seiner Nähe sagten ihm nicht, daß er ein Narr sei, sie sagten ihm, er sei cool. Soweit es allein um die Mechanismen des Verhaltens geht, ähnelt dies sehr der Art und Weise, wie Reynolds dazu kam, dieses Editorial zu verfassen.

Drogen verwüsten dieses Land, und es ist noch kein Ende in Sicht.

Eine der wenigen möglicherweise wahren Feststellungen in dem Editorial. Allerdings – falls ein Ende in Sicht ist, wird es sicherlich nicht durch weitere Einkerkerungen erfolgen. Mike Kavanagh, ein District Attorney, der hart genug ist, um an AIDS erkrankte Großmütter wegen Drogen ins Gefängnis zu schicken, sagt: «Auf lange Sicht sind nicht Gefängnisse die Antwort, sondern Erziehung.»

Wie die Dinge liegen, betrachten Drogendealer Haftstrafen als Berufsrisiko. Die sagenhaften finanziellen Belohnungen, die ihr ruchloses Gewerbe abwerfen kann, sind ihnen dieses Risiko wert.

Tut mir leid, aber dabei kommen mir Bilder von jemandem in den Kopf, der sich auf Urlaub befindet, der wegen einem Schneesturm in einem Motel festsitzt, mit einem Fernseher, in dem nichts anderes als Wiederholungen von *Miami Vice* laufen, und als er schließlich torkelnd sein Zimmer verläßt und ans Tageslicht geht, da glaubt er, daß Kingston, New York, inzwischen von Alligatoren und dem Medellín-Kartell übernommen worden sei. Denn ziemlich genau so etwas muß Reynolds vorgeschwebt haben. Als ich ihn wegen Jamie Cohen interviewte, sprach er von «Manuel Noriega und die Lage in Panama, wo sie heute mehr Drogen verkaufen als vor dem Zeitpunkt, als wir uns den Kerl vom Hals geschafft haben» und von «den Milliarden Dollars, die in diesem Land für Drogen ausgegeben werden.»

Auch wenn Jamie mit Kokain gedealt hat, und es auch zugibt, und Geld damit verdient hat – es war fast mit Sicherheit weniger, als der Assistant District Attorney verdient, der ihn für schuldig erklärte, als der Richter, der ihn verurteilte, und vielleicht sogar weniger als die Zeitungsredaktion, die ihn verdammt. Wir sprechen hier von jemandem, für den ein aufgemotzter Volkswagen Rabbit ein Traumauto war. Was das Gefängnis als Berufsrisiko betrifft, war es bei ihm wohl eher eine Frage der Verleugnung als Verachtung für eine potentielle Strafe. Er hatte keine Riege teurer Anwälte, die erst auf Vorschuß aktiv werden. Er hatte nicht genug Geld für eine Kaution. Seine Eltern und Großeltern konnten gerade genug für den Anwalt zusammenkratzen. Alles in allem sechstausend Dollar.

Richtern wie Vogt, der den Ruf eines Hardliners genießt, soweit es um Drogendealer geht, dürften nicht durch lächerlich niedrige Mindeststrafen die Hände gefesselt werden. Es ist doch wohl das Allermindeste, einem Richter den Ermessensspielraum zuzugestehen, ein Exempel an jemandem zu statuieren, dessen Ruf in der Gemeinschaft darauf gründete, «einer der größten Dealer» zu sein.

Obwohl der *Freeman* sicherlich recht hat, wenn er sagt, daß der Richter ein Hardliner ist, ist dies durchaus nicht das, was er denkt. Inoffiziell läßt er sich gern plastisch darüber aus, offiziell sagt er mit allem Nachdruck: «Die Mindeststrafen des Bundesstaates New York sind mehr als angemessen.» Sie sind zum Beispiel erheblich strenger als Bundesgesetze, nach denen Leute «für Kilos und Kilos von dem Zeug gerade mal fünf Jahre kriegen». Der Richter wird sogar so weit gehen zu empfehlen, daß die Mindestmenge an Drogen, die für eine Anklage wegen eines schweren Verbrechens erforderlich ist – nur zwei Unzen –, heraufgesetzt und nicht heruntergesetzt wird. Das ist das Verbrechen, das mit wenigstens fünfzehn Jahren bis lebenslänglich geahndet wird.

Wenn der *Freeman* sich die Mühe gemacht hätte, Vogt zu fragen, dann hätte er ihnen das auch gesagt. Aber das haben sie sich geschenkt.

Solche Veränderungen kann allerdings nicht die Judikative herbeiführen, sie müssen von der Legislative des Staates kommen.

So ist es, und auch wieder nicht.

Gerichte in New York City und dem Rest unseres Bundesstaates arbeiten alle auf Grundlage derselben Gesetze. Aber Jamie Cohen hätte in der Stadt bei einem ersten Delikt niemals sieben bis lebenslänglich bekommen. Auch nicht in einer ganzen Reihe anderer Orte.

Die Legislative kann die Gesetze härter machen, wie es unter Rockefeller ja auch geschehen ist. Doch dann wird den Menschen, die mit ihrer Durchsetzung betraut sind, bewußt, daß diese Gesetze übertrieben hart sind, und sie finden Mittel und Wege, sie nicht mehr durchzusetzen. Dann muß die Legislative das Gesetz wieder ändern und die dazugehörigen Strafen reduzieren. Genau so ist es tatsächlich in New York gelaufen.

Wenn die Gesetzgeber aus dem Sommerurlaub zurückkehren, dann sollten sie strengere Strafen für Drogenhändler in Erwägung ziehen.

Die Strafe soll dem Verbrechen entsprechen. Dies ist wohl kaum der Fall, wenn eine «lebenslängliche Haftstrafe» letzten Endes nur sieben Jahre bedeutet.

Al Mainetti, Jamie Cohens Anwalt, sagte zu ihm: «Kid, du wärst erheblich besser dran gewesen, wenn du dich vollaufen lassen und deine Großmutter mit einer Schrotflinte abgeknallt hättest.»

Und das wäre er tatsächlich. In der Stadt laufen Leute herum, die, wenn schon nicht genau das, so doch etwas sehr Ähnliches getan haben und dafür nicht mal drei Jahre sitzen mußten.

Ein weiterer Profi aus der Strafjustiz sagte: «Die finden, das ist noch nicht genug? Jesus Christus, sind die vielleicht verrückt?»

Jamie mit seinem minderschweren Verbrechen wird sehr wahrscheinlich in ein Gefängnis wie Attica wandern. Er ist dreiundzwanzig Jahre alt, gerade mal ein Meter siebzig groß und siebzig Kilo schwer. Seine neue Bezugsgruppe wird zu 71 % aus New York City stammen. Auch wenn über 30 % wegen Drogendelikten verurteilt wurden, werden die meisten seiner neuen Kumpel wegen Gewaltverbrechen verurteilt worden sein – 22 % wegen Raub, 15 % wegen Mord, Totschlag und Körperverletzung, Besitz gefährlicher Waffen, Vergewaltigung und Sexualdelikten. Kurz, ihm steht eine verdammt harte Zeit bevor. Und jeder, der mal einen Augenblick darüber nachzudenken bereit ist, wird dies wissen.

Sogar Mr. Reynolds. Ich sagte ihm, daß ich persönlich sogar sieben Tage, ganz zu schweigen von sieben Jahren, in Attica für ausreichend unangenehm halten würde. Er hat's kapiert. Er hat sogar gesagt: «Vielleicht sollte das mehr publik gemacht werden, wie's da drin aussieht.»

In vieler Hinsicht ist dies ein merkwürdiges Ereignis. Eine Zeitung erweckt einen falschen Eindruck. Dann ereifert sich die gleiche Zeitung über diesen falschen Eindruck. Sie glauben, jemand anderer wäre dafür verantwortlich. Und aus Protest darüber schreiben sie ein Editorial voller weiterer irreführender Informationen.

Es mag vielleicht nicht weiter wichtig erscheinen. Es ist ja «nur ein Editorial». Auch wenn, wie einige Leute mir gesagt haben, «es doch nur der *Freeman*» ist. Aber es richtet Schaden an. Selbst Reynolds versteht, daß ein Unterschied zwischen Rhetorik und Wirklichkeit schädigend ist. Im Verlauf unserer Unterhaltungen hat er dies mehrmals angedeutet. Aber irgendwie sieht er nicht, daß die Medien Teil des Problems sind. Politiker zwingen Tageszeitungen nicht, leeres Geschrei als Fakten zu akzeptieren, Posen als echte Lösungen. Genau dies ist die Alternative, vor der die Medien stehen. Es ist ein sehr subtiles Gift. Es schleicht sich heimlich an einen heran. Genau wie die Kokainabhängigkeit.

Larry Beinhart ist Autor von *No-one Rides For Free* (dt. *Kein Trip für Cassella*, rororo thriller Nr. 2873), *You Get What You Pay for* (dt. *Zahltag für Cassella*, rororo thriller Nr. 2932), *Foreign Exchange* (dt. *Priester waschen weißer*, rororo thriller Nr. 3043) und *American Hero* (dt. *American Hero*). Er arbeitet nebenbei als Skilehrer am Hunter Mountain, New York. Er war politischer Berater, Producer und Regisseur von Werbefilmen, Chefelektriker und Bühnenarbeiter beim Film. Er hat zwei Kinder, Anna Genevieve und James Irving. Er ist verheiratet mit ihrer Mutter, Gillian Farrell.

▼

Der letzte Beitrag stammt von Gillian B. Farrell, Detektivin, Schauspielerin, Ehefrau (meine), Mutter (zweier Kinder) und Schriftstellerin. Nicht unbedingt in dieser Reihenfolge.

Obwohl sie keine Journalistin war, trifft meine These dennoch zu. Ihre Bücher, obwohl «leicht» und humorvoll, beziehen Humor und Qualität aus ihrer Substanz, und diese Substanz hat sich Ms. Farrell erarbeitet, weil sie in die Welt hinausgegangen ist und sich ihr gestellt hat, sowohl als Schauspielerin als auch als Detektivin (Mutterschaft und Ehe müssen sich in ihren Arbeiten erst noch niederschlagen).

Amerika ist nicht Deutschland mit seinen staatlich subventionierten Theatern und Ensembles. Die meisten Schauspieler müssen andere Einkommensquellen haben, um zwischen, vor und nach Engagements zu überleben. Wie Annie McGrogan, die Heldin ihres ersten Romans *Alibi for an Actress* (dt. Auf immer und ewig), wollte Gillian weder als Serviererin noch als Teilzeitsekretärin arbeiten. Statt dessen besaß sie die Chuzpe und Phantasie, sich einen Job als Detektivin zu besorgen (lesen Sie *Alibi for an Actress*, wenn Sie an einer Schilderung der realen Ereignisse interessiert sind). Die Männer, mit denen sie zusammenarbeitete, waren ausnahmslos ehemalige NYPD-Cops von der Sorte, wie sie in den Texten von Breslin, Leuci, Tyre und Daley zu finden sind. Der Unterschied zu Gillians Stil und Charakter ist schillernd, aufschlußreich und komisch.

Dies ist ein Auszug aus *Murder and A Muse*, eine Fortsetzung von *Alibi for an Actress*.

GILLIAN FARRELL

Murder and a Muse

Ich bin eine professionelle Detektivin. Oder bin es zumindest ein paar Jahre gewesen. Ich habe an einer Menge unterschiedlichster Fälle gearbeitet. Einige davon berühmt-berüchtigt und den Lesern von Boulevardzeitungen besser bekannt als gewisse Mitglieder ihrer engsten Familie: der *Preppie-Mörder*, der *U-Bahn-Rächer*, der *Geschiedene Mafioso*, der *Verrückte Tycoon*.

Nichts lief, wie es in Film oder Literatur hätte laufen sollen.

Zunächst mal war das meine erste Leiche. Auf die ich weder ruhig noch gelassen reagierte. Ich wurde hysterisch.

Zweitens habe ich auch nicht eine einzige Sekunde geglaubt, ich würde zum Hauptverdächtigen. Bis mich der Echte Detektiv vom Ulster County Sheriff's Department verhaftete, ein Mann mit einem langen, traurigen Gesicht und wehmütigen Augen.

Drittens, was die «Lösung eines Falles» à la Columbo oder Angela Lansbury betraf – so was hatte ich noch nie gemacht. Außerdem hatte ich auch gar keinen Schimmer, wie man so etwas anstellt. Normalerweise machen wir – Sonny und ich, und sogar Duke, unser Boß – irgendwie genau das, was man uns sagt. Jemanden beschatten. Ein Haus observieren. Eine gerichtliche Vorladung zustellen. Mit Zeugen reden. Zeugen suchen. Dann machen wir eine eidesstattliche Aussage und bezeugen später, falls erforderlich, was wir gesehen und gehört haben. Jemand anderer schnürt ein Päckchen daraus. Meistens die Anwälte oder ein Richter und die Geschworenen. Oder die Polizei. Aber nicht wir. Doch wie sollte ich meine Unschuld beweisen, wenn ich nicht herausbekam – Gott helfe mir –, wer es getan hatte?

Zwei Stunden lang hatte ich geheult und Fragen beantwortet, als mir plötzlich einfiel, daß ich ja einen Telefonanruf machen durfte. Zumindest im Fernsehen durften Verdächtige immer telefonieren. Ich hatte keine Ahnung, in welchem Verhältnis Fernsehen und

Wirklichkeit zueinander standen, weil ich ja noch nie verhaftet worden war.

«Ich möchte telefonieren», sagte ich dem Echten Detective. Er hatte mir seinen Namen genannt, doch in der Hysterie des Augenblicks hatte ich seinen echten Namen natürlich prompt wieder vergessen.

«Unterhalten wir uns vorher noch ein bißchen», sagte er. «Wir haben noch jede Menge Zeit für einen Anruf.»

«Jetzt sofort», sagte ich. «Ich will meinen Anruf jetzt sofort machen.»

«Wissen Sie, Sie sehen aus, als könnten Sie eine Tasse Kaffee vertragen. Was meinen Sie?»

«Ich will jetzt telefonieren», kreischte ich. «Und...»

«Und?»

«Und ich will mein Make-up in Ordnung bringen.»

«In welcher Reihenfolge?»

Er führte mich zu einer Toilette. Mein Make-up sah fürchterlich aus. Ich sah fürchterlich aus. Gar keine Frage: Man altert gewaltig, wenn man unter Mordverdacht steht. Das ist nämlich Streß, und Streß ist praktisch genauso schlecht für die Haut wie Zigaretten und sollte von daher gemieden werden. «Haben Sie eine Uhr?» fragte ich den Echten Detective.

«Tut mir leid, Ma'am», erwiderte er höflich, blieb aber.

Als ich fertig war, sagte er: «Möchten Sie einen Quarter?»

«Einen Quarter?»

«Fürs Telefon.»

«Wen kann ich für einen Quarter anrufen?»

«Jeden, der hier im Ort wohnt», antwortete er.

«Warum sollte ich jemanden anrufen, der hier wohnt? Ich brauche Hilfe.»

«Ein Ferngespräch darf ich Ihnen aber nicht erlauben.»

«Ich habe eine Telefonkarte. Ich bezahle den Anruf selbst.»

Er steckte seinen Quarter wieder ein und führte mich zum Telefon. Duke hatte immer gesagt: *Wennse in der Patsche steckst, Kleines, ruf mich sofort an.* Was ich dann auch tat. Er war nicht im Büro. Kein Wunder. In der Bar des *Hotel Rennselaer* war er auch nicht. Von da an begann ich mir Sorgen zu machen.

«*Ein* Anruf», mahnte der Echte Detective.

«Das ist doch praktisch alles ein und derselbe Anruf», sagte ich.

Ich versuchte es mit seinem Autotelefon. Ich ließ viermal klingeln, und sobald der Echte Detective fortschaute, versuchte ich mein Glück – eine echte Verzweiflungstat – bei Duke zu Hause.

Anita, seine Frau, ging ran. «Hallo», meldete sie sich.

«Ist Duke da?» fragte ich.

Sie erkannte meine Stimme nicht und reagierte, wie sie immer reagiert, wenn eine Frau, deren Stimme sie nicht erkennt, noch spät abends anruft. «Welche Schlampe bist du? Ruf nie, nie wieder hier an. Mach deine schmutzigen Geschäfte auf der Straße, wo sie auch hingehören.»

«Moment, Anita...»

«Wen zum Teufel nennst du Anita, du Schlampe...»

«...ich bin's doch, Annie.»

«Wer?»

«Annie. Annie McGrogan.»

Wir waren uns schon begegnet. Sie hatte mit eigenen Augen gesehen, daß ich einen kleinen Busen und glattes Haar habe. «Ich dachte schon, du wärst diese andere Schlampe», meinte sie.

«Welche?»

«Aaach, ich weiß nicht, wie sie heißt. Ich weiß nur, was sie mit meinem Kenny macht. Und das gefällt mir nicht.» Kenny ist Dukes richtiger Name. Kein Mensch außer seiner Frau und seiner Mutter nennt ihn Kenny.

«Anita, ich stecke in großen Schwierigkeiten. Ich brauche den Duke.»

«Er ist nicht hier.»

«Weißt du, wo er ist?»

«Ich kann ihm nur raten, daß er nicht bei dieser anderen Schlampe ist. Nicht, falls er je wieder nach Hause kommen will.»

«Er hat nicht gesagt, wohin er geht? Hat auch keine Nummer hinterlassen?»

«Ich glaube, er spielt wieder den Bodyguard bei diesen Saudi-Prinzen. In Texas oder was weiß ich wo.»

«Danke, Anita», sagte ich völlig verzweifelt.

«Falls du ihn findest, kannst du ihm was von mir ausrichten.»

«Was denn, Anita?»

«Sag ihm, er soll besser gottverdammt aufpassen, andernfalls zahlt er Unterhalt, wie noch kein Mensch in Queens je Unterhalt gezahlt hat. Sag ihm das von mir.»

«Ihnen steht nur ein Anruf zu», sagte der Echte Detective.

Verzweifelt versuchte ich eine weitere Nummer. Sonny hat immer zu mir gesagt: *Wennse in der Patsche steckst, Kleines, ruf mich sofort an.* Also rief ich ihn an. In seinem Apartment meldete sich niemand. Es hatte keinen Sinn, bei ihm zu Hause anzurufen, da zu Hause der Ort ist, an dem seine Frau und Kinder lebten. Schon seit Jahren war er nicht mehr über Nacht dort gewesen. War gerade Pferderennen in Hialiah? Falls ja, dann war er jetzt mit Caren in Florida. Ich hoffte, er war nicht. Aber ich konnte Caren anrufen. Sie wußte von mir, und ich stellte für sie keine Bedrohung dar. «Nein», sagte sie. «Er ist nicht hier. Aber wenn du ihn sprichst, sag ihm, er soll vorbeikommen.» Was ich ihr versprach. So, und wagte ich es, Mercedes anzurufen? Laut Sonny konnte er Mercedes nicht sagen, daß er einen weiblichen Partner hatte, weil sie sich nicht vorstellen könnte, daß wir nicht miteinander ins Bett gingen.

«Hallo», sagte ich. «Ich suche Sonny Gondalfo.»

«Wer sind Sie?»

«Äh, ich arbeite für Duke DeNobili...»

«Einen Scheißdreck tust du! Ich kenne jeden, der für Duke DeNobili arbeitet. Das ist ein Haufen alter Cops. Du bist eine Frau, du bist kein alter Cop. Also, was willst du von meinem Sonny? Häh?»

«Ich arbeite...»

«Hör zu, Schätzchen, ich weiß nicht, wieso er dir meine Nummer gegeben hat, aber wenn du noch mal anrufst, kriegst du große Schwierigkeiten. Du hast ganz schön Nerven, hier anzurufen...»

«Mercedes, heißt das, er ist nicht da?»

«...Worauf du dich verlassen kannst. Und er kommt auch besser nicht vorbei. Nicht ohne eine verflucht gute Erklärung, wer du bist und wieso du...»

Ich legte einfach auf, obwohl ich das normalerweise für ziemlich unverschämt halte. Dann rief ich denjenigen an, den ich als ersten hätte anrufen sollen, denjenigen, der mehr oder weniger immer weiß, wo Sonny steckt, auf den man sich immer verlassen kann, daß er ihm etwas ausrichtet, und für den ich auch keine Bedrohung darstelle – seine Mutter.

«Hallo, Mrs. Gondalfo», sagte ich.

«Annie, Schätzchen, bist du es?»

«Ja, Mrs. Gondalfo. Wie geht's Ihnen?»

«Es ist schon ziemlich spät. Warum rufst du so spät an? Bist du gerade in der Gegend?»

«Nein, Mrs. Gondalfo...»

«Ach, Jeeesus, wo hab ich nur meinen Kopf. Wenn du noch so spät anrufst, dann steckst du entweder in Schwierigkeiten oder arbeitest gerade. Warte, ich hole ihn an den Apparat...»

«Gott segne Sie, Mrs. Gondalfo», sagte ich, «mögen Sie ewig leben.» Nicht daß sie mich noch gehört hätte. Sie hatte den Hörer bereits aus der Hand gelegt und brüllte: «Son-ny. Son-ny. Setz deinen Arsch in Bewegung. Es ist Annie. Sie steckt in Schwierigkeiten.»

«Annie, bist du das?» fragte die wunderbar vertraute Stimme.

«Sonny, du mußt mir helfen.»

«Ja, klar, alles, was du willst. Wo liegt das Problem?»

«Erinnerst du dich an Alan DeLucca? Den Regisseur?»

«Natürlich.»

«Er ist tot.»

«Oh, heißt das, ich komme nicht in den Film?»

«Sonny, man hat mich unter dem Verdacht verhaftet, ihn ermordet zu haben.»

«Aaah, warum hast du das gemacht? Der Bursche schien doch ganz in Ordnung zu sein.»

«Sonny, ich war's nicht.»

«Oh! Tut mir leid. Und wieso haben sie dich dann verhaftet... ?»

«Weil er in meinem Zimmer war, vermute ich.»

«... Ich war verdammt lange Cop, und nie hab ich den Falschen verhaftet.»

«Verdammt, Sonny, ich hab's nicht getan. Denk mal drüber nach, kannst du dir vielleicht vorstellen, daß ich irgendwen umbringe?»

«Natürlich hat sie's nicht getan», brüllte Mrs. Gondalfo im Hintergrund. «Bist du blöd, oder was? So ein nettes Mädchen! Gib mir den Hörer zurück... Hallo, Annie...

Ja. Gib mir die Adresse... Und du ziehst deine Hose an und setzt dich in Bewegung», befahl sie Sonny. «Er zieht sich jetzt an», informierte sie mich. «Ist mit dir alles in Ordnung?»

«Nein, eigentlich nicht», sagte ich.

«Also, halt durch. Laß dich von denen nicht fertigmachen...

Sonny!» brüllte sie wieder, «und nimm einen Anwalt mit. Diesen jüdischen Rechtsverdreher. Du weißt schon, welchen ich meine, den Burschen, der jeden rausholt.» Sie wiederholte mir das noch einmal. «Keine Angst, wir haben diesen Anwalt, diesen Rechtsverdreher, der holt jeden raus, immer... Sonny, bist du soweit?»

«Ma, hör endlich auf zu brüllen», brüllte er. «Wo sind meine Zigaretten?»

«Hier, hier auf dem Tisch, wo du sie hingelegt hast.»

«Okay. Sag ihr, ich bin schon unterwegs.»

«Er ist schon unterwegs», sagte Mrs. Gondalfo. «Und hör zu, du sagst jetzt kein Wort mehr, bis dein Anwalt da ist.»

Ich tat, was Sonnys Mutter mir geraten hatte. Ich sagte kein Wort mehr. Der Echte Detective steckte mich in einen winzigen Raum ohne Fenster.

Ungefähr zwei Stunden später flog die Tür auf. Da war Sonny, in doppelter Lebensgröße. Er hatte einen anderen Mann bei sich, ungefähr halb so groß. Nicht so klein wie Danny DeVito, aber er kam schon verflucht nahe ran. Der Bursche hatte einen Schnurrbart. Ich stürmte zu Sonny und umarmte ihn. Was ihm peinlich zu sein schien. Es war verwirrend. Für ihn war ich einer der Jungs. Aber Jungs umarmen sich nicht. Wenn ich also keiner von den Jungs war, dann mußte er mich anmachen. Was er aber wahrscheinlich nicht tun wollte, weil ich die erste, und bislang einzige, Frau war, die er kannte und die er nicht anmachen mußte. Als ich es von dieser Warte aus betrachtete, wurde mir klar, daß es ziemlich erholsam für ihn sein mußte, mein Freund zu sein. Es muß Männer wahnsinnig unter Druck setzen zu glauben, jede Frau anbaggern zu müssen, der sie begegnen.

«Hi ya», sagte der andere Mann. «Ich bin Sammy Spiegal. Man nennt mich auch Sammy ‹Mein-Mandant-sitzt-nicht› Spiegal. Ich werde Ihnen hier raushelfen. Obwohl Sie bei Gott alles mögliche getan haben, um die Sache zu vermasseln. Hat Ihnen eigentlich nie einer gesagt, nicht mit den Cops reden, überlaß immer deinem Anwalt das Reden?»

«Tut mir leid», sagte ich. «Ich war... da war Alan... Ich dachte nicht... Ich war... Ich war hysterisch.»

«Aaach, vergessen Sie das. Ist ’scheinlich das erste Mal, daß Sie jemanden umgelegt haben, woher sollten Sie’s da auch wissen, so ein nettes Mädchen wie Sie.»

«Ich hab ihn nicht umgebracht», schrie ich.

«Mir ist es egal, ob Sie ihn umgebracht haben oder nicht.»

«Ich hab's nicht getan.»

«Schön, fein, gut. Sie waren's nicht. Was auch immer. Und jetzt reden wir mal über eine ernste Sache. Mein Honorar. Es ist jetzt mitten in der Nacht und alles, das ist die eine Sache, die andere Sache ist, Sie sind ein Freund von Sonny, einerseits ist das hier ein Kapitalverbrechen, andererseits sind Sie ganz klar ein Mädchen in Not, also, ich sag Ihnen jetzt, was ich tun werde, zweitausend Dollar Anzahlung auf mein übliches Honorar, das sich auf fünf Riesen beläuft, was ich normalerweise immer für so eine Sache nehme. Falls wir Sie schnell rauspauken können oder falls Sie sich schuldig bekennen, könnte das auch schon alles gewesen sein, was es Sie kosten wird. Wenn's aber aussieht, als würd's ernst, und wenn ich immer wieder hier in Gottes Land rausfahren muß, oder wo zum Teufel auch immer wir hier sind, dann werd ich schon die fünf haben müssen.»

«Das kann ich mir nicht leisten», jammerte ich.

«Ich sag Ihnen was, Lady, und das kriegen Sie jetzt gratis. Es ist teuer, ein Krimineller zu sein.»

«Ich bin aber kein Krimineller. Sonny, bitte, sag's ihm. Ich war's nicht.»

«Sie war's nicht», sagte Sonny.

«Jetzt hört ihr zwei mir mal genau zu. Euch sollte besser klar sein, was sie schon haben. Die Hälfte davon haben sie, weil Sie Ihre Klappe nicht halten konnten. Sie haben das Motiv. Sie und er haben…» Sammy der Rechtsverdreher machte eine obszöne Geste.

«Haben wir nicht. Und hatten wir auch vorher nie», sagte ich.

«Okay. Ihr habt dran gedacht, es zu treiben. Sie wollen das kleine Mädchen spielen, wollen einen auf sittsam und schüchtern machen, fein. Wir sagen, Sie hätten für ihn geschwärmt. Läuft aufs gleiche raus. Motiv. Sie hatten die Gelegenheit.»

«Er ist ermordet worden, als ich beim Abendessen war. Da waren… da müssen an die fünfzig Leute gewesen sein, die das beschwören können.»

«Entschuldigen Sie. Sie glauben, ich wüßte nicht, wovon ich hier rede? Aus der Leichenblässe, der Temperatur des Leichnams, dem Einsetzen der Totenstarre und so weiter folgern sie, daß Ihr Amoretto oder was immer er für Sie war, dieser Regisseur DeLucca, er ist so gegen sieben Uhr in die ewigen Jagdgründe eingegangen. Plus minus zehn Minuten. Sie sind allerdings nicht vor ungefähr acht zum Essen aufgetaucht.»

«Ich war in dem kleinen Raum, der ans Restaurant angrenzt.»

«Behaupten *Sie*. Und ich glaube Ihnen, Schwester, doch, wirklich. Aber dafür gibt's keine Zeugen. Nur dafür, daß Sie im Restaurant waren, was aber, laut Ihrer eigenen Aussage, die Sie ja Detective Moser da drinnen freundlicherweise runtergeplappert haben, erst beträchtliche Zeit später der Fall war, nachdem die Leiche zur Leiche auf dem Boden neben Ihrem Bett wurde.»

Ich setzte mich und fing an zu schluchzen. «So viel Geld hab ich nicht. So viel Geld hab ich aber nicht.»

«Sie werden doch für den Film hier bezahlt, oder?»

«Sammy», sagte Sonny. «Sie ist eine Freundin von meiner Mutter. Du mußt ihr helfen. Willst du vorher mit meiner Mutter drüber sprechen?»

«Himmel. Mußt du jetzt unbedingt deine Mutter ins Spiel bringen?»

«Tu, was du tun kannst», sagte Sonny.

«Hören Sie zu», sagte Sammy und kniete sich neben mich. «Hey, Lady, hören Sie zu.»

«Was?»

«Sie wollen hier raus. Zurück in Ihr Hotel, aufräumen. Oder wollen Sie hier bleiben?»

«Ich will hier raus. Natürlich.»

«In Ordnung. Hören Sie zu. Ein Riese. Ein popliger kleiner Riese, und dafür hol ich Sie hier raus. In zehn Minuten sind Sie draußen. Und dann sehen wir weiter. Abgemacht, Mädchen?»

«Fein», sagte ich. «Aber ich hab das Geld nicht bei mir.»

«Das weiß ich. Sie sind eine Freundin von Sonny. Und von seiner Mutter. Ist schon okay.»

Sammy ging.

«Willst du eine Zigarette oder irgendwas?» fragte Sonny mich.

«Klar», sagte ich.

Er gab mir eine von seinen *Trues*. Ich rauche nur selten, aber wenn, dann mag ich lieber *Luckies*. Die von der altmodischen, kurzen Sorte, ohne Filter und Aromastoffe. Ich brach den Filter ab und steckte das Ding an. Sofort fühlte ich mich erheblich härter. Ich wischte die Tränen weg. Meine Handtasche hatte ich noch. Ich nahm meine Puderdose raus und musterte mich im Spiegel. War schon gut, daß ich morgen früh keinen Drehtermin hatte. So gut es ging, reparierte ich den Schaden.

Sammy kehrte mit Detective Moser zurück. «So, folgendes habe ich mit dem Detective hier ausgehandelt. Sie gehen in Ihr Hotel zurück. Es wird noch keine offizielle Anklage gegen Sie erhoben. Sie dürfen das Gebäude nicht verlassen. So was nennt man eine formlose Abmachung. Wir werden sehen, was sich mit dem Beweismaterial, der gerichtsmedizinischen Untersuchung und so weiter ergibt.»

«Haben Sie das verstanden?» fragte mich Moser.

«Ja.»

Sammy führte Sonny und mich aus dem Gebäude zum Parkplatz. Der *Silver Bullet*, Sonnys alter Cadillac, parkte neben Sammys neuem Cadillac.

«Okay», sagte Sammy, «ich seh die Sache so. Die wollen hier nichts überstürzen. Gott sei Dank haben Sie kein Geständnis abgelegt. Diese Clowns hier oben in der Provinz, weil sie kein Geständnis und keine sechs Augenzeugen haben, werden sie auch keine Verurteilung wegen Mordes zusammenkriegen. Bei dem, was die haben, könnte ich Sie 'scheinlich schon bei der Voruntersuchung rauskriegen. Also wollen sie abwarten, bis sie vielleicht doch mehr finden. Außerdem glaube ich, daß sie auf die abschließenden Berichte des Coroners und der Gerichtsmedizin warten wollen. Es ist ja nicht so, daß die hier ein eigenes Labor hätten. Die benutzen das BCI oben in Albany.

Ich glaube, im großen und ganzen hab ich Ihnen nur Zeit gekauft.

Es wär gut, also, das allerbeste wär's, wenn Sie etwas finden, aus dem ganz klar hervorgeht, daß es jemand anderer war. Und das sage ich aus folgendem Grund. Sie haben nicht genug Geld, um mit einer Mordanklage fertig zu werden. Erstens würden Sie dann eine Kaution hinterlegen müssen. Was Sie, Ihrem Geflenne und Gebettel da drinnen nach zu schließen, nicht können. Weil Sie von außerhalb und noch dazu eine Schauspielerin sind, was für die Leutchen hier ziemlich exzentrisch ist, werden Sie nicht auf Ehrenwort freigelassen. Dann haben Sie die Wahl: Entweder bekennen Sie sich schuldig, oder Sie gehen vor Gericht. Falls Sie vor Gericht gehen und ich dabei Ihr Anwalt bin und sich bis dahin nicht sonderlich viel Neues ergeben hat, es sei denn, zwei Zeugen haben gesehen, wie Sie die Tat mit einem stumpfen Gegenstand begangen haben, werde ich Sie wahrscheinlich raushauen können. Berechtigte Zweifel und das alles. Außer… Außer daß es bis zur Verhandlung mindestens sechs Monate dauern wird. Und die ganze Zeit werden Sie im Ulster County-Gefängnis sitzen. Was als Gefängnis gesehen gar nicht so schlecht ist, aber andererseits wohl kaum das, was Sie gewöhnt sind.

Außer natürlich auch, daß es Sie einiges kosten wird. Meine grobe Schätzung beläuft sich hier auf vierzig Lappen. Falls ich's *pro bono* mache, was ich aber nicht tun werde, sind's zwanzig Lappen. Womit ich sagen will, das sind zwanzig an Spesen, Fahrtkosten, allgemeinen Unkosten, Schreibkram, für Experten und alles, für den Anwalt.

Was Sie, soweit ich das verstanden habe, aber nicht haben. Vielleicht kriegen Sie aber auch, wenn Sie arm genug sind, was Sie aber vielleicht nicht sind, einen Pflichtverteidiger. Ich bin schon gelegentlich hier oben gewesen. Der Pflichtverteidiger hier ist ziemlich gut. Aber was Sie nicht wissen, ich aber weiß, ist, daß der Richter hier früher mal Staatsanwalt war. Und als Staatsanwalt hatte er zwei Assistenten. Sein erster Assistent ist der neue D.A. geworden, und sein zweiter Assistent, das ist der oberste Pflichtverteidiger. Was nicht heißen soll, daß er Ihnen keine gute Verteidigung gibt. Es soll nur heißen, daß es drei Erbsen aus derselben Schote sind. Außerdem, und das ist wichtiger, sie werden ganz sicher keine zwanzig Riesen an Spesen für Ihre Verteidigung aufbringen. Vergessen Sie nicht, im amerikanischen Rechtssystem heißt es: Die Reichen gehn, die Armen stehn.

Also, am besten wär's», sagte Sammy, «wenn Sie's genau wie im Fernsehen machen. Suchen Sie den Mörder selbst. Und finden Sie ihn oder sie schnell, bevor die Cops beschließen, daß sie ihre Lieblingsverdächtige unter Anklage stellen wollen.»

«Danke», sagte Sonny.

«Danke», sagte ich. «Dafür, daß Sie mich rausgeholt haben.»

«Keine Ursache», sagte Sammy. «War mir ein Vergnügen. Und auch ein Vergnügen, Sie kennenzulernen. Sie sind eine sehr attraktive Person und, wie Sonny mir versichert, eine ausgezeichnete Schauspielerin.»

«Danke», sagte ich.

Er stieg in den Wagen und schlug die Tür zu. Die Seitenscheibe glitt hinunter. «Ist schon gut, daß ich für eine Menge Dealer arbeite. Die können zahlen. Mit deren Geld werden Leute wie Sie subventioniert. Mörder haben nie Geld.»

Gillian Farrell ist Schauspielerin und Detektivin. Sie hat an mehreren berühmten Fällen in New York gearbeitet, unter ihren Auftraggebern waren Bernie Goetz und Jennifer Levin (der *Preppie-Mord*). Zur Zeit arbeitet sie an dem dritten Roman. Angeregt wurde das Buch von der Entstehung und dem unvermittelten Ende des *Byrdcliffe Actors Theater*, zu dessen Gründungsmitgliedern sie gehörte. Sie hat zwei Kinder, Anna Genevieve und James Irving. Sie ist verheiratet mit deren Vater, Larry Beinhart, und interessiert sich im Gegensatz zu ihm überhaupt nicht fürs Skifahren.

WILLIAM KIT HATHAWAY

The Poet Hunts Doves with the Natchitoches Police

für Jim Dyson

Ein Mann hat das Rufzeichen Polar Bear und
bittet um Roughnecks **ten-twenty**.
Es ist halb acht. Ich sitze verkatert
und eingepfercht im Führerhaus eines Pick-up.
So viele phantastische Skalen und Instrumente!
Jimmy nennt sich *Pervert* auf der
schlechten Highway-Funkverbindung mit Roughneck.
Falls ich angesprochen würde, ich wäre
Captain Video – kurz «Video».

Wir biegen ein auf den weichen, braunen Acker,
auf dem es vor verborgenen Kreaturen wimmelt, laden
Schrotflinten und warten kauernd im hohen Gras.
Tauben segeln allein am Himmel, zu zweit, zu dritt,
wie Jagdflugzeuge, die ihren Verband verloren haben.
Scharfer Knall, wirbelnde Federn, ein bitterer
Schrotregen und überall dieses schrille «Tauben, Jungs, Tauben!»
Meine eigenen Hände werden dunkel vor Blut.

Ich wußte nicht, wie einfach es ist zu schießen,
und zu treffen. Ich versuche an Turgenjew zu denken,
aber nur *Field & Stream* aus dem Wartezimmer eines
Zahnarzts dringt zur Oberfläche durch. Der verwundete Vogel
hüpft weiter, während ich versuche, ihn mit dem
Gewehrkolben zu erschlagen.
«Hey, New York, das hier ist kein Golfplatz.»
Die Stimme Gottes aus dem Unterholz.

Dort auf der Ladefläche des Trucks türmen sich Haufen des grauen
Sterbens, über die Grenzen von Gesetz und Verstand hinweg.
Säuerlicher Whiskey schließt Frieden mit
meinem Bauch, am Ende akzeptiert als
Freund. Der Geruch ist nichts, und wir
heben die winzigen roten Herzen mit den fleischigen
Brüsten zum Essen auf. Mehr Whiskey, um das
Kitzeln der Federn im Hals wegzubrennen,
um die Gewalt der Nacht zu lindern, um
die Einsamkeit zu feiern, Mann zu sein.

William Kit Hathaway wurde am 18. Dezember 1944 in Madison, Wisconsin, geboren und wuchs auf in Ithaca, New York. Augenblicklich arbeitet der ehemalige Professor als Hotelsekretär und schreibt Gedichte und andere experimentelle Texte in sokratischer Einsamkeit und philosophiert mit anderen Bonvivants in Restaurants und Cafés von Saratoga Springs, New York.

Hathaways Gedichtbände: *True Confessions and False Romances* (Ithaca House, 1972), *A Wilderness of Monkeys* (1975), *The Gymnast of Inertia* (Louisiana State University Press, 1982) und *Fish, Flesh & Fowl* (LSU Press, 1985), *Looking into the Heart of Light* (University of Central Florida Press, 1988) und *Churlsgrace* (UCF Press, 1992).

ROBERT PAUL TAVETIAN

Ancestor Portrait

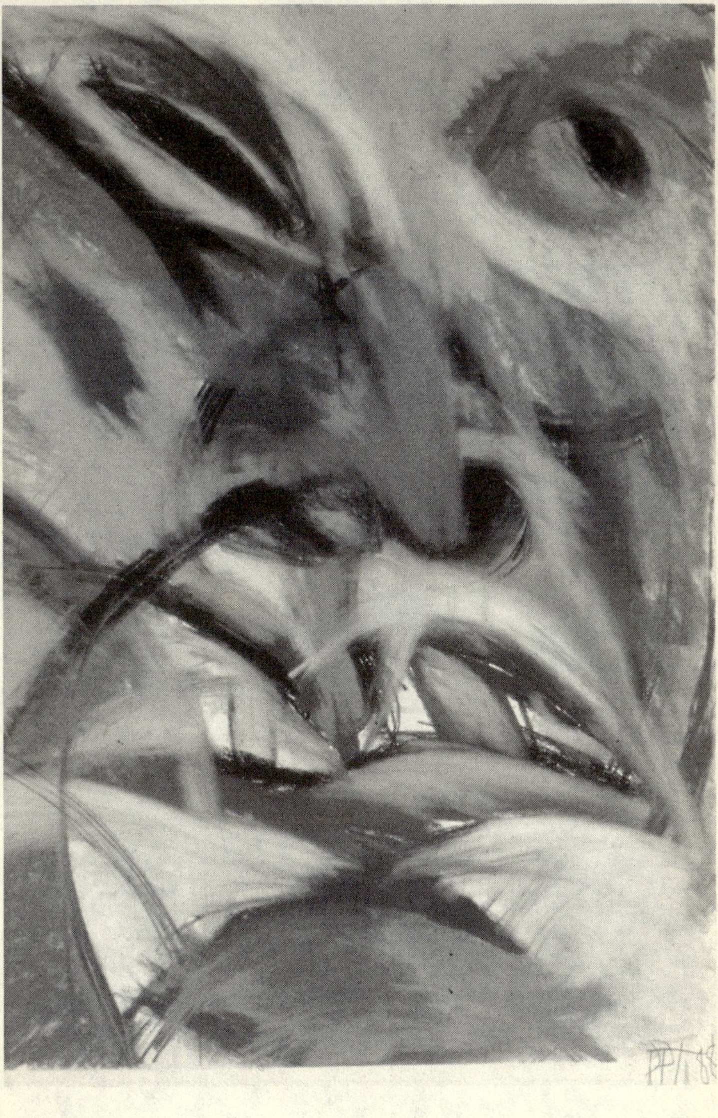

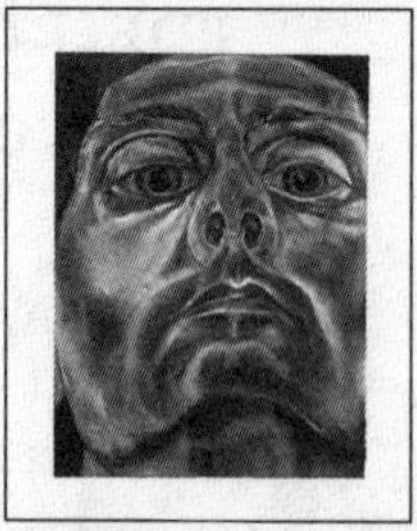

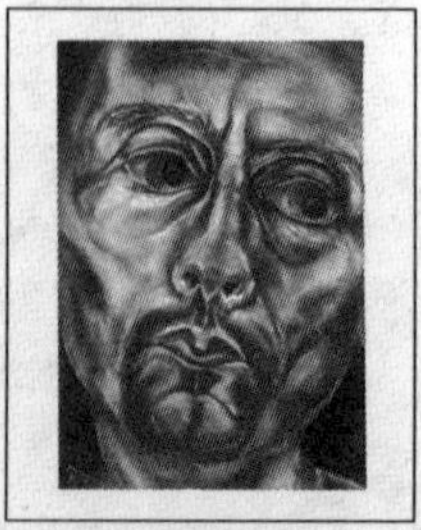
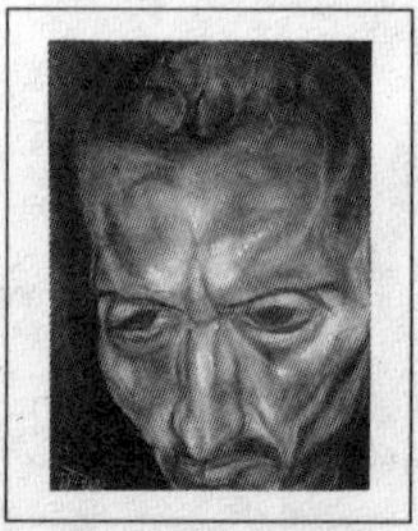
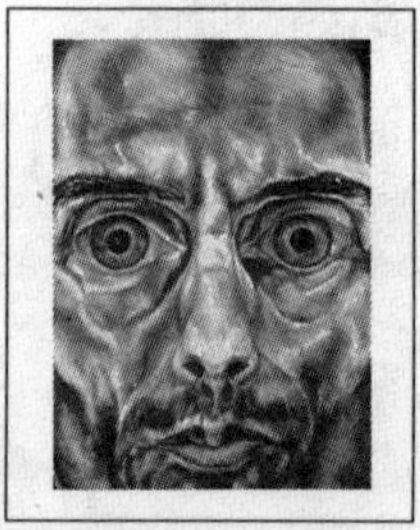
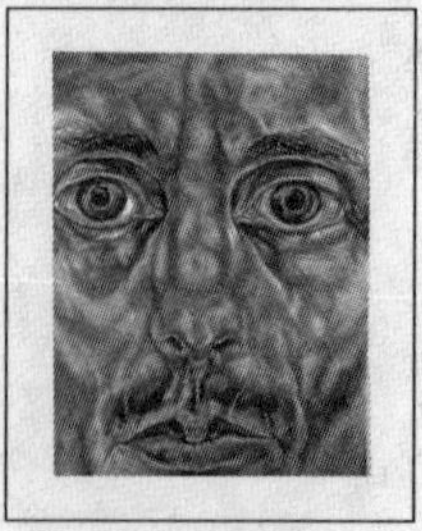
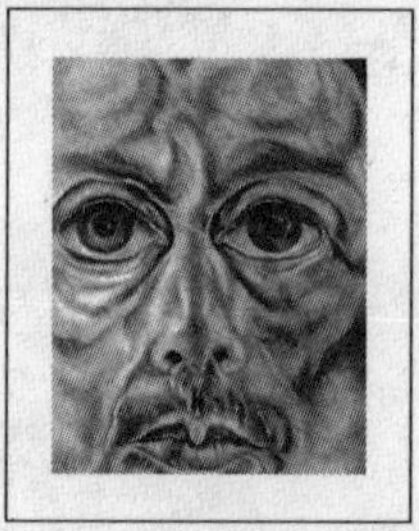

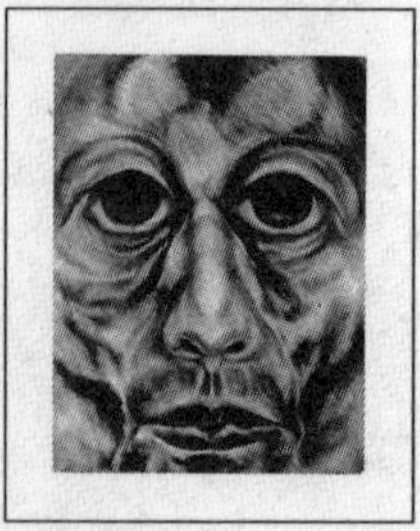
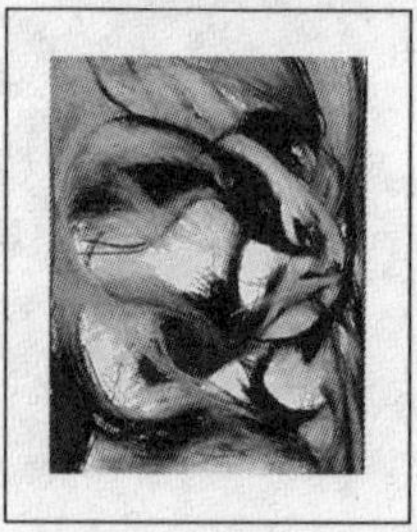

Robert Paul Tavetian hat auf der California State University und dem Otis Art Institute studiert. Er stellte bereits aus in der Olaf Clasen Gallery (New York), Art 54 (New York), Elaine Bensen Gallery (Bridgehampton), Somerstown Studios and Gallery (Somers, New York), in der Gallery Plus (Los Angeles) und in der Armenian Allied Arts Association in Los Angeles. Seine Arbeiten befinden sich in einer Vielzahl von Privatsammlungen, darunter die von Arnold Newman und von Martha Grimes.

Credits

QUELLENNACHWEIS:

John DeSantis: **A Gift for Miguel** © 1993 by John DeSantis.
John DeSantis: **A House Divided** © 1991 by John DeSantis.
Pharos Books (A Scripps Howard Company) New York.

Robert Daley: **Wall of Brass** © 1993 by Riviera Productions Ltd.

Der Maler **Robert Paul Tavetian** wird vertreten durch die Agentur The Lantz-Harris Office, New York.

Die Rechte der Einzelbeiträge liegen bei den Autoren.
Autorenfotos: Privatbesitz der Autoren.

FOTOS LAVEGLIA-CASE:

Ulster County District Attorney's Office

ÜBERSETZER:

Jürgen Bürger
Die Beiträge von Justin Scott: **Katherine's Faces** und Dakota Lane: **Billie Got Her Gun, Nightlife I** und **Nightlife II** übersetzte Inge Kahlix,
den Beitrag von Mark Baker: **Freaks Like Us** übersetzten Inge Kahlix und Jürgen Bürger.

Horst Bieber

«**Horst Bieber** leistet sich einen Luxus. Er nimmt sich Zeit mit dem Erzählen. Viele Versuche, bei uns den Privatdetektiv–Roman zu etablieren sind gescheitert. Horst Bieber ist die Ausnahme.» *Rudi Kost in «Schwarze Beute»*

Fehlalarm
(thriller 3028)
Bei der Firma alfa–chem wird spät abends ein Brandalarm ausgelöst. Doch die anrückende Feuerwehr entdeckt kein Feuer, sondern die Leiche des Nachtwächters. Hauptkommissar Sartorius entdeckt bei dem Toten DM 53.000,-- in bar und nicht nur das kommt ihm merkwürdig vor...

Jede Wahl hat ihren Preis
(thriller 2820)
Für Thomas Quirt beginnt der Tag mit einer Schußwunde im Knie. Der Regierungspartei kommt dieser Anschlag auf den persönlichen Referenten des Innenministers gelegen, aber aus dem einen Fall werden zwei und nicht in jedem ist Quirt das Opfer...

Schnee im Dezember
(thriller 2994)
Kriminalrat Wegener ist des Mordes an seiner Frau Gesine angeklagt. Das Gericht spricht ihn zwar frei, weil die Beweise nicht ausreichen, aber damit ist seine Karriere am Ende. Vom Dienst suspendiert, zieht er in das Dorf und in das Haus, in dem seine Frau seit ihrer Trennung gelebt hat. Hier sucht er Indizien, die ihn auf die Spur des Mörders führen könnten...

rororo thriller wird herausgegeben von Bernd Jost. Ein Gesamtverzeichnis der Reihe finden Sie in der *Rowohlt Revue*. Jedes Vierteljahr neu. Kostenlos in Ihrer Buchhandlung.

rororo thriller

Boileau / Narcejac

«Trotz ihres zungenbrecherischen Doppelnamens sind die beiden fleißigen Franzosen **Pierre Boileau** und **Thomas Narcejac** für die Krimi-Gemeinde längst ein Begriff. Ihre temporeich und milieugenau abgespulten Geschichten haben stets das Maß an Mysterium, das Mordkommissionen fürchten und Kenner schätzen.» *FAZ*

Eine Auswahl der thriller von Boileau / Narcejac:

Tod de luxe
(thriller 3016)

Appartement für einen Selbstmörder
(thriller 2839)

Gesichter des Schattens. Die Gleichung geht nicht auf
(thriller 2963)
«... raffinierte Geschichten, in denen das Verbrechen die Menschen wie ein Alptraum befällt.»
Westdeutsch Allgemeine Zeitung

Im Mord vereint
(thriller 2982)

Tote leben nicht allein. Parfüm für eine Selbstmörderin
(thriller 3008)
Er hat sie vor dem Selbstmord gerettet und will ihr hlefen, ein neues Leben zu beginnen. Aber es war nicht das erste Mal, daß sie dem Tod entronnen ist. Natürlich gibt es immer Unfälle – aber so häufig?

Bruder Judas. Die Dame in Rot. Meine schöne Mörderin
(thriller 3024)

rororo thriller

Der Traum vom Gold
(thriller 3033)
Wer würde nicht davon träumen, einen Goldschatz zu bergen, der auf dem Grund eines Sees liegt? Doch erste Tauchversuche schlagen fehl. Als Jean-Marie überaus leichtsinnig seiner Tante und dem holländischen Filmemacher van Loo von seinem Bergungsversuch berichtet, nimmt das Schicksal seinen Lauf.

Die Karten liegen falsch
(thriller 2786)

Boileau / Narcejac, Helga Riedel / John Bingham
Tote sollen schweigen. Ausgesetzt. Der sechste Plan
(thriller 3056)
Garantie für atemberaubende Spannung ...

rororo thriller wird herausgegeben von Bernd Jost. Ein Gesamtverzeichnis der Reihe finden Sie in der *Rowohlt Revue*. Jedes Vierteljahr neu. Kostenlos in Ihrer Buchhandlung.

Jürgen Breest

«... gefragt sind sauber recherchierte, flott erzählte Geschichten, und da tun sich die Autoren offenbar nicht leicht. Um so erfreulicher ist es, wenn im Reigen altbekannter Namen ein neuer entdeckt wird: **Jürgen Breest.**»
Saarbrücker Zeitung

Der Dreckfleck
(thriller 2835)
Wer aus der Reihe tanzt, macht sich verdächtig. Daß Widmer, der Eigenbrötler, der Außenseiter alles auf sich nehmen muß, was passiert, scheint völlig klar...

Kennwort Pinguin
(thriller 2804)
«Die blitzsaubere Story eines Mannes, der an seiner Umwelt zerbricht. Ein bemerkenswerter deutscher Thriller.»
Saarbrücker Zeitung

Das Mädchen, das nicht nein sagen konnte
(thriller 2781)
... ein leiser Krimi, kein drastischer Fetzer - eher einer, der gerade wegen seiner Alltäglichkeit, wegen seiner Harmlosigkeit für um so nachhaltigere Gänsehaut sorgt.»
Norddeutscher Rundfunk

Treppenstürze *Ein Fall für Eike Budde*
(thriller 3044)
Für die Polizei ist der Treppensturz der alten Dame ein bedauerlicher Unfall, aber Privatdetektiv Eike Budde soll nachforschen, wer Interesse am möglichen Tod der reichen Frau hat...

rororo thriller

Doppeltes Leben - doppelter Tod
Ein Fall für Eike Budde
(thriller 2986)
Eike Budde soll einen hochkarätigen Chemie-Manager auffinden. Doch beim näheren Hinsehen, vor allem auf denScheck, weiß er, daß die Suche nach Thomas Daniel ein riskantes Unternehmen werden wird...

Schade, daß du ein Miststück bist
(thriller 2966)
Ausgezeichnet mit dem «Glauser» für den besten deutschen Kriminalroman 1990.

Der Spatzenmörder
(thriller 2819)

rororo thriller wird herausgegeben von Bernd Jost. Ein Gesamtverzeichnis der Reihe finden Sie in der *Rowohlt Revue*. Jedes Vierteljahr neu. Kostenlos in Ihrer Buchhandlung.

Tony Hillermann

«Bei **Tony Hillermann** wird das Erkunden fremder Welten zum Abenteuertrip. Nach wie vor gibt es keinen aufregenderen Weg, die Kultur und die Denkweise der Navajos und Pueblos kennenzulernen, als Tony Hillermanns Kriminalromane, in denen endlich einmal nicht nur tote Indianer gute Indianer sind.»
Hannoversche Allgemeine Zeitung

Die Wanze
(thriller 2897)
Vorwahlkampf in einem US-Bundesstaat. Erst stürzt ein Reporter im Capitol in den Tod, dann wird ein zweiter Opfer eines angeblichen Verkehrsunfalls. Der Journalist Joseph Cotton hat zunächst nur eines im Sinn – sein eigenes Leben zu retten...
«Eine Mordsgeschichte.»
Darmstädter Echo

Der Wind des Bösen
(thriller 2849)
Ein Privatflugzeug stürzt im Reservat der Hopi- und Navajo-Indianer in New Mexico ab. Offenbar ist bei einer Schmuggelaktion mit Rauschgift etwas schiefgelaufen. Im Flugzeugwrack findet Navajo-Polizist Jim Chee einen Toten und einen sterbenden Mann... «eine faszinierende Story, gut geschrieben und spannend bis zum letzten Buchstaben.»
Norddeutscher Rundfunk

Wolf ohne Fährte
(thriller 3022)
Neuauflage des lange vergriffenen Erfolgs-Thrillers. Der erste Ethnokrimi von Tony Hillermann (1970).

3009/3

rororo thriller

Tod der Maulwürfe
(thriller 2853)
Während Chee redete, kurz die Tat, den Mörder und dessen Pistole beschrieb und hinzufügte, daß der Mann vermutlich mit einem neuen, grün-weißen Plymouth unterwegs wäre, tastete er mit der linken Hand das Haar der Schwester ab. Knapp unter dem Rand der Haube entdeckte er ein kleines, kreisrundes Loch...

Wer die Vergangenheit stiehlt
(thriller 2931)

Das Labyrinth der Geister
(thriller 2857)

rororo thriller wird herausgegeben von Bernd Jost. Ein Gesamtverzeichnis der Reihe finden Sie in der *Rowohlt Revue*. Jedes Vierteljahr neu. Kostenlos in Ihrer Buchhandlung.

Felix Huby

Ernst Bienzle, 37 Jahre alt, 1,88 Meter groß, mit Brille und Phlegma und Bauchansatz, mit einer Schwäche für Sauerbraten mit Spätzle und Soße, Kriminalkommissar und Leiter der Stuttgarter Mordkommission, verheiratet, ein Häuschen am Stadtrand...
Mit dieser Figur des schwäbischen Gemütsmenschen ist **Felix Huby**, ehemaliger Spiegel-Korrespondent, mittlerweile erfolgreicher Drehbuchautor, einer der bekanntesten deutschen Kriminalautoren geworden.

Bienzle stochert im Nebel
(thriller 2638)
Oberflächlich betrachtet tut Hauptkommissar Bienzle nichts: Er fragt ein bißchen, er redet ein bißchen und hört zu ...

Bienzle und die schöne Lau
(thriller 2705)
Einen Mörder, der sich beim Mordanschlag selbst ermordet, hat es in Bienzles Laufbahn noch nicht gegeben...

Bienzles Mann im Untergrund
(thriller 2768)

Bienzle und das Narrenspiel
(thriller 2872)
Männer Frauen und Kinder in den buntesten Kostümen tanzen durch die Straßen – und ein ausgebrochener Sträfling, der Rache nehmen will...

Bienzle und der Sündenbock
Kriminalstories
(thriller 2958)

Gute Nacht, Bienzle
(thriller 3066)

3011/2

rororo thriller

Bienzle und der Biedermann
(thriller 3077)
Fleisch, dessen Verfallsdatum kurz bevorsteht, wird in die Ostländer transportiert. Man macht Profit und kassiert Subventionen... Kein leichter Fall für Bienzle.

Ach wie gut, daß niemand weiß...
(thriller 2446)

Der Atomkrieg in Weihersbronn
(thriller 2411)

Sein letzter Wille
(thriller 2499)
Optiker Kissling kämpft gegen die Baumafia in seiner Kleinstadt – bis er eines Morgens mit einem Genickschuß tot gefunden wird...

Schade, daß er tot ist
(thriller 2584)
«... der beste Huby, der bisher erschienen ist.»
FAZ-Magazin

Tod im Tauerntunnel
(thriller 2422)